鐵鼠之檻 上

てっそのおり

京極夏彦

Kyogoku Natsuhiko

王華懋 譯

上冊目錄

下冊目錄

總導讀㈠　曲辰

妖怪兮歸來，推理可以附體些：京極夏彥與「百鬼夜行」系列

當我們回顧某個成功人士的一生時，常會將故事起始於某個挑選出來的時刻，並刻意放大、強化那個時刻的象徵意義；有時為了創造一個好的開頭，甚至不惜虛構創造。

然而，在京極夏彥身上，倒是不用捏造。

京極夏彥原本在廣告公司擔任平面設計與美術總監，後來因為身體的關係而決定辭職出來與朋友一起開設小型的設計公司。後來卻因為大環境的關係，根本接不到案子。為了在公司看起來像是有事做，京極夏彥在工作閒暇時寫起了小說。完成作品後，基於「都花了上班的時間跟用公司的器材印出來了不要浪費」的心情，他在一九九四年的五月黃金週連假，打電話去本應沒有人的講談社Novels編輯部，居然剛好有個編輯接起來。對方發現是個從未出版過小說也沒得過任何文學獎項的讀者，想要詢問該怎麼投稿。一般而言，像講談社這種設有推理小說新人獎的出版社，不太會接受外來者直接投稿，不過這位編輯仍請京極夏彥寄來，並告知閱讀原稿以及評估是否出版需要幾個月的時間，請他耐心等候。

豈料，第三天京極就接到編輯的電話，表示即將出版他的小說，希望能見面詳談。後來的事我們都知道了，同年九月，《姑獲鳥之夏》如同希克蘇魯伯隕石浩蕩登場，不但在推理史或娛樂小說史上留下永久的印記，同時也改變了之後的小說生態。

這幾乎是最完美的作家勵志寓言了，一個原本掙扎於生活的青年，居然靠著創作而找到屬於自己的光。

不過，或許我們先來介紹一下京極夏彥，與他筆下最重要的「百鬼夜行」系列。

京極夏彥與「百鬼夜行」

京極夏彥出身自北海道小樽，要知道一直以來，北海道都被日本統治者視為化外之地。只打算從中獲取自然利益，而沒有想過要好好經營，直到十九世紀末才被視為日本的一部分而積極開發。這也造成了北海道的「和風」極為淡薄，特別是小樽，洋溢著西式風情。但就在這樣的距離感，京極夏彥對「何謂日本」格外著迷。特別是在民俗或宗教的部分，甚至還考慮過成為僧侶，可以終日過著讀書與思考的日子。不過後來發現經營寺廟需要的絕非閱讀或知識，於是打消了念頭，決定做一個人也沒問題的美術設計工作。

根據京極夏彥自述，他從小就喜歡讀書，熱愛由文字建構出的世界，總會超出同齡人的閱讀傾向。在小學時便靠著字典來猜測漢字的意思並讀完了「柳田國男全集」。並因為這位日本民俗學之父的啟發，對民俗學、宗教這類隱藏在現代文明的縫隙的存在感到興趣，「無論說有多喜歡都不為過」，繼而投入水木茂以「鬼太郎」為中心的漫畫世界中，開始展開對妖怪的思考。這也就是為什麼，《姑獲鳥之夏》的人物設定與故事題材原本是打算畫成漫畫的，但最後卻發現還是寫成小說比較好，「因為文字比較能保留那種幻想的可能」。

而由《姑獲鳥之夏》開啟的「百鬼夜行」系列，至今將近三十年，出版了九本「本傳」與八本「外傳」，外傳暫且不計（註一），本傳作品如下：

一、《姑獲鳥之夏》，一九九四年九月（六百三十頁）。
二、《魍魎之匣》，一九九五年一月。（一千零六十頁）
三、《狂骨之夢》，一九九五年五月。（九百八十二頁）

四、《鐵鼠之檻》，一九九六年一月。（一千三百五十九頁）
五、《絡新婦之理》，一九九六年十一月。（一千三百八十九頁）
六、《塗佛之宴 備宴》，一九九八年三月。（九百八十一頁）
七、《塗佛之宴 撤宴》，一九九八年三月。（一千零七十頁）
八、《陰摩羅鬼之瑕》，二〇〇三年八月。（一千兩百二十一頁）
九、《邪魅之雫》，二〇〇六年九月。（一千三百三十頁）（註二）

這系列的故事雖然常被命名為「推理小說」，也基本上是依循著「命案發生—偵探介入—真相大白」這樣的敘事邏輯，但細究其內容，卻顯得頗有些不同。

本系列可以稱為偵探的有兩個角色，一個是職業上的偵探——榎木津禮二郎。身為華族之後，卻自己出來開了間私家偵探社，不過也不做任何普通私家偵探會做的跟蹤、調查之類的事。畢竟「調查是下賤的人所行之事，身為神的自己是沒必要做的」，具備觀看他人回憶的超能力，這讓他常會如同天啟般地說出真相，但由於語焉不詳，在小說中往往扮演著混淆讀者的功用；而真正擔綱讀者眼中的偵探則是中禪寺秋彥，開了間舊書店「京極堂」並以此為名。不過除了舊書店老闆外，還繼承了武藏晴明神社擔任宮司／陰陽師，副業則是專門「驅逐附身妖怪」（憑物落とし）的祈禱師（拝み屋）。

特別之處就在於這個「偵探⫽陰陽師」的人物結構中，對口頭禪是「這世上沒有什麼不可思議的

註一：外傳作品有：《百鬼夜行——陰》（1999.07）、《百器徒然袋——雨》（1999.11）、《今昔續百鬼——雲》（2001.01）、《百器徒然袋——風》（2004.07）、《百鬼夜行——陽》（2012.03）、《今昔百鬼拾遺——鬼》（2019.04）、《今昔百鬼拾遺——河童》（2019.05）、《今昔百鬼拾遺——天狗》（2019.06），除了「今昔百鬼拾遺」那三本外，均為短篇集，這三本後來也出版了合集《今昔百鬼拾遺 月》（2020.08）。

註二：出版日期以新書版初版為主，頁數則參考講談社文庫版本。

事」的京極堂而言，解決案件並非找到「真相」而已，而是如何將「不可思議」變成「可思議」的過程。相較於其他推理小說的核心關懷是「誰殺的」，「百鬼夜行」系列的問題則在揭曉兇手才真正開始。

正因如此，就算是讀者眼中的偵探，京極堂也從未做過如福爾摩斯那樣收集物理證據，或是像白羅那樣到處打聽推敲出言詞的漏洞之類的事情。他更重要的工作毋寧是將案件及其衍生現象賦予一個總括的「形體」——多半是利用妖怪的象徵概念，再拆解這個形體，讓書中的當事人與書外的我們知道案件背後的結構，得以用「理解」去對抗「附身妖怪」，而只有驅逐了附身妖怪，京極堂的任務才能稱之為完結。

之所以會如此設計，或許我們還得回到九〇年代日本推理小說的發展來看。

「百鬼夜行」與新本格

眾所周知，松本清張一九五七年的《點與線》引發日本的社會派風潮，此後三十年本格推理小說只能靠少數堅持不輟的作家延續命脈，這段時間甚至被笠井潔稱為「本格之冬」。直到綾辻行人《殺人十角館》於一九八七年出版，從此被標記為新本格元年。

綾辻行人在小說的開頭，清楚地劃分出新本格與社會派的世代遞嬗。他假大學推理社團成員之口說出「我不要日本盛行一時的『社會派』現實主義。女職員在高級套房遇害，刑警鍥而不捨地四處偵查，終於逮捕男友兼上司的兇手歸案——全是陳腔濫調。貪污失職的政界內幕、現代社會扭曲所產生的悲劇，全都落伍了」，並同時強調推理小說就是「遊戲」而已。

儘管這極有可能是年少時的狂言戲語，但綾辻行人所提出的「遊戲」，卻很好地說明了新本格的傾向。

如果我們將遊戲定義為「在規則的限制下，進行一連串的互動，需要有個結果並從中獲得愉悅感」

的話，什麼會是「小說」的基本規則呢？我想應該是語言吧，用文字來表現故事以及意欲表達的東西，正是小說的無上命令。那換句話說，一種基於遊戲而出現的推理小說，或許也正是意識到語言所佔據的主宰位置，進而對其產生顛覆的意欲。

所以，一種無視現實世界運作規則，甚至無法在真實層面運作的詭計：敘述性詭計誕生了。當然這種基於敘事才能成立的推理小說詭計早就存在，但在八〇年代後現代主義盛行之際，普遍對於這個世界是否有絕對的真實感到困惑，並對我們予以信賴的語言產生質疑時，這個寫作手法卻迅速地引起了新本格作家的興趣，繼而發揚光大。

不過，對京極夏彥來說，語言原本就是無法信賴的東西。他曾經將人的意識比喻為「類比」、而語言就是「數位」，在類比的世界中，一如時鐘，指針是均勻地從1移向2，是一種連續性的展現；然而數位時鐘的盤面上，則是直接從1跳到了2，無法意識到中間的變化，並構成了「不連續性」。正因為語言的不連續性，它只能截斷並保留某時某刻的想法，當意識化為語言的同時，意識早就繼續往前邁進了，這是一個永恆的逸脫的過程。在「百鬼夜行」系列中，他試圖以推理小說的形式來展現這種語言的不可信任，案件本身往往非常單純，但是當每個當事人都透過自己的語言來企圖謀奪某種真實性的同時，這些言語的交混便會拖延解謎的關鍵。對偵探（＝京極堂）而言，解謎並不困難，麻煩的地方卻在於如何藉由自己的語言來框限眾人的認知，繼而推導至他希望的結果；對作者（＝京極夏彥）而言，寫推理小說也並不困難，但如何提醒讀者這種語言的不可信，便讓他開始引渡大量知識進入小說之中，透過偵探之口達到某種調和。繼而讓讀者發現，語言這種可以被任意操作的東西，恐怕才是最需要保持懷疑的對象。而當他所希望處理的東西越來越複雜而麻煩時，他所需要動用的知識（＝語言）也就越來越多，這便造成了他小說篇幅越趨膨大的原因。

京極夏彥當初因為公司生意不好而寫起小說，但歸根究柢卻是因為當時泡沫經濟崩潰，全日本都處於景氣寒冬，日本的企業神話破滅，過去以為不可能動搖的世界產生了裂痕，為新本格這種在質疑世界構成的文類打下了受歡迎的基礎。於是京極夏彥成功地擴大了新本格的受眾，也為自己開創了條獨一無二的寫作道路。

更別提，他還有妖怪呢。

新本格與妖怪

在推理小說的發展中，將鄉野傳說、民俗信仰與殺人命案結合的所在多有。早期的西方有約翰·狄克森·卡、日本有橫溝正史，到了九〇年代初期，也有如《金田一少年案件簿》這類的漫畫作出現代的嘗試。但是這類小說多半都有很明顯的「否定怪異、高舉理性」的特色，讀者從一開始就很清楚知道那些怪物並不存在，就像是人工調味料一樣，只是點綴。

但在京極夏彥筆下，妖怪從一開始就佔據了重要的位置，如果回頭看「百鬼夜行」系列的書名，發現都是「『妖怪』之『漢字』」這樣的組合，他曾在一次訪談中表示，「妖怪就是啟發整個故事的開端，漢字則總括了情節的發展，但我並不會去直書妖怪，而是透過後面的漢字來提醒妖怪的存在」。如果用台灣同樣在研究妖怪與創作推理小說的瀟湘神的說法，就是「京極夏彥的小說中，妖怪是不登場的，但正因為不登場，所以無法被否定，因此也就可以殘留在讀者的心中」。

「百鬼夜行」系列的故事背景多設定在第二次世界大戰後的日本，儘管故事有時會回溯到戰爭時期或甚至戰前，但如果限定案件本身，本傳這九本的時間甚至是侷限在一九五二至一九五三這兩年。京極夏彥創造了一個時間凝滯在結界內的世界，在其中盡情地放任妖怪馳騁。這恐怕是因為，那是妖怪還能存在的最後時光了。京極夏彥認為，妖怪可以分成兩種：一是角色化的妖怪，一種是存在於言說中的妖怪。前者藉由圖像來表現妖怪的形象，可以成功建立其大眾認知，但問題就在於視覺是一種絕對性的感官。當一個妖怪被圖像化／角色化了，也等同於定型了，這種定型奪走了妖怪的可能性，無論是江戶時期的鳥山石燕或是昭和時期的水木茂都在做類似的事情；而口傳型的妖怪則有各種變形的可能性，還可以因應時代與地方來做出變形。只是當二次世界大戰之後，日本必須要成為現代國家，需要用科學來摧毀那些妖怪的存在可能，而讓牠們只能存在於畫冊或圖鑑之上，那實在是太可憐了，在可能的範圍內，他想重新召喚妖怪，賦予牠們生命。

在華人世界的概念中，妖怪是一種超自然的、威脅到人日常生活的東西，只是「百鬼夜行」系列常把妖怪視為一種「解釋機器」，用來概括描述那些人們無法理解的存在，牠更用來概括那些人們的恐懼或哀傷。無論是自然定律或是人的內在心靈，妖怪得以將「現象」具象化，而一旦具象了，人就可以驅逐、迴避、甚至嘲笑牠們。儘管是被排拒出的、殘渣一樣的存在，但反而成為了文化或日本本身的具象物。

這讓他書寫的妖怪推理獨樹一幟，因為他想書寫的，並非單純的案件或人心的形狀，而是想透過「百鬼夜行」這一系列，重新書寫傳統、理解現代的根由，對這個世界做出專屬於他的解釋。

畢竟，「這世上沒有不可思議的事，只存在可能存在之物，只發生可能發生之事。」

作者介紹——

曲辰，一個試圖召喚出小說潛藏的世界樣貌的大眾文學研究者。相信文學自有其力量，但如果有人能陪著走一段，可能得以看到更清晰的宇宙。

總導讀（二）　凌徹

獨力揭起妖怪推理大旗的當代名家——京極夏彥

日本推理文壇傳奇

在一九九〇年代的日本推理界，京極夏彥的出現，為推理文壇帶來了相當大的衝擊。書中大量且廣泛的知識、怪異案件的詭譎真相、小說的巨篇與執筆的快速，這些特色都讓他一出道就受到眾人的激賞，至今不墜。

此外，京極夏彥對妖怪文化的造詣之深，也讓他不同於一般的推理作家。除了小說以日本古來的妖怪為名，故事中不時出現的妖怪知識，也說明了他對於妖怪的熱愛。

身為日本現代最重要的妖怪繪師水木茂的熱烈支持者，更自稱為水木茂的弟子，京極夏彥在妖怪的領域也具有無比的影響力。京極夏彥對於妖怪文化的大力推廣，也絕對是造成日本近年來妖怪熱潮的重要因素之一。

而這一切，或許都是京極夏彥當初在撰寫出道作《姑獲鳥之夏》時，所始料未及的吧。畢竟他以小說家之姿踏入推理界，進而在妖怪與推理的領域都占有一席之地，其實可說是無心插柳的結果。他出道的過程，早已成為讀者之間津津樂道的傳奇故事了。

京極夏彥是平面設計出身，就讀設計學校，並曾在設計公司與廣告代理店就職，之後與友人合開工作室。但由於遇上泡沫經濟崩壞，工作量大減，為了打發時間，他寫下了《姑獲鳥之夏》這本小說，內容則是來自於十年前原本打算畫成漫畫的故事。而在《姑獲鳥之夏》之前，他不但沒寫過小說，甚至連「寫小說」這樣的念頭都不曾有過。

《姑獲鳥之夏》完成後，因為篇幅超過像是江戶川亂步獎與橫溝正史獎這些新人獎的限制，所以他開始刪減篇幅，但隨後便放棄修改而沒有投稿。之後他決定直接與出版社聯絡，詢問是否願意閱讀小說原稿。會撥電話給講談社其實也是巧合，他當時只是翻閱手邊的小說（據說是竹本健治的《匣中的失樂》），查詢版權頁的電話，之後便撥給出版這本小說的講談社。儘管當時正值黃金週（日本五月初法定的長假），出版社可能沒有人在，但他仍然試著撥了電話。

沒想到在連續假期中，講談社裡正好有編輯在。編輯得知京極夏彥有小說原稿，儘管是新人，但仍請他寄到出版社來。京極夏彥原本以為千頁稿紙的小說，編輯會花上許多時間閱讀，之後還有評估的過程，得到回音應該會是半年之後的事，於是小說寄出之後便不再理會。結果回應來得出乎意料地快，在原稿寄出後的第三天，講談社編輯便回電，希望能夠出版這本小說。

推理史上的不朽名著《姑獲鳥之夏》，就這樣在一九九四年出版了。京極夏彥的作家生涯，也就此展開。

相較於過去以得獎為出道契機的推理作家，京極夏彥並沒有得獎光環的加持，只是憑藉著小說的傑出表現才有出道的機會。但他的才能不但受到讀者的支持，推理文壇也很快給予肯定的回應。一九九五年的《魍魎之匣》才只是他的第二部小說，就能夠在翌年拿下第四十九屆日本推理作家協會獎。一出道就聚集了眾人的目光，第二部作品更拿下重要的獎項，京極夏彥的實力，由此展露無疑。

而他初出道時奇快無比的寫作速度，則是除了小說內容外更令人瞠目結舌的。《姑獲鳥之夏》出版於一九九四年，接下來是一九九五年的《魍魎之匣》與《狂骨之夢》，一九九六年的《鐵鼠之檻》與《絡新婦之理》。表面上每年兩本的出版速度或許不算驚人，但如果考慮到小說的篇幅與內容的艱深，應當就能了解他的執筆速度之快了。除了《姑獲鳥之夏》不滿五百頁，之後每一本的篇幅都超過五百頁，後兩本甚至超過八百頁。如此的快筆，反映出的是他過去蓄積的雄厚知識與構築故事的才能。

兩大系列與多元發展

雖然京極夏彥在日後的執筆速度已不再像初出道時那麼快速，但他發展的方向卻更為多元。在小說的領域，京極夏彥筆下有兩大系列作品，分別為京極堂系列與巷說百物語系列，此外還有一些非系列的小說。在小說之外，則包括妖怪研究、妖怪圖的繪畫、漫畫創作、動畫的原作腳本與配音、戲劇的客串演出、作品朗讀會、各種訪談、書籍的裝幀設計等等，在許多領域都可以見到他的活躍，更讓人驚訝於他多樣的才能。

京極夏彥的成功，影響了日後許多的推理作家。講談社由此開始思考新人出道的另一種方式，不需要擠破頭與大多數無名作家競逐新人獎項，只要自認有實力，且經過編輯部的認可，作家就可以出道。一九九六年講談社梅菲斯特獎的出現，也正是將這種想法落實的結果。

倘若比較同時期的作家，從一九九四年的京極夏彥開始，出道於一九九五年的西澤保彥，與一九九六年的森博嗣，推理小說界在此時出現了不小的變動。當許多新本格作家的作品產量開始減少之際，前述的三位作家表現出截然不同的風格。他們出書速度快，短短數年內便累積了許多作品，而且又不會因為作品的量產而降低水準，反而都能維持著一定的口碑。此外，更吸引了許多過去不讀推理小說的讀者，將讀者層拓展得更為寬廣。

京極堂系列

在大致描述京極夏彥的作家生涯與特色之後，以下就來介紹他筆下最重要的兩大系列。

京極夏彥的主要作品，是以《姑獲鳥之夏》為首的京極堂系列。到二〇〇七年為止，這個系列總共出版了八部長篇與四本中短篇集，是京極夏彥創作生涯的主軸，也仍在持續執筆中。由於京極堂系列是他從出道開始就傾力發展的作品，配合上寫作前幾部作品時的快筆，因此作品數很快地累積，而其精彩的內容，也使得京極夏彥建立起妖怪推理的名聲。

京極夏彥的作品特色，首推他將妖怪與推理的結合。或許也可以這麼說，他是在寫作妖怪小說時，採用了推理小說的形式，而這正表現在京極堂系列上。京極堂系列的核心在於「驅除附身妖怪」，原文為「憑物落とし」。所謂的「憑物」，指的是附身在人身上的靈。在民俗社會中，人的異常行為與現象，常會被認為是惡靈憑附在人身上的關係。因為有惡靈的附身，才使人們變得異常，而要使其恢復正常，就必須由祈禱師來驅除惡靈。

京極堂系列的概念類似於此。每個人都有著不同的心靈與想法，有些人的心中可能因為自己的出身或見聞而存在著惡意。扭曲人心的惡意憑附在人類身上，導致他們犯下罪行或是招致怪異舉止，真相也從而隱藏在不可思議的表象中。京極夏彥讓憑附的惡靈以妖怪的形象具體化，結果正如同妖怪的出現使得案件變得不可思議。陰陽師中禪寺秋彥藉由豐富的知識與無礙的辯才，解開案件的謎團，讓真相水落石出。由於不可思議的怪事可以合理解釋，也就形同異常狀態已經回復正常。既然如此，那麼造成怪異現象的妖怪，自然也就在真相解明的同時被陰陽師所驅除。

這樣的過程，正符合推理小說中「謎與解謎」的形式。京極夏彥曾在訪談中提及，推理小說被稱為是「秩序回復」的故事，而他想寫的也是這種秩序回復的故事。在這樣的概念下，妖怪與推理，這兩項看似沒有任何關聯的類型，在京極夏彥的筆下精彩的結合，也成為他最大的特色。

而京極堂以豐富的知識驅除妖怪及解釋真相，也讓京極夏彥的小說裡總是滿載著大量資訊。《姑獲鳥之夏》中，京極堂所言「這世上沒有不有趣的書，不管什麼書都有趣。」，事實上也正是京極夏彥本人的想法。對於書的愛好，讓他的閱讀量相當可觀，因而得以累積豐富的知識，也隨處表現在故事之中。

另一個特點，則在於人物的形塑。身兼古書店「京極堂」的店主、神社武藏晴明社的神主、以及陰陽師這三重身分的中禪寺秋彥，擔負起驅除妖怪與解釋謎團的重任。玫瑰十字偵探社的偵探榎木津禮二郎，可以看見別人的記憶。此外包括刑警木場修太郎，小說家關口巽，「稀譚月報」的記者同時也是京極堂妹妹的中禪寺敦子等等，小說中的人物有著各自獨特的個性，不但獲得讀者的支持，更成為許多人閱讀故事時的關注對象。

介紹過京極堂系列的特色之後，以下針對各部作品做簡單的敘述。

一、《姑獲鳥之夏》（一九九四年九月），女子懷孕了二十個月卻尚未生產，她的丈夫更消失在密室之中。同時，久遠寺醫院也傳出嬰兒連續失蹤的傳聞。

二、《魍魎之匣》（一九九五年一月），因被電車撞擊而身受重傷的少女，被送往醫學研究所後，在眾人環視之下從病床上消失。此外，武藏野也發生了連續分屍殺人案件。

三、《狂骨之夢》（一九九五年五月），女子的前夫在數年前死亡，如今居然活著出現在她的面前，雖然驚恐的她最終殺死了對方，卻沒想到前夫竟然再次死而復生，於是她又再度殺害復活的死者。

四、《鐵鼠之檻》（一九九六年一月），在箱根的老旅館仙石樓的庭院裡，憑空出現一具僧侶的屍體。之後，在箱根山的明慧寺中，發生了僧侶連續遭到殺害的案件。

五、《絡新婦之理》（一九九六年十一月），驚動社會的潰眼魔，已經連續殺害四個人，每個被害者的眼睛都被鑿子搗爛。而在女子學院的校園內，也發生了絞殺魔連續殺人的案件。

六、《塗佛之宴》（一九九八年三月、九月），分為兩冊「宴之序幕」與「宴之尾聲」。「宴之序幕」中收錄了六個中篇，「宴之尾聲」解明隱藏於其中的最終謎團。關口聽說伊豆山中村莊消失的怪事，前往當地取材。數日後，有名女子遭到殺害，關口竟被視為是嫌疑犯而遭到逮捕。

七、《陰摩羅鬼之瑕》（二〇〇三年八月），由良伯爵過去的四次婚禮，新娘都在初夜遭到殺害，兇手至今仍未落網。如今，伯爵即將舉行第五次的婚禮，歷史是否會重演？

八、《邪魅之雫》（二〇〇六年九月），描述在大磯與平塚發生的連續毒殺案件。

京極堂系列除了長篇之外，還包括了四部短篇集，都是在雜誌上刊載後集結成冊，有時也會在成書時加入未曾發表過的新作。這四本短篇集各有不同的主題，皆以妖怪為篇名。

一、《百鬼夜行——陰》（一九九九年七月）收錄了十篇妖怪故事，每篇故事的主角皆為系列長篇中的配角。藉由這十部怪譚，讀者可以看見在系列長篇中所未曾描述的另一個世界。

二、《百器徒然袋——雨》（一九九九年十一月）、《百器徒然袋——風》（二〇〇四年七月）各收錄三篇，主角是偵探榎木津禮二郎，故事中可以見到他驚天動地的大活躍。

三、《今昔續百鬼——雲》（二〇〇一年十一月），共收錄四篇，本作的主角是妖怪研究家多多良勝五郎，描述他與同伴在傳說蒐集旅行中所遭遇到的怪事。

巷說百物語系列

京極夏彥的另一個系列作品是《巷說百物語》，這個系列開始發表於一九九七年，一九九九年出版第一本，到二〇〇七年為止共出了四本。本系列的第三本《後巷說百物語》更讓京極夏彥拿下了第一三〇屆的直木獎，成為他作家生涯的重要里程碑。

《巷說百物語》刊載於妖怪專門雜誌《怪》上，是這本雜誌的創刊企畫，一直持續至今。在試刊號的第〇期，京極夏彥發表了《巷說百物語》的第一個故事〈洗豆妖〉，之後除了兩期之外，其餘每一期都可以看見《巷說百物語》系列的小說。京極夏彥總是提及，只要《怪》繼續出刊，《巷說百物語》就不會停止，由此可見他重視這本雜誌的程度。

刊載於雜誌上的巷說系列，每期都是一個完整的中篇故事，目前為止尚無長篇連載。而在匯整出版單行本時，京極夏彥會再新寫一篇未發表在《怪》上的作品，做為每本小說的最後一則故事。本系列至今已出版了四本，從一九九九年八月的《巷說百物語》，二〇〇一年五月的《續巷說百物語》，二〇〇三年十二月的《後巷說百物語》，到二〇〇七年四月的《前巷說百物語》，除了《巷說百物語》收錄了七篇作品之外，之後的三本都收錄六篇作品。

巷說系列的背景設定於江戶時期，從一八二〇年代後半開始。在那個時代，妖怪的存在依舊深植人心，人們深信妖怪會作祟，怪事的發生也可以歸因於妖怪而不必尋求合理的解釋。系列的靈魂人物是又市，以言語欺瞞人們的詐術師。在《巷說百物語》中，詭異的怪事不斷發生，而這一切怪事，其實都是又市在幕後設計的。他接受委託，並與伙伴們刻意製造出妖怪奇聞，藉由這些怪事的發生，使得他能夠達成真正的目的，並且能夠被隱藏在怪異之下而不為人知。

《續巷說百物語》與前作略有不同，著眼點較偏重於角色，固定班底的描寫在本作中被突顯，他們的過去也藉由不同的故事被一一呈現。《後巷說百物語》發生於江戶時代之後的明治時期，四名年輕人每逢遭遇怪異，便來請教一位隱居在藥研堀的老翁。老翁由這些怪事，回想起年輕時與又市一行人所遇到的案件，並在故事最後會同時解決現在與過去的案件。

《前巷說百物語》的設定再度轉變，描寫的是又市的年輕時期。在前三作中，又市已經是成熟的詐欺師，但他並非生來就是如此，《前巷說百物語》中的又市還年輕，他的技巧也還不純熟，因此故事又再次表現出和前三作不同的風格。

巷說系列目前共包含上述四本，但還有另外兩本小說與其相關，那就是《嗤笑伊右衛門》與《偷窺者小平次》。這兩本其實是京極夏彥改寫日本家喻戶曉的怪談，使其呈現新貌的作品。但是由於巷說系列的重要人物又市與治平也出現在其中，而且對他們兩人的生平有著較多的描述，因此雖然小說本身的重點在於固有怪談的重新詮釋，但由於人物的重疊，其實也等同於巷說系列的外傳作品。而在京極夏彥的得獎史上，這兩部作品同時都有得獎的表現，《嗤笑伊右衛門》拿下第二十五屆泉鏡花文學獎，《偷窺者小平次》則是獲得第十六屆山本周五郎獎。

開創推理小說新紀元

京極夏彥的過人才華，發揮在許多的領域上，也讓他有著非凡的成就。過去台灣曾經出版過京極夏彥的數本小說，讀者們也已經對他有著一些認識。可惜的是，過去都未曾以作品集的型態來全面地引薦與介紹，因而對讀者而言，期待度極高的京極夏彥作品，也始終都是傳說中的名作，無緣一見。

如今，京極夏彥的小說再度引進台灣，而且是他筆下最主軸的京極堂系列作品全集，讀者們可以從完整的小說集中一睹這位作家的驚人實力。足以在日本推理史上留名的京極堂系列，其精彩的故事必然會讓人留下深刻的印象。妖怪推理的代名詞，開創妖怪小說與推理小說新紀元的當代知名小說家京極夏彥，現在，就在眼前。

二〇〇七年五月九日

作者介紹——

凌徹，一九七三年生，嗜讀各類推理與評論，特別偏愛本格。

老賊入魔魅，
惱亂人天無了時——

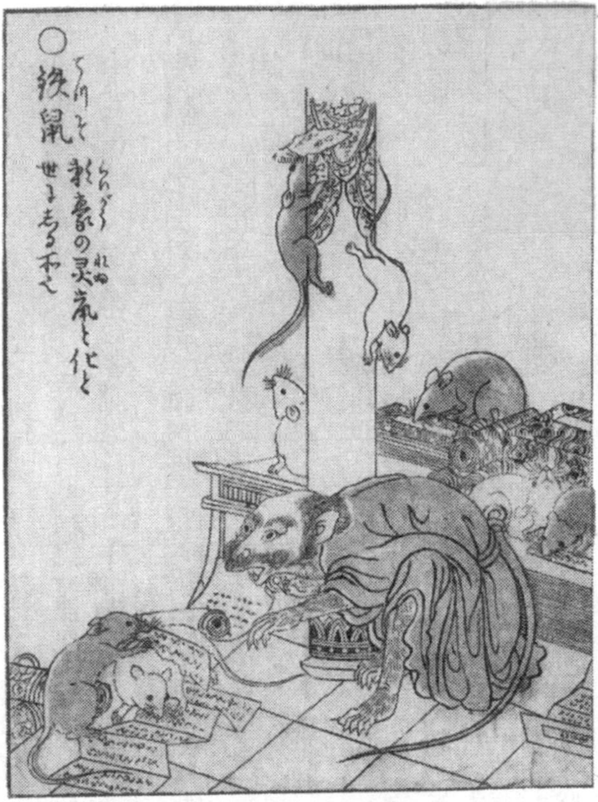

鐵鼠

賴豪之靈化為鼠，為世人所知也。

——畫圖百鬼夜行・前篇・陽

園城寺戒壇事——

（前略）

如是經年，於白河院治世，三井寺（註一）僧都（註二）賴豪，為江帥匡房之兄，其位顯貴，受朝廷之召，奉命祈禱皇子降世。賴豪受命，殫精竭力祈請，陰德乍現，承保元年十二月十六日，皇子誕生。帝甚為感念，下詔：「祈禱之賞，當依所願。」賴豪夙願，不求官祿，唯請應許園城寺設立三摩耶戒壇。山門（註三）聞此，持狀訴請宮禁，援引前例，奏請撤廢。然帝曰：「君言出而不反。」未諾。三塔（註四）啅噪乖迕，停僧房之說法，閉寺院之門戶，止護國之祈禱，朝廷亦難漠視，無已，撤建三摩耶戒壇之敕。

賴豪大怒，百日間不剃髮修甲，沐爐壇煙，嗔忿之火焦骨，興惡念云：「吾願即身成大魔緣，嬲惱玉體，滅山門佛法。」竟於二十一日死於壇上。其怨靈果成邪毒，因賴豪祈請而降世之皇子，未離母后膝上即薨。

帝大悲。山門之乖迕，園城之效驗，其得失歷歷。為雪山門之恥，保全繼體嗣君，遂召延曆寺座主良信大僧正，命祈請皇子降生。修法之間，生種種奇瑞，承曆三年七月九日，皇子誕生。山門之護持無隙可趁，賴豪之怨靈亦無以為近，此宮玉體無恙，遂踐祚即位。退位後有院號，為堀河院，即此二宮皇子。

而後，賴豪之亡靈化作鐵牙石身之鼠八萬四千，登比叡山，噬佛像經卷，無能防之，乃祀賴豪為一寺之神，以鎮其怨。鼠之禿倉者是也。

爾來，三井寺積怨更深，動輒奏請興立戒壇；山門亦循往乖迕，悍求撤廢此請。如此，始於承曆年中，至文保元年，因此戒壇故，園城寺遭祝融者七回。或因此故，近年不復提申立之事，而寺門昌盛，亦得保全三寶之護持。然今將軍（註五）妄自承迎眾徒，不顧山門之怒，冒然令可。市井聞此，俱怪曰：「真正天魔之業，佛法滅絕之根耶。」

——《太平記》卷十五（註六）

註一：園城寺俗稱。
註二：僧都為統轄僧尼之官名，地位次於僧正。此為沿用自中國官名，始於北魏孝明帝任慧光為僧都。
註三：指比叡山延曆寺。
註四：指構成延曆寺之東塔、西塔、橫川，即延曆寺所有僧侶。
註五：指室町幕府初代將軍足利尊氏（一三〇五—一三五八）。
註六：《太平記》為描寫南北朝時代動亂的軍記物語，約成書於一三七一年，據傳為小島法師所撰，共四十卷。從鎌倉幕府滅亡、南北朝對立寫起，直至室町幕府成立，並對政治、時世加以批評，對後世的文學、思想影響甚鉅。

「是貧僧殺的。」

聲音響亮優雅，沒有絲毫畏怯，同時語調極為平常，所以尾島佑平認為對方八成在開玩笑，慢吞吞地轉向聲音傳來的方向。

「您說什麼？」

「所以說，是貧僧殺的。」

「您說殺……意思是？」

「喏，就是倒在施主腳下的那具屍骸。」

「屍、屍骸？這個嗎？」

尾島雙手一揮，扔掉了手中的丁字拐，跳開似地遠離了**它**。完全是大吃一驚的動作。因為如果就像出聲的人所言，**它**真的是一具屍骸的話，那麼尾島之前等於是做出了極為冒瀆的行為。

在來人告知之前，尾島用拐杖尖端戳**它**，甚至用腳尖撥弄**它**，想要搞清楚阻擋去路的異物究竟是什麼。

「不必驚訝……」

聲音說：

「生命結束的話，人也不過是具肉塊。即使觸碰，死亡也不會像疾病般傳染開來。不管是踐踏還是踢踹，都不會因此遭到作祟的。沒有必要如此忌諱吧。」

「人？您剛才說人？那麼這個——我剛才踏到的這個，是人的屍骸、人的屍體嗎？」

「沒錯……」

說到這裡，聲音變得有些拙澀，然而不一會兒又恢復成原本的語調。

「施主眼睛不方便嗎？那麼請容貧僧再次說明吧。方才施主用腳撥動的東西，是人的屍骸。話雖如此，也無須如此畏懼。而且，**它已經成佛了**（註）。」

聲音如此述說。

「就、就算您這麼說，踩、踩了死者是會遭報應的。我、我……」

「何須如此畏懼？這不是往生者，只是具屍骸。不，即使它是往生者，若已真正往生成佛，不過是被腳踩踏，也不會為此發怒的。」

「您說這什麼天打雷劈的話？」

「施主不信貧僧所言？」

「這麼說的您，又是何人？」

「如施主所見，只是名乞丐和尚……噢，我忘了施主看不見貧僧。貧僧雖然這樣，也是名雲水僧。」

「您、您是和尚？」

「沒錯。」

「那麼，快來超渡這個死者……」

「我剛說了，那是貧僧所殺。」

「師父的意思是，和尚殺了人嗎？」

「殺了人。」

「怎麼這麼殘忍……不、這、您……」

不知為何，尾島彷彿甦醒過來似地放鬆雙肩，將自己的臉轉向比僧人實際上的臉更高一些的位置說：

「您是在開玩笑的吧？」

註：在日文中，死者、屍體也諱稱為「佛」。此一雙關語在本作品中具有關鍵作用。

僧人間不容髮地回應：

「施主為何作此想？」

「您說是和尚，那麼您已皈依佛門了吧。」

「所言甚是，貧僧是佛門弟子。」

「那麼殺生應該是個大戒。如果因為我看不見，您就想嚇唬我的話，這個玩笑也過頭了些。就算您是和尚，也請不要這樣捉弄人。」

「貧僧並未說笑。捉弄眼盲的施主，才是佛門弟子最不應為之事。在路況如此險惡的雪地裡，施主的腳步卻如此踏實，所以貧僧才未察覺。若是一開始就察覺，絕無此言。」

「可是……」

「若是貧僧的話冒犯了施主，還請見諒。貧僧絲毫無意嘲弄施主雙眼不便。得罪了。」

聲音變得模糊，僧人垂下頭來了。

「可、可是……」

「可否請施主見諒？」

「呃、不，不是這樣的。這種事無關緊要。只、只是和尚殺人這種事，我一時實在無法相信。」

「誠如施主所言，不殺生是佛祖之教誨。不，論到殺人，不僅是僧人，遵循此戒是人之常倫。」

「那麼為什麼……？」

「在那裡的確實是人的屍骸。然而貧僧所殺，卻非人哉。」

「什麼？」

「貧僧說，貧僧**沒有殺人**。」

僧人說完，沉默了片刻。

「師父的意思是這不是人嗎？死在這裡的不是人，換句話說，師父您制裁了十惡不赦的惡人？」

「非也，非也。裁處世人，非僧人之職。況且那具屍骸並非什麼惡人。正如方才施主所言，它是已往生成佛者。」

「那倒奇怪了。」

「它——沒錯，是牛。」

「牛？您是說牛？」

「沒錯。而它若是牛……」

「若是牛？」

「貧僧便是鼠。」

鼠——聲音這麼說。

「鼠？」

「貧僧的牛破檻而出，捉住了一看，卻非牛而是鼠。不對，不是這樣。打從一開始就根本沒有任何東西破檻而出。」

「您是說檻嗎？」

「對，檻。牢牢緊閉的牢檻。不見、不聞、不語、不思，捨棄自我、捨棄所有、捨棄一切，俱皆成空，牢檻卻依舊留存。檻中沒有任何東西逃離，而且原本存在於檻中的，是鼠。」

「檻中……有鼠？」

「是鼠啊。」

「鼠……？」

「施主明白嗎？」

「不明白。」

「這麼想想……」

僧人的口吻變得像在述懷。

「這麼想想，貧僧離開故鄉之後，行路迢遠，卻終究沒能離開囚禁自己的牢檻。但是，那廝卻輕易地破檻而出——輕而易舉地。逐牛、得牛、成牛，噢噢，對那廝而言，根本沒有所謂的牢檻。貧僧是多麼地不成熟啊。」

「師、師父在說些什麼啊？」

「所以……」

「所以您才把他殺了……？」

「可以說是這樣，也可以說不是這樣。」

「我不懂，完全不懂。我這種人不可能明白師父說的大道理。雙眼失明的我，連倒在這裡的東西是什麼都毫無頭緒。師父說這是人的屍骸，還說殺了他的就是您自己。但是，師父又說您沒有殺人，說您殺的是牛。如果師父殺的是牛，那麼在這裡的就應該是牛的屍骸；又，這具屍骸若是人的屍體，那麼就是師父殺了人。這是世間常理，不可歪曲之事。縱然變換再多的說法，事實就是事實。詭辯不可能扭曲真實。在這裡的東西究竟是什麼？雖說一眼就可以看出來，然而我卻無法加以確定。這麼一來，和受到嘲弄根本沒有兩樣。」

「沒什麼，在那裡的東西，就是施主所看到的東西。」

「又出此過分之戲言。」

「貧僧並未說笑。喏，施主不是已經看見了嗎？」

「什麼？」

「明眼之人所能夠看見的，其程度有限。」

冷風穿過樹林而來，拂上尾島的後頸。

陰冷的空氣徐徐籠罩住尾島。

「世界就如同施主所見，那便是施主的世界。那麼，無須介意貧僧之言。就這樣接受施主所感覺到的即可。」

這……

這不是什麼牛。

當然，這事打從一開始就再清楚不過了。

沙沙——聲音響起。

枝椏上的積雪掉落了。

僧人道：

「施主害怕死亡嗎？」

「這……」

「貧僧在問，施主害怕死亡嗎？」

「怕、怕啊。」

「何故？」

「什……」

感覺不到氣息。

自己現在對話的對象……

真的是人嗎？

就算是人，

也是……殺人兇手。

沙沙。

積雪落下了。

此時，尾島總算客觀地掌握到自己面對的不尋常狀況。

他朝著聲音傳來的方向，腳往後挪了一步。丟掉拐杖真是失策。他在大驚之餘扔掉了拐杖，現在完全不曉得僅次於性命的寶貝手杖掉到哪裡去了。在這種狀況下胡亂地魯莽行動，根本是有勇無謀。尾島一邊後退，一邊用腳尖摸索拐杖的所在。

找不到拐杖。

鏘——聲音響起。

「貧僧方才以這把錫杖揮上那人的頭，那人死了。只是這樣。在那之前與之後，有任何改變嗎？」

「殺、殺人兇手……」

鏘——聲音再度響起。

「殺人兇手！」

尾島尖叫。

接著他往後倒退了兩三步。

僧人發出踏過雪地的聲音，逼近尾島。

鏘、鏘——錫杖發出聲響。

尾島的膝蓋……軟了。

他勉力支撐不癱坐下去，右手往前伸出。

左手在背後摸索。然而手卻只是抓過空氣——背後什麼都沒有。

尾島突地屈起身體，雙手撐在雪地上，朝著僧人應在的方向伏首。

「饒、饒命，請饒命。小的只是個盲眼按摩師。這件事我沒看到、沒聽到也不會說。請您饒了我這條小命吧。」

尾島跪拜下去，一次又一次求饒。

冰冷的雪片沾附在他的額頭上。

但是尾島求饒的方向，微妙地錯開了僧人此時站立的實際位置。

沙沙——雪崩落了。

僧人「呵呵」笑了。

然後他說「這樣就好，這樣就好」。

尾島身體更加緊縮，像要把臉埋進雪中似的，抱住了頭。

「用不著害怕，貧僧什麼都不會做。喏，這樣子身體會受寒、著涼的。喏，快請起吧。」

僧人說著，走向尾島，穿過他身旁，將插進原本似乎是草叢的雪堆裡的拐杖拔出。

「雖云修證一等，吾尚未及。」

僧人無力地說。

「漸修悟入終歸是件難事。」

他接著呢喃似地說。

然後，僧人把拐杖塞進蜷伏在地的尾島手中。

「所以我並非可受施主如此跪拜的高僧。喏，不管是警察還是哪裡都好，去吧。」

僧人毅然決然地說。

尾島從僧人手中一把搶過拐杖，連滾帶爬——事實上他真的跌倒了好幾次——渾身沾滿了雪，頭也不回地逃走了。

僧人凝然不動。

1

這件事是事後聽聞的。

那一天……

聽說山已然一片雪白，雖然天氣不甚晴朗，外頭卻頗為明亮。

或許是雪不規則地反射出微弱的日光之故。

山鳥咰咰啼叫。

值此寒冬，鳥依然會啼叫嗎？今川雅澄坐在窗邊一張相當舒適的椅子上，想著這類無關緊要的事。

窗戶是落地式的玻璃窗，外頭是一塊類似平台的地方。今川原本打算一起床就去那裡呼吸冰冷的戶外空氣，好驅趕睡意，但是因為太冷而作罷。而且光是坐在窗邊冰冷徹骨的椅子上，眼睛就已經完全清醒了。

今川將視線從遠方的群山移至前方的樹林，然後轉至平台。平台地板和橫木似乎因為長年暴露在風雪之中，已褪色發白，但或許是堆積在扶手上的雪太過亮白，這天看起來反而異樣漆黑。可能是因為濕濡的關係。

鼻頭開始冰冷了。今川緩慢起身，從鋪木板的房間回到榻榻米的客房。

客房也冷得很。女傭方才已將暖和的床鋪收拾妥當了，房間看起來空蕩蕩的。矮桌上放著泡好的茶，但是茶應該也涼了。

今川縮起肩膀，望進火盆，炭火熊熊地奮力燃燒著。

無奈這個房間以單人房來說，實在太過寬敞了。

為了讓炭火燒得旺一點，今川把隔開兩個房間的紙門也關上了。

亮度暗了下來。

即使如此，還是知道現在是早上，這讓今川覺得很不可思議。

他坐上矮桌旁的和式椅，絹製的厚坐墊柔軟極了。

「啊，好棒的椅子。」

今川伸展雙手，輕輕揮舞，自言自語地說。

當然沒有人回應。

但是今川是明白這一點才出聲的，他的聲調完全就是打趣。

因為他很無聊。

——今天可能也無事可做。

不，也有可能不會這樣。儘管這麼希望，但昨天就這麼期待過了，與其最後落得一場空，倒不如一開始就死了心比較好。今川覺得不抱希望地等待，等著等著對方就出現的話，那就再好也不過了。

他已經空等了五天。

雖然這是家老字號的旅館，卻地處遭大雪封閉的深山僻野，無法隨意外出，就算離開旅館，附近也沒有可以尋訪的名勝古蹟。在此狀況下，真正是無所事事。頂多只能泡泡溫泉，享用料理，晚餐時喝喝小酒，然後就寢而已。旅館的服務是一流的，當地所釀造的酒也有相當的水準，雖說是佳餚美酒，卻也一成不變，吃個三天就膩了。澡堂以檜木打造，十分豪華，聽說原本是某個名泉，但是今川的目的並非泡湯療養，總不能老是泡在溫泉裡。

今川是來做生意的。隨著日子一天天過去，住宿費與日俱增，利潤也日漸減少了。

——那個大概值多少錢呢？

今川看著壁龕裡的掛軸，在心中估算。

只是以漆黑而強勁的筆觸畫上一個大大的圓罷了。今川難以判斷這是墨跡（註一）還是畫贊（註二）。

——是禪畫嗎？

今川對書畫類不太擅長，對於書畫的時代和主題也不甚明瞭。如果留有署名的收藏盒還好，但光是用看的，他完全無法判斷其價值，頂多只能看出裝裱的好壞。掛軸的側邊雖然有些髒污，但整體應該算是相當精緻。可是不了解最重要的畫本身價值，也是枉然。今川又不是裱褙師，對裱褙估價也沒有用。

今川托著腮幫子，更進一步注視掛軸。

思考的時候，今川會露出一種著實奇怪的表情。

在旁人看來，那完全就是忘我的狀態。

即使不是如此，今川這個人原本就生著一張獨特的臉。

所有認識他的人，皆異口同聲說只要見過他一次，就絕對不會忘記。他的長相就是如此奇特。

今川絕不肥胖，但是乍看之下卻覺得他又矮又胖，說好聽便是威嚴十足。最能夠象徵他的威嚴的，就是那個雄偉的酒桶鼻。鼻子上是一對碩大渾圓的眼睛，更上頭則是有如蚰蜒（註三）般粗濃的眉毛。嘴唇略微鬆垮而厚實，圍繞著它的鬍鬚也同樣濃密。相反地，今川幾乎沒有下巴，而是從嘴唇下方畫出平緩的曲線，就這樣一路延伸到頸子。臉上的每一個部位都過度宏偉，形成了一張十分誇張的長相。若是年逾不惑，應該會變成一張極為渾厚、韻味十足的大商人容貌，但是現在卻只顯得青澀。

在沉思當中，這張臉孔變得更加鬆弛了。

今川就這樣過了十分鐘。

然而，終究還是看不出價錢。

今川接著給壁龕中的壺和眼前的矮桌之類物品估價，卻都無法做出確實的判斷，最後他對這徒勞的遊戲感到厭倦，走出了房間。

走廊擦拭得光亮無比，窗外可以看見前庭。雖然還無法掌握旅館的整體構造，但是他知道這座庭院並非樓下大廳面對的風雅中庭。景觀完全不同。抵達旅館的時候，今川應該經過了前庭，卻只對巨大的垃圾筒留下印象。

今川驀地回頭，看見裝飾在走廊盡頭處的壺，看起來年代相當久遠，而且昂貴。就算遠遠看也知道。

——信樂燒（註四）吧？不，是常滑燒（註五）。

與書畫相比，陶瓷類算是今川比較擅長的。只是他無法估價。光是說「好像很古舊」、「好像很貴」，門外漢也辦得到。就算明白它的好，無法換算成金錢就沒有意義了。

今川雅澄是個初出茅廬的古董商，到現在都還無法信心十足地估價。

——不過這應該是很不錯的東西。

總而言之，這家旅館——仙石樓中的一切什器，都是價值不菲的古董。今川雖然不懂，卻這麼判斷。說起來，建築物本身幾乎就是件古物了。

今川走下樓梯，穿過走廊來到大廳。面對庭院的寬闊大廳裡，一個老人孤伶伶地坐著。景象與昨日簡直如出一轍。這幾天來已完全熟稔的老人，似乎依然和昨天一樣，茫茫然地眺望著庭院。老人頭頂完全光禿，輪廓是一團渾圓，若是逆光看去，真的無從分辨老人正面對著哪裡。不過今川

註一：書畫真跡，在日本特別指鎌倉（一一八五－一三三三）至室町時代（一三三六－一五七三）的禪僧所留下的書畫。
註二：中國的畫贊指的是為人物畫所做的文章，但在日本則不限人物畫，繪畫餘白處的詩文皆稱畫贊。與禪宗一起自中國傳入。
註三：一種節足動物，與蜈蚣同類，有十五對腳，呈黃黑色。
註四：信樂燒是滋賀縣信樂地方生產的陶器，質地粗糙，以赤褐色為多。室町時代以燒製茶器聞名。
註五：常滑燒指愛知縣常滑市附近出產的陶器，於平安末期開窯，在鎌倉時代達到鼎盛。風格樸拙，多生產大型生活用品。

認為既然老人昨天是在看庭院，今天應該也是如此。

「早安。」

「噢，是你啊。」

不出所料，老人正在看庭院。他看見今川，高興地破顏微笑。

從外表看來，老人感覺已近七十，但是他似乎出人意表地年輕。碩果僅存的一些鬢髮幾乎全白了，與此相對，老人的容顏豐厚而且紅潤。

今川對這名老人很感興趣。他看起來不像客人，卻也不是旅館員工。從他的口吻判斷，也不像是旅館老闆。他只在日用浴衣上穿了一件棉袍，無所事事，就這麼悠閒地待著而已。

「你……」

老人突然用倒了嗓的聲音說：

「你看起來不像是來泡溫泉療養的客人呢。恕我冒昧，你是來做什麼的呢？」

老人用獨特的腔調問道。看樣子，就像今川對老人抱有疑問一樣，老人也對今川感到懷疑。

「我是來做生意的，約好的客戶卻遲遲未現身。」

「生意？何必約在這種箱根的深山裡頭談生意？同樣是箱根，也有許多交通方便的地方。像元箱根或是湯本——不，這一帶的話，山腳下也有許多溫泉旅館啊。」

「不，這裡是對方指定的。他吩咐我在這裡等待，所以像這樣等了五天之久。」

「乾等了五天啊。指定這種地方作為商談場所的客人雖然奇怪，跟那種人做生意的你也是半斤八兩。反正不是什麼尋常生意吧？」

「不尋常，極不尋常。吩咐我在這裡等的，可是位和尚呢。」

「和尚？」

「我在等一位和尚，如此罷了。」

「如此罷了？」

「如此罷了。哈哈哈。」

今川以無意義的笑聲結束話題，告訴老人自己的姓名與職業。老人知道今川是個古董商後，有些不可思議地側了側頭，報上名來：

「我啊，名叫久遠寺嘉親。」

久遠寺老人說他是這家旅館的常客，戰前幾乎每年都來造訪。但若問他現在是否也還是客人，情況又有些不同了。他現在似乎是以「旅館的食客」這種奇妙的身分待在這裡。

「說好聽一點，是拋棄了都市的生活，但說穿了就是在東京待不下去了。形同放逐一般。與其說是隱居避世，更像是出奔京城，落荒而逃。」

老人說，空虛地笑了。

然後他轉向今川問道：

「你沒聽說過我嗎？」

今川回答沒聽說過，老人便說「這樣啊」，偏著頭縮起下巴，簡單地述說自己的身世。

久遠寺老人原本是豐島的一個開業醫師，在某起案件中失去了家人，也無法再繼續執業，於是將醫院及財產悉數處分，幾乎是被驅逐出境似地離開了東京。久遠寺老人不知何去何從，結果在此落腳，如今已經過了兩個月。

「說是場騷動，的確是一場大騷動。話雖如此，也只占了報紙一小片篇幅。即使是影響我人生的重大案件，對世人來說不過是件小事罷了。不知道的人也很多吧。嗯，應該很多吧。」

老人呻吟似地說完，明白了似地點點頭，更加縮起下巴，這次用吟詩般的口吻問：

「你是個古董商啊？做很久了嗎？」

「很短。」

今川自知這是個奇怪的回答，一邊難為情地笑著，一邊坐到老人身旁。

老人拿起堆在身旁的柔軟坐墊，在榻榻米上滑也似地推向今川。

今川跪坐在座墊上，頓了一下後，開始述說自己的來歷。

因為今川感覺老人的眼神在要求自己述說。

說到今川的老家，是代代製作蒔繪（註一）的畫師家系。而且是相當有來歷的名門世家。父親名喚十三代泉右衛門，而今川若是長男的話，將會繼承十四代泉右衛門的名號。然而不知該說是幸或不幸，今川因為是次男，得以免於繼承這個古老的名號。

今川首先表明這件事。

要述說他成為古董商的時日尚淺，以及他成為古董商的經過，這是不可或缺的前言。但是今川完全沒有加以說明，這話就顯得極為唐突了。然而老人卻沒有吃驚的樣子，反問：

「十三代的話，相當古老了呢。」

「呃，聽說追本溯源的話，可以追溯到今川義元公（註二）。」

今川經常從祖父那裡聽說這件事。

今川的祖父當然就是十二代泉右衛門。但是今川總是不認真聽，所以不是記得很清楚。因為並非繼承人，在某種意義上可以說是處於不須負責的立場，使得今川對於自己的家世毫無自覺；又或許是反正不會繼承家業，就算聽了也沒有用的這種彆扭的想法，使得他摀住了耳朵不願去聽。雖然不清楚究竟為何，總之無論祖先是今川義元還是武田信玄（註三），對今川而言都無所謂。只是論長相的話，流傳於世的信玄像和自己還長得比較像一點——今川的感想僅止於此。

無論如何，今川毫無疑問的是與這個家系相關一族之成員。當然，今川本身認為這類所謂家世門第的怪物，在現代社會中除了形成妨礙，並不會帶來任何利益。事實上華族或士族（註四）之類的家族，現在也幾乎都窮途潦倒，所以今川認為這番私見也未必是錯的。

只是，今川的老家情況有些特殊。今川家身負技術傳承與維護傳統的使命。或許是拜此之賜，今川家才得以免於潦倒，延續至今；但是說到分家，情況又不同了。分家並沒有根基於歷史及傳統的使命感，完全喪失了志氣，所以分家的人毫不例外地只知道仗勢弄權，全都沒了體統。分家的叔父似乎正是這種人，據說他無論如何都不肯屈就於別人底下做事。而這若在舊幕府時代也就罷了，在昭和時代，這種心態是行不通的。結果搞得生計窘迫，就如同「人窮志短」這句話，轉眼間便一敗塗地，終於到了一文不名的地步。完全就是個典型的斜陽族。

那名叔父的兒子，也就是今川的堂兄弟或遠房兄弟，為了東山再起而投入的行業，就是古董商。儘管落魄，原本也是個望族，所以倉庫裡有著堆積如山的古老寶物。堂兄弟一開始似乎是為了處分掉這些東西而將之出售，沒想到它帶來了相當豐厚的利益，堂兄弟食髓知味，結果便此以為業了。或許也因為出身名門，堂兄弟對於古董似乎有著極為精確的鑑賞力。不僅如此，他還有做生意的天分，不多時便以鑑賞家的身分闖出了名號。一開始雖然只是個沒有店面的投機商人，但兩三年後，他便在青山開了一家宏偉的店鋪。店名就叫「古董今川」。

本家——也就是今川的老家，當時似乎將堂兄弟的這個職業視如敝屣。因此為了該如何處置分家，

註一：蒔繪是以漆描繪圖案，再用金、銀粉或色粉固定後加以研磨而成的工藝品，是日本的傳統漆工藝。起源於奈良時代（七一〇—七九四）。

註二：今川義元（一五一九—一五六〇）為戰國時代的武將，為駿河、遠江、三河三國之守護諸侯，勢力稱霸東海。與武田信玄、北條氏康締結姻親關係，鞏固其勢力。在一五六〇年率軍前往京都途中遭織田信長突襲而戰死。

註三：武田信玄（一五二一—一五七三）為戰國時代武將，於一五四一年放逐其父，成為甲斐國國主，致力於內政，並侵略鄰近諸國，與上杉謙信數度交戰於川中島。在西進途中，一五七二年於三方原之戰大勝德川家康，卻病逝於陣中。

註四：明治以後，將舊有的武士階級重柸為華族、士族、卒族。於一九四七年新憲法實行時廢止。

在家族間引發了一場不小的糾紛。然而就在這當中，太平洋戰爭爆發，結果便不了了之，「古董今川」留了下來。

然後……

堂兄弟在戰場受了重傷復員回國，三年前過世了。分家的血脈斷絕，只留下古董店，家族間再度引發了火爆的爭執。今川厭惡那樣的爭執，於是毛遂自薦，要求由身為本家次男的自己繼承那家店。

今川預期眾親戚一定會群起圍攻，大力反對，然而不可思議的是，竟然沒有任何反對聲浪，沒有一個人敢正面駁斥本家次男的提議。這是因為今川的父親爽快應允許之故，而今川並不了解父親的想法究竟為何。

就這樣，今川雅澄成了古董商。

店名也更改為「待古庵」。

今川繼承了店鋪後，就將店名中「今川」這個姓氏拿掉了，但其中並沒有太大的理由。

今川小時候的綽號叫做「大骨」，把它的諧音換成「待古」這兩個漢字（註），是因為感覺這兩個字與古董店似乎頗為匹配，並沒有什麼深奧的典故。今川覺得這樣比較符合自己的風格，但客人看到那兩個字，大多都會自以為是地解釋其義，恍然大悟。

今川並不會特地加以說明。

他覺得這個世上就是這樣。今川總是以自己的方式努力經營待古庵，卻又有些冷眼看著世間。

今年——昭和二十八年——還只是今川成為古董商的第二年。

久遠寺老人似乎大為敬佩，今川說完後，他連連點頭。

「可是也真難得令尊應允你呢。這不是說句我要離家經商，就能夠輕易實現的事吧。說到本家的二少爺，在一族當中——該怎麼說，地位也是很高的吧？」

「沒那回事。長男與次男之間的差距，是天差地遠的。我們家五個孩子全都是兄弟，但是地位卻不是從長男開始，次男、三男、四男這樣依序遞減。長男是家長，在以前就等於是主公大人，次男以下全都是家臣，是臣子。」

「是這樣嗎？」

「就是這樣的。例如說——對，我們家流傳著關於蒔繪技法的祕訣，這個祕訣代代由家長繼承，是一子相傳的。只要家兄沒有發生意外，我一生都不可能學到這個祕訣。差異就是這麼大。」

「那還真是過分。我說啊，那種擁有文化價值的技術，不能夠再這樣下去了。不可以私自獨占，應該公開才是。對了，世家望族的話，應該會有古書啊、祕傳書之類的吧？你也不能讀到這些東西嗎？」

「那類東西全都是靠口傳心授的，沒有留下文字。」

「這不是太不合理了嗎？要是知曉的人遭遇了意外，那些技巧不就失傳了嗎？」

「可是有些東西是無法用文字書寫記錄的吧？而且或許正因為隨時都有可能失傳，才有價值也說不一定。搞不好那些祕訣其實無甚內容，只是因為沒有人知道，所以才有價值。既然如此，那樣也好。只是我沒有繼承它的資格，如此罷了。所以就算我離開家裡，做起生意，也不會有什麼大問題。」

「原來如此哪，那真的是相當微妙的立場呢。嗯……」

老人說道，又「唔……」地低吟。不知哪裡令他介意，他思考了半晌後，明白了似地說：

「我說你啊，很好。」

今川不懂什麼東西很好而詢問，老人瞇起眼睛回答：

「那種古老的陋習，還是早點拋棄得好。特別是早些離開家族這個玩意兒，真是做對了。你這個決

註：今川的綽號原文為machiko，並無漢字，與「待古」二字同音。譯文取「待古」之諧音，譯為「大骨」。

斷下得好。真是明智。」

今川有些吃驚，睜大了眼睛。

「不，我並不是抱著特別堅強的意志才這麼做的。我只是不願意處在那種半吊子的立場而已。」

「你是指夾在傳統與革新、家族與個人、名譽的束縛與不名譽的自由之間，這種意味的半吊子嗎？」

「不是的。看樣子老先生把我的話給誇大了。我家雖然是世家望族，卻也不是深受舊習束縛的家系；不僅如此，並非只要繼承了名號，就能夠保證一輩子順遂。若是技術不好，也就到此為止了。既然繼承了名號，就絕不能含糊行事、粗製濫造。本家的繼承人就等於是師家，技藝絕不能夠拙劣。為了繼承家業，反倒必須比其他人付出更多的努力，精益求精，習得夠資格當一名師傅的技術。所以長男反而會有更多壓力。幸好我並沒有那樣的壓力。但是我是次男，發生萬一的時候，我必須繼承家業。換句話說，我必須學習基本的技術才行。那樣一來，就算從事其他職業，也總是定不下心來。令人搞不清這究竟是輕鬆還是不輕鬆了。我說的是這種半吊子。」

「是這種半吊子啊。」

「是的。」

「噢。」

老人這次伸出下巴說：

「唔，這也不是不能理解。」

但是老人接下來的問題十分突兀。

「我問個怪問題——那麼你是不是對令尊或令兄有著不必要的自卑情結？」

看樣子久遠寺老人的思考迴路是今川無法捉摸的。今川的發言，全都在老人的禿頭裡被他任意變換，成了偏離常軌的問題反問回來。問題被生產、化為語言發出的過程，自然是依循著某種道理，但是今川不明白箇中原理是什麼。畢竟那些道理是基於老人的人生觀或主義主張而生，而那實在不是今川所能夠知曉的。

不過，對方的狀況應該也相同。

亦即是——彼此彼此。

所以，今川並未深思太多便回答老人：

「唔，若說沒有的話，是騙人的。即使不論家世，家父也是個一流的蒔繪師，我將家父視為一位藝術家，十分尊敬。家兄的技術也水準高超。我要達到他們兩個人的境界，是非常困難的。所以也不是完全沒有自卑感。」

「哦？」

老人張大了嘴巴。

「你這個人真老實呢。」

「可是……」

今川繼續說：

「家父豪放不羈，家兄則個性溫吞，所以我們家人的關係其實非常和睦，我也未曾與家父或家兄起過衝突。響亮的只有繼承的名號，而那個名號也並非需要賭上人生去反抗的東西。我是個小人物。如此罷了。」

「哎呀呀，我益發覺得你這個人太老實了。老實得令人吃驚。」

老人噘著嘴巴說完，接著說道：

「雖然你這麼說，但或許其實你是個大人物呢。喏，你的外表看起來就不是個泛泛之輩啊。」

老人大笑起來。

今川也跟著笑，內心卻有些複雜。

確實，今川和父親、兄長表面上關係良好，目前也沒有惡化的徵兆。沒有任何需要擔心的地方。就像今川剛才說的，他尊敬父親，對兄長也沒有任何不滿。如同老人所說，那番發言無疑是出自今川的真心。

但是，今川確實抱有自卑感。

而那種自卑感，絕非「說沒有的話是騙人的」這點程度而已。

曾經，父親這麼批評今川的畫。

——你很想把它畫好呢。

這是當然的，沒有人會想把畫給畫壞。想要畫好哪裡不對了？那時，今川完全無法理解。

那個時期——

今川還懷有一絲期待，認為繼承家門的或許不是兄長，而會是自己。儘管他很清楚不可能撇下長男，讓次男繼承家業，卻依然這麼想，當中是有理由的。

今川從小就喜歡繪畫，畫出來的成品也都有著很不錯的水準，他在內心預感到自己或許擁有「才能」這種說出來怪不好意思的玩意兒。不——或許他是如此確信。

所以今川沉迷於習畫當中，不只是日本畫，也學習了西洋畫的手法。另一方面，兄長似乎無法看出漆工藝與繪畫之間的關聯性，只知道憨直地模仿父親的風格。在今川看來，兄長的畫太過踏實，缺乏趣味，而且了無新意。

今川會認為自己將超越兄長，成為繼承人，正是由來於此。

蒔繪不只是單純的傳統工藝。它是應該發揚到海外的日本藝術。

但是，自從奈良時代便不斷地進步蛻變的蒔繪，到了江戶晚期卻停下了腳步。明治過後，以至現代，它已經完全淪落為工藝品了。不能再這樣下去。蒔繪——可是藝術啊。

今川這麼想。或許正因為他尊敬父親，才會如此自以為是。

自己擁有技術，也有向學的決心，更有天分。即使繼承十四代名號的是長男，今川家在另一種意義上也應該是需要自己的——今川還這麼想。

可是今川這種接近確信的氣概，卻被輕而易舉地摧毀了。

——你很想把它畫好呢。

父親判定今川的技術完全不出手巧的範疇。

畫是用手拿筆畫的。換句話說，不管再怎麼畫，都是仰賴手巧的技術，除此之外還能是什麼？今川不明白。

父親還這麼說。

——蒔繪師不是藝術家。你若打算繼承家業，就別把心血浪費在無聊的事物上。

在今川的觀念裡，生產藝術的人才會被稱為藝術家。對今川而言，蒔繪是不折不扣的藝術。那麼蒔繪師不就等於是藝術家嗎？

摸索新的道路，哪裡不對了呢？

蒔繪自平安時代（七九四－一一八五）確立了研出蒔繪（註）的技法以來，在室町時代完成了追求更誇張表現的高蒔繪，桃山時代（一五七三－一六〇三）更創造出重裝飾性的平蒔繪技法，過程中也吸收了歐洲美術，開發出南蠻蒔繪等嶄新的樣式。蒔繪擁有因應時代，隨時開發新風貌的歷史。而這些樣

註：研初蒔繪：與高蒔繪、平蒔繪同為蒔繪的基本技法之一，在平安時代前為主流。在以漆繪製的圖案上撒上金粉或銀粉，乾燥後塗上黑漆，再以木炭研磨，使底下的圖案透出來。

式，每一種都不曾絕滅，同時並存，進入江戶時代以後，也誕生出本阿彌光悅（註一）以及尾形光琳（註二）等大師。

然而，蒔繪如今卻成了工藝品。

事實上，其他流派在明治以後，也進行了各式各樣的摸索與嘗試。今川流自然也不能只是墨守傳統。胸無凌雲壯志，如何能夠創造出藝術呢？將蒔繪視為區區工藝品的看法，不正是墮落的原因嗎？

今川這麼說，結果引來父親勃然大怒。今川慌忙辯解。

因為父親將今川的發言當成了嘲笑父親的話，當然並非如此。正因為今川尊敬父親，也高度評價父親的作品，才更不願意遭到誤解。今川所謂的墮落，是指蒔繪本身的文化價值之墮落。

然而父親是正確地理解了今川的意思，並為此發怒的。今川感到莫名其妙。這個時候，今川可能是生平第一次與父親爭辯起來。全都是年輕氣盛所致。

父親嚴厲地回答。

——明治以後，為什麼蒔繪再也無法樹立新風格，你明白嗎？

——是因為講究技巧，耽溺於細部的追求。

——工藝品哪裡不好了？

——蒔繪師不是什麼藝術家。

——被稱為藝術的終究是作品本身，而不是生產者。

——如果不能單純地畫、單純地做，

——就別幹了。

今川無法理解，這番話卻刻骨銘心。

自此之後，今川學齊了基本技巧，然後不僅是蒔繪，任何畫都絕筆不畫了。因為他認為自己一生都超越不了父親，也贏不過兄長。這件事給他帶來了極大的自卑感。

父親的話他無論反覆尋思多少遍，都只能夠理解表面上的意味。但是他已經非常明白，那不是自己所能夠企及的領域。

兄長在那之後，也踏實地進行修習，即使不及父親，也能夠製作出相當優秀的作品了。雖然一如既往，了無新意，但今川覺得那些作品非常了不起。兄長在技巧上也許劣於今川，但是他打從一開始就領悟了今川所不了解的某些東西。甚至連那是什麼都不明白的今川，果然還是不可能繼承家業。

幸好自己是次男——現在的今川這麼想。而他打從心底尊敬著父親和兄長。家人之間的感情也很融洽。但是這些全都出於某種反動。尊敬的背後，是甩不掉的自卑；不必負責的立場帶來的解放感背後，有著糾纏不清的失落感。所以——今川並不像老人說的衝撞了家庭或傳統，反倒是落敗這樣的形容比較貼切。而且還不是決定性的落敗，而是一種放棄或是扭曲。將這樣的扭曲再一次加以扭曲，今川才勉強能夠正直地活下來。

今川的半吊子，其實是這樣的半吊子。

複雜的心境，其實是這樣的心境。

今川心想這種事反正外人不會理解，只是配合老人乾笑。雖然不知道哪裡好笑，但久遠寺老人看起來非常愉快。在笑聲將歇止時，彷彿被笑聲吸引過來似地，已經是熟面孔的女傭從走廊輕巧地探出頭來。

註一：本阿彌光悅（一五五八—一六三七）為江戶初期的藝術家，出生於以鑑定、研磨刀劍聞名的本阿彌家的分家。除了家業以外，光悅在書法上也被譽為寬永三筆之一，漆藝則於蒔繪的領域開發出嶄新風格，同時也精通陶藝、繪畫、茶道等，是近世初期的美術工藝界指導者。

註二：尾形光琳（一六五八—一七一六），江戶中期的畫家，初期學習狩野畫派，後來傾倒於光悅、宗達等人的裝飾畫風，風格大膽而華麗。在蒔繪與染織等工藝上也有卓越的貢獻，被稱為光琳風、光琳花紋。

「哎呀，醫生和客人都在這裡啊。哎呀呀，連個火都沒有。我這就去拿火盆來。啊，早膳是否也在這裡用呢？」

「哦，不麻煩的話，就這麼辦吧。我一直想要一邊觀賞庭院，一邊用餐呢。幸好今天也沒下雪。我說今川先生啊，如何？」

今川說好。女傭笑了。

「哎，雖然醫生這麼說，不過這個時節，飄點小雪才更添風情呢。這麼陰沉沉的，庭院看起來都暗淡了。」

「這樣嗎？」

「是呀，而且雖然不好在客人面前這麼說，不過老闆他現在——該怎麼說，完全沒辦法整理庭院，雪也就這麼任由堆積了。」

「無妨，無妨。反正我也不懂得欣賞庭院。」

老人誇張地揮揮手說。女傭苦笑，說「那麼我立刻去準備」之後，離開了。久遠寺老人目送著女傭的背影說：

「今川先生，這裡的老闆跟你一樣，也是什麼的第幾代，現在在住院呢。上一代在戰爭中過世，現任老闆繼承了旅館。繼承歸繼承了，但是他的身體孱弱，明明比我年輕得多，胃卻虛弱不堪。他在年尾得了胃潰瘍，元旦時住了院。真是個慘兮兮的新年。老闆娘也在旅館和醫院間來去奔波，一點都不得閒。你來得實在太不湊巧了。」

這麼說來，自從第一天打過招呼後，今川就沒有再見到老闆娘。

老人眺望著庭院。

今川被他的視線牽引似地也望向庭院。

很棒的院落。

聽到主人疏於照顧，若帶著這種先入為主觀來看，確實是缺乏照料。不過即使如此，這依然是座美輪美奐的庭院。首先，景觀極為風雅。有池泉、有石燈籠、有假山，這些東西的配置令人叫絕。任由堆積的雪也不壞，反而醞釀出十足的野趣。可能是因為原本的景致架構就很不錯吧。

最重要的是，這座院子充滿了活力。

今川認為這些活力應該是源自於樹木。

池子旁靠近建築物這邊聳立著一棵大樹。那是一棵大到不符合庭院規模的大樹，顯然破壞了庭院的均衡，但是它確實反而為庭院帶來了廣度與動力。它彷彿抗拒著被侷限在這小小的格局當中。今川半下意識、半串場地說出心中所感：

「好大的樹呢。」

「你說那棵柏樹嗎？」

「真的很大呢。」

「不愧是古董商，慧眼過人。庭院就是要配柏樹，不過那棵樹似乎是天然的。根據上一代老闆所言，那棵樹好像比這棟建築物要來得古老，所以這座園子是配合那棵樹而建的。大到那種程度的話，一般都會加以砍伐，不過造這座庭院的一定是位高明的師傅吧。藉由留下那棵樹，使得整座園子活了起來——這也是我從上一代那裡聽說的。」

老人一面環顧庭院，一面解說。說慧眼雖然有些誇張，卻也未必不恰當。

老人繼續說道：

「我說你啊，做的是那一行，又是出身那種世家，應該了解這些吧？」

「這些指的是哪些呢？」

「喏，就是風花雪月這類，什麼侘啊寂（註）的……」

「我對這些不在行。該說是不識風趣還是不解風情？完全不懂。就算觀賞院子，也只知道，啊！有樹，池子在那兒，裡頭有魚，擺著石子。說到侘，指的是老東西，寂的話，是腐朽的東西。可是用這種方式理解的話啊……」

「哦……」

「那樣就對了。」

聽到今川這麼說，老人拍打膝蓋說「這樣啊，這樣啊」，高興無比。

說起來，今川自己也不甚明白。

「幾十年來，我就這麼活了過來，腦袋裡只知道一加一等於二。一加一當然是等於二，但是我一直沒有發現這個二其實也是形形色色，就這麼活到了這把歲數。這就是我的界限。可是啊，來到這裡之後，像這樣無為地望著庭院，我卻覺得好像有那麼一點理解了，真是奇妙。」

「哦……」

我也一樣——今川沒有這麼附和。

今川也是自以為理解，但這經常是不確實的。就是想要證明這種曖昧不明究竟是什麼，凡人才會渴望不必要的知識。這座庭院是什麼時代的什麼樣式、這種配置有什麼意義——就算誦經似地這麼念上一大串，也不能夠證明自己了解了什麼。只是知道，而不明白。這種情況，知識或許反倒成了一種妨礙。

古董也一樣。今川現在雖然會學習古董的歷史樣式，但是他認為自己並不了解所謂古董真正的價值。之所以沒有估價的自信，即起因於此。

不過其他古董商是真的明白何謂古董而操此業的嗎？這又難說了。古董商不是古董愛好家，不懂這些也不成問題。既然是生意，比起賞玩古董，知道行情與趨勢更重要。只是今川覺得光靠這些來估價，總令他有些厭惡。

可是今川也認為，若是自己能夠懂的話，或許就不會對父親和兄長感到自卑了。

因此若是不論知識的有無，今川與眼前這名自認為不識風趣的老人其實是同類。今川剛才的發言，也只是看到那棵大樹而說出口，他根本什麼想法也沒有。只是一時興起罷了。

「**覺得**了解——不是比較重要嗎？」

所以今川這麼回答。

「覺得了解是什麼意思？」

老人問：

「意思是這麼覺得比較重要嗎？」

「是的，不牽強附會才是正確的態度吧。」

「原來如此……」

老人不甚服氣地說，一瞬間沉思起來。

「可是啊，今川老弟，就算再怎麼覺得了解，那也只是錯覺而已。」

「錯覺嗎？」

「噢。你看啊，那個——不是有假山嗎？那個東西啊，這裡的老闆說它是真的山。但是在我看來，那不過是一堆土罷了。老闆說，這叫做**比擬**。我是覺得很美啦。形狀很漂亮，很有均衡感——我是用這

註：侘（wabi）是日本中世至近世的茶道及文學中的一種概念，表示閑寂的風趣。寂（sabi）則是由松尾芭蕉所確立的一種俳諧概念，指的是靜寂、枯淡之意。

種角度在看的。但是就算叫我把比擬的事物當成真的，我也沒辦法。石頭就是石頭，沙子就是沙子。以前我去京都慈照寺（註一）的時候，也覺得那裡的庭院的……」

「銀沙灘和向月台嗎？」

「對對對。竟然能用沙子做出那麼漂亮的造形，我是非常佩服，但是我佩服的是那種美感。除此之外，我看不出別的了。」

「哦。」

「因為我是個醫生啊，又不能用比擬的來動手術。」

「哦……」

「所以這座庭院也是，到底好在哪裡，其實我並不懂。可是也不覺得它不好。」

「這樣就行了。」

不這樣認為的話，今川就撐不下去了。

「這樣就行了呀？」

老人詠唱似地說。

沙沙——聲音響起。

樹上的積雪掉落了。

「或許吧。這裡我也來過好幾次了，卻完全不記得以前曾經看過什麼庭院。聽說其實秋景才是最棒的。像這樣，對面的山上整片紅葉……」

老人指向庭院背景的山巒。

庭院被像是籬笆的東西區隔開來——不過它也被雪埋沒了——對面高上一段，那裡已經是山了。後面只是一片連綿的山巒。

「聽說有月亮的話，景致會更美。」
今川想像了一下明月高掛山頂的情景，卻只浮現出單純的山與月亮的簡陋構圖，立刻中止了想像。
此時──
今川雅澄看見了一樣極為奇妙的東西。
山中立著一個人偶。
劉海像童女般齊剪成一排。
遠遠地也看得見那雙漆黑渾圓的眼睛。
那是──市松人偶（註二）。
樹木的漆黑、雪景的皓白之中，立著一個市松人偶。
華麗地穿著一身艷紅的長袖和服。
與荒山風景格格不入。宛如水墨畫中點了一抹朱紅，畫面極不安定。事實上，周邊幾乎是一片灰色調，擁有色彩的只有那個人偶。
人偶以空虛的視線望著這裡，並不是在看今川與老人。若要說的話，感覺像是在眺望整棟建築物。人偶的瞳眸本來就沒有焦點，這也是理所當然的。
一股厭惡感油然而生。
是不好的預感嗎？
一股極為不祥的感覺自下腹泉湧而出，今川凍住了似地全身僵直。不知何故，他非常不安。真是奇

註一：俗稱銀閣寺，室町幕府八代將軍足利義政所建，開山祖為夢窗疎石，為東山文化代表性的臨濟宗寺院。
註二：頭與手腳為木製，身體為布製，可更換衣物的一種人偶。女人偶植髮，男人偶的頭髮則用畫的。也稱京人偶、東人偶。

怪。

好大。

那個市松人偶大得異常。今川與人偶相距如此遙遠，卻還能夠看見的話，那麼它的尺寸幾乎與人類無異了。怎麼可能會有等身大的市松人偶？

「怎麼了？」

久遠寺老人出聲喚道，今川暫時回過神來，瞬間從人偶身上移開了視線。

「啊——！」

就在這短暫的一剎那，人偶消失了。與其說是消失，倒不如說是走掉了。今川好像看到了一截和服的長袖子掃過樹蔭，不過或許只是他眼花了。

「是幻覺嗎？」

「噢，你是說那位姑娘嗎？」

「姑娘？」

「是穿著長袖和服的姑娘吧？站在那裡。」

「姑娘？那是人嗎？」

「怎麼，難道你以為是妖物嗎？」

今川不以為那是妖物，只是不覺得那是生物。但冷靜想想，這是非常符合一般常識的結論。積雪覆蓋的深山中，怎麼可能會擺著什麼等身大的市松人偶——雖然這種東西本身就不尋常了。

原來是人。

就算是人，這種深山中……

「你在想，怎麼會有人穿著長袖和服出現在這種深山，是吧？哈哈哈，這也難怪。我一開始也以為眼花看錯了。」

「嗯，沒錯。」

這種乖違就是不快感的根源。而且雪山與長袖和服這樣的組合，在悖離常識這一點上，也是五十步笑百步。因此今川才會把它誤認為人偶，這並不是不可能的事。

「那是住在這一帶的姑娘，有一點那個……」

老人用中指戳戳自己的禿頭。

「智能有問題？」

「嗯，似乎有一點遲緩，只是好像也不到太嚴重的地步。不，搞不好只是看起來這樣，其實是正常的——嗯，身為醫生的我不可以未經診斷，只憑印象就下判斷。唯獨這種事，是不能夠用**覺得了解**這種說法帶過的。不過，這一帶的人也都說她好像一年到頭都穿著那身衣服四處遊蕩，也沒見過她開口說話。很不尋常。」

「老先生，你說她住在這附近，但這一帶並沒有人家啊。」

「是沒有呢。」

「我前來這裡的途中曾經過聚落，但就算是最近的地方，也有相當的距離。那個姑娘從那麼遠的地方，穿著那身衣服，晃晃悠悠地爬到這麼偏僻的山裡頭來嗎？如果那個姑娘——那是個女孩子，對吧？」

「是女孩。」

「如果她是一個智能略有障礙的姑娘，那就更……」

「不，今川，你這話說的不對。你是想說危險吧？我也認為放任她四處遊蕩很危險，但是她就像字面上說的，是**棲息在這座山**裡頭。我不知道是哪裡，但是她是從比這裡還要偏僻的山裡過來的。」

「更偏僻的山裡？自己一個人嗎？」

「自己一個人沒辦法生活吧？據旅館老闆說，她可能是居住在這上面的寺院裡頭。只是女性禁制

（註一）的禪寺裡居然有個穿長袖和服的女子，那可真是意想不到的道成寺（註二）哪。不過其實她好像是寺男（註三）的女兒還是孫女。而那個寺男好像也有相當的年紀了，他是住在寺院裡呢，還是在哪裡蓋了小屋居住，完全沒有人知道。所以或許那真正是魔性之物——山中魔女也說不定呢。」

「哦——這麼說的話，她不是爬上來，而是**下山**嘍？」

「應該是這樣吧。話說回來，那個姑娘在看些什麼呢？難道在看這棵柏樹嗎？」

老人再度望向巨大的柏樹。從大廳這裡，別說是樹木整體，連它枝葉伸展的形狀都看不見。只能夠看見被禦寒用的稻草包裹住的粗大樹幹。今川住宿的房間在二樓，但是現在身處的有大廳的建築物是平房，這棵樹的枝葉一定長在比屋頂更高的地方。

「這麼說來……」

老人突然把視線從粗大的樹幹轉向今川。

「你剛才說你和和尚約在這裡吧。那個和尚是這後面的——明慧寺的和尚嗎？」

「是的，是明慧寺的僧侶叫我來的。這麼說的話，剛才提到的寺院——疑似長袖和服姑娘居住的寺院，就是那座明慧寺嗎？」

「就是明慧寺。」

「這樣啊。其實我正打算今天若還是沒有人來的話，就過去看看。老先生知道那座明慧寺嗎？」

「什麼知道不知道，從這裡能夠前去的，也只有那座寺院了。我上個月也曾動念想去參觀……哎，還是別去吧。別去得好。」

「有那麼遠嗎？」

「夏天不算什麼，但是現在不行。因為得在陡峭的雪徑走上一個小時以上，我在途中就放棄了。」

老人說完，深深收起下巴。

沙沙——雪落下了。

今川覺悟到第五天也將空等。

此時，方才的女傭端來火盆，接著送來早膳。今川覺得昨天比起前天、今天比起昨天，早飯的時間越來越晚了。住了五天就會變成這樣嗎？或者是因為老闆住院，人手不足呢？今川望著膳食，想著這些事。

「很忙嗎？」

今川問道，女傭以和剛才相同的表情苦笑。

「不。說起來丟臉，其實閒得發慌哪。像今天，就只有兩位。聽說從去年開始，大眾流行起泡溫泉，但我們這兒卻乏人問津……」

「門可羅雀到布穀築巢哀哀的地步嗎？的確看報紙，上面都寫著國民生活逐漸有了餘裕。像這個新年，聽說其他的溫泉旅館都客滿了。」

趁著女傭在盛裝味噌湯的空檔，久遠寺老人揶揄似地這麼接著說。

女傭以近似羞赧的動作抬起頭來，瞪了老人一眼說：

「討厭啦醫生，明知道還這樣講。」

好像真的很閒。今川來的那一天還有四、五個客人，不過似乎也都在這四天當中回去了。

「對了，阿鷺，應該還有一位女客吧？昨天白天一個人踏雪而來。我一直沒瞧見她，總不會連她也

註一：為了避免妨礙僧侶修行，禁止女性進入寺院道場等區域的規定。高野山、比叡山等地直至明治初年仍在執行。
註二：自安珍、清姬傳說改編而成的能劇、歌舞伎戲碼。內容為少女清姬被愛慕的僧侶安珍拋棄，大怒之下化身為蛇，在道城寺裡將安珍連同銅鐘一併燒死。
註三：在寺院負責雜務的僕役。

回去了吧？」

「那位客人啊……」

被老人稱做阿鷺的女傭表情頓時暗了下來。

「很令人擔心呢。我為了收拾床鋪而前去打擾時，那位客人說她一大早身體就不太舒服，還說希望能換個房間，所以剛才請她移駕到舊館這邊來了，可是她還是臥床不起。」

「怎麼，感冒嗎？」

「好像也不是。我問要不要請醫生，客人卻說不必。對了，醫生，可以請您去瞧瞧嗎？」

「我是外科的。不管這個，重點是那個客人該不會是來尋短的吧？年輕女子隻身到這種地方來，太奇怪了。她的模樣也不尋常，臉色很蒼白。今川，你看到她了嗎？」

今川不記得。

在他回答「不知道」之前，阿鷺說了：

「什麼嘛，說這種不吉利的話。這一點您甭擔心。客人說，她的同伴不久就會來了。其實他們原本是預定三個人一起來的，卻臨時生變。」

「總算有得忙，不是頂好的嗎？不過話說回來，她在這種時節跑到這種鬼地方來做什麼？」

「您這個食客真是越來越失禮了。什麼叫做這種**鬼地方**？」

「可是啊阿鷺，現在的年輕婦女不時興什麼泡湯療養吧？也不可能獨自一個人來觀光。哎，慢一點跟上來的八成是老頭子老太婆吧？」

「不對，聽說是東京出版社的人。好像有事要拜訪明慧寺。要去明慧寺的話，最好就是住在我們這裡嘍。」

阿鷺說到這裡，頓了一下，望向今川。

「哎呀，都是醫生淨說些多餘的事，害我在客人面前忘了分寸，多嘴長舌起來了。客人，不好意思在您用餐中失禮了。」

的確，今川錯失了開始用餐的契機，卻不覺得被打擾。反倒想多聽一些。

「我無所謂。話說回來，關於明慧寺……」

今川完全沒有任何客戶的情報。

換句話說，他對明慧寺一無所知。

阿鷺詫異地「啊？」了一聲。

「明慧寺怎麼了嗎？」

「它和這裡有什麼關係嗎？」

「不，完全沒關係。只是——我們這兒的年代很久遠了，但明慧寺的年代更要早得多。而且因為位在那種深山，檀家（註）——我想應該是檀家吧，要前往參拜的人，都一定會在我們這兒留宿。還有來自鄉下地方的大師要去明慧寺時，也多住宿在這裡。可是，那也是戰前的事了。日中戰爭以後，客人漸漸減少，戰爭結束後就幾乎再也無人造訪了。」

「竟然有來自鄉下地方的大師來訪，那座明慧寺的地位有那麼高嗎？」

「你啊，跟人家約在這裡，竟然對對方一無所知？」

久遠寺老人嚥下飯粒，把嘴唇噘得像章魚般問道。

「呃，完全不知。我連它的宗派都不曉得。」

「應該是禪宗吧。可是仔細想想，其實我也不太清楚。不過為什麼會約在這裡見面？」

「其實是我前幾年過世的堂兄弟在戰前與那座明慧寺的和尚有過交易。只是對方似乎不曉得我的堂

註：原意為施主，指隸屬於特定寺院的世俗信徒，死後埋葬於寺院墓地，並世襲制地維持該寺院的經濟。

兄弟已經過世，在年底寄了一封信過來。我寫明了目前的狀況，回信給對方，結果收到了一封指定日期與地點的信。」

「對方指定的地點，就是這家仙石樓嗎？」

「是的。看樣子我的堂兄弟以前也曾在這裡與那位和尚進行買賣。請教一下，我的堂兄弟應該在這裡住宿過兩三次，妳還記得嗎？」

阿鷺愣了一下。

久遠寺老人似乎總算明白今川的狀況了。他請教今川的堂兄弟之名，再次詢問阿鷺記不記得這個名字。

「是姓今川的先生，對吧？」

女傭納悶地偏著頭。

「真的非常抱歉，我不記得了——對了，我去看看過去的住宿帳本好了。」

阿鷺想到的瞬間，突然露出興致勃勃的樣子，連招呼都馬馬虎虎，就往櫃檯跑去。

「阿鷺她啊，在現在的女傭當中是最老資格的，就是嘴巴不牢靠，又愛湊熱鬧，是唯一美中不足之處。我從她還是個小姑娘的時候就認識了，她不管長到幾歲，人就是沉穩不下來。」

老人伸長了脖子，望著阿鷺離去的方向說，接著出聲嚼起醃菜來。明明是他煽風點火的，卻說得一副事不關己的樣子。

雪又落下來了。

今川陷入回想。

這的確是件離奇之事。

和尚一開始寄來的書簡當中寫道：

——此番欲出讓之物異於以往，為不世出之神品也。

當然，店主感到一頭霧水。首先，他不知道堂兄弟與和尚之間的關係，至於青山的古董店與箱根寺院之間會有什麼關聯，他更是想破了頭也不明白。因此他打算說明堂兄弟已死，店主已更迭之事，婉拒和尚。

但是為了慎重起見，今川翻閱過去的帳簿，想法稍微改變了。

從那名和尚手中購得之物，全都以高得驚人的價格賣出了。收購金額雖然也相當可觀，但是當中有些物品賣出了數倍、甚至數十倍的價錢。而且儘管價昂，那些物品全都脫售一空。可見**物品之珍奇**。

今川動心了。不是金錢欲，而是想拜見和尚說遠勝於過去任何一個物件的神品。所以他立刻寫信，過年之後很快地收到了回信。和尚以流麗的毛筆字，和今川約在這家仙石樓。

和尚名叫……

「那個把你找來的和尚叫什麼來著？」

久遠寺老人吃完飯，一面喝著自己倒的茶，一面以悠哉的口吻詢問。

「哦，他叫小坂了稔。」

「了稔？哦，好像有這樣的名字吧。」

「老先生認識他嗎？」

「不認識不認識，」

老人揮揮手。

「叫這種名字的和尚多得是。那裡啊——是啊，聽說也有不少和尚呢。根據我聽說的，好像有三、四十人吧。」

「那麼多嗎？」

今川以為頂多只有兩、三個人。

「剛才阿鷺不也說了嗎？以前還有高僧大老遠跑來拜訪呢。」

「哦……」

「我在將近二十年前，曾經與要去明慧寺的和尚一行人共同留宿在這兒。其中一位和尚的打扮看起來真的地位非凡。袈裟金光閃閃，服裝也華麗無比，光是隨從的小和尚就有好幾十個。聽說那和尚在日本的佛教界可是屈指可數的有名人物。我是個醫生，完全不懂宗教，不知道他是曹洞宗還是臨濟宗的，反正有人告訴我說，比起那個看起來很了不起的和尚，明慧寺的和尚地位更要高多了。」

「這樣嗎？」

「是啊，有名無名和地位高低似乎並不是對等的。明慧寺可是歷史悠久吶。」

這和今川對明慧寺的想像相去甚遠，他以為那頂多是一座小山寺罷了。事前也曾向別人打聽，卻沒有人知道這座寺院。

就在今川說出下一句話之前，櫃檯傳來了聲音。

好像是阿鷺的聲音。

「在吵些什麼啊？客人還在吃飯呢。就算是閒暇，這樣子可是會讓老字號旅館的名號蒙羞的。」

久遠寺老人慵懶地站起身來，好像要去看看情況。今川還剩下燙山菜沒用，打算繼續坐著吃完。

老人帶著阿鷺，很快就回來了。戴眼鏡的掌櫃跟在後面，他一看到今川，便慌忙行禮。

「是老鼠，有老鼠，一定是老鼠。」

「醫生，雖然您這麼說，但是我打從十五歲來到這裡，到今年已經做了十九年的女傭了。這種事我還是頭一遭碰見。對吧，掌櫃的？」

「嗯。我不敢說連一隻老鼠也沒有，但這裡從來沒有遭遇過任何鼠害。我到今年已經幹了二十四年……」

「好好好，知道了、知道了。我知道你們快要老得可以媲美這家旅館了。可是這肯定是老鼠幹的，知道嗎？不可以小看老鼠。那玩意兒只要肚子餓，什麼都啃。我忘了是什麼時候了，曾經有個母親抱著嬰兒，幾近瘋狂地衝到我這兒來。仔細一看，嬰兒渾身是血，天可憐見，鼻子竟然不見了。我急忙治療，總算保住了嬰兒一命，但是調查後發現，原來是老鼠幹的好事。饑腸轆轆的老鼠爬下天花板，把小嬰兒那令人垂涎欲滴的鼻子給……」

老人說到這裡，注意到今川，吞回了後面的話。

「噢！這真是失禮了。」

接著他回過頭去，交互望著掌櫃和阿鷺，大聲地說：

「啊啊！因為今川在這裡，所以你們才堅稱沒有老鼠，是吧？啊，我真是太疏忽了。掌櫃跟女傭不可能在吃飯的客人面前說有老鼠出現嘛。」

「久遠寺醫生，您說得雖然沒錯，但是這種事真的從未發生過。如果就像您說，是老鼠幹的，那就是在昨天左右突然冒出了大量老鼠，這……」

掌櫃顯得有些狼狽。

今川按捺不住，放下筷子詢問：

「到底發生了什麼事？不管聽到什麼，我都不會介意，請你們告訴我吧。」

「呃、就是……廚房的食材不見了……」

掌櫃補充阿鷺的回答似地接著說：

「敝樓的料理也是我們的驕傲，每餐都從外面採購符合客人人數的新鮮食材料理，但是今天早上，廚子一個不注意，早餐用的魚竟然……」

「他們說不見了。」

久遠寺老人如此作結。

所以早膳才會上得遲了。早膳裡沒有魚，所以應該是去籌措替代的食材了吧。

今川還是老樣子，說出內心想到的。

「魚的話，是貓偷的吧。」

「客人，這種深山裡更不會有貓。」

「哦……」

「魚的事無關緊要，今川，問題是這個。阿鷺要去查你堂兄弟的事，結果，喏……」

老人甩著疑似老舊紀錄帳本的東西。兩三張紙屑在空中飛舞。看樣子，帳本變得像破布般殘缺不堪了。

「我也是剛才看到的，櫃檯的櫃子裡被弄得亂七八糟，亂成一團。先祖代代毫無間斷記錄下來、彌足珍貴的住宿帳本，也成了這副德性。」

老人說得簡單，但是掌櫃的臉色變得有些蒼白。老人說的住宿帳本，應該也不是這一兩天才有的。說到自江戶時代開業至今的老字號旅館的住宿帳本，甚至具有文化價值了吧。幾乎是古董了。而這一切全都發生在老闆和老闆娘不在的時候。

今川有些同情掌櫃。

「喏，貓才不會幹這種事，所以我就說了，這是老鼠幹的。除此之外別無可能了。到底還有什麼會幹這種事？」

久遠寺老人自信滿滿地宣言，再次坐回膳食前。阿鷺確認料理大致用完，開始收拾。

掌櫃好一陣子不知所措，最後轉向今川說：

「不好意思驚動客人了。」

他說完這些就離開了。

阿鷺一副依舊無法釋懷的模樣，只是好幾次對今川投以歉疚的眼神。然後她悄聲說了：

「客人，真對不起。可是剛才的事……」

她想請今川保密。聽說最近旅館的衛生管理變得非常嚴格，若是保健所得知孳生大量老鼠的傳聞，一定會引來不少麻煩。而且不好的風評會讓客人退避三舍。

「我不會說出去的。你們招待得很好，而且這也不是什麼大事。」

「謝謝您。可是，您不覺得那個……有點詭異嗎？」

久遠寺老人開始大口抽起菸來。

「哪裡詭異了？」

他一邊瞥著阿鷺收拾的動作，一邊說道。

「對不對，今川？我說阿鷺啊，妳們女人動不動就愛把不可思議掛在嘴上，但是這個世上根本就沒有什麼不可思議的事。什麼東西消失，帳本被咬，就像今川說的，根本是稀鬆平常的事。」

因為先前說了這不是什麼大事，今川也只能點頭同意，但其實他並不認為這是稀鬆平常的事。這是離奇、奇異的怪事吧。

阿鷺收拾完餐具之後，大廳變得異常寂靜。

老人露出有些沉浸在感慨般意味深長的表情，再次眺望庭院。今川無法揣度老人的心情，一樣望著庭院。

沙沙──積雪落下。

細雪飛散。

「你會下圍棋嗎？」

老人唐突地問。

今川說也不是不會，久遠寺老人厚實的一張臉便笑得皺成一團，一邊說「很好，很好」，一邊站了起來，片刻之後，不曉得從哪裡拿了一副大棋盤回來了。

「那麼，可以向你討教一局嗎？」

就這樣不知怎麼著，今川便在觀賞風雅庭院的大廳裡注視起棋盤來了。

今川並不喜歡圍棋或將棋之類的遊戲。

即使如此，這幾天的無聊生活還是讓今川專注在棋局上。雖然功力不佳，卻也下得頗為盡興。

對戰當中，老人頻頻呢喃「典當的東西是千兩」、「鼬鼠堆土」等意義不明的諺語。今川覺得一一追問沒完沒了，便閉口不語，不過那似乎是圍棋的格言。

中午以前下完了一局，今川輸了。久遠寺老人喜不自勝。

「噢，這是今年第一次認真下棋吶。老闆住院以後，我就沒了下棋的對象。女傭沒一個會下棋，廚子又忙，而且他是通勤的，下班就回去了。掌櫃的住在這裡，晚上可以下個兩、三局，可是那傢伙下的棋簡直枯燥無味。啊，下得真是爽快極了。」

「可是以我為對手，老先生會覺得不過癮吧？我是個門外漢。和棋藝笨拙的人下棋，豈不更加無趣？」

「沒那回事。下圍棋是有手筋（註）的，是有布局定式這種玩意兒的。對方這麼下，我就這麼擋。被這麼擋，就這麼打回去。方法是一定的。所以要讀到下下下一步棋路——不，還要再讀到更進一步的棋路才行。能夠讀到哪裡，便是分出勝負的關鍵。所以像掌櫃那種只知道一點定式的半吊子下法，是最無趣的。看著範本，自己一個人練習是無妨。可是啊……」

「可是？」

「跟你這種門外漢下棋，我完全捉摸不出棋路。」

「因為我的下法不會跟定式一樣。」

這也是理所當然的，今川連半個圍棋的定式都不知道。他只知道圍棋是把對方圍起來就贏了。

「沒錯，沒錯。我完全不懂你為什麼會把棋下在這種地方？若說是因為你棋藝拙劣，也就這樣了，不過一旦懷疑起或許你別有企圖，就會變得深奧無比。所以我也得使出我所知道的一切招數來應付。順道一問，你是用什麼心態來放下棋子的？」

「把對方的棋子包圍起來。」

「是吧。這樣就好。嗯，我的確是擁有知識，但是那也全都是為了更有效率地包圍棋子累積的知識。小聰明的智慧，有時候是贏不了求勝氣勢的。不，這也不能說是求勝的氣勢。該怎麼說呢？」

「可是我輸了。」

「嗯。但是啊今川，要是……」

老人撫摸著棋盤的四角形邊緣。

「要是這個棋盤的格子再各多一格，剛才的棋局就是你贏了。」

「哪有這種事？」

「怎麼沒有？十九格乘十九格，這只不過是個規矩罷了。剛才**你的棋**是二十乘二十，各多一格呢。」

「可是三百六十一格就是圍棋的全世界啊。超過這個數目的話，不僅是違反規則，更是否定了圍棋，不是嗎？」

「是啊。我以前也一直這麼認為，現在依然這麼想。只是，我一直在這個棋盤上度過我的人生。就像你說的，這個藩籬就是我的全世界。然而棋子卻給下在這種地方，讓我的人生一敗塗地。」

老人把一顆棋子放在榻榻米上。

「什麼？」

「這路棋沒辦法看出來吧？也是會有這種事的。」

今川無法想像老人究竟遭遇了什麼事，不過他非常了解，那必定是大大撼動了他人生觀的案件。的確，棋子被下在榻榻米上，任誰都無法招架。就算今川再怎麼不諳圍棋，也不會把棋子下在那種地方。

註：圍棋術語，指棋局中最佳的下法。

——榻榻米上的棋子。

今川想起了一個人。是他從軍時代的長官。那個人聰明絕頂，同時也是怪人一個。

今川是海軍，出征到南方戰線。就是那時候的回憶。

——不過那是將棋。

不是圍棋而是將棋。

戰地裡沒有任何娛樂，所以將棋、花牌之類的遊戲大受歡迎。

以軍人而言，那名長官十分優秀，在各種比賽中也總是無往不利。儘管如此，他做事情卻總是三分鐘熱度，對於既有的將棋也很快就厭倦了。他一玩膩，就會自行創造新的將棋規則。每當那種時候，部下就會被命令奉陪他玩，被當成實驗台，來試驗新規則的有效性。今川曾經被迫一起下「三人將棋」、「格數四倍將棋」，甚至是「王只能用王吃的將棋」等等，悉數落敗了。明知道規則不一樣，他就是會不由自主地用一般常理思考。是老人說的藩籬妨礙了他。

不過打聽之下，今川才知道自己被迫參加的還算好的，其他好像還有簡直不像是存在於這個世上的恐怖規則。不過無論如何，皆無人勝得過創始者。

——那個人現在怎麼了呢？

他是個沒有藩籬的人嗎？

彷彿發出「到此為止」的指示似地雪落下了。

今川望向庭院。看起來比早上荒廢了許多，因為雪一點一滴地開始融化了。太陽略微射入，外頭的氣溫可能也稍微上升了一些。附著於玻璃窗上的雪幾乎都消融了。唯有大樹雄姿英發，絲毫未變。

「很大的一棵樹吧？」

那是阿鷺的聲音。

※

這也是聽來的事。

——好像早晨。

據說這是他的第一印象。

空氣清淨無比。

冷得渾身瑟縮。

同時安靜極了。

時刻早已過了正午，也就是下午。儘管如此，卻給人一種恰如清晨的印象，大部分要歸因於這座冬季山峰的清冽吧。

四周是一片如詩如畫的雪景。

在這幅畫中，兩名與畫景不太搭調的人踩著凍結的雪徑，默默地走著。

其中一名是個青年。他手裡提著一個大型且沉甸甸的硬鋁合金箱子，同時背了一個巨大的三腳架，所以走在上坡的雪徑上，是相當嚴酷的粗活。但是青年的表情並不痛苦，全身緊緊包裹著禦寒服裝，整個人十分神清氣爽。

青年名叫鳥口守彥。

鳥口心情絕佳。

雖說是為了工作，但旅行能夠散心。

單單遠離都會的喧囂，呼吸山裡的空氣，就讓他覺得很棒了。原本擔憂的壞天氣也撐了過來，景色比想像中更美麗，而且接下來沒有工作。今天純粹只是進行移動，工作明天才開始。再來只等著泡泡溫泉，吃個酒足飯飽後倒頭大睡就成。再加上他是為了工作而來，也不需要擔心荷包。一想到可以在住宿的地方盡情享受，他就有如置身極樂天國。

但是，鳥口的好心情並不全是因為美景、天候或待遇所賜。當然也不是因為他戴著職場的社長不曉得從哪裡弄來的「治療肩膀痠痛的念術首飾」。

好心情的理由就走在鳥口前方。

纖細嬌小，乍看之下像個少年。但是這是由於服裝與髮型之故，仔細一看，那是個英氣煥發的美人，當然是一名女子。

她名叫中禪寺敦子。

鳥口很喜歡她。

這與迷戀不同。若要說的話，是憧憬。

簡直像小孩子找藉口似的，這種說法實在教人難為情極了，但是除此之外找不到別的形容了。都多大年紀了，裝什麼純情？——鳥口經常被上司這麼調侃，但是鳥口也只能說這是誤會。

說起來，鳥口並不晚熟，所以並非沒有那類對象。只是對於敦子，他沒辦法有那種遐想。不，是覺得不可以有那種遐想。鳥口無法把敦子視為戀愛的對象。無論是什麼樣的感情，面對敦子都會以極為健康的形式顯露出來，結果僅能形容為「對她有好感」，而且還會覺得這樣就足夠了。這也是敦子的魅力所在。

這世上存在著超越男女框架，依然能夠愜意相處的人。

敦子就是這種人。

此外，儘管敦子為人如此，但最讓鳥口佩服得五體投地的，還是她對於工作的執著。

敦子是雜誌《稀譚月報》的女記者，非常能幹。與她天真浪漫的外貌相反，是個聰明活潑的才女，也是個精明幹練的編輯。

這趟不太適合畫景的旅程，其實是一次採訪旅行。

鳥口背著一整套照相機材這樣的笨重行李，陪伴敦子同來——就是這樣的場面。

但是鳥口並不是敦子的同事，也不是攝影師。說起來應該是同業才對。

鳥口原本是一本名叫《實錄犯罪》、倖存至今的糟粕雜誌（註）的編輯記者。

使用「原本」這樣過去式的說法，並不是因為他辭掉工作，或是公司倒了，而是因為雜誌沒有持續出版之故。然而雜誌也並未廢刊，包括經營者在內只有三個人的員工，目前一致的見解是長期休刊。不過前景不看好，上一期出版之後，已經過了半年以上。

即使如此，還是沒有人感到悲觀。這是鳥口的公司——赤井書房的社風。

然而不管社風再怎麼積極樂觀，也不能無視倒閉、失業等悲觀的未來。沒有出版品的出版公司當然不會有收入。所以現在赤井書房等於是靠著出版編輯以外的業務在支撐著。其中之一便是照片攝影。鳥口原本就矢志成為一名攝影師，以往《實錄犯罪》雜誌當中刊登的照片，全都是社內自行取得的。如果自家出版社沒有雜誌，那麼就幫其他出版社的雜誌拍照片吧——他抱著這樣的想法。

就在前天，敦子的公司——稀譚舍的專屬攝影師由於過度操勞而病倒，倉卒地向赤井書房請求援助。

鳥口二話不說答應了。

可是天候狀況十分不湊巧。

大雪不止，出發延遲了一日。

雪似乎一直下到清晨時分。今早離開東京時，壞天氣似乎總算過去，雖然仍舊烏雲籠罩，但雪已經

註：日本戰後一時蔚為風潮的三流雜誌類型，內容多以腥羶八卦的不實報導為主。由於雜誌社經常遭取締而倒閉，如同用糟粕釀造的劣酒般，幾杯下肚即倒，故而名之。

停了。

然而目的地是山上。雖說距離不是很遠，但東京的天候狀況並不能作為判斷基準。加上山中天氣易變，預定行程極有可能因天候不順而變更。亦有可能為了等待放晴而延長逗留時日。若是那樣，鳥口也不以為意，甚至反倒希望如此……

但是據說他有那麼一絲不好的預感。

不過眼前的景色絲毫不遜於登山電車車窗外的雪景，走出車站仰頭一看，天空正徐徐恢復藍天，這個時候，鳥口早上懷有的些許擔憂已經煙消雲散了。

——好像早晨。

因此這個時候，他有了這樣的印象。

鳥口有些喜孜孜地跟在敦子後面走著。

他早已習慣粗活了，而且覺得在山裡活動反倒舒服。

「冷得……」

鳥口用沒出息的聲音說：

「呼吸困難呢。」

每一吸氣，鼻孔內側就感到一陣冰冷。

敦子沒有回頭，略微仰望地回答：

「可是空氣很清新，頭腦變得好清爽。」

呼出來的氣一片霧白。

「哎，對於吸了滿肚子都市漆黑空氣的黑心肝的我來說，這種清涼感令人呼吸困難呢。這種健全狀態比較適合敦子小姐。」

「你在說些什麼？如果鳥口先生是黑心肝的話，我哥哥該怎麼辦？那他不就是黑到無法形容了？」

「哈哈哈，京極師傅的確很黑。不過他是衣服黑，我是心肝黑……」

敦子有個年紀相差懸殊的哥哥，名叫秋彥，鳥口也曾經受到他諸多關照。他在中野經營一家叫做「京極堂」的舊書店，鳥口會稱他為京極師傅，也是由於其店名。那位京極堂店東不僅是個舊書商，還是位神主（註）；從事這兩樣工作之餘，同時也是個替人驅鬼除魔的祈禱師，是個奇特的人物。當他進行這類特殊工作時，打扮是一身時代錯亂到了極點的漆黑便裝和服。敦子揶揄的應該是他那身黑衣打扮。

「因為我老是拍攝一些殘酷至極的犯罪照片呢。雖然衣服就如妳看到的是白的，但是我的身心老早都染得一片漆黑了。」

敦子總算回過頭來笑著說：

「鳥口先生，雖然你這麼說，但這次要請你拍攝的可是這片清新之地。而且是我推薦你的，請別忘了我的立場。別看中村總編輯那副模樣，他對照片可是很挑剔的。」

「這點我非常明白。就算我的心肝是黑的，鏡片也是透明的，不要緊的。而且照片也不是用念力來拍攝的，請放一百個心吧。」

這次的採訪地點是一座寺院。鳥口為了滿足敦子的期待，想盡可能拍出清淨而莊嚴的照片。雖然他這麼想，但是不管再怎麼鼓足幹勁，照片這玩意兒也只能拍出事物原有的模樣。若是沒辦法拍出清淨莊嚴的照片，那就是拍攝對象的問題了。

鳥口這麼看開了。

鳥兒啁啁啼叫。

註：原本專指神社中神職者之長，今用以泛指神職者。

接著傳來啪啪振翅聲。

樹上的雪發出沙沙細響，落了下來。

鳥口踩著剛在雪地上形成的小腳印前進，那是敦子的腳印。放下腳時，身體便往下一沉。這條路並未被人踩實。敦子的前方可能甚至連被踩得模糊的腳印都沒有。好像是一條無人行經的小徑。

「不過這真是一條險路呢。我聽說箱根的交通最近變得相當便利了，沒想到也有未蒙受其惠的地方啊。這簡直就是個險阻之地嘛。」

「什麼險阻之地，鳥口先生，以前的人來這裡也都是用走的啊。箱根被稱做天下之險，就是那個時候的事。我們在大平台下車後，不是才走沒多久嗎？」

「走是沒什麼問題，我說的是這條路。就算那是家老字號旅館，怎麼能叫客人走這種獸徑到溫泉旅館呢？我們來此之前也有不少還算可以的道路，而且不是聽說老國道也開始修繕、整修了嗎？」

「說得也是……」

敦子沒有回頭，仰望上方。

「前年小田急電鐵直接延伸到箱根湯本，同一時間，駿豆巴士好像也開到小田原來了——各方為自身利益糾纏不清，現在好像甚至被稱為第二次箱根山交通大戰呢。可是觀光據點還是沿著街道（註）發展的溫泉旅館跟蘆之湖吧？除此之外這一帶什麼都沒有，所以與紛爭無關。」

「什麼都沒有？可是敦子小姐，聽說那家叫什麼仙石樓的，不是一家歷史悠久的旅館嗎？那座寺院的規模不是也很大嗎？就算成為觀光景點也沒有什麼好奇怪的呀。」

「很困難，」

敦子說：

「仙石樓和其他療養所或旅館不同，擁有獨特的歷史背景。它好像是在江戶晚期建立的，但是與箱根的驛站距離甚遠，也偏離了舊街道。而且離箱根七湯和其他村落都很遠，不是嗎？一直到大正時代左右，好像都只有一小部分的人知道這家旅館。就連現在，知道仙石樓的人似乎也不多。」

「就像大財主或特權階級御用的會員制俱樂部嗎？這麼說來，他們也沒有在馬路邊攬客呢。」

小田原車站的攬客活動非常驚人喔——上司妹尾不知對鳥口這麼說了多少遍。

當然，這是為了招攬到箱根一帶遊覽、泡溫泉的客人。攬客者身穿呢絨外套，足蹬皮鞋，戴著宣傳自家店名的醒目帽子和臂章，大聲招呼，據說景象非常壯觀。不過妹尾拜訪箱根已經是十幾年前的事了。橫跨戰時戰後這貧窮的時代，現在狀況已大幅改變了吧。鳥口下車的車站不在小田原，不過也沒有看見那一類攬客者。

「而且現在時期也不對。」

敦子說。的確，現在不是避暑的季節。

「再說這兩三天天氣也不好。不過仙石樓似乎是只靠常客維持經營的旅館，據說戰爭給他們帶來了很大的打擊。開戰以後，就算是大財主，也不會想來休養嘛。」

「唔，不願意對老百姓廣開門戶，現在總算嘗到苦果了吧。不過老百姓這幾年來更加無法出門旅行，也是一樣吧。」

「而且……」

敦子說到這裡，停下腳步右轉。一直光看著腳底的鳥口慌忙停步。

「明天要去的寺院，**不是尋常寺院**喔。」

「啥？」

「那裡似乎不是**尋常**寺院，所以才無法成為觀光寺院吧。」

註：這裡的街道指的是箱根街道，是江戶時代制定的五條交通要道之一。

「不是尋常寺院——敦子小姐，這是什麼意思？總不會是妖怪寺院之類的吧？」
「不是的，是一般寺院，只是……」
敦子在這裡頓了一下，露出難以形容的表情默不作聲。圓睜的眼睛當中透露出些許動搖之色。
「妳怎麼……」
「鏘」——聲音響起。
不是自然之聲。
鳥口將注視敦子臉龐的視線焦點移向她的背後。敦子也同時慢慢轉過身，把臉轉向鳥口視線的方向——他們的去向。
「鏘」——聲音再度響起。
無法承受積雪重量的枝椏像拱橋般左右垂下，宛如白色隧道。
一個人影穿過那條隧道似的，出現在眼前。
不，那不是人影。是真正的影子，一團黑影。
它讓人覺得那完全就是**一條影子**。
一團漆黑。
影子自積雪的獸徑走了過來——至少在鳥口眼中看起來如此。
不是因為與雪的皓白對比才顯得黑。當然它是純白中的暗色，因此看起來格外漆黑，但是……
那其實是個黑衣人。
是個僧侶。
網代笠（註一）與袈裟行李（註二），絡子（註三）與緇衣（註四）。
一名雲水僧自山上踏雪而來。「鏘」的聲音，便是錫杖所發出來的聲響。
那名僧人體格健壯，身材高大。雖看不見被斗笠遮住的臉，但是從他的動作和體格來判斷，看得出是一名年輕僧侶。

僧人注意到擋住去路的兩名奇特旅人，停下腳步，稍微抬起深深覆在頭上的斗笠。

「啊。」

敦子好像注意到僧人的動作，反射性地短呼一聲，退開身子。鳥口慌忙避向左側，但左邊是一片積雪，讓他踉蹌了一下。所幸沒有跌倒，但下半身大半都沾上了雪。

因為路幅狹窄，有一方必須避開，才能繼續往前進。鳥口輕拍仍出了神的敦子肩膀，催促她同樣移向左邊。

看到兩人的動作，僧人主動避往小徑一旁說：

「失禮，兩位先請。」

聲音非常嘹亮，果然很年輕。

「啊。呃、謝謝。抱歉。」

敦子說，略微點頭致意後，小跑步穿過僧人旁邊。鳥口也跟了上去。

但錯身而過後，敦子立刻轉向僧人，又讓鳥口沒了去路，再次一個踉蹌到路邊去，最後甚至像撥開堆積成山的雪似地繞到敦子背後。

僧人從網代笠底下望著這一幕，待鳥口站定後，深深行禮。

註一：一種以細竹編成的斗笠。現今多為禪僧或巡禮者所戴。
註二：雲水僧行腳時，將袈裟、經文等裝入箱中，以布巾包裹後用繩子綁紮，背於身上的行李。
註三：絡子為禪宗所使用的一種單邊有環的袈裟。
註四：僧侶所穿的黑色僧衣。

舉手投足間高貴優雅，沒有一絲多餘的動作。修行者就是這樣嗎？鳥口莫名地佩服起來。

「請問……」

敦子叫住抬起頭來準備離去的僧人。

「恕我冒昧，請問您是明慧寺的大師嗎？」

僧人把斗笠抬得比方才更高，說道：

「很遺憾，並不是。貧僧是個四處行腳的修行者，行雲流水，居無定所。」

如同鳥口的推測，斗笠底下是一名氣宇軒昂的年輕人。從他彈性的肌膚、緊實的嘴唇、神采奕奕的瞳眸來看，頂多年近三十——鳥口不必要地品評起對方來。

青年僧再次行禮，循著鳥口及敦子踩出來的漫長足跡離去。

僧人的背影完全消失在視野之前，敦子一動也不動。

鳥口也越過敦子的肩膀目送僧人。

總覺得情況變得不大對勁。

「怎麼了？突然發呆。」

「咦？對不起。」

經鳥口這麼問，敦子轉過身來，鑽過鳥口的視線似地再次走到他前面，一步一步地往前走。然後她用有些疲倦的口吻說：

「我好像完全被周圍的氣氛給吞噬了，這場面好得太過分了。」

鳥口非常明白那種心情。雲水僧完美地融入雪山，宛如在欣賞一幅掛軸，如此完美地融合在景色中。然而就算把這些因素考慮進去，敦子剛才的態度還是一點都不像她。鳥口有些在意。所以他一邊像追著主人跑的忠犬跟在敦子後面，一邊試著說些無聊的俏皮話。俏皮話是鳥口的拿手好戲。

「竟然對和尚看得著迷，一點都不像敦子小姐呢。不過那個和尚真是個美男子，害我擔心起敦子小姐是不是對他一見鍾情了。哥哥是神主，男朋友是和尚的話，這實在是太慘了。不過婚喪喜慶的時候倒是很方便啦。」

「你在胡說些什麼啊？真是的。」

敦子頭也不回，用一種受不了他的彆扭口吻說，甩頭快步走去。

道歉也滿奇怪的，於是鳥口默默地跟上去。

沙——沙——傳來積雪崩落的聲音。

鳥口始終從敦子背後搭訕，所以無法連敦子的表情變化都掌握到。如果她像個小姑娘似地羞紅了臉倒還好，但也可能真的動怒。玩笑話鳥口一年到頭都在說，但這還是他第一次在敦子面前開這一類玩笑。

結果，鳥口由於突然出現的和尚以及自己愚蠢的俏皮話，最後終究沒能在路上探聽到明天即將拜訪的寺院為何**不是尋常寺院**了。

兩人暫時無聲地默默前進。

只有踏雪的聲音持續著。

沉默的旅程似乎不適合鳥口。

自我約束只持續了不到五分鐘，結果他還是開口了。

「這麼說來，聽說那個叫什麼的書籍部的人不是先到旅館去了嗎……？」

鳥口記得在搭電車的時候，聽說這次採訪的企畫發起人會早一步抵達當地。他到現在才想起來。

「你說飯窪編輯嗎？昨天應該已經到了吧。」

敦子回過頭來，看起來並沒有生氣。只聽聲音的話，感覺反倒是很高興。

「我說的就是那個飯窪編輯。可是，為什麼那個人得在昨天那種下大雪的日子趕來？在那樣的大雪中能爬上這麼險峻的小徑嗎？」

「聽說她的老家在箱根，我記得好像在仙石原附近，會直接從那裡過去。」

「哦——仙石原的話我知道。熱心工作、循規蹈矩的我，昨天事先勘查過地圖了。原本我還以為既然叫做仙石樓，那一定是在仙石原不會錯——結果不是。」

「是啊。飯窪姊說過，旅館的創立者好像是仙石原出身的。」

「飯窪姊？飯窪編輯是女的嗎？」

「嗯，是女的。她的名字叫做季世惠。我沒告訴你嗎？」

「我沒聽說呢。可是那樣的話，我接下來好一陣子都處在左擁右抱、雙手捧花的幸福境地嘍？」

「你說的雙手捧花，其中一邊是我嗎？」

「當然嘍。」

敦子笑得像個孩子一樣。

「可是我剛才已經知道比起美女，鳥口先生更喜歡美食了。聽說仙石樓的料理也很不錯喔。啊，看見了。是那個吧？」

樹木的縫隙間可以看到仙石樓。

敦子跑上坡道，在坡度變得平緩的地方停了下來。

鳥口也喘了一口氣，來到她身旁，眺望總算現身的古老建築物。

這棟建築物與其說是旅館，氛圍更像是料亭。有一種將赤坂一帶搖搖欲墜的料亭移建到山中來的奇妙印象。它的樣式與周圍的山峽格格不入。儘管如此，卻又落落大方，而且氣勢堂堂，不可思議。或許是因為在漫長的歲月裡置身於這片景色當中，使得景色接納了這個異物也說不定。

屋頂後面看得見雄偉的枝椏。

那應該是種植在庭院裡的樹木，卻大得異常。是一棵巨木，比屋頂高上許多。

不過料亭的部分是平房，所以屋頂並不高，但是那棵樹比後方延續的二樓建築物更高聳。

兩層樓的屋舍外觀比較像是療養所。可能是後來增建的，它比平房的部分略新，不過還是很舊，都褪色了。

兩處的屋頂以及巨木都積滿了雪。

「該說是氣勢堂堂還是古意盎然，保有舊態還是搖搖欲墜……」

「這……你說得太誇張嘍，鳥口先生。」

「可是看起來好舊。不，是真的很舊。」

走近玄關一看，上面掛著一塊寫著「仙石樓」的匾額，這也是老東西了。字跡流麗，卻模糊不清，難以辨視出寫的是什麼字。

「喏，這實在舊過頭了。這旅館一副就是令兄會喜歡的風格呢。應該跟他一道來的。師傅的話，一定比較喜歡這裡。這建築物一看就很古怪。」

如果鳥口沒記錯，敦子的哥哥現在應該也來到了箱根。聽說好像是有什麼棘手的工作，不過鳥口覺得既然都要到同一處旅行，又何必兵分兩路呢？

「這裡很貴的。要不是公司出錢，根本住不起。要自掏腰包連日住宿是不可能的。」

敦子邊說邊開門。

「很貴？這麼舊還那麼貴嗎？」

「鳥口先生。」

敦子戳戳鳥口的側腹。

「唔，這真是失禮了。」

女傭已經等在玄關了。

因為她跪坐在地上俯首，並沒有進入鳥口的視野。

「請問是中禪寺小姐嗎？」

「麻煩你們了。請問，我的朋友……」

「是的，關於另一位客人……」

女傭說，早一步抵達的飯窪女士今早起就身體不適，臥床不起。可能患了感冒。她是在下雪的時候到達的，鳥口與敦子方才走過的路途對她來說一定格外艱辛。女傭接著說明旅館老闆現正因病療養，不在此處，恭敬地致歉。不久後掌櫃出現，再次為了同樣的事賠罪，帶領兩人進入裡面。女傭和掌櫃立刻想要接過鳥口的行李，鳥口卻婉拒了。

他不習慣被人服務。

女傭有些困惑，說著「那麼……」只拿了敦子的皮包。

「我們準備了新館的三間房間……」

「麻煩你們了。飯窪姊究竟是怎麼了呢？」

「我們請她在本館這邊的別館休息。請問兩位要先到房間去呢，或是……」

「先放下行李，再去看看情況好了。」

敦子瞄了一眼鳥口身上的大包小包後說。

「那麼請兩位隨我過來。」

女傭領路，敦子跟在後面，鳥口也跟了上去。

年代久遠的走廊擦拭得光可鑑人，陳設的擺飾物看起來也都古老而昂貴。原來如此，從這些地方看得出是老字號呢——鳥口獨自恍然大悟。

走過一小段走廊後，出現一道敞開的紙門。鳥口只要看到開著的門都一定要往裡頭瞧瞧，所以這回他也若無其事地往裡面看。

裡面是一間相當寬敞的大廳。榻榻米綿延不斷，盡頭處有兩個像是男人的身影隔著將棋盤或圍棋盤對坐。另一頭靠簷廊的紙門也敞開著，透過落地玻璃窗，可以看見分外明亮的庭院。也看得見那棵巨木。巨大的樹幹中段將庭院的景致切割開來。可能是因為外頭明亮，裡面顯得陰暗。

鳥口忍不住看得入迷了。

是**一幅畫**。被黑色框起來的純白庭院，在庭院前對奕的兩道剪影。很棒的構圖。鳥口的視線不知不覺間變成了攝影師的眼神。

注意到鳥口的模樣，敦子也折返回來，望進裡面。

「很大的一棵樹吧？」

女傭忽然這麼說。聽到她的聲音，其中一個影子有了反應，以倒嗓的聲音朝這裡問：

「阿鷺，那幾位是客人嗎？」

「哎呀，兩位還在這裡啊。沒有人通知午膳已經準備好了嗎？」

「噢，好像有人來說了。不過我們下得太專心了。對不對，今川？」

「久遠寺醫生？這不是久遠寺醫生嗎？」

耳邊傳來這樣的叫聲。鳥口一瞬間無法判斷是誰的聲音，反射性地窺看敦子的臉。敦子露出一副相當吃驚的表情。看樣子，剛才的叫聲是她發出來的。

「我是中禪寺，中禪寺敦子。」

「噢？噢噢！妳是那個時候的……！」

光禿禿的影子徐緩地站起，走近他們。另一道影子則盯著他的動作。女傭露出比敦子更加訝異的表情，出聲問道：

「客人，您認識這位醫生嗎？」

「啊，是的。我知道久遠寺醫生從以前就是這家旅館的常客，可是沒想到本人竟然就留宿在這裡……」

「阿鷺、阿鷺，這位小姐算是我的那個……就像恩人一樣。喏，之前我曾經跟妳提到過一些吧？」

被稱為醫生的男子皮膚厚實，頂著一顆禿頭，是個面相氣勢十足的老人。

老人一邊笑著，一邊以完全倒了嗓的聲音問敦子：

「呀，那個時候真是承蒙妳照顧了。好巧，真是奇遇。那個……令兄，還有那位奇怪的偵探，呃……還有另一位，他們怎麼了？過得好嗎？」

老人說的偵探，應該是指鳥口也認識的榎木津。榎木津是個職業偵探，在敦子的朋友圈當中，也算是個特別奇怪、不折不扣的奇人。說到敦子認識的偵探，也只有榎木津一個人了。至於**另一位**說的是誰，鳥口就不曉得了。

敦子低頭鞠躬後回答：

「遺憾的是，大家都還是老樣子，生龍活虎的，教人氣結。醫生是否別來無恙……？」

「哦。哎，其實後來真是慘到家了。被警方偵訊、書面起訴的，醫院再也沒有辦法繼續經營下去。我拋棄了一切，總算獲得了解脫。現在就像妳看到的，是個舉目無親、逍遙自在的老人。」

老人說完，豪爽地笑了。

他的笑聲很乾。聽在鳥口的耳裡，總覺得格外乾澀。

此時，鳥口突然悟出了老人的身分。他想到這名老人正是去年夏天震驚社會的某起案件的關係人。

那麼老人說的**那一位**，指的就是某位作家了。

再來，如果鳥口的推理是正確的，那麼與敦子的邂逅，肯定喚起了老人心中極為複雜的感情。因為敦子與那起案件的終結有著密切的關係。

鳥口本身雖然並未涉入那起案件，卻也從相關者口中聽聞了那哀傷的始末。

老人一副意猶未盡的模樣，但是飯窪女士還臥病在床，總之先到房間放下行李之後，再慢慢敘舊——這麼決定後，女傭帶兩人前往房間。

在走廊拐了幾次彎，來到頗寬闊的木板地房間後，有一道相當突兀的樓梯，不僅坡度奇特，上頭還有像橋梁欄杆般的扶手。那似乎是通往新館——外觀比較像是療養所的兩層樓建築——的連繫通道。

根據女傭的說明，新館是在明治二十一年增建的建築物，在那之前，那裡似乎是別館的大浴場。原本的建築物出於山崩而半毀，重建時，便將它改造為以前就計畫好準備招待一般溫泉客的兩層樓住宿設施。

「說是開放給一般客人，但是當時我們是不收生客的，全都是透過介紹的客人。只是那個時候箱根經過一連串開發，已成為療養勝地——這是我出生前的事了，我當然沒經歷過，不過聽說除了前來避暑或療養的客人外，觀光客也大為增加，我們旅館當然也不能就這麼默默地置身事外。」

「這麼說來，興建馬路，交通變得方便，也是在明治中期的時候呢。除了達官貴人和外國旅客之外的一般客人，也是從那個時候開始增加的吧。」

敦子應對如流，讓鳥口感到佩服不已。

像鳥口，幾乎都只是聽而已。

「可是這一帶還是很不方便呢。聽說當時通往這裡的路途艱辛極了，所以儘管增建了新館，客人數量還是未見增加。當時的幹線鐵路不是繞過箱根了嗎？說都是因為這樣才會沒有客人上門，還為此起了糾紛，不過這跟我們旅館也沒有關係。」

「哦，妳是說現在的東海道線吧？可是我記得相反地，不是有馬車鐵道直通到湯本嗎？」

「哦，客人知道得真清楚。還有一種叫擔椅的，就是擔在肩上，像轎子般的交通工具，聽說也是在那個時候出現的。全都是些奇怪的交通工具呢。」

「馬車鐵道——是馬在鐵軌上拉車嗎？」

鳥口終於再也跟不上話題，發出疑問。

「是的。不過現在已經看不到了。聽說箱根以前還有叫做人車鐵道的喲。」

「嗄，人拉電車前進嗎？」

鳥口打從心底吃驚，但敦子笑了。

「鳥口先生，人不拉電車的。電車的話，不用人拉也會前進，所以才叫做電車。因為是用人力拉的車，所以叫做人車，馬的話就叫馬車。」

女傭也笑了。

「聽說拉的只是像小礦車般的箱車罷了。算是有鐵軌的人力車吧。」

「噢噢！說的也是呢。電車撞人的事我是聽過，但是顛倒過來人拉電車，話就說不通了。簡直就像人咬狗一樣嘛。」

「客人，房間到了。」

玩笑話講太多，差點又過頭了。

呈一直線的走廊上並排著八個拉門。鳥口的房間是左邊數來第三間，敦子的房間就在左鄰。

「我馬上準備，請先進去歇息吧。」

女傭開門，對鳥口這麼說完，先陪伴敦子進入隔壁房間了。可能是要幫她把行李送進房間裡吧。凡事都是女性優先，這很不錯。

鳥口暫時將沉重的行李放在走廊上，將脖子轉了一圈。正當他這麼做的時候，兩人很快地出來了。

「鳥口先生，我先去看看飯窪姊的情況，行李放好之後，可以請你到剛才的大廳等我嗎？或者如果你累了的話……」

「不，我不累。我們走吧。」

鳥口回想起方才那有如一幅畫的構圖。

「我帶這位客人過去之後，馬上送茶到大廳那裡，請您稍候。真的很抱歉。」

女傭一副萬分歉疚的表情道歉說。鳥井目送兩人走下樓梯後，重新轉向房間門口。

——見牛之間？

令人猜不透意思的名稱。說到旅館的房間名，一般不是都使用花的名字嗎？像桔梗之間、萩之間這類的就經常看見。或許只是鳥口不知道，其實有花朵就叫做「見牛」，又或者鳥口知道那種花，只是不知道漢字寫做見牛罷了。

鳥口邊想著這些事，邊踏進房間。

他打開裡面隔間的紙門。

房間——

——腐朽了。

這是鳥口進入房間後的第一個印象。

橫木與雕花橫楣的木材都已經乾燥到泛白。至於門檻，甚至都**龜裂**了。榻榻米也被陽光曬到變色，相反地柱子的表面磨損，散發出一種難以形容的飴黃色色澤。雖然打掃得很乾淨，卻有種灰濛濛的味道。

——不是灰塵的味道。

是**老臭味**。或者說，這是時代的氣味。

鳥口缺乏建築裝潢的知識，雖然不是很清楚，但這肯定是一間講究的房間。妝點在四處的雕刻非常細緻，所使用的木材看起來也很高級。裝飾在壁龕裡那不知是甕還是壺的東西既黝黑又粗獷，不過一定是大有來頭的物品。

掛軸同樣古老。

上頭呈現著一幅莫名其妙的畫，是老東西了。

——好奇怪的畫。

圖案畫在一個圓圈當中。一個穿著奇裝異服的人孤伶伶地站在圓圈的右側。中間隔著一條像河川的水流，左側只有一顆像黑色野獸的頭伸了出來。

毫無構圖可言。例如說，如果要畫野獸，應該再多畫一點，連身體也畫進去才對。這樣實在太半吊子了，而且連是什麼動物都看不出來。

——是牛嗎？

頭上長著像是角的東西，可能是水牛之類的動物吧。不管如何，稍微懂畫的人絕不會這麼畫。鳥口雖然不諳繪畫，對於畫面的構成卻自有看法。光靠構圖來判斷的話，這肯定是門外漢畫的。

——裡面有什麼含義嗎？

鳥口不可能明白。就算有意義，反正也是源於中國或是哪裡的典故，那他更是一竅不通了。鳥口連臥薪嘗膽是什麼意思都不知道。至於他山之石，不曉得是哪裡搞錯了，他甚至一直以為那是多子多孫的意思。

即使如此，那幅掛軸依然靜靜地主張著本身非凡的價值。那果然還是因為……

——很古老吧。

看起來實在不像是戰後的東西。不，在鳥口看來，完全就是文明開化（註）以前的東西。

這種主張不僅是掛軸，可以適用於整個房間。這個房間的價值，並不在於雕刻之精美或建材的品質、裝飾品的昂貴，而是來自於漫長的歷史、源自於古老的高級感。

所以雖然華麗而高級，這個房間果然還是腐朽老舊。鳥口將行李放到壁龕前，再次這麼想。

他解開行李，確認機材有無受損。

他在搬運中十分細心注意，但是在打開察看之前，還是不能夠保證平安無事。幸好裡頭沒有任何異狀，也沒有忘了東西。

鳥口拿起攝影機，忽地心生一念。

——去拍那個大廳吧。

那個構圖——不知為何令人**心動**。

可是因為會增加行李重量，所以底片等其他東西並沒有多帶。如果用完，在這樣的深山裡可無法輕易取得。所以還是不要平白浪費為妙……

——一張而已的話，無妨吧。

照相機他帶了Rolleiflex的雙眼相機和萊卡這兩個機種。萊卡是社長的私人物品，因為他不斷說服鳥口帶來，所以他才帶來的，但是鳥口到現在還不習慣連動測距式相機，所以把編輯部的對焦屏式相機也帶來了。也不算沒有餘裕。

「去拍吧，去拍吧。」

他說出口來。一旦下定決心，總覺得心情都雀躍了起來。

連昏暗的房間感覺都變明亮了。鳥口自從在雪徑與和尚擦身而過之後，一直感到渾身不對勁。這下子總算恢復正常了。

大廳和剛才一樣，幾乎沒變。紙門一樣開著，老人和另一名男子也坐在相同的位置。看樣子他們正在對奕。

像這種時候，明明不是來當小偷的，卻不知為何會躡手躡腳起來。鳥口靠近他們，兩人也完全沒有察覺。有點難以出聲。

「抱歉打擾兩位對奕，我是……」

「哦，你是跟中禪寺小姐一起的。」

禿頭老人瞥了鳥口一眼。

「我是久遠寺，這位是住宿在這裡的古董商今川。」

老人的下棋對手看著鳥口點頭致意。這個男人長相之怪異完全不遜於老人，令人印象深刻，感覺卻

註：一般指日本在明治初期吸取西洋近代文明、採取近代化政策而產生的社會風潮。

相當和善。老人接著說：

「我看小哥人長得滿帥的，是那個嗎？中禪寺小姐的男朋友嗎？」

「沒、沒那回事。我是攝影師，只是跟著來幫忙採訪而已。」

「看你極力否定的樣子。別看中禪寺小姐那樣，她可是個美人胚子呢。有什麼不好呢？」

「這、這太可怕了，我可不敢了。」

「你怕的是她哥哥嗎？被我猜中了吧？」

老人帶著揶揄的眼神大笑起來。老人所言雖不中亦不遠矣，所以鳥口也露出苦笑。叫今川的人當然是一頭霧水，只是用一張鬆弛的表情交互看著鳥口和老人。

「我叫鳥口守彥。」

鳥口總算報上姓名，接著請求兩人允許他拍攝入鏡。

「拍照？年輕女孩姑且不論，我這樣一顆大光頭，今川也像你看到的那副長相。沒事何必來拍我這種老頭子呢？」

「呃，因為我覺得可以拍到很棒的照片。」

「這我就不懂了。要拍庭院的話，只拍庭院就好了吧？那麼美的院子，跟個禿子一起入鏡，價值也跟著變低了。喏，今川，你說對不對？」

「哦……」

今川以有些**濕黏**的聲音說：

「我也覺得自己不適合作為拍攝的對象，不過藝術家往往並非獨好美麗的事物。我想這位先生不是想拍庭院，而是想拍攝包括這個大廳、我們和庭院的這個場景吧。」

「什麼這個場景，今川，現在這個大廳的場景豈不是平凡無奇、隨處可見嗎？所謂照片寫真，就如同字面所示，是如實拍攝真實。就算把這平凡無奇的景象給烙印到相片紙上，也既不有趣也不滑稽啊。」

今川用那雙渾圓大眼仰望鳥口問道：

「或許吧，那你認為呢？」

即使今川這麼問，鳥口也窮於回答。他縮起身體。

「那個……若是會給兩位添麻煩，請不必勉強，只是那個……該怎麼說……」

被對方如此深究，鳥口無從答起。一旦追根究柢地去想，鳥口開始搞不懂自己為何會想要拍攝這裡了。確實，照片會如實拍下事物的模樣，但若以這種角度來看，無論拍攝了什麼，都沒有意義了。

今川開口了：

「老先生，依我之見，被拍攝的物體與照片之間的關係，並不是相等的。照片的確會如實拍下物體，但是並非只要拍攝美麗的東西，就必定會是一張好照片。一張照片的好壞不是取決於被拍攝的物體，而是取決於攝影師。我想這位先生應該是看到了什麼不錯的畫面吧。」

「正是如此，你說得真好。」

鳥口開始欣賞起今川這個人了。

與那憨直的外表不符，這個人或許相當聰明伶俐。

結果可能是被今川的話給說動了，久遠寺老人允諾鳥口攝影。真是今川萬萬歲。

鳥口首先請求兩名模特兒不要意識到自己被拍攝這件事，繼續對弈。因為鳥口想要他初來乍到時看見的那幅畫面。

被這麼吩咐，大多數人反而會變得更加緊張。就算被交代不要在意，也無法擺脫被注視的緊張感。或許什麼都不說偷偷拍攝還比較好，而且從他們剛才專注於對奕的模樣看來，不會被發現的可能性應該很高。但是也有人極端厭惡被拍照。鳥口擔心萬一拍完後才惹來對方不滿就糟了，所以才向兩人報備，不過現在想這些都為時已晚。

但鳥口是杞人憂天了。不知是理解力好，或者原本就不在意這種事，兩人很快地回復到最初埋首對奕的情景。好機會。鳥口快步折回紙門處，望進攝影機。

在光線改變前拍攝才是上策。相同的狀態是不會持久的。不，自然界裡絕對不存在著所謂相同的狀態。因此除了在覺得適當時機，在覺得適當地點，拍下覺得適當的對象以外，是無法拍到好照片的。照相機會將那一剎那切割下來，固定在相紙上。今川方才說的是正確的，決定這一切的不是被拍攝的對象，而是攝影者。

很棒的構圖。

調整焦距。前方的榻榻米紋路逐漸變得模糊，漆黑的人影鮮明地浮現出來。背景中白皙躍動的庭院散發光芒。繼續移動焦距。

——巨木。

那棵巨木真正是這幅構圖絕妙的關鍵。

鳥口將焦距對準樹木，稍微抬高角度。

冬天禦寒用的濕濡稻草，部分裸露而出的漆黑樹幹。

比第一眼見到的時候更加鮮明。

是因為陽光的關係嗎？天空放晴了。

雪也開始融化了。

鳥口將焦距移回人物，按下快門。

調整曝光。室內攝影時若是這種光量，一般都會使用三腳架。但是鳥口是個自稱人類三架腳的強壯男子，所以毫無問題。

改變設定，拍了三張。

「謝謝兩位。」

久遠寺老人又用奇怪的聲音回應：

「怎麼，已經拍完啦？不用打那個什麼——鎂光燈嗎？至少也開個燈怎麼樣？會拍得比較清楚喔。」

「呃，這……」

當然鳥口也帶著同步閃光燈，但是那樣一來，難得的一幅畫也會被硬生生地糟蹋。那才真的會拍成一張禿頭佬與醜怪男的紀念照——鳥口差點脫口而出，趕忙嚥了下去。

再怎麼說都是初次見面，太失禮了。

就在鳥口不知該如何回答的時候，敦子從背後出現了。對鳥口而言，正是救世主降臨。

「鳥口先生，你到底在做什麼啊？」

「哦，我剛才在請兩位讓我拍照。」

「拍醫生？」

鳥口懶得再說明一遍，索性不回答，改變話題。

「話說回來，飯窪小姐呢？」

「她的樣子有些不對勁——明明本來那麼起勁，卻突然變得無精打采。」

「是感冒吧？」

「好像不是，也沒有發燒，讓人有點擔心呢。」

「是食物中毒嗎？」

「應該也不是。」

「沒有瀉肚子？」

「好像沒有。我拜託女傭準備餐點了。她好像從一早就粒米未進，所以才會這麼衰弱。」

「哦，不吃飯是不行的。要是有食欲的話，應該就不是食物中毒吧。」

「與其說哪裡不舒服，更像是在**害怕些什麼**……可是，她知道我們抵達後，好像稍微平靜些了。今晚起，她會和我同房休息，所以應該不要緊了吧。啊……」

說到這裡，敦子隔著鳥口和老人打招呼。

久遠寺老人坐著，高舉右手回應。

此時，剛才的女傭邊嚷著「哎呀哎呀」一邊走了出來。似乎是送來了說好的茶。

「有人送粥過去給另一位客人了，請不必擔心。或許是因為看到同伴來了，放下心來，她的臉色似乎也好轉了一些……啊，請進來。醫生還有客人也歇息一下如何？我端茶過來了。」

女傭說著，小碎步走進大廳正中央，掃視了周遭兩三次後，放下托盤，從隔壁房間搬來了矮桌。實在是相當健勇。

「妳來得正巧，我正在長考中吶。這個人下的棋路深奧極了，令人難以招架，幾乎快輸了。」

老人說道，站了起來。

然後敦子和鳥口、久遠寺老人與今川四人聚集在寬廣的大廳正中央，圍繞著矮桌坐下。

首先是今川，接著鳥口再次被介紹。

久遠寺老人彷彿見到多年不見的女兒或孫女，用一種極為懷念的表情看著敦子，然後用他抑揚頓挫相當獨特的口吻述說自己的近況。儘管並未直接提及半年前的案件，但老人說明他最後還是因為那個案件離棄了東京，從去年底就一直隱居在這家仙石樓。他說即使如此，每個月還是至少會被檢方或警察給找去問話一次。

「待一回神，不管是親人還是一切，我全都失去了。認識的人和朋友也都離去了。這家仙石樓啊，我大概十二年沒來了，這裡的人卻記得我，還允許我寄居在這裡，哎，連我都覺得簡直成了大爺。」

老人再次發出乾澀的笑聲。

不知今川究竟了解多少，他並未應和，而是用一種難以分辨是在笑還是在發呆的表情喝著茶。可是從方才的發言來看，鳥口認為不能光用那張鬆弛的外表去判斷這個男人。

鳥口也沒有任何可以插得上嘴的話題。默默坐著喝茶這一點，與今川無異。

鳥口冷到骨子裡了，所以幾乎要燙傷舌頭的熱茶喝起來分外甘美。同時他也大口大口地吃著像是佛壇供品的饅頭茶點。食物就是要大口大口地吃——這是鳥口個人的信條。

當他恢復生氣的時候，氣氛已變得相當融洽了。

老人詢問敦子：

「話說回來，中禪寺小姐，聽說你們是來採訪的，來到交通這麼不方便的地方，究竟是要採訪什麼呢？若是透露無妨，能否說來聽聽？剛才我聽說是要採訪寺院？」

「是的，我們是來採訪這附近的明慧寺的。」

「什麼？」

久遠寺老人露出十分吃驚的表情，望向今川。然後他「呼」地吁了一口氣。

「哎，明慧寺也終於要變成觀光地，大肆宣傳了嗎？那樣的話，比起宣傳，更重要的是交通問題吧。只是這一帶現在才想要築路，也是不可能的吧。近來老是聽到一些反對意見，說箱根的觀光化造成了嚴重的環境破壞云云。」

老人送出尋求附議的視線，今川會意，出聲發言：

「可是老先生，對溫泉旅館來說，有沒有道路和鐵路，是攸關存亡的大問題。事實上鐵路會通到這裡，也都是因為當地居民的大力要求啊。」

「確實，交通方便與否對觀光地而言是存亡問題，但是這一帶除了像這家連工會都沒有加入的乖僻旅館，就只有明慧寺了。若非哪一方自掏腰包，否則築路是不可能的。」

敦子邊苦笑邊插嘴：

「不是那樣的，不是宣傳。」

「那是什麼？日本的祕境探險嗎？」

「差不多。」

「哦？」

「這是說笑的。不過若要從頭說起，這話就長了。其實，帝大的精神醫學研究室的教授有一項研究計畫，想要從腦科學的角度解析宗教。」

「哦？聽起來頗有意思。可是要做些什麼呢？」

「測定修行中的僧侶的腦波，與常人的腦波比較——計畫從這方面著手。教授認為應該從坐禪開始測定，因此詢問了每一座禪宗寺院的意願，卻得不到任何善意的回應。計畫遲遲無法順利進行，研究幾乎陷入停擺。」

「宗教與科學本來就形同水火嘛。」

「然而我們文藝部的社員得知這件事，認為這是個很有意思的主題，希望它能夠實現。經過協商，稀譚社決定支援協助這項研究。」

「支援協助？也會出錢嗎？」

「沒有出資。我們提議由我們提供人力。與寺院之間的交涉及安排、機材的搬運，還有餐費、交通費由我們負責。相反地，研究有了成果之後，論文必須由我們出版社出版，還有研究的過程必須在《稀譚月報》上刊載……」

「貴出版社也真是古怪。那種東西會暢銷嗎？」

「不可能暢銷吧。可是我們雜誌擅長這類報導，社長也很有興趣。因此就以現在在別館休息的飯窪小姐為中心——其實也幾乎只有她一個人——和寺院交涉，推動計畫。不過沒有任何一座寺院首肯……」

「那麼排斥啊？要是能夠在醫學上證明修行的成果，豈不是美事一樁嗎？」

「可是如果無法證明，將會如何？」

「也有無法證明的可能性嗎？」

「有吧。或許……那種事物是無法用機器加以測量的。」

「這樣嗎？不管哭、笑還是生氣，就連那種程度的感情起伏都會對腦波造成影響，不是嗎？那樣的話，進行修行這種重大行為的時候，應該會出現某些變化才合理吧？」

今川突然開口：

「可是，所謂**悟道**和喜怒哀樂不一樣吧？」

「**悟道**？」

「修行不是為了悟道才做的嗎？」

「唔，是吧。」

「那樣的話，我不太會解釋，不過我認為悟道不悟道，和醫學上的腦的狀態並沒有關係。」

「沒那回事吧？不管是什麼狀態，一切都只是腦中的變化。人因為有腦，才能夠認識世界。太初有腦，知道嗎？對吧，中禪寺小姐？」

敦子微微側首，答道：

「話是這麼說沒錯，但是不嘗試是不會知道的吧。例如說，很有可能還有許多以現在的技術無法測量的部分。不，關於腦這個領域，現代醫學才剛開啟了它的大門而已，所以極有可能什麼都無法檢測出來。然而若是沒有任何成果，它就會被輕易否定掉了。」

「原來如此。也就是其實只是因為技術尚在發展而無法測定，卻非常有可能被烙下毫無效果的證明。」

「不僅如此。若是真的測定出來，也有可能造成麻煩。」

「為什麼？」

「就算不必修行，也能夠製造出相同的狀態——根據實驗的結果，也有可能變成如此。」

「噢噢！原來如此。」

老人「啪」地擊掌。

「就像為了測定民間偏方的效果而分析它的成分，再根據分析的結果製造出更有效的合成藥一樣，也有可能研究出科學的方法，以某種物理手段使人體的狀態變得和已修行的人相同……」

「雖然我認為現實上這很困難，不過也不是不可能做到。」

「換句話說，對和尚來說幾乎是有百害而無一利呢。這對寺院來說風險太大了。可是和尚他們是否考慮到這一層？」

「不，我想他們並沒有考慮得這麼深入。可是姑且不論這一點，這是場規模相當龐大的調查，必須搬進腦波測定器等等，還得在坐禪中的和尚頭上貼上電極，不管怎麼樣都會妨礙到修行。總之這**對宗教者而言，是不必要**的研究。無論結果為何，終究都與信仰無關。」

「說的也是。那果然還是行不通嗎？」

「不守清規嗎？」

「其中似乎也有為了製造話題而主動找上門來的寺院，但是越是這種地方，就越是**不正經**。」

「是的。慷慨允諾的寺院，大多都是新興宗派。說穿了就是想沽名釣譽。例如說，有一座明明是在戰後才創立的寺院，與永平寺（註一）毫無瓜葛，卻擅自宣稱是曹洞宗。儘管如此，竟又索求高額的布施……」

「斂財寺呢。」

「嗯。若要進行調查，不尋找嚴格修行、來歷正統的寺院就沒有意義了。飯窪小姐費了千辛萬苦，不斷地與本山（註二）交涉，就算是末寺，找的也都是淵源明確的寺院。結果公認最適切的一座禪寺就是……」

「明慧寺，是嗎？嗯，那裡的話，確實和斂財一類沾不上邊吧。而且那裡——我是不太清楚——來歷似乎相當正統。寺院等級好像也很高。可是連我都不太清楚了，虧那位小姐打聽得到。其實剛才我才跟今川聊到，我到現在連那座明慧寺是什麼宗派都不曉得。」

「可是飯窪小姐是這附近的人吧？」

鳥口總算能夠插上一句話了。

「就算是這樣，但是就連當地人都對那座寺院所知不多。知道的只有一部分宗教界的人士，還有不曉得究竟有沒有的檀家而已。」

「這種事有可能嗎？」

鳥口因為難得的發言遭到反駁，不得已望向敦子。

敦子回應他說道：

「就是這樣啊，鳥口先生。其實剛才在山路的時候我也想要說，那座明慧寺……」

——不是尋常寺院，是嗎？

「——**是家兄也不知道的寺院**。」

今川露出「那又如何」的表情。

既然他不認識敦子的哥哥，這便是理所當然的反應。

但是對於認識他——中禪寺秋彥的人而言，這就是有些難以接受的事實了。

中禪寺這個人嫻熟全國各地大小神社佛剎，到了一種匪夷所思的境界。每一個認識他的人恐怕都認

註一：永平寺為曹洞宗的大本山。一二四四年，由道元在豪族波多野義重的資助下創建。原名大佛寺。道元死後，曾因內部紛爭而荒廢，但寂圓守住門流，於江戶時代成為大本山。

註二：本山（或本寺）指的是日本佛教宗派中的根本道場，隸屬於此寺的寺院即稱末寺。

為這個世上沒有一座寺院是他所不知道的。連這個中禪寺都不知道這座寺院的話……

「從規模或歷史來看，這很奇怪吧？而且一問之下，聽說那也是座相當古老的寺院，而且還相當大。」

「哦哦，事有蹊蹺。這的確不是尋常寺院呢。」

除此之外無法作他想了。

「咚沙」一聲，八成是屋頂的積雪滑落了。

已經完全習慣了。

「總之不知道來龍去脈如何，飯窪小姐找到了明慧寺。可是那裡連電話都沒有，所以就寫了信過去，沒想到竟然獲得了應允。」

「所以才會來採訪啊。」

「原來是這樣啊。」

這也是鳥口第一次聽說決定採訪的詳細經過。

「調查團會在下個月入山，不過因為是沒有人知道的寺院，不曉得裡面情形如何，所以我們先一步進去，首先來為無人知曉的寺院寫一篇現場報導。雜誌方面也決定當作預告，以先行企畫的形式刊載在刊頭。」

「哦，可是明慧寺竟然肯答應這種事呢。而且那個……禪寺幾乎都有女性禁制，不是嗎？」

「是的。由於明治五年頒佈的政府法令，女人結界（註一）算是被廢除了，不過還是有許多寺院依循慣例，排擠女性。書簡當中應該特別註明了負責人是女性，不過萬一真的有什麼狀況，可能就得請他們派一名和尚出來，由我們採訪他，之後再……」

「嗄，總不會要叫我一個人進去那種神祕的寺院裡頭拍照吧？」

「就是這樣。真是的，從早上開始，我不是已經拜託過你好多次了嗎？」

「呃，可是那個，我聽得有點心不在焉嘛。這就叫做**牛耳什麼風**嗎？」

「那是……」

久遠寺老人一句「馬耳東風。」敦子一句「對牛彈琴。」兩個人同時糾正。鳥口等於是出了雙倍洋相，但是他已經習慣丟這種臉了。鳥口每次只要說出成語或諺語，總是錯得離譜。雖然他並不是故意在耍寶，卻總是引來捧腹大笑。

「我說啊……」

久遠寺老人大笑一陣後，瞥了今川一眼，問道：

「這位今川先生其實也有事要去明慧寺。中禪寺小姐，回信給妳們的和尚叫什麼名字呢？」

敦子立刻翻開記事本回答：

「呃，是禪寺裡的知客，一位叫和田慈行的和尚。」

「鹿？妳是說那種頭上有角的動物……？（註二）」

「不是啦。禪寺裡負責接待賓客的和尚，就稱為知客。」

「這下我就放心了。這要是個鹿和尚，那可嚇人了。剃頭又不能連角都一起剃光光……」

鳥口這麼打諢，他的憨傻是天生的。雖然本人是一派正經，卻經常惹人失笑。老人和敦子，這次連今川都再次笑了。

「這個青年真是有趣。這樣啊，叫慈行啊。這也是和尚常有的名字，不過這下子就跟今川在等的和尚不同人了。你在等的和尚，是叫珍念還是了稔來著？」

註一：靈場區域禁止女人進入的禁忌。

註二：日文中，知客（shika）與鹿（shika）的發音相同。

「了稔。」

「喏，真可惜。」

「可惜嗎？」

「可惜啊。不過既然他們明天要去寺院，雖然會有些勞累，你也可以一道過去。」

「哦，那真是求之不得。可以嗎？」

敦子說「沒問題」。

四人暢談了約莫三、四十分鐘之久。敦子說她要去看看飯窪女士的情況，離開了座位。差不多是該用餐結束的時候了。鳥口想順便讓敦子引見一下，便站了起來。

鳥口的視點上移。

一路望過大廳，直達窗口。

占據鳥口視野的庭院面積增加了。

和剛才不一樣。畫面的構成要素變多了。怎麼會？

——**那是什麼**？

有一團黑塊。

——**那是什麼人**？

在理解到細部之前，**它**在鳥口心中已經是個**人**了。

是人。一個人坐在那裡……裹著一身漆黑的外衣。那個身形是……

——僧侶。
一名僧侶正在巨木與簷廊之間坐禪……
這一定是幻覺，鳥口伸手指去。
「有、有、有和尚……」
正要離去的敦子停步，回過頭來。
今川和久遠寺老人也同樣望向庭院。
「那、那裡有一個和尚……」
說到這裡，鳥口再也說不下去了。在感覺到奇異或恐懼之前，他更感到吃驚。
這不是錯覺。
老人張大了嘴。
「怎……」了一聲，頓了半晌後，用變了調的聲音繼續喊道：
「怎麼回事！怎麼會有人坐在那裡？」
「究竟是什麼時候……？」
敦子以虛脫的聲音接著說：
「怎麼會？連一點聲息也沒有啊！」
就連看到身形的現在，也感覺不到半點氣息。
鳥口徐徐升起一股不祥的預感。和早晨感覺到的漠然不安相去不遠，是一種朦朧模糊的不快感，而它確實地湧了上來。
「今川，那會不會是了稔和尚？」
老人半帶怒意地說道，大步走近窗邊。
「嗯？」

老人出聲之後，僵住了。

今川追了上去，鳥口也跟上前去。接著敦子也過來了，四個人在簷廊上一字排開，貼在落地窗上似地站著。

僧人的確就在**那裡**。

從簷廊到巨木之間，距離約有四間（註）之遙，其間空無一物。

僧人恰好就**坐在**中間左右。

不是幻影，而是實像。

來到打開窗戶就幾乎伸手可及的距離後，僧人看起來益發鮮明，無庸置疑，他確實存在於**那裡**。

僧人略微俯首結跏趺坐。正好就是一副在坐禪途中打瞌睡的姿勢。不知僧人從什麼時候就在那裡了，他的下半身大半沾染了雪，肩膀和袖子也有雪花附著。濡濕的衣物或許凍結了，一團漆黑的黑色僧衣，無法判別出是濕的還是乾的。不過在純白的庭院裡，漆黑的僧人看起來宛如飄浮在半空中般鮮明。

沒有一絲動靜。

僧人是庭院風景的一部分。

緩緩地，驚奇轉為戰慄。

「那……」

沙沙——雪落到僧人身上。

「**是死的**。」

「那個和尚死了。」

「什、什麼？」

「別看我這樣，我還沒禿頭前就是個醫生了。那不是和尚，是和尚的屍體！」
「怎麼會……」
鳥口打開窗玻璃。
不僅僅是冬季的寒意，冷冽的空氣猛地侵襲進來。
鳥口作勢跑下庭院，卻被敦子阻止了。
「不可以！」
「可是……」
「如果、如果那個人已經死了的話……」
「啊……」
她的意思是最好是維持原狀嗎？
——意思是可能演變成**刑事案件**……？
「敦子小姐，怎麼會……」
「我去叫旅館的人。」
敦子往櫃檯去了。
今川站在簷廊邊，掃視庭院一周，左手按住鬆垮的嘴巴。圓滾滾的大眼睛有些充血。
「這、天哪、怎麼會、啊……」
這番宛如嗚咽的聲音是掌櫃發出的。敦子帶著掌櫃和女傭回來了。
「噢，早坂掌櫃。喏，快去叫警察。」

註：一間約為一．八公尺。

「警察……？醫生，這……」

「已經死了，離奇死亡。快點。就算叫了，抵達這裡也得花上一個小時以上吧？」

「啊、呃，您說得沒錯……」

掌櫃抱著頭，嘴裡嘟噥著「今天到底怎麼搞的」，跑掉了。

「那個人怎麼會在那種地方……？」

「阿鷺，妳沒有發現嗎？」

「什麼發現，我剛才送茶過來的時候，根本沒有那個和尚啊。」

「妳也**看不見**嗎？」

「不是看不見，是根本**沒有**吧？竟然隨便跑進別人家的院子裡，擾亂別人安寧……啊……」

「怎麼了？」

「醫生，那個人真的……那個……死掉了嗎？」

「那樣還是活著的話，要我切腹也行。」

女傭用一種看著怪東西的眼神凝視和尚。在這亂哄哄的時候又有數名旅館員工趕來。久遠寺老人一副工頭姿態，舉起雙手，用嚴重倒嗓的聲音大叫：

「喂，在座的各位，有沒有人知道這名和尚的身分？」

沒有人回答。太過於日常，卻又極度脫離常識的狀況，確實地攪亂了每個人的心智。一言以蔽之，**只是**有個和尚坐在庭院裡**罷了**。雖然是個很奇妙的情景，但是以命案現場而言太過於普通了。再加上和尚頭頂積雪，就這麼枯坐原地，作為一具屍體也滑稽極了。更何況現在是大白天。太陽高掛，景色鮮明，沒有任何詭譎的舞台裝置。

——即使如此，還是讓人有些背脊發涼。

鳥口依然有此感覺。

說起來，這個和尚何必跑進旅館的庭院坐什麼禪——而且還是偷偷摸摸地溜進來……不對，問題不在這裡——對，這是……

「鳥口先生，你不覺得有些奇怪嗎？」

彷彿看透了鳥口內心的動搖，敦子這麼問他。

「說奇怪是奇怪，但是我不曉得哪裡奇怪。現在這個狀況雖然古怪，但是如果那個和尚突然伸了個懶腰站起來……」

「我說的不是這個……」

「妳是說完全沒有聲息這件事？」

「這也是其中之一，可是……」

「明明有四個人在場，卻沒有任何人發現？」

「不，那……」

「他……」

今川唐突地開口：

「他是**從哪裡進來的**？」

「咦？」

「這種庭院，從哪兒都可以進來啊。」

「可是……」

今川指了庭院的周圍一圈。

在這個範圍當中……

一片雪景的庭院當中，沒有留下任何像是腳印的痕跡。

「哦，這就是所謂的……」

「沒錯。這名僧人是憑空出現在這個地方的嗎？或者是以結跏趺坐的姿勢，就這樣自空中飄浮而來？若說有哪裡奇怪，如此罷了。」

「如此罷了？」

「如此罷了。」

的確，不管在場的有四人還是十人，有些事情依然不會被注意到。但是要不留下任何足跡，在雪地當中移動是不可能的。久遠寺老人回過頭來。然後他縮起下巴說道：

「的確沒有侵入的形跡呢。但是……如果說這名和尚從一開始就一直就**在這裡**的話，怎麼樣呢？」

「一直在這裡？」

「雖然我不曉得是出於什麼樣的理由，不過他在下雪之前，或者是下雪時，侵入了這座庭院，然後開始修行。」

「醫生的意思是，他是凍死的？」

敦子一臉訝異地反問。

「只是假設。」

今川彎腰後站了起來，提出反駁：

「可是老先生，我和你從今天早上就一直看著庭院。就在這裡，坐在這個地方，直到開始下棋之前都一直觀賞著庭院。但是……」

「還是有可能沒注意到，今川。而且……對，或許和尚完全被雪給埋住了。下午太陽露臉後，雪融化才出現的。」

「之前有那麼大的雪堆嗎？」

「是一片雪白。不是說雪中白鷺，闇夜烏鴉嗎？沒有注意到雪堆，也是情有可原。」

這……

有可能嗎？鳥口離開簷廊，避開員工，移動到大廳後，再一次來到室內走廊。是他第一次看到這個房間的視點。

「可是醫生……」

剛才的女傭的聲音傳來。

「再怎麼說這都太恐怖了吧？要是就像醫生說的，豈不等於我在屍體面前運送膳食，醫生你們也邊眺望著屍體邊用餐嗎？醫生是這個意思嗎？我倒是沒看見那麼大的雪人呢。」

員工喧嚷起來。發言的女傭也蒼白了幾分，雙手按住了臉頰。

鳥口望向攝影機。

久遠寺老人的嘴巴癟成「ㄟ」字型答道：

「阿鷺，這個世上並非看得見的就是一切。人類的眼睛啊……」

「醫生的高見很有道理，不過還是不對。」

「啊？」

鏡頭中的人們同時回過頭來。

中央是巨木，前面露出和尚的上半身。

久遠寺老人用一臉奇妙的表情質問：

「你、你……叫鳥口，是吧？你剛才說什麼？」

「我剛才在這裡拍了照片，對吧？我現在站在相同的地方，以相同的姿勢看著相機……」

「噢，然後呢？」

「從這裡的話，不管怎麼樣都會看到和尚的頭。換句話說，和尚會被拍進照片裡。但是我剛才可以完整看見那棵大樹的禦冬用稻草，而現在樹的側面卻被那個和尚遮去了大半。再說，如果當時的積雪蓋住了那個和尚，樹幹應該也會有一半被遮住看不見才對。」

「噢噢，這樣啊。那……」

久遠寺老人和女傭一樣，用雙手按住臉頰，然後「啪」地拍了一下額頭：

「這究竟是怎麼回事啊？」

「就算人的眼睛不能夠信任，也無法瞞過機械。鏡片是透明的。這不是念力攝影，所以不會拍到不存在的東西，存在的東西就一定會被拍到。總之只要顯像就可以知道，至少拍攝的時候是**沒有**和尚的。」

「可是、但是……」

「那樣的話……」

「啊啊——」

突如其來地，鳥口的右後方傳來裂帛般的尖叫。轉頭一看，一名嬌小的女子僵立在原地凝視著庭院的和尚。小個子的女子穿著令人錯以為是喪服的黑色上衣和黑裙。或許是在那片黑色襯映下，她的臉色蒼白得猶如白蠟。

「呃、妳是……飯窪小姐？」

女子崩潰似地倒在走廊。

※

根據傳聞，這便是只有知情者才知曉的「箱根山連續僧侶殺害案件」的開端。

※

據傳若迷失於其山，時罕遇魔物。其形為妖冶童女，以清冽歌聲吟唱。

「簷廊邊緣碎裂處
以觀音賜予之指
輕輕觸摸
數千佛陀碎裂處
十萬億土寂宵時
微微扎刺
成為猴兒，去往山間
成為蟹兒，去到河間
成為人了，燃燒於煩惱的爐灶間
化做飛灰
淚漣漣復過今日
如是佛子該如何
爹爹娘娘請原諒
今日碎裂，明日也碎裂」

有時僅聞其聲。歌聲不知來自何處，迴盪不知所去。有時立時歇止，長則續歌如下：

「洗手處旁戴草葉
蝸牛緩緩啖地藏
西方淨土簡素晨
光頭小僧裂兩方
成為神子，無須置身此世
成為鬼子，無可置身此世
成為人子，被裝進煩惱的皮囊裡
拋入水流
霧茫茫夜也將明
如是佛子該如何
爹爹娘娘請原諒
今日蝸牛，明日也蝸牛」

據傳其歌聽似童謠，亦似和讚（註一），聽似古舊，亦有新意。雖如胡唱，卻絕非如此。大抵以此曲終結，然聽至末尾者無幾。

「錯弄釋迦堂教示
湧現千千萬佛陀
千千萬佛陀
湧自那碎裂尖刺
蝸牛之職不過是

今明之職俱皆是

閉入殼中佯不知，佯不知」

亦云此歌尚有續，其內容漠然無所定，非余所能知曉者。

告余此事者，以仙石原村川村某人為首，不下十餘人。起至昭和十五年，至本年昭和廿七年，前後歷經約十二載。

過去曾聞數人談及此事，姑且記之，中隔大戰，忘卻已久。近年復聞眾多相同之體驗談，時隔雖久，其內容幾無二致，令人驚奇，故重記於此處也。

歲月流轉，聽聞山怪之姿未老，仍為垂髮童女。此若非所謂大禿（註二）耶？又，逢怪者所聞妖異之曲，其詞其音，時隔已久，猶與過往同，知悉此事時，因其不可思議，唯驚嘆無語。

經此長久，仍有多人遭遇相同之山怪，究竟何故？世間雖有眾多怪談奇譚之類，余確信此乃真奇談也。

昭和廿七年十月十四日

笹原櫻山人　記

註一：一種佛教歌曲，以和語讚頌佛祖、菩薩、教法等的偈頌。

註二：大禿為日本傳說妖怪之一，其形態猶如年幼童女，身著和服，留著劉海平齊的短髮。

2

我自孩提時就喜歡過年，一近年終，便會毫無來由地興高采烈起來。

年長之後，自然不再如此。然而最近不知為何，或許是多少感染了這股脫離日常的氛圍，我時常注意到自己的心情有些樂陶陶的，每當這種時候，我就會感到既懷念又難為情。

是以等待過年的十二月心情，現在已經近似引頸期盼與老友再會的心境。只是，即使是與朋友的邂逅，無論闊別多久，一旦真正聚首，幾乎也不會有什麼特別的感慨；而新年這玩意兒也像這樣，真正到了過年這一天，也只不過是個和往年一樣、一如既往的普通早晨。

即使如此，過年就是過年。

在無意義的喧囂中，穿著和平常不太一樣的衣裳、吃著和平常不太一樣的食物，然後總算有那麼一點過節的心情。其實只是這樣，就足以讓我興奮好久。今年也不例外，在我還沒有脫離所謂新年喜慶的餘韻時，門松（註一）早已收了下來，我被獨自遺留在社會之外。

上班族的話，有收假上班這種巧妙的區隔，還不必擔心；但是從事寫作這種醉生夢死的工作，就不會有規律或戒律這類外來的規範，無論經過多久，就是等不到一個**段落**。當然我自己也明白，這與其說是因為我從事的工作，出於我自甘墮落性格的成分更大。

儘管如此，妻子卻能夠收拾心情，收起門松，就打起精神，恢復了平日的生活。她至多是在小正月的時候和朋友中禪寺的夫人一起去看了《姬百合之塔》（註二）這部電影，後來也沒有耽溺於過年喜氣的模樣，當然也沒有**鬆懈懶散**。

至於我，怎麼都振奮不起精神，一月就這麼過去了。

就算如此，我還是無法著手工作。

既沒有人來邀稿，也沒有想寫的東西。

去年在各種層面來說，都是令人印象深刻的一年。眾多案件接二連三降臨在我身上。那些案件全都遠遠地超出了我這個小小器皿的容量，巨大而且沉重。只是平凡地過日子就已經心力交瘁的我，每次經歷這些案件，就遭受到往來於人界鬼界兩端般的巨大衝擊。儘管如此，在工作方面——以我來說——卻是精力異常旺盛地投入其中。

我的第一本單行本就是在去年出版的。托它的福，今年比起往年來，手頭要寬裕一些，不過這一定是我現在委靡不振的遠因之一。因為就算發呆，暫時也不必擔心生計問題。

話雖如此，我拿到的仍是無法與近來流行作家的收入比較的涓滴之額。頂多等於得到了一筆少得可憐的橫財罷了，那種錢一下子就會花光的。同時再清楚也不過，在不久的將來家計又會像從前一樣捉襟見肘。

只是，我是那種不見棺材不掉淚的性格。這絕不是我在自誇。

這麼看來，這無為的生活，有八成是出於自發性的。

之所以不是十成，是因為還有兩成左右是自責，或受到焦躁感折磨。而且我也並非完全沒有創作的欲望。構想——或者說妄想——的話，要多少就有多少，只是我拿不動筆，動不了身。

這類建設性的意識，在我身上總是敵不過怠惰那煽動的誘惑。

註一：日本在新年為了迎歲神而裝飾於家門口的松枝。

註二：「姬百合之塔」是為了紀念在第二次世界大戰時，沖繩縣立第一高女學校、沖繩師範學校女子部的職員與學生被動員作為看護員，不幸在美軍軍事行動中喪生的悲劇而建立的塔，位於沖繩縣系滿市。這裡指的是今井正導演改編此一史實所拍攝，於一九五三年上映的電影。

正是在這個時候，有了一個前往箱根泡溫泉療養的提案。

這一天，我獨坐暖爐矮桌旁，處在一種似睡似醒的半吊子狀態，剝著別人送的蜜柑。妻子有事去親戚家，似乎一早就出門了，待我發現時，已是孤身一人。

門「喀啦啦」打開。我以為是妻子回來了，但是出乎意料之外，來人竟是中禪寺。

中禪寺——京極堂是我的學伴，以開舊書店為業。我總是頻繁地拜訪他的住處，反之則相當稀罕。舊書店店東京極堂比起行動更重思索，比起體驗更重讀書，簡而言之，就是懶得出門。

「關口，你看了電視嗎？」

京極堂劈頭就這麼問。ＮＨＫ東京電視台從今年二月一日開始播放節目了。

「誰會看啊？我正像這樣，每天無所事事、遊手好閒地過著年呢。」

我盡可能粗聲粗氣地回答。

並不是因為我對電視沒興趣，相反地，其實我興致勃勃。我想看極了，卻不能看——不，是**不能去**看，就是這種扭曲的感情發露。

聽說因應此次開播，ＮＨＫ在都內七個場所設置了公開受像機。所以想看的話，只要在播放時間去那裡就行了。當然，我沒有去。

因為聽說大受歡迎。

我無法忍受人潮。但是話說回來，電視的受像機也並非我這個老百姓隨隨便便就買得起的東西。一台要將近二十萬圓。

京極堂這個人對於這類微妙的感情相當敏銳，因此我認為他當然會揪出我對於電視的扭曲渴望，沒想到竟然落空了。

「你慶祝的是舊曆年嗎？可是你上個月也來拜過年了，不是嗎？哈哈，新舊兩邊都要過，是吧？那還真是辛苦你了。」

真是個愛諷刺人的傢伙。我忘記一月已過而說溜嘴了。京極堂是個喜歡挑別人語病勝過三餐的人，若是想避開他的攻擊，和他說話就只能如履薄冰地發言。

這種情況，通常我都是豁出去了。

「是啊，只要是傳統的活動節日，我一律新舊兩邊都過。當然，豆子撒兩次（註一），竹葉也擺置兩次（註二）。因為這類節日原本都是根據舊曆制訂的嘛。過新曆也沒有意義，不是嗎？只過一次的，大概只有聖誕節吧。不過也不能夠無視於已經完全西化的現今社會情勢。我這個人是重視舊俗，融入新制的。所以啊，新年我也慶祝兩回。在這個家裡頭，現在還在過新年呢。」

「哼，歲暮和中元一年不就只有一次嗎？算了。總之你就是怠惰得病入膏肓，到了連那麼想看的電視都沒辦法去看的地步，還閒得連心志都在這片寒空下頹廢到底了……」

不出所料，真是個討人厭的朋友。他打算挑人語病，駁倒我之後再給予致命一擊。原以為還會被繼續挖苦個一陣子，沒想到又錯了。

「那麼，要不要去旅行？」

京極堂唐突地接著說。

「旅行？什麼叫旅行？」

「你還是一樣，笨蛋一個吶。所謂旅行，就是離開居住的土地，在其他地方停留一定的期間。都這麼大把年紀了，你連這個都不知道嗎？」

註一：日本在節分（立春前一日）的黃昏，習慣用冬青枝穿過沙丁魚頭插在門口，並撒大豆驅鬼驅邪。

註二：日本在七夕的時候，會在院子裡擺上竹枝，並在短籤上寫下願望，掛在上面祈禱。

京極堂老是徹頭徹尾地嘲弄我。不管是新的一年到來，還是國破家亡，他這個方針似乎永遠不會改變。我更加豁出去了。

「既然你這麼說，那就是這個意思吧。其實我也是這麼記得，只是因為太久沒聽到這個字眼，都給忘記了。所謂旅行，我記得原本是波斯話吧？」

京極堂說「不對，是馬來語」，接著笑了。

旅行這個詞彙，真的離我好遙遠了。

「所以用簡單易懂的日語來說的話，就是我在邀請你一起到遠方去住個幾天。」

京極堂說道，拿起蜜柑。

「聽起來真可疑……」

我訝異地看著朋友。

「我不認為你會什麼陰謀都沒有地說出這種話來。你有什麼企圖？」

「你說話也真惡毒，」

京極堂說：

「學生時代，每當休假時，我們不都一起去窮人旅行嗎？你都忘了嗎？」

——要不要去旅行？

那個時候，京極堂也是這麼邀約的。

然後我們一起四處遊歷。

「當然記得。那的確是很有意思，不過現在想想，我忍不住懷疑你那個時候其實心懷鬼胎，只是我沒有發現罷了。」

「你竟然說這種忘恩負義的話。你以為既沒有計畫性也沒有企畫力，再加上沒有行動力，只有挑三撿四的性子和無底洞般的欲望的你和榎木津能夠像一般人一樣出去遊玩，都是托誰的福？」

「看你說得那麼了不起，可是京極堂啊，那個時候的你，和我跟榎兄根本就是半斤八兩，是五十步笑百步。而且那全都是漫無計畫的旅行，不是嗎？雖然那也是樂趣的根源啦。」

「那也是計畫中的一部分。」

「哦？那真是失禮了。」

真的，那個時候很快樂。

雖說年輕氣盛，卻也做了許多相當胡來的事。

當時我還是個學生，在憂鬱症的臨界線之間搖擺不定，無法自發地採取任何行動。我不管做什麼，幾乎都只是被學長榎木津和同屆的京極堂等人給拖著跑。就這個意義來說，京極堂剛才的發言是正確的。

當然，沒錢沒閒這一點現在和過去都一樣，而且那或許是也稱不上旅行的漫遊，即使如此，我覺得唯獨心境是確實地歷經了旅行。說是無為的話的確是無為，也和現在同樣地沒有雄心壯志，就算這樣，不知為何還是比現在快樂。如果說那只是一種幻想，那也就如此了，但是我的憂鬱症沒有惡化到決定性的地步，或許也是拜那些幻想所賜。

不再旅行之後，究竟過了多久？我已經完全忘掉那種感覺了。一方面出於經濟考量，一方面則是因為社會情勢。不過我覺得最重要的還是戰爭這玩意兒把那種感覺從我身上給連根拔除了。

就算現在去旅行，是否還能夠獲得相同的感覺？那樣的話……

我有些心動了。

「去哪裡？」

「箱根。」

京極堂立刻回答。

「這回答快得異常，果然還是很可疑。」

「你這人疑心病怎麼這麼重？就算陷害你這種沒有利用價值的人，我又有什麼好處？什麼都沒有嘛。」
「是這樣沒錯，可是京極堂，總之這話來得太唐突了。為什麼我非得現在跟你一起去箱根不可？」
「有人說是你跟我嗎？」
京極堂靈巧地疊起蜜柑皮，扔進字紙簍裡。
「我壓根兒不打算和你這種臭男人像彌次喜多（註一）一樣哥倆好地去旅行。」
「那是怎樣，你要去約榎兄嗎？」
「你在胡說些什麼？我們又不是在聊什麼案件，怎麼會突然扯到偵探身上？」
「會突然嗎？」
「而且榎木津現在感冒臥病在床，他年底在逗子海岸瘋過頭了。話說回來，關口，我想你八成是沒完沒了地回想起學生時代，沉浸在無謂的感傷裡，不過這可不是學生結伴出門遊玩。你是不是忘掉最重要的人了？」
「最重要的人？」
「我說啊，你打算扔下雪繪夫人，自己去旅行嗎？我怎麼可能那麼殘忍無情，只邀你一個人去？」
「啊。」
雪繪是內子的名字。就像京極堂說的，我滿腦子淨想著過去的事，雖然只有短短一瞬間，但我竟把妻子給忘了。我面紅耳赤，慌忙辯解：
「不，我不是那個意思。不是那樣的，我是……對了，為什麼會是箱根？還有你為什麼會邀我們？我想問其中的緣由。」
「是因為有個不管在旅館住上多少天都免費的好機會。其他地方可就沒那麼好了。」
京極堂邊吃著第二顆蜜柑邊說道。
「怎麼可能有那麼好的事？那不是箱根，而是安達原（註二）之類的地方吧？去住宿的客人都會被旅館主人給吃掉。」

「像你這麼難吃的東西有誰要吃啊？不是那樣的。這說來話長，你就聽著吧。你應該也知道，橫須賀有一家叫『倫敦堂』的舊書店……」

「沒聽過。」

「那裡的老闆名叫山內銃兒，是為我指點古書之道的恩人。算是我開書店的師父……我之前沒說過嗎？」

「好像聽說過。」

「和你說話真是沒意思。總之，這個人不是一般的舊書店老闆。不，他不但是個生意人，更是個一流的收藏家。其實是他促成的。」

「不懂。為什麼那個山內先生要幫你打點免費旅館？」

「別催啊。不是說最近景氣好轉，國民的生活開始有了餘裕嗎？可能是因為這樣，觀光地也逐漸恢復活力，每個地方都積極開發。」

「以你而言，這話真是沒頭沒腦。什麼生活有餘裕，那只是有錢人在說的吧。不過是政治人物的胡言亂語罷了。」

「話是這樣說沒錯，但問題不在於是否真的有餘裕，而是現今的風潮是否容許經濟充裕這種幻想橫行。要是戰爭剛結束就說這種話，也不會有人理睬。而現在總算形成了能夠接納這種說法的基礎。總而

註一：指一八〇二─一八〇九年間出版，十返舍一九所著的滑稽小說《東海道中膝栗毛》中一起旅行的兩名主角彌次郎兵衛以及喜多八。

註二：日本流傳的民間故事中，奧州安達原住著一個會吃人的鬼婆。

言之，有生意頭腦的人是不會放過這個機會的。國家也是一樣，因為經濟的活化可以推動開發事業。儘管被批評破壞自然、環境惡化等等的，道路和鐵路也……」

「說重點啦。」

動不動就愛扯遠。

「為什麼你總是不直接切入正題？老愛拐彎抹角，完全聽不出你到底要講什麼。我一點都不想聽什麼戰後經濟的事。」

「你這人真沒耐性。」

京極堂厭惡地說：

「罷了，總之箱根也是這樣。自從元和四年（一六一八年）箱根驛站成立之後，那塊土地的命運就註定如此。它原本是作為交通關鍵驛站而興建，所以沒有傳統產業，頂多就只有鑲嵌木工藝而已。然而，箱根風光明媚，又有溫泉。如果單論溫泉療養，它的歷史甚至可以追溯到鎌倉時代。作為休養觀光地是再適合也不過了。自文化年間（註一）幕府改變交通制度後直至今日，箱根不斷觀光化，可以說是觀光地的始祖。明治期間也蓋起了金融界要人的別墅等等，不僅是街道沿線和溫泉地，連蘆之湖與大涌谷、小涌谷，甚至連仙石原都……」

「我說，京極堂，這話一點都不得要領。橫須賀的倫敦堂和觀光地的不當開發還有箱根的歷史，根本就兜不到一起，反而更讓人一頭霧水了。你快點把這三題落語給做個總結吧。」

京極堂搔了搔下巴。

「其實啊，聽說在關西發跡的暴發戶為了趕上這波開發浪潮，決定在箱根興建飯店。但是好地點全都被自古以來的旅館和別墅給占據了，事到如今想要加入也很困難，可是那個暴發戶老爺似乎恰好在奧湯本有塊土地。說是土地，但位在空無一物的荒山野地，至今為止一直找不到用途；不過小田急已經通到湯本了，他們估計只要用接送車之類的方式配合就沒有問題，於是便正式開工。沒想到令人大吃一驚，他們在山坡上發現了一座疑似倉庫的建築，有一半遭到土石掩埋。」
「挖到馬鞍？（註二）」
「不是不是，是收藏東西的倉庫。據說是一座土倉庫。老爺完全不知道有那樣的建築。」
「埋了那麼巨大的物體？是以前的地主的嗎？」
「那塊土地一直無人居住，而且也不會有人把倉庫蓋在山坡上吧？」
「真奇妙。」
「是啊。打開一看，裡頭滿滿的都是……」
「金銀財寶？」
「笨蛋，是書。書籍、書本。而且很古老。」
「什麼？」
「暴發戶嗅慣了銅臭味，對於能夠賺錢的事物異常敏感。如果這只是單純的置物間，一定立刻就拆掉了吧，但是裡面的東西**不同凡響**。搞不好擁有文化上的價值，那麼就可以大撈一筆了。當地的舊書店立刻被找了過去，然而一般書店不懂那是什麼。」
「為什麼？」
「例如說，《私家版北原白秋全集》（註三）的價格，一般書店可能知道，但是《和漢禪剎次第》就得研究研究了。就是這麼回事。而且還不止一兩冊。」
「委託大學之類的機構鑑定不就行了？」

註一：文化為江戶時代後期的年號，自一八〇四－一八一七年。
註二：日文中倉庫（kura）和馬鞍（kura）發音相同。
註三：北原白秋為明治末期的詩人、歌人。

「可能是想馬上賣掉吧。業者也是，雖然不明白價錢，但心裡也有了個譜。所以他們便以書面通知全神奈川的舊書店。」

「哦，因此倫敦堂才會……」

「沒錯，大家都認為博學多聞的倫敦堂應該會知道。不過倫敦堂老闆的專門領域是洋書，那一方面的知識雖然不是沒有，但是大略察看後，發現倉庫裡的書全都是些和書與漢籍，剩下的則是卷軸和像是教典的書籍，這不在他的專門領域。他向有交情的和書專門店打聽，不巧的是全都落空了。於是……」

「原來如此，輪到京極堂你——活動《古事類苑》（註）出馬了，是嗎？」

「你那是什麼奇怪的比方？不過這是件棘手的大工程，感覺不是一兩天就可以搞定的。那種分量，就算雇上幾個工人，光是整理就得花上一星期到十天。」

「所以呢？」

感覺總算講到正題了。開場白還是老樣子，又臭又長。只是如果省略的話，可能還是會感到莫名其妙吧。

總而言之……

原來是為了工作啊。不出所料，果然有內幕。

「這份工作提供了免費的住宿，是嗎？」

「沒錯。不過也不是什麼大不了的地方，是公共的療養所吧。不是旅館或飯店，可是在工作結束之前都是免費的。我也是得歇業才過得去，提供免費住宿是應該的吧。」

「可是，你本人是沒有問題，但我和雪繪跟著去不是很奇怪嗎？」

「沒關係，對方說房間是一間還是兩間都沒有差。」

——還有什麼內幕吧。

我依然無法信服。

京極堂似乎敏銳地察覺了我的疑心，先這麼說了：

「哎，我只是想說你也別老是讓雪繪夫人吃苦，偶爾孝敬孝敬老婆也不錯。這不是個好機會嗎？」

我疏於體恤老婆是事實。甚至連蜜月旅行都把她給帶去公婆家，矇混充數。可是這麼說的京極堂自己，平日也不顧家庭，只顧著讀書，以這個意義來說，他和我應該是同類。

我這麼反駁，朋友便不悅地說了：

「你胡說些什麼？我在書店業者當中，可是個少見的疼老婆的丈夫。」

「你嗎？」

我目瞪口呆，京極堂這麼繼續說：

「而且這次可能會停留一段時間，我打算帶著千鶴子一道去。可是又不能只帶她去，就這麼好幾天都把她丟在旅館裡。如果有其他同伴的話還好，只有她一個人的話，恐怕連觀光也沒辦法吧……」

千鶴子是京極堂的妻子，是位**品德超凡**的女性，對這個性情乖僻的丈夫平素就沒有半句怨言。可是即使是性情如此溫良的佳人，這次似乎也不願意聽從丈夫的話。就算是坐享其成的旅遊，被獨自拋在溫泉旅館裡，也會受不了吧。反倒是不去還比較好。

「所以……」

京極堂揚起單邊眉毛。

我一看到那個動作，當下就明瞭了。

「原來如此啊。」

「什麼？」

註：《古事類苑》為日本最大的官方百科史料事典。出版於一八九六年至一九一四年間，全五十一冊。

「我明白了。你想邀的不是我，而是雪繪，對吧？我只不過是生魚片旁邊的葉子罷了。」

換言之，京極堂是來邀他老婆的朋友——也就是我的妻子。但是又不能只邀請雪繪一人，是以不得已順道試探我的意思罷了。

「說穿了我只是次要的吧。」

「何必鬧彆扭呢？這又不是什麼壞事。千鶴子也說如果跟雪繪夫人一起的話就去，而且箱根也有許多可以遊覽的地方。只要雪繪夫人願意，你也……」

「原來如此，我總算明白了。我可要聲明，我聽了那麼久才了解，並不是因為我的理解力差，都是你說的那麼複雜。總之是怎樣？你這是在提議要稍微報答一下不幸嫁給了怪老公的妻子嗎？」

「差不多。」

「誰叫咱們彼此素行不良呢？我想千鶴夫人一定每天都活在水深火熱當中，可是你這個報恩也太**順便**了吧？你的目的是去工作，這樣太太的感激也會大為減半了。」

「不是**順便**，要把它想成**好機會**啊，關口。可以免費連續住宿在溫泉旅館的機會，可不是隨便就有的。怎麼能夠平白放過？」

「話是這樣說沒錯，可是你先等一下。」

總覺得好像又被擺了一道。

的確，我們兩人的妻子很要好。兩個人一起的話，四處逛逛走走，應該也能夠玩得相當盡興吧。所以妻子們這樣就沒問題了，但是……

——我怎麼辦？

京極堂應該會去忙他的什麼工作，而我一個人跟在女人屁股後頭觀光也很奇怪。換句話說，這下子會變成我一個人被拋下不管。仔細想想，這實在太自私，太如他的意了。

「喂，那我怎麼辦？完全只是個附屬品，不是嗎？」

「你嗎？你只要睡覺就行了啊。事實上你現在不也在睡嗎？既然要睡，在哪兒睡都一樣吧？」

「這太過分了。」

「哪裡過分了？還是如果你要幫忙我的工作也沒問題啊。就支付你相當於港口苦力的日薪好了。」

「我才不想受寒，勞動也免談。我可沒有你那種怪異體質，不是只要有上頭寫著字、縫綴起來的紙束，不用吃飯也可以活下去。雖然我不是千鶴夫人，可是被獨自拋下也會受不了的。」

京極堂再次揚起單邊眉毛。

「我說啊，關口。自古以來，**文豪**、藝術家之流，都是在旅館長期滯留，推敲構想的。而且只要帶著一枝鋼筆，去到哪裡都可以工作，也只有幹你這一行的了。只要靈感乍現，隨時都可以寫作啊，所以我才邀你的。」

京極堂強調**文豪**這兩個字，當然他是在揶揄我。儘管我完全無法分辨這是他事先預備好的說詞還是信口胡謅，總之無疑是一番詭辯。真是流暢至極的詭辯。可是或許是我天性單純，幾乎總是被他的花言巧語所騙，被他耍得團團轉。

我內心的想法或許被他看透了。

京極堂應該是明白一切而如此作結。

「往返的旅費我來負擔。因為如果工作順利，也會有一筆不小的收入。旅館本身雖然無法令人心生期待，不過總比必須自炊的溫泉療養場要來得好吧。不過如果想要嚐嚐山珍海味，恐怕就還得再花些錢了。」

「我會跟雪繪提提。」

因為不甘心，我這麼回答。

可是其實我心意已定。

文豪氣氛也不差吧……

遠離塵囂、耽於書卷、享受溫泉、只是過日子。

這樣的確也不錯。

還有……

聽到旅行，妻子也會歡喜吧。

和京極堂的夫人一起的話，我也可以放心。而且就像朋友說的，不管我只是順便被邀請還是如何，如果能夠讓妻子開心——或許也是件好事。遠勝過什麼都不做。

然後……

不知不覺間，我開始渴望起旅情了。與其說是憧憬旅行，倒不如說是緬懷曾經旅行的過去。總之，這一定是逃避現實的一種。

那種年輕時分的心情——已經形疲神困的我是否還能夠再次體驗呢？

京極堂接著說了約一小時左右的無聊話，之後回去了。

他說到旭川的人工降雪實驗，還有一個叫東尼谷的藝人表演的七五調日式英語很有趣之類的事。

雪繪在黃昏時回來了。

我告訴她這件事，她高興得遠超出我的預期。她說她一直很想去旅行。我再次深切體會到自己的沒出息，以及對妻子的漠不關心。若是沒有這個機會，我根本想都不會想到要去旅行吧。

不僅如此，妻子還贊成我偷偷策畫的魯莽計畫。

我打算把那一小筆橫財全數花在旅行上。

要是沒錢，就不得不工作。那樣一來，我也會有動筆的意思了吧。若是不把自己逼迫到束手無策的地步，我是不會振作的——這是只適用於我個人的終極自我啟發法。

——對逆境頑強，對順境軟弱。

我從學生時代就經常被人這麼說。

既然如此，我就設法主動將自己推入逆境當中。可是，連我也沒料想到妻子竟然會贊成將生活費揮霍殆盡這種自毀的行為。

雪繪微笑著說了：

「反正也撐不了幾個月，乾脆就一次把它用完，不也倒好？」

「妳怎麼說出這種像江戶人的話來了？」

「討厭啦，我家本來就是延續了三代的江戶人呀。」

雪繪露出目瞪口呆的表情。

仔細想想，雪繪的確是東京出身。她嫁給我這種吝嗇鬼，操持著沒一天寬裕的家計，都變得有些鄙吝起來了。但是或許錢不過夜這種性格，才是妻子天生的稟性。我這麼說，妻子便回答：

「你在說些什麼啊？真是失禮。要是我的個性不果斷，怎麼會嫁給阿巽這種人呢？」

妻子總是稱呼我「阿巽」。

如此這般，該說是中了京極堂的奸計，還是被他的甜言蜜語所惑，我們出發旅行了。

儘管有所抱怨，然而一旦出發，心情上倒也有了遊興。我甚至貪心起來，心想或許真的會有新作品的構想浮現。雪繪和千鶴夫人也非常高興。

天候不巧地並不晴朗，一副就要下雪的模樣。可是這和一開始就打定主意要關在旅館裡的我並沒有關係。兩名女性也尚未決定行程，所以似乎不怎麼在意。

事實上，不受時間追趕的狀態真是充滿了解放感。所謂時間，原本是沒有結束、沒有開始、也沒有刻度的。只是人類刻意去切割它，才會去計較什麼快了、慢了。光是計算一天兩天還不夠，還要切割成一小時、一分、一秒，最近甚至還切割到零點幾秒的地步了。真希望可以不要再切割下去了。
就連殺人分屍也不會切割到那種地步啊。
這麼看來，時鐘就等於是現代人的牢檻。只要活著，就無法逃脫的牢檻。而這種解放感，也不過像是一種假釋。我們遲早都得回到那座牢檻去。
我思考著這些事。
兩位妻子比平常更精心妝扮。但我覺得又不是要去哪裡亮相，而是去山裡的溫泉旅館，根本不會有人注意。一身裝扮只限於抵達旅館前的短暫旅程，而且時值冬季，不管穿著再怎麼高級的衣物，上頭也得披上防寒外衣，旁人根本看不見。
可是不管是這趟旅程還是披肩，都不是日常熟悉的事物，與平素使用的東西不同。
我心想，原來這就是女人心啊。
然後，我也發現其實就是這些微不足道的小細節，更加激發了我的旅情。
看樣子，只憑衝勁就能夠樂在其中的時代已經結束了，完善的安排才是最重要的。
至於我，只穿著從舊衣鋪買來的暗色大衣，上頭圍了一條色澤暗淡的綠圍巾而已。連鬍子也沒仔細刮乾淨，打扮和平常一樣，不修邊幅。因為除了防寒以外，我根本沒有留意到其他細節，這也是理所當然，但毫無風情可言。我難得地有些後悔了。
即使如此，我依然有些興奮，喋喋不休了起來。
不管怎麼說，旅行是很有趣的。
不過，只有京極堂一個人一如既往，頂著一張東京徹底毀滅般的臭臉，一下子讀書，一下子看車窗。有事要辦的只有他一個，所以會在意天候吧。可是這個朋友平日就是如此，如今也無須在意。而且向他搭話他也會回應，偶爾還會抬頭說些笑話，從這些地方推測，他的心情毋寧說是愉快的。
就算是這樣，帶書去旅行這一點姑且不論，這又不是一個人旅行，在移動當中也埋頭讀書，成什麼樣子？

「喂，京極堂，你這樣淨是看書，不會暈車嗎？」

「我的平衡感很好，不會暈的。」

「不，這個人沒有三半規管。」

京極堂夫人打趣地這麼說：

「以前在青森的佛之浦搭乘小舟的時候也是，船搖得好厲害，我連景色都沒辦法看了，這個人卻還是書讀個不停，教人啞口無言。我想要是發明『鉛字會搖晃的書』送給他，他讀了應該就會暈了。」

意外地遭到來自妻子的攻擊，京極堂露出著實古怪的表情。我趁勝追擊道：

「你這個書痴真是教人目瞪口呆。不僅如此，連體質都教人目瞪口呆。京極堂，你果然還是不對勁。就像千鶴夫人說的，你是不是**沒有**三半規管啊？」

「囉嗦，關口，像你還不是會在毫無振動的平地暈眩？暈有許多種，暈車暈船，宿醉也算暈，可是會暈走暈坐的就只有你一個。就算睡覺，你也是暈的吧？」

「哪有那種事？」

「有呀。」

雪繪接口。看樣子妻子這種生物，動不動就會與丈夫為敵。這麼一來，情勢就相當不利了。

「有一次你不是看著狗搖尾巴，然後人就覺得不舒服了嗎？」

「這種事妳何必記得？那是因為我在凝視。狗尾巴是一種催眠兵器呢，可以混淆敵人的視聽。」

「我不曉得狗竟然有那麼厲害的武器呢。那豈不是像果心居士（註）一樣嗎？關口要是跟狗鬥，一

註：果心居士據傳為室町時代的幻術師，曾為織田信長、豐臣秀吉、明智光秀等人表演過幻術。

定會輸的。這麼說來，記得有一次……對，是你在我家跟貓玩的時候。你拿逗貓棒轉圈逗貓玩，結果是你暈了呢。這樣啊，就算跟貓鬥，還是你輸吧。」

「為什麼我非得跟貓狗鬥不可？」

居然拿我跟**畜牲**相提並論。

「對了，京極堂，你家那隻貓怎麼了？就這麼扔下嗎？」

「哦，你說石榴啊？」

「石榴？」

「牠的名字。打哈欠的時候，那張臉就跟石榴一樣，所以才取了這個名字。是啊，我想大約明後天就會餓死了吧。那隻貓是家貓，不知道怎麼狩獵，連老鼠都打不過，又離不開家，就像被關在牢檻裡，沒有人餵食一樣。會餓死。」

「怎麼這樣……」

「不要緊的，我已經拜託鄰居，請他們餵食了。這個人老愛胡言亂語，但是要是貓真的死掉了，最傷心的可是他呢。」

夫人用一雙水靈靈的大眼瞥了一眼陰險的老公，如此消遣他。然後她轉向雪繪，兩位賢妻同聲大笑。

另一方面，無能的老公一個看起書來，另一個則望向車窗。

車窗外的城鎮不知不覺間變成了雪中荒山。

電車度過了一座令人驚嘆的木橋。

倫敦堂山內先生就在湯本車站等待。

與我的想像不同，山內先生個子矮小，卻散發出不可思議的氣勢。他一頭長髮束在後頸，穿著暗褐色大衣，圍著黑色圍巾。此外還戴了一副小型墨鏡，一看就知道不是等閒之輩。乍看之下，有種外國諜報員的氛圍。不管怎麼看，都不像是個本國的舊書店老闆。

在車上，京極堂這麼形容他舊書店生意的大前輩：

——他這個人就像諸葛孔明。

我當然不認識諸葛孔明，就算京極堂這麼說，我也完全摸不著頭緒。所以正式見過之後，我反倒有種「原來孔明就是這樣啊」的感覺。不過這麼一看，比起強悍，這個人的確更給人一種精明幹練的印象。

山內先生還以超乎我預期的謙和態度開口說：

「噢，京極，好久不見。」

「是我疏於問候。我來介紹，這位是賤內，這位是……」

「這是**憂鬱症**的那位吧。初次見面，敝姓山內。怎麼樣？最近**憂鬱的情況**如何呀？」

「嗄？呃，這……」

京極堂到底是怎麼對別人說我的？

「我的朋友當中也有人罹患憂鬱症，他的情況很嚴重，可是進行了那個……是叫森田療法（註）嗎？現在總算是勉強過得下去。你怎麼樣呢？」

「我、我的症狀很輕。」

「這樣，那太好了。請多指教。」

山內先生伸出手來。沒有握手習慣的我，手足無措地回握他的手。幸好他戴著手套，要是他光著

註：精神療法的一種，由森田正馬（一八七四—一九三八）於一九一九年所創始。是一種以東洋哲學為基礎，不重視個別症狀，而是藉由鍛鍊性格來治療的療法。

手，一定會因為我的掌心滲出來的大量汗水而感到極不舒服吧。

「我、我叫關口巽。」

我總算擠出這句話。

我恍惚了好一陣子，所以雪繪由京極堂加以介紹。山內先生的招呼方式與舉手投足都極為優雅。不是日本式，而是英國紳士的舉止——不過我不可能熟知真正的英國紳士是什麼樣的身段，所以這只是個曖昧的感想。原來如此，所以才叫**倫敦**堂啊。我總算明白了。

另一方面，站在一旁的朋友穿著如同烏鴉般漆黑的和服外套及冬季木屐這樣的和裝前來。還是老樣子，一身時代錯亂的扮相，不過的確，這就是**京極**堂。

話說回來，同樣是一身黑色打扮，看起來竟會因人而異到這種地步。雖然同樣可疑，但是京極堂完全融入溫泉療養區這落魄的景致當中。相反地，倫敦堂店東則彷彿嵌入了剪下來的蘇格蘭背景般，相當滑稽。

英國紳士結束寒暄之後說：

「我不會過夜，今天就回去，所以沒辦法久待……現在怎麼辦？去現場嗎？」

「旅館遠嗎？」

「步行到旅館要二十三分，到現場約一小時三十分。路程有些辛苦。但是方向相同，亦即從旅館徒步到現場，約須一小時七分。」

「那麼先把這些人放到旅館，再去現場吧。我想先看看情況。」

然後如英日同盟般不可思議的一行人便悠哉地開始移動了。

旅館是一棟宛如大正時代的租賃屋般的木造兩層樓建築。處處都有粗略修補的痕跡，到了令人嘆為觀止的地步。儘管如此，整體看起來還是有種**扁塌**的感覺。或許是因為屋頂上的積雪所致。不，就算把這一點考慮進去，這棟建築物就算奉承也稱不上漂亮。可是這種半吊子的老舊，還頗合我的胃口。不是高級就好、有條有理就好。

旅館好像叫做「富士見屋」。

可能是察覺我們抵達，一個福態的老爺子從裡面慢吞吞地走了出來。

老人長得一副小熊般的臉孔。

山內先生看到他，上前一步，慇懃有禮地說：

「老闆好，剛才承蒙照顧了。喏，我帶客人來了。」

「咦？哦，這幾位就是笹原老爺的客人吧。歡迎歡迎。喏，外頭很冷，快請進。房間已經暖好了。」

老闆揮著手指粗短的手招呼我們進去。

旅館的外觀雖然是大正時代，裡頭卻像江戶時代的客棧。感覺像是商人旅館。我們被分配到的是二樓約有十張榻榻米大的兩間相連的房間。只要打開紙門，就可以變成一間寬敞的大房間，關上則隔成兩個房間。這種地方也根本就是客棧。

我想老闆可能猶豫著不知該讓夫妻住同一間房，還是該分成男女各睡一間房吧。又或許每一間房間都是這種構造，我並不曉得實情究竟如何。

小熊老爺子頻頻對我們說，大澡堂雖然不是露天的，卻是旅館的招牌。然後詳細說明膳食、外出的注意事項，但我根本心不在焉。反正妻子她們熱心地傾聽，所以無妨吧。

窗外是後山嗎？聽得見小溪潺潺聲，底下可能有河川流過。景色說美是美，說不怎麼樣的話也的確不怎麼樣。

撩撥旅情的，反倒是毫不稀奇的流水聲。

我是來旅行的。

我立刻試著進入朦朧狀態。

這是為了充分享受文豪氣氛。

然而一點都不順利，雜事在腦中縈繞。我第一次知道擴散與集中同樣地困難。明明老是被別人說平素鎮日發傻，但一旦想要刻意發傻，卻無法做到，實在諷刺。很像夜裡想睡卻睡不著時的煩躁。

「那，我去去就來。關口，你怎麼樣？」

「啊……？」

「喂，你已經進入自己的世界了嗎？」

「咦？什麼東西？」

「我從剛才就再三詢問，說你如果無聊的話，要不要跟著一起去看看那座倉庫，還是要待在這裡睡覺？千鶴子和雪繪夫人都說今天就這麼歇息了，你呢？」

「嗯……」

我完全沒發現京極堂從剛才就在問我。

我似乎**致力於擴散**，把外界給隔絕了的樣子。

那樣的話，在外人看來，我一樣是在發呆。想要發傻卻發不了傻的狀態在別人眼中看起來根本就是在發傻，越來越諷刺了。

隔絕內部與外部的牆壁，竟是如此厚重嗎？

「關口，你有點不對勁吶？哎，沒那麼事事順心的，你只要像平常一樣就好了。就算放著不管，你也**很快就可以變成那樣**的。」

「你在說什麼？」

「不，沒事。隨你的便吧。」

不知京極堂察覺了什麼，隨即轉過身去。

「等一下，我也去看看好了。」

要沉浸在旅行中，或許還需要再多看一點異於日常的風景。我急忙準備，追了上去。

在路上，我和山內先生聊起音樂。

看樣子他似乎從京極堂那裡得到情報，知道我喜歡某種類型的音樂。也就是他在配合我聊天，但是不僅如此，山內先生本身似乎也相當喜好音樂。他非常博學，更重要的是，他似乎擁有一切我一直想要鑑賞的名盤、珍盤，是個收藏家。

我們越是走，天候就變得越是陰沉。不但如此，腳下的路況似乎也越來越糟了。

「就這樣朝這裡繼續走下去就是舊東海道（註），會出到元箱根地區。不過，我們要在這裡往這邊爬上去。」

帶路的山內先生好像也有些步履蹣跚。

「不久後就可以看見搖搖欲墜的別墅，那就是委託人笹原宋吾郎先生的別墅。現在是委託人的父親……呃，我記得是叫武市，是個已近八十歲的老人了，他和女傭兩個人住在那裡。」

「委託人不在現場嗎？」

「聽說這星期因為生意忙，沒辦法脫身。」

「我聽說他請了人手幫忙？」

「對。聽說從明天開始，會有四名工人過來。這是委託人安排的，說是如果有什麼不妥的地方，告訴那位武市老先生就行了。還有小田原的高瀨書店的高瀨……呃，京極知道他吧？」

「我們曾經見過，雖然只有一面之緣。」

註：東海道為江戶時代的五條主要幹道之一，連接江戶日本橋與京都，途經西方沿海各諸侯國。

「這樣啊，他說明天會過來。我明天跟大後天有一些雜事，之後就會過來。如果人手不足的話，請隨時聯絡店裡。哦，那就是別墅。」

不過是棟木房子罷了。

三分之一左右被埋在雪裡，實在難以說是所謂環境幽雅的別墅。我忍不住脫口而出：

「讓老人家一個人住在這種地方嗎？這說白了簡直就是捨姥山（註一）嘛。」

山內先生回答：

「這……據說是武市老先生本人的意思。兒子顧慮到世間的眼光，再三要求父親同住，但是老爺子就是堅持要住在這裡。」

「為什麼？」

「聽說是因為太喜歡箱根了。」

很有說服力的理由。

難以開啟的門戶「喀噠喀噠」打開，女傭從裡面走了出來。說是女傭，也是個年過五十的老婦人了。她似乎已經見過山內先生，不須多費唇舌，立刻替我們回報。

一個將白髮理成平頭、戴著圓眼鏡，風貌有如身穿和服的東條英機（註二）般的老人扶著走廊走了出來。他的腳似乎不太方便。

「歡迎光臨，各位是從東京來的嗎？」

「敝姓中禪寺，這位是我的朋友關口。」

「我是笹原。小犬真是的，拿他的蠢事勞煩你們了。雖然過意不去，還請你們多加幫忙。古書的話，我多少有點知識，可是就像你們看到的，我的腳不行了，沒辦法爬到那裡去。再加上最近也有些老眼昏花，全身都不靈活，連外出都無法隨心所欲。如果事情只關乎利慾薰心的愚昧小犬的個人嗜好，我也會阻止他這麼勞師動眾，可是挖到的是書。這些書要是價值非凡，就是文化上的損失了。」

「既然已經答應，那就是生意。請您毋須在意。」
京極堂說。
暴發戶的老父親稍微踉蹌了一下，深深行禮。
離開房子的時候，天色變得更陰沉了。
山內先生仰望逐漸暗下來的天空，略微轉過頭來悄聲說：
「聽說那棟屋子要在蓋飯店的時候拆掉。委託人似乎打算下猛藥，逼頑固的老爺子下山。」
「這……是在剛才的老先生同意的情況下嗎？」
「當然是用騙的吧。要是他知道，不可能會是那種態度。他好像非常喜歡箱根呢。老爺子太過於喜愛這片土地，似乎甚至編纂起鄉土史、蒐集起民間傳承來了。哦，就在這上面。」
已經沒有路了。我們撥開雪堆及竹林，攀爬了相當遠的距離。
然後**它**總算現身了。
這是一幅令人無法立刻把握狀況的異樣景觀。這一帶已經是樹林——不，與其說是樹林，說深山比較貼切，在森然林立的樹木間，斜坡以不自然的形狀隆起。乍看之下，那彷彿天然形成的隆起，但是稍微走近一些觀察，就可以發現那並不單純是突出地面的瘤。大瘤的上方沒有樹木生長，相反地處處裸露出瓦片，但是掩埋的部分明顯地呈現一片草叢狀。這一切都被一層薄薄的雪給覆蓋，若不仔細看，根本分辨不出什麼。它很大，外表就像遺跡或古墳。
繞過去一看，有一面**牆壁**。

註一：民間故事中，兒女將年老的父母背去拋棄的山。
註二：東條英機（一八八四－一九四八）為發動太平洋戰爭的日本首相兼陸軍大臣。日本戰敗後以A級戰犯身分被送上絞刑台。

牆壁的確是倉庫常見的土壁，上面有幾處隙縫，嵌了疑似採光用的鐵網。周圍有幾處混合了雪與泥土的骯髒小山，可能是挖開斜坡的泥土造成的，更前方則半吊子地搭建了一座像工事現場的低矮鷹架。

再繞過鷹架，有個**入口**。

生鏽的門扉像是金屬製成，上了一個腐朽的木製門閂。

入口周邊的鷹架搭建得頗為堅固。

我想起了煤礦坑。當然，煤礦坑口應該沒有這種門，但是有那種感覺。

「這是被山崩埋住的嗎？」

山內先生走近它，邊撫摸牆壁邊說：

「好舊呢。」

「可是……」

京極堂走到山側──依然被掩埋住的地方，仰望上方開口：

「感覺不太對勁。若是山崩，樹木卻沒有倒下的跡象。反而生長得**很好**。」

我學著朋友仰望山的斜坡說：

「那些樹是山崩後才長出來的吧？」

緊鄰隆起處的上方，生長著四、五棵大樹。

「可是關口，這些樹相當古老。不止十年二十年，樹齡超過一百五十年了。」

「這代表山崩是發生在那之前吧，一定是兩百年前的山崩。」

「是嗎？」

京極堂納悶地說：

「可是你仔細看。除了這幾棵樹以外，生長在上面的樹全都是年輕的。而且……」

「那種事無關緊要吧？京極堂，你不是來考察這座奇怪的倉庫為什麼會被埋在這裡，而是來給收藏在倉庫裡的書籍估價的吧？」

「是啊，京極。就像關口先生說的，重點是裡頭。」

山內先生說完，站到入口前。

「建築物已經嚴重變形，像這樣歪曲成平行四邊形，這道門打不開。不，開了會有危險。或許會崩塌也說不定。」

他指著門說：

「所以呢，喏，在這裡……」

山內先生說著，稍微移動，拿開靠在牆上的竹簾。

「開了一個洞。」

那裡開了一個勉強容一個人穿過的扭曲洞口。

「地主是個貪得無厭的人，憑著一股傻勁，像隻老鼠似地猛挖。他一定是認為裡頭有什麼財寶，沒想到挖出來的卻是一堆京極會喜歡的玩意兒。於是他想盡辦法鑽到更裡面去——沒想到裡頭全是書。」

「可以進去裡面嗎？」

「不行。若沒有地震應該是不要緊，可是……很危險喔。」

京極堂說著「很危險嗎？」察看倉庫各處。

山內先生雙臂環胸，望著朋友的行動，重複說「很危險喔」。

「說是明天工人會來，然後除去上面的土沙，拆掉屋頂。那樣一來，危險性應該會降低。只是天候教人擔心。委託人說會拉上帳篷代替天花板，可是如果做得不夠迅速確實，書會濕掉的。」

英國紳士以帥氣的角度仰頭望天，我也跟著仰望。天空已經變得相當昏暗了，不完全是因為天色已晚。

「明天開始可能會下雪呢。京極，在帳篷拉好之前，你要不要就在旅館裡待著？仔細想想，進行土木工程的時候待在裡面很危險的。」

「最好不要拆掉屋頂吧。」

「那要怎麼做？很危險的。」

「既然至今為止一直沒有崩塌，也不會突然說塌就塌吧。倒不如在這附近搭設可以避雪的簡易帳篷，把裡面的書搬過去比較好。四五個人一起搬的話，兩三天就可以結束了吧。不過也要看裡面究竟塞了多少書……啊，這……」

京極堂原本屈著身體往小洞裡面窺看，結果還是爬了進去。

山內先生有些目瞪口呆地看我，問道：

「這人真是愛書成痴呢，他總是這樣嗎？」

我報復似地回答：

「他這是有病。」

有病的朋友遲遲不出來。

「有點擔心呢，不會塌下來吧？」

山內先生扶著鷹架，滴水不漏地將牆壁從底下一路檢查到屋頂，然後湊近洞口呼喚：

「喂——京極。」

沒有回應。

「不出來呢。關口先生，怎麼辦？」

「呃……」

我怎麼知道該怎麼辦？平常總是坐著不動的人突然積極行動，這讓我有些不知所措。即使如此，我還是無法坐視，姑且和山內先生一起屈身往洞口窺看。裡面一片漆黑，滿是霉臭味。

「喂！京極堂，你怎麼了？裡面黑成那樣，你看得見什麼嗎？」

「哦。」

突然間，黑暗中浮現一張有如死神般的臉。

「這……」

他的臉變得更加陰森了。

「京極，很危險喔。」

「山內先生，或許不是在意危險不危險的時候了。」

「什麼意思？」

黑暗從洞口中倏地膨脹，出到外頭。是穿著和服外套的漆黑男子出來了。全身各處變得白灰，可能是沾上了灰塵吧。京極堂絲毫不理會我們的視線，說：

「太有意思了。」

「喂，京極堂。你又不是野獸，在這種伸手不見五指的黑暗裡，到底看得到什麼？」

「關口，我又不是你，才不會那麼魯莽行事。我至少還帶了手電筒。」

「哦。」

手從和服外套底下伸了出來，那隻手中握著手電筒。

「這不重要，山內先生，根據情況，這可是大事一樁。這個……」

京極堂伸出另一隻手。

「這是？」

好像是什麼老東西。

山內先生捏起墨鏡的鏡框，仔細端詳京極堂出示的古籍。

「這不是我的專門呢，連時代都看不出來。」

「嗯……這是叫做《溈山警策》的禪籍。是溈山靈祐所著的佛祖三經指南之一，在我國是文治五年（一一八九年）時由拙庵德光贈與大日房能忍，之後在無求尼相助下得以出世……」

「有那麼古老嗎？」

山內先生在恰到好處的時機打斷了京極堂。這個人只要一講到自己的拿手領域，就欲罷不能。像我除了文治五年，其他的完全聽不懂。英國紳士繼續問道：

「是正本嗎？這麼不得了的東西不太可能留存下來吧？」

「不，這一定是抄本，但是時代也相當古老了，絕不是最近的東西。這裡面是禪籍經典的寶山，我從未見過如此豐富的收藏。當然我只是稍微看了一下，還沒有掌握全貌。」

「物主是個僧侶嗎？」

「與其這麼說，這原本應該是寺院的書庫吧。竟然會有這麼多書——縱然是抄本也一樣——任意堆放，除此之外別無可能了。」

「嗯，箱根也有很多老寺院嘛。湯本的名剎早雲寺也是臨濟宗的吧？還有因為報仇雪恨而聞名的曾我兄弟（註一）的曾我堂所在的……」

「正眼寺，對吧？那裡也是臨濟宗。那一帶盛行地藏信仰，正眼寺在成為臨濟宗的寺院前，就是叫做湯元地藏堂的堂宇。若是從當時算起，歷史就相當古老了。從這裡出到街道，往蘆之湖的方向有鎖雲寺，畑宿則有守源寺。元箱根以興福院為首，也有許多寺院。箱根的驛站在狹小的範圍內，不問宗派，原本就有眾多寺院雲集，像是日蓮宗的本迹寺、曹洞宗的興禪院、真宗的萬福寺、淨土宗的本還寺等。其他還有新近成立的寺院。就算箱根曾經是關所本陣（註二）所在的交通要道，也算是寺院很多的地方吧。」

山內先生聳聳肩膀說：

「哎，一提到這類話題，就只能甘拜下風呢。」

說完他瞥了我一眼。

「山內先生。這傢伙若是任由他去，會一直講到天荒地老的。這種時候，我們這種有常識的一般人也只能應和：哦，這樣啊。就算聽了也一點都不有趣嘛。」

「不，關口先生，也不盡然不有趣喲。」

倫敦堂的諸葛孔明豪爽地笑了。

「京極，那麼你是想這麼說，是嗎？——儘管箱根有那麼多的寺院，卻距離這個倉庫都太遙遠了。」

「沒錯。儘管寺院那麼多，但是把書庫建在這種地方，對任何一座寺院而言都不便利。每當要找書或教典，就得至少花上兩到三個小時往返這裡。」

「會不會是這附近有你不知道的寺院？」

「是有這個可能……但是這附近剛好有那麼一座寺院嗎？我的確不可能一一掌握全日本的寺院，就算有我不知道的寺院也不奇怪。事實上我最近才剛聽說箱根有一座我所不知道、而且相當古老的寺院。」

「在哪裡？」

「那座寺院好像要從山的另一頭的大平台過去。就算從這裡回到湯本，再經由塔之澤過去，單程就不知道要花上幾小時。而且這座倉庫很古老了，一定是登山鐵路完工之前就有的東西。那麼……」

「原來如此，也不是那座寺院呢。那樣的話，如果說這座書庫是屬於一座與它匹配的古老寺院，就等於這一帶有兩座連你都不知道的寺院了。考慮到你這個人的特質，這也不太可能。不過書庫這種東西

註一：指曾我十郎祐成及五郎時致，兩人為鎌倉時代的武士。英雄傳記《曾我物語》中描寫兄弟兩人除掉殺父仇人，為父報仇的故事，成為許多傳統藝能的表演題材。

註二：江戶時代的驛站裡，大名諸侯及幕府官員、貴族、使節等貴人所住宿的公家旅館。

通常都是蓋在院區內的。若說寺院位在身處於此的我們看不見的地方，就算再怎麼近，也說不通。」

我聽著兩人的對話，有了一個想法。為了讓聽敏的諜報員和饒舌的時代錯亂男聽聽憂鬱症小說家的高見，我發言了：

「喂，京極堂，這座書庫有一半埋在沙土裡，對吧？」

「是啊。」

「那麼會不會連**寺院也被埋住了**？我不曉得山崩是發生在幾百年前，不過這座書庫隸屬的寺院本堂或講堂會不會是在那個時候，就像龐貝城一樣深深地沒入了泥土當中？逐步逼近的土石流、倉皇逃竄的和尚。莊嚴的堂宇在一夜之間被吞噬殆盡，寺院的歷史就此埋葬在黑暗中……」

「關口先生，你的想法真有意思。換句話說，你認為寺院連同僧侶被埋沒在這座山中嗎？可是如果有哪座寺院如此壯烈罹難，歷史會將它埋藏起來嗎？應該會留在某些紀錄上才對吧？反而會聲名大噪的。」

「這道門真的打不開嗎？」

山內先生還姑且理會我的話，京極堂則似乎打算無視我難得的發言。

「好像打不開，因為變形後就整個鏽了。不管怎麼看，它一直都是關著的。或者說，那道門本身有一半也被埋住了。」

「這樣嗎？那就更傷腦筋了。」

「為什麼傷腦筋？」

「關口，假設就像你說的，這座書庫是遠在兩百年以前遭到掩埋的。然後後面那棵大樹是後來才長出來的。再來，我退讓到不能再退的地步，也相信寺院就埋在裡面好了。可是那樣的話，這要怎麼說明才好？」

京極堂從那本我忘了叫什麼的古書底下拿出另一本書來。

「這本書是淺顯地講述《溈山警策》，叫做《溈山警策講義》的書，作者是山田孝道。」

「這書怎麼了嗎？」

「這本書是明治三十九年出版的。」

「什麼？」

「所以說，這裡面有多得數不清的古老典籍，卻也有極為近代的明治鉛字本。像這本，頂多是五十年前左右的書。」

「也就是怎樣？那個……」

「意思就是，至少直到四十七年前，這座倉庫**還有著書庫的機能**。」

「你是說，就這樣埋著使用嗎？」

「這我就不知道了。不過如果就像你說的，就會變成那樣。倉庫是在兩百年前被掩埋，而使用它的和尚也被活埋了，對吧？那不就變成有其他人出入這座被埋藏在地底的倉庫了嗎？然而……」

「門扉如斯緊閉。」

倫敦堂主人有些愉快地說：

「原來如此，這有點神祕呢。也就是偵探小說當中的密室！」

「雖然裡面沒有屍體。」

京極堂說，用手電筒的尾端搔搔頭。

「關口，你回旅館吧。山內先生也是，你再不走，差不多就得留下來過夜嘍。」

「京極你呢？」

「我調查一下再走。」

「喂，這太胡來了，京極堂。你連午飯都沒吃，不是嗎？」

「不要緊的。我看到滿意之後，就會回旅館。就算沒回去也用不著擔心。如果有什麼萬一，我會去剛才的笹原先生那裡叨擾他們的。而且我也想聽聽鄉土史。」

「旅館那裡怎麼辦？這時間膳食都已經準備好了喔。」

「給你吃就行了。酒足飯飽的話，或許比較容易發呆喲。」

這個人真教人目瞪口呆。

山內先生也啞口無言。

「可是這很危險。剛才我也說了，要是發生地震，就會崩塌的。這不是學關口先生，可是真的會演變成逐步逼近的土石流、被吞沒的京極堂店東的。」

「不要緊的。要是發生地震，就算我待在家裡也一樣會死。」

書痴朋友這麼說，笑了。

的確，京極堂不管是店裡還是自宅，每片牆壁都塞滿了書，主人不管待在哪個房間，都坐在書架附近，所以要是發生地震，九分九厘是免不了被壓死或被砸死的。夫人也很危險，能夠倖免於難的大概只有貓了。但是就連那隻貓，也是個怎麼看都無法靈敏行動的懶骨頭，或許一樣會被壓死。

山內先生小聲對我說「真傷腦筋」，接著說「哎，拿你沒辦法」。然後他說：

「我本來說如果需要人手就來找我，不過就算沒人叫我，我也會過來的。在那之前，我會祈禱你還活著的。」

京極堂揚起單手，進入洞裡。

山內先生看著京極堂進入洞裡，再次問道：

「他總是那樣嗎？」

我望著京極堂爬進去的洞口，答道：

「他這人有病。」

和倫敦堂店東道別，抵達旅館的時候，已經接近五點了。
兩名妻子一副剛出浴的表情，似乎充分享受了溫泉氣氛。我有些誇張地說出京極堂的奇行。他的夫人一點也不驚訝，說：
「我就想八成會這樣。」
然後傷腦筋地笑了。
不愧是妻子，十分了解丈夫的個性。
距離晚餐還有一點時間，我去泡了溫泉。
昏暗的澡堂雖然不美，但氣氛不錯。
過年之後，我就老是在睡，好久沒有活動筋骨了。這應該是今年運動量最多的一天吧，筋疲力盡，全身上下都在痛。一泡進熱水裡，痠痛的地方彷彿受到淨化，舒爽極了。
我「呼」地大大吁了一口氣。
熱氣蒸騰。
好一陣子，我處在忘我的狀態。
不過即使我想要悠閒地泡湯，體質也容易泡到頭暈眼花，要是長時間維持忘我狀態，可能真的會失去意識。
因此我得頻繁地進進出出，真是麻煩的體質。即使如此，脫衣服的時候還冷得直哆嗦的身體，在穿衣的時候已經暖得直冒汗了，看樣子溫泉效果顯著。
溫泉就是溫泉——我為這理所當然的事露出得意洋洋的表情。
穿上浴衣後，總算有了真正在旅行的感覺。
回到房間一看，小熊老爺子和像是他妻子的婦人——不過她長得並不像熊——正在準備晚膳。老爺子粗短的手指靈巧地動著。

我的手指也很短，卻笨拙到了極點，所以有些羨慕老爺子。

「也不是什麼了不起的山珍海味。」

「只是深山僻壤寒酸的鄉下料理罷了。」

「客人的朋友，真的沒關係嗎？」

「那個地方那麼危險，他也真是熱心工作呢。」

夫婦你一句我一句地說著。

我對這對夫婦產生了興趣。

「澡堂真的很不錯。」我甚至說出不習慣的奉承話來。

「我們這裡沒有女傭，也沒有藝妓表演，是個無趣的地方。」

老爺子瞬圓了眼睛這麼說完後，接著說「按摩師的話倒是可以請過來」，唐突地笑了。門牙缺了一顆。

雖然少了相當於主客的人，老爺子還是在用餐中送來溫好的酒，是一頓相當熱鬧的晚餐。平常不嗜酒的我也裝出好酒量，妻子們也喝了。看樣子，妻子和京極堂夫人酒量都勝過一般人。京極堂滴酒不沾，我也兩三下就會喝得爛醉如泥，所以兩家都不會常備酒類，不過這麼看來，妻子們平常只是配合酒量小的丈夫們，忍耐著不喝罷了。

「笹原老爺交代過要好好招待，請各位寬心休息吧。」

老爺子熱情地說，為我們斟酒。笹原這個暴發戶似乎是個相當慷慨的人，因為姑且不論京極堂，我們只是跟班罷了。

「話說回來，老闆。」

我不勝酒力，饒舌了起來。

「那位笹原先生似乎是個很了不起的人物，他到底是……」

我對這場盛情招待的緣由感到興趣，小熊老爺子再次睜大了雙眼。

「笹原老爺家以前是在箱根驛站的蓑笠明神旁做雜貨生意的。明治維新後，上上一代的祖先賺了一筆錢，就大舉買下附近一帶的土地。他們家族可能很有生意頭腦吧。然後啊……」

「然後怎麼了？」

「到了大正以後，箱根成立了許多公司。當時引起了大騷動……」

據說為了爭奪箱根山的觀光特權而爆發的所謂箱根交通戰爭，其根源相當複雜。以人力車為始，公共馬車、出租汽車、公共汽車、馬車鐵路到電氣鐵路、觀光遊覽船、空中纜車等交通工具以各種形態接踵出現。當地居民、觀光業者、運輸公司的圖謀縱橫交錯，逐漸兩極化，最後情勢甚至被比喻為戰爭。根據京極堂的話，同樣的戰爭現在又重新萌發，情勢再次變得錯綜複雜，不過老爺子所說的大正時代的混亂，應該是最初的戰爭，也就是現在紛爭的禍根。

「地價暴漲，笹原老爺不顧上一代當家的反對，把原本居住的箱根驛站的土地全都賣掉了。首先就靠這個大賺了一筆。」

「賣掉了？可是我聽說笹原先生是個地主……」

「所以才說笹原老爺有先見之明啊。他賣掉箱根驛站的土地賺了一筆，進軍關西，一段時間之後回來，砸下重金買下剛才客人您去的那片土地。」

「什麼？」

「那一帶不是杳無人跡嗎？所以還買得起。在箱根想要買地可不簡單。像我是因為住在祖先留下來的這塊地上，另當別論，一般不是隨隨便便就買得起的。」

「這樣哪裡有先見之明了？賣了一等地，買了三等地耶？」

老爺子不知為何露出窩囊的表情回答：

「因為後來箱根驛站那邊落沒了。」

據說最後贏得蘆之湖觀光據點的是元箱根一帶。觀光船以元箱根為起點航行，經過箱根，直到湖尻。箱根町那裡變成了單純的通過點，徐徐自紛爭退場了。

過沒多久，受到戰爭時期汽油管制波及，船甚至連箱根町都不經過了。不單是船，儘管箱根有巴士站，卻連巴士都直接行經而不停留，可以說屈辱的時期持續了相當長的一段時間。

「從箱根出發的觀光船，也是大前年左右才開始有的。說到當地人的辛酸啊，真是一言難盡。即使如此，聽說還是發生了不少爭執。」

聽起來的確是很辛酸。

「那麼笹原先生是洞燭機先……？」

「不，說偶然應該也是偶然吧，賣土地時反對的笹原上一代當家……」

「哦，那位老先生。」

「你見到他了？那位大老爺住不慣關西，堅持箱根比較好，無論如何都要回來，所以笹原老爺才會買下那裡——其實應該是這樣的吧。」

「原來如此啊。」

就算什麼都沒有，但是現在已經有了新宿到湯本的直達電車，是塊棄之可惜的土地吧。而且那裡也可以通往元箱根地區。現在雖然極不方便，但是只要興建馬路，還是足以開店營業的。

老爺子怪邪惡地笑著說：

「不過大正的那場大地震把整座山搞得一塌糊塗，或許趁著那片混亂弄到了土地才是真的呢。」

「地震？有那麼嚴重嗎？」

「橋崩了，路也斷了，鐵路都扭曲了，修復花了不知道多久的時間。有些地方幾乎是重新劃分過了。笹原老爺趁著這個機會，使盡各種手段……啊，這可要保密喲。再怎麼說，出資援助復員之後生活沒有著落的我，還幫忙重建這間損毀的民宿的，就是笹原老爺啊。他可是我的恩人呢，嘿嘿嘿。」

原來如此，他們是這種關係啊。

我試著勸酒，老爺子不客氣地喝了。

才喝了一口，老爺子就滿臉通紅，沒多久就逕自說了起來。

「哎，如果就像笹原老爺預期的，從舊街道一帶就這麼一直開拓到畑宿這裡來的話，我們就萬萬歲了。只是笹原大老爺住的那一帶就……因為是在山裡嘛。要是再靠近街道一些的話，也有瀑布之類的可以參觀，客人也才會去，不是嗎？而且那一帶啊……」

「怎麼了？有什麼嗎？」

「沒有啦，那一帶**有那個**啊。」

「熊嗎？」

我看著老爺子，忍不住脫口而出。

「沒有熊啦，這裡又不是北海道。」

「難道是幽靈之類的嗎？」

一直默默傾聽的京極堂夫人問道。

「哎，差不多啦。」

「差不多？你說差不多，難道是天狗還是什麼嗎？」

「天狗的話是大雄那一帶。道了尊那附近啊，天狗多的是。」

老實說，我完全猜不出老爺子說的「那個」指的究竟是哪裡的什麼東西，可是我刻意不問，反而說出我所想得到的山怪名稱。

「既然是出現在山裡，剩下的就只有鬼或山姥了。」

我所想得到的也只有這點程度。如果京極堂在場，他至少還可以再舉出幾百隻妖怪的名字吧。

「山姥是出沒在足柄山的。其實啊，山裡頭有一條比街道更古老的路，叫做湯坂道。」

「是以前的鎌倉街道，對嗎？」

我聽說京極堂夫人詳知道路，看樣子似乎是真的。老爺子好像不曉得。

「是嗎？唔，那條路一帶，到了夏天左右，也會有人去登山。就是**出現**在那裡。」

「到底是什麼東西出現？」

「女孩子。穿著盛裝和服，唱著怪恐怖的歌。」

我有些愣住了。

「那不會是迷路的小孩吧？」

「是迷路的小孩吧。」

「那樣的話……」

「就算是迷路的小孩，那個女孩也已經以同樣的穿著打扮迷路了十幾年了。」

「十幾年……那豈不都變成大人了？」

「所以說啊，她**一直都是小孩子的模樣**。」

「什麼？」

「不管經過多少年，都依然是孩童的模樣。我看見過，就在去年中元過後。記得那時候是黃昏，一開始我聽見歌聲，忽地一看，她就在那裡。我嚇得渾身發毛。她就像這樣，一臉蒼白，兩眼空虛。而且在深山裡頭穿著盛裝和服，簡直嚇死人了。因為太恐怖了，回家的路上，我順道去了笹原隱居老爺的家，告訴他這件事，沒想到……」

「沒想到？」

「隱居老爺說，他十幾年前也曾好幾次聽說相同的事。據說是戰前的事了，一樣是十歲左右的女孩，穿著盛裝和服唱著歌……」

「可是老闆，那會不會是碰巧的？碰巧和那個時候一樣，有個迷路的小孩……」

「不是碰巧啦。歌啊，唱的歌是一樣的。我也不記得全部歌詞，可是隱居老爺把它記在本子上了。什麼把小孩放進爐灶裡燒啊、佛陀怎樣的，實在是有夠恐怖的歌。噢噢，嚇死人了。」

老爺子歪斜著嘴巴。

「那麼老闆，你的意思是那個女孩子十幾年間，絲毫都沒有成長嗎？所以才會一直在那座山裡唱著同樣的歌，不斷徘徊？」

「那不可能是這個世上的生物。」

「唉呀，真恐怖……」

雪繪蹙起眉頭。

那種荒唐事——雖然我最近經常遭遇這類的荒唐事——不可能有吧？

「不，老闆，歌的話兩三下就可以學會了。像是**竹籠眼**（註），全日本的小孩都會唱。那首歌一定也是那樣的。狐狸妖怪之類的不可能那麼輕易就現身。那一定是活生生的人。」

「呃，我也想要這麼想。如果是另一個世界的東西——笹原老爺也一定感到相當困擾吧。」

明明沒人勸酒，老爺子卻自行倒酒喝了起來。

那如果是**另一個世界的東西**的話……

就輪到京極堂出場了。

我悄悄地想。

註：日本著名童謠，也是一種兒童遊戲。歌詞為：「竹籠眼、竹籠眼，籠中的鳥兒何時何時放天飛，黎明夜，鶴與龜，滑一跤，背面的正面是……誰？」

可是，不管等上多久，黑衣祈禱師就是不回來。

用完晚膳後，睡魔侵襲了我。

至於妻子們，打開的話匣子似乎關不起來，聊個沒完。

這是暌違多年的旅行，我能夠了解她們興奮的心情。我拜託老爺子在另一個房間鋪床，關上紙門，獨自躺下。妻子們的話聲很快地與流水聲融合在一起，我一下子就睡著了。

那一天，京極堂終究沒有回來。

翌日我起得非常晚。

連夢也沒做，整晚酣睡，起床的時候已經超過正午了。

妻子們早已起身，用完早飯，泡了好幾次溫泉了。妻子一看到我的臉就笑說「都浮腫了」。只被雪繪一個人看見還無所謂，但京極堂夫人也在場，睡過頭有點丟臉。

「京極堂有聯絡嗎？」

我立刻轉移話題。

夫人也不禁露出有些擔心的表情回答：

「沒有呢，看這片大雪，又不是八甲田山（註），不曉得走丟到哪裡去了……」

「雪？下雪了嗎？」

打開拉窗一看，窗外是一片雪白。

倫敦堂店東的憂慮似乎成真了。

「啊……下成這樣也不可能進行作業了。京極堂的運氣也真背，他的怪癖要了他的命。看這情況，搞不好真的遇難了。」

「哎喲，快別說了，真不吉利。你這不是讓千鶴子姊更擔心了嗎？」

雪繪一面沏茶，一面責備我不當的發言。

「哦，可是應該不要緊吧。」

我毫無根據。

雪也沒有要歇止的樣子。

京極堂的夫人望向窗外，呢喃道：

「話說看這樣子，小敦她們也很為難吧。總不會真的兄妹倆一起遇難了吧？」

雪繪耳尖地聽見，詢問夫人：

「小敦是一早出發到這裡的嗎？」

看樣子，京極堂的妹妹也來到附近了。我沒有聽說這件事。

「我是這麼聽說的，但究竟如何就不清楚了。聽說是有事要去深山窮谷裡頭的寺院。」

「距離湯本很遠嗎？」

「聽說要在前往強羅的登山鐵路途中的車站下車，然後步行約兩小時還是三小時。雖說長得不像，但他們倆果然是兄妹。這種地方實在像極了……」

夫人又傷腦筋地笑了。

雪下個不停。

註：八甲田山為日本青森縣中部奧羽山脈的火山群。一九〇二年發生了一場慘劇，青森步兵第五連隊於八甲田山雪中行軍，遭遇罕見的暴風雪，二一〇人當中凍死了一九七人。

妻子們似乎看樣子也無法外出觀光了。

我把窗戶拉開一條縫，擦拭玻璃窗上的霧氣，漫不經心地望著外面。然後我總算成功地發呆了，但是這與在家裡睡覺的狀態毫無二致，完全不可能湧出任何作品的構想。這證明了我根本不是什麼文豪。

此時。

我瞥見雪中有一條黑影。

是人影。

黑衣男子……

「是京極堂嗎？」

「咦？」

妻子們靠到窗邊來。

「那——不是。」

京極堂夫人一眼就這麼斷定。

「那是和尚，關口先生。」

「和尚？是嗎？」

影子以穩健的動作一步步扎實地在險徑上行走。

動作與白晝妖怪般的京極堂明顯不同。而且來人戴著看似斗笠的東西，手中拿著長長的棒狀物體。

「哦，是呢，是和尚。」

僧人似乎在雪中走了相當長的一段時間，斗笠上積滿了雪。

「而且那裡不是車站的方向嗎？」

「是啊。」

就像雪繪說的，這人如果是京極堂的話，除非他選擇了相當怪異的路線，平白繞了一大圈，否則應該會從反方向過來才對。僧人絲毫沒有喘息不定的模樣，保持相同的速度，經過旅館前面。
「他要去哪裡呢？是要沿著街道往蘆之湖去嗎？」
「這邊過去沒有寺院嗎？」
「哦，這麼說來，昨天京極堂講了一大堆呢。聽說舊街道沿線有幾座寺院的樣子。」
他是要去那裡嗎？
我沒有多想，透過二樓的窗戶眺望僧侶離去。僧人已經化為景色的一部分，我再次進入朦朧的愉悅。

一整天什麼也沒做。
入夜後雪依然不停，用過晚膳以後，京極堂還是沒有回來。
雖然才第二天，但我對溫泉也有些厭膩了。在彷彿要下雪的夜裡，也完全看不見景色。流水聲亦是，聽慣了之後就等於沒聽見一樣。
雖然無法完全放鬆，卻也不是令人緊張的狀況。半吊子到了極點。
我大大地打了個哈欠，順道說了：
「好無聊喔。」
「哎呀，才第二天呢。」
妻子一臉驚訝地回答。京極堂夫人相反地一臉歉疚，向我道歉：
「對不起，關口先生。仔細想想，你那麼忙，卻硬是把你邀來……給你添麻煩了嗎？」
這只是打哈欠時順道說的話，並沒有其他意思，我大為惶恐起來。正當我思量著該如何回答是好，雪繪用一種老師或母親般的口吻說了：
「不用理他，千鶴子姊。這個人從來沒有忙碌的時候。明明完全不工作，卻老喜歡自己一頭栽進一些怪事裡。只是因為這樣累了而已。難得你們邀請，就該趁機會休息才對，卻又做不到——真是個不會利用時間的人。」
的確，我想我是個時間貧窮的人。因此我沒有反駁。
什麼文豪情調，說出來真是讓人笑話。明明憧憬閑寂的人生，每天都在追求悠閒充裕的時間，一旦真正如此，卻連一天都承受不住。為不怎麼忙碌的工作忙得不可開交，連日常瑣事都覺得煩人無比，然而一旦無事可做，卻又無聊得發慌。看樣子我真是過慣了相當卑俗的生活。
此時，老爺子過來露臉，我趁機請他幫我叫個按摩師。
根據昨天老爺子說的，這家旅館能夠請到的也只有按摩師了，而且因為昨天的遠行，我的腳筋痠痛極了。
妻子聽到我的請託，說：
「哎，簡直像個老頭子。」
老爺子說去請按摩師再回來，往返要花上三十分鐘。我叫住老爺子，請他像昨天一樣拉上紙門隔開房間，同樣在房間正中央鋪床。我可不想在妻子們的參觀下接受按摩治療。說起來，看到的人也會覺得不舒服吧。老爺子勤快地活動矮小的身軀，鋪好床後，說「請稍等」，離開了。
我躺在蓋被上等著。
獨處之後，我突然想起朋友。
——京極堂現在還待在那個洞穴裡面嗎？
待遇和現在的我有如天壤之別。
那麼大的倉庫，究竟能夠收藏多少書籍呢？
而且在這麼糟糕的天候裡，作業能有多少進展呢？
我想像京極堂在洞裡的模樣。
半埋在山腹裡的倉庫上挖開一個黑暗扭曲的洞口。

看不見裡面。我靠近洞口，屈起身子窺看。

總覺得不太對勁。

看不清楚。不知不覺間，洞口像牢檻似地鑲上了鐵欄杆。這樣簡直就像座土牢。

我出聲……沒辦法發出預期的音量。

喂——你在裡面嗎？

沒有回應，我不安起來。

這麼黑暗的牢檻裡，連吃的東西也沒有吧？

有聲音。

——會餓死。

怎麼會？那……

那不是在說貓嗎？

——問題是裡面的貓是否還活著。

這話好像曾經聽過，記得是……

不，打開來看看不就知道了？

無聊，你為什麼不自己開？

喂，為什麼不打開？打開這裡啊？在這麼黑暗的洞穴裡，到底看得見什麼？

——我不是你，不會那麼魯莽行事。

黑暗當中浮現疑似朋友的淡影。

被書山包圍，面朝底下。

我雙手緊緊握住牢檻的鐵欄杆。

喂，你不冷嗎？打開這裡啊！

——你已經進入自己的世界了嗎？咦？你剛才說什麼？

被關在牢檻裡的不是你嗎？

牢檻。

關在牢檻裡的其實是我嗎？

這麼說來，我好像身在牢檻裡。

原來我人在牢檻裡。

怎麼樣？很羨慕吧？

你來得了這裡嗎？這座牢檻裡。

你就待在另一邊，讀你的書去吧。

我只要待在這座牢檻裡就放心了，因為只有我一個人。

雖然也沒辦法離開。

——不要緊的。

有人。

牢檻裡，除了我以外還有別人。

不用回頭我也知道。

就算回頭也是一片黑暗，什麼都看不見。

誰要去看。就算不看，我也知道那是個身穿長袖和服的少女。

是去年夏天死去的那個女人。

不，是秋天逝去的那個男人。

還是冬天殞命的那個人？

我的身邊滿是死人。只要死了，就不會再成長了。

永遠都維持著孩童模樣。

——哎呀，真恐怖。

不要！打開這裡，放我出去！

朋友在看書，聽不見我的聲音。

——振作點呀。

——這座牢檻是打不開的。

——沒辦法離開牢檻的。

——你這一生，

——振作，

「振作一點啊，老爺。」

「啊，這裡，這裡好冷。」

「當然冷啦。在沒有暖氣的房間裡連被子也不蓋就躺下，會感冒的。那麼一來，可就不是我們按摩的能夠救得了了。得請醫生了。」

「按摩？哦，按摩師傅！你好。」

我跳了起來。看樣子我似乎是等著等著，打起瞌睡來了。按摩師本來好像抓著我的肩膀搖晃，他雙掌朝著我，說「哦，您醒了」。

接著他離開我身邊，在榻榻米上靈巧地後退，把頭頂在榻榻米上，恭恭敬敬地問候：

「恕我失禮了。承蒙老爺指名，至為感激。」

我忍不住跟著端坐起來，半吊子地鞠躬。在旁人看來，這個場面一定相當滑稽吧。

「麻、麻煩你了。」

按摩師傅笑了。

他是個穿著白衣，膚色淺黑的男子，年紀應該不到四十。

「老爺，您緊張成那個樣子，就算能夠消除僵硬也沒辦法消除了。我這是第一次被人跪坐著拜託按摩呢。不會弄痛老爺的，請放輕鬆吧。」

「哦，因為我實在不習慣。話說回來，按摩師傅，你怎麼會……」

知道我是跪坐的呢？既然知道，表示他還有一些視力嗎？這種事不好開口詢問，我的語尾變得有些含糊不清。

「不，小的看不見。不過小的還是知道。」

「果然還是靠著氣息？」

「不，是聲音的高度。如果老爺躺著的話，聲音會在更下面，站起來的話會是更上面，但老爺的聲音是從比盤坐更高一些的位置傳來的，所以……來，請您趴下吧。」

「哦，原來如此……」

我照著師傅說的趴下。

「那麼恕小的失禮了。」

手指貼上了我的手臂，開始使力。

我閉上眼睛。

——這麼說來……

醒來之前，我好像在做夢。完全不記得是什麼夢了。留下一種懷念的、不祥的、渺茫的餘韻。看樣子是個伴隨著舒適感傷、不可解的夢境。

牢檻……

對了，京極堂他……

「老爺的身體很僵硬呢。」

男子說。那句話讓我把原本快想起來的夢給忘個精光了。
「老爺，您是從事寫作的嗎？」
「看得出來嗎？」
「看得出來。僵硬的程度不同，而且您的中指長出硬繭來了。」
「哎呀，不愧是按摩的，真是瞭若指掌呢，好厲害。而且真的很舒服。我活到這把年紀，都不知道原來按摩這麼舒服呢。」
男子說「多謝誇獎」。
我似乎頗擅長給人揉肩，從學生時代起，就老是在幫別人按摩。
像學長榎木津，幾乎每天晚上都命令我在宿舍幫他揉肩。有一段時期我甚至獲頒「猴子按摩」這樣一個屈辱的綽號，因為榎木津說我的外貌酷似猴子。那是榎木津在過去賜予我的無數過分的綽號當中，最令我沮喪的一個。
總而言之，因為有過這樣的經歷，至今為止我從未讓別人幫我揉過肩膀。所以雖然對方以此為業，但是像這樣請人幫忙按摩，我還是覺得有些歉疚。
「話說回來，那個……一時興起，就突然把你請來，總覺得有點對不住呢。而且雪好像也下得很大，在這一帶，夜路不會很危險嗎？」
「不，只要客人需要，小的就有生意，不管是哪裡小的都會立刻趕去。老爺這麼客氣，小的反倒不知該如何是好。而且對我們來說，白天和夜晚都是一樣的。」
「啊……失禮了。」
說到白天與夜晚的差異，僅止於有無光線這一點。對於生活在黑暗世界的盲人來說，這是個毫無意義的問題吧。我擔心男子會不會因此不悅，狼狽萬分。但是男子以和先前沒什麼兩樣的口吻繼續說：
「不過這雪真令人傷腦筋呢。」

「咦？哦，我想也是。」

我無法判斷男子是否為了生意而故作平靜。

「若是積了雪，原本熟悉的路也會變得陌生。我們原本走路就相當慎重，雖說不會跌倒，但腳還是會陷進雪地裡，手杖也會被絆住。這很麻煩。」

「哦，那果然還是很辛苦呢。真對不起啊。你住在這附近嗎？」

「是的，在湯本郊外。從這裡的話……是啊，慢慢走的話，大約十五分鐘路程吧。」

「那太辛苦了，要走好久呢。」

「無妨的，走慣的路了。老爺，聽說您是笹原隱居老爺的客人，是嗎？」

「呃，算是吧。」

「那邊的隱居老爺也經常照顧小的生意。比起那裡，這裡要近多了。」

「這樣說的話，你也會去到那裡嘍？」

「是的，隱居老爺吩咐小的每週去為他按摩一次。老爺的腳不太好。這陣子不太景氣，不能夠因為要走些遠路，就埋怨吶。只要有客人惠顧，小的都會很感激。」

男子用力按上我的腰。

「呼……可是按摩師傅，這裡的旅館老闆也說過，那一帶好像有什麼**出沒**，不是嗎？你不怕嗎？」

「出沒？」

「孩童的幽靈之類的。」

「哈哈哈，幽靈的話，就算出現小的也看不到，一點都不怕的。」

「哦……」

說的也是。

意思是，他與視覺上的怪異無緣嗎？可是男子接著這麼說了：

「可是，如果真的有什麼**出沒**，或許就是那個吧。」
「什麼？」
我忍不住回頭。
這類話題就是會挑起我的興趣。
這種時候，我總是深深地感覺到自己真是個俗物。
「老爺，您把身體扭成那樣，小的沒法子按摩啊。」
「哦，抱歉。那個……」
我恢復姿勢，再次問道：
「發生了什麼那一類的事嗎？」
「不，應該是無聊的惡作劇吧——小的被老鼠給**迷騙**了。」
男子說。
「老鼠？你說的老鼠，是吱吱叫的那個老鼠嗎？」
聽到我幼稚的問題，按摩師「對對對」地愉快回應。
「那是大前天晚上的事了。小的前往笹原隱居老爺府上，事情就發生在回來的路上。從隱居老爺府上直通舊街道的路，是一條相當陡急的坡道。從那裡稍微往旁邊偏離一點，有一條野獸踩出來的小徑，斜向通往街道。那條路雖然狹窄難行，坡度卻平緩許多。小的已經走了五年，所以非常熟悉，而且距離也比較短一些，所以小的總是走那條路。」
的確，那條險徑對健全者來說也不輕鬆。同樣是路，坡度較小的也比較安全吧。
「大前天也下了一點雪，今年的雪下得似乎比往年多呢。然後小的慎重地走在那條獸徑上，結果就像這樣……」
男子從我身上放開按摩的手，我轉過頭來看他。

「有什麼東西擋住了去路。」

「什麼東西？」

「道路正中央有東西擋住了。小的以為是積雪，用拐杖戳它，但是不像。小的戰戰兢兢地拿腳去撥弄，感覺卻像……」

「卻像？」

「**有個人蜷縮在那裡**。」

「人蜷縮在雪徑正中央？」

「很奇怪吧？結果突然有一道聲音響了起來。聲音說：**那是貧僧殺的屍體**。」

「平生？平生是在說什麼……？」

「就是和尚的自稱。」

「哦，貧僧啊。咦？意思是有個僧侶……在、在路中間自白他殺了人？」

「是的。不過小的只聽得見，並無法看見，所以也不曉得那是不是真的和尚。」

「那樣的話，那物體是不是屍體也……」

「是的，其實小的並不確定。那個和尚……不，自稱和尚的那位先生，喃喃自語地說了許多像是和尚會說的深奧話語，聽得小的一頭霧水，所以小的才會覺得自己被捉弄了。於是小的便對那位先生說：竟然捉弄盲人，惡作劇也該有個限度。」

「就是啊，開玩笑也該有個限度。可是，你剛才說被老鼠給迷騙……？」

「是的。不一會兒，那個和尚就說自己是老鼠，而死在那裡的是牛。」

「牛？那個物體有那麼大嗎？」

「沒有。看那個高度，體格恰好就像老爺這樣吧。所以即使那真的是屍體，也一定是人。竟然說它是牛，這玩笑也開得太大了。可是，小的不禁有些毛骨悚然起來。」

「毛骨悚然？」

「如果那真的是人的屍體，而出聲的人是殺人犯的話，就等於小的和殺人兇手兩個人面對面了。而且當時是夜晚，又是在無人的山中小徑。」

「這……」

的確，那或許是極為凶險的狀況。

「和尚一邊問著：『你怕死嗎？你怕死嗎？』一邊逼近過來。小的嚇得魂飛魄散，一溜煙地逃跑了。」

「然後你怎麼做呢？」

「小的叫醒派出所的警察先生，趕回去一看，卻什麼都沒有了。」

「什麼都沒有了？」

「什麼都沒有了。小的被責罵又被嘲笑，淒慘極了。人家還說我大概是被狸子迷騙了。」

「所以你剛才才會說是**被老鼠給迷騙**了？」

「因為對方都這麼自稱了。可是這是真的，不是小的在作夢。那個老鼠和尚最後說的話還殘留在小的耳底呢。」

「他說了什麼？」

「**漸修悟入**終歸是件難事。小的目不識丁，完全不懂這是什麼意思。」

「是指禪宗要悟道很難的意思嗎（註一）？悟入指的是進入『悟』的境地吧，禪宗則是那個要坐禪的禪宗吧。我想他的意思可能是禪宗行不通的話，就改信念佛宗（註二）之類的嗎？不懂呢。可是……」

註一：日文中「漸修」與「禪宗」發音相同。

註二：指融通念佛宗、淨土宗、淨土真宗等，相信阿彌陀佛的救濟，唸頌其佛名，以期往生淨土的佛教宗派。

如果這是真的，那就不是什麼老鼠的妖怪，而是對雙眼不方便的人下手的低劣惡作劇了吧。背後有什麼內情嗎？或者只是單純的玩笑？不管怎麼樣，這都是件過分的事。比起恐怖，我更覺得生氣。

「不過，如果說那一帶有妖怪出沒的話，那麼前天小的遇到的那個，也是它們的同伴吧。」

男子悠哉地說道，接著道歉。

「哦，不小心手停了。」

再次揉起我的腳來。

因為舒暢，我的話不知不覺間變少，接著也沒有什麼特別的對話，按摩結束了。

我支付費用，想要送他到玄關口，卻被恭敬地婉拒了。我完全是出於純粹的感謝之意，但是這種態度或許真的很奇怪。無可奈何之下，我說我還想麻煩他來，詢問他的名字。男子惶恐地回答：

「敝姓尾島。」

我讀著帶來的書，看了三十分鐘左右，不知不覺間睏了。當我再次打起瞌睡的時候，京極堂毫無預警地回來了。

還是一樣一臉不悅。

「京極堂，你……幹麼？」

「什麼幹麼？我回來了。」

「這我知道。真是的，連個聯絡也沒有，害我們都擔心死了。」

「胡說，你不是在睡覺嗎？」

「哪裡是胡說了？就算擔心，覺還是得睡啊。我正在想如果今天你再不回來，明天就要過去看看情況呢。而且千鶴夫人……對了，你快去給千鶴夫人……」

「不必了，隔壁好像已經睡了。」

才剛過十一點，但紙門另一頭確實已是一片靜默。我覺得在接受按摩治療的時候好像還有話聲，可能是睡著了吧。

京極堂總算解下行裝。

「話說回來，你吃飯都怎麼辦？而且昨天你住在哪兒了？笹原老翁那兒嗎？作業能夠進行嗎？」

「不要一口氣問那麼多問題。總之我先去泡個湯再回來。」

京極堂拿著更換衣物和手巾，離開了房間。

相反地，老爺子抱著一組寢具走了進來。他似乎已經準備要睡了，一身奇怪的打扮。仔細想想，在這種時間突然回來，實在是給人平添麻煩。

「不好意思。客人，我來重新鋪床。」

因為我盤據在房間正中央的被窩上，若是不讓開，老爺子當然無法鋪床。我不甘願地爬起來，披上棉袍，在角落的小茶几旁坐下。香菸扔在小茶几上，我抽出一根叼住。

抽上一根菸之後，我清醒了過來。

就在這當中，換上浴衣的京極堂回來了。

總是和服打扮的朋友就算穿了浴衣，外表看起來也沒有什麼變化。

我再抽出一根香菸。我問京極堂要不要抽，他便也抽出一根，點火深吸一口氣，「呼」地大大吐出煙來。

「啊，話回說來，雪也下得真是大。我想你這懶骨頭今天一定睡了一整天吧？」

「我……呃，嗯，睡了一天。不管這個，你那邊怎麼樣？」

「哦。今天從笹原老先生那裡牽了電線過去，在裡頭裝設了電燈。距離很遠，工程浩大。然後搭了一座帳篷，用來暫時擺放搬出來的書籍。」

「怎麼，原來還是可以作業啊。我還以為作業又因為下雪而中斷，然後你遇難了呢。」

「真過分，隨便想像別人凍死在荒郊野外，還說什麼擔心我。又不是去南極探險，待在室內怎麼可能會遇難？」

「室內？」

「我的工作是鑑定書籍啊，我才不會去做那種電氣工程類的事。我從十四歲的時候就打定主意，決不做任何肉體勞動。所以在電線牽好之前，我一直待在笹原老先生家，後來則是待在倉庫裡。」

「怎麼，原來是這樣啊，真像是你的作風。然後呢？寶藏怎麼樣了？看起來有賺頭嗎？」

「嗯……」

京極堂露出極為複雜的表情。

「不行嗎？」

「不，關於這一點——那真是座傷腦筋的倉庫。」

「傷腦筋的意思是？」

「裡頭或許有**不能夠存在的東西**。」

我說「你那種說明我聽不懂」，京極堂便說「無所謂」。他不想說。這個朋友性情乖僻，想說的事會說上必要十倍以上的量，但是對於不想說的事，卻是惜字如金。

總覺得有點不甘心。雖說出於不甘心也滿奇怪的，不過我換了個話題。

首先我轉述從老爺子那裡聽到的笹原某人的來歷。但是京極堂似乎從雇主笹原某人的父親隱居老爺那裡聽說了一些內容，反應冷淡。

接下來我說出「不會成長的迷路孩童」的事。

京極堂繃起臉來說：

「那個女孩是什麼呢？」

他好像是第一次聽說。

「怎麼樣？很不可思議吧？這裡的老爺子說他曾經親眼見過那個女孩，也聽過她唱歌。然而同樣的事情在十幾年前也發生過，那位笹原的隱居老爺把它記錄下來了。而且聽說這事還不止一次兩次。」

「你對這件事有什麼看法？」

「那當然是妖怪或幽靈之類的嘍。」

我故意說出違心之論。

當然我不是認真的，這是為了引誘乖僻的朋友高談闊論些沒用的大道理。

可是我的算計落空了。

「關口，看樣子你也學聰明了。沒錯，這麼想就對了。」

「你在說什麼啊？你不是最痛恨這類虛浮不實的街談巷議了嗎？」

「我最喜歡了。你是不是根本就搞錯了什麼？我痛恨的是心靈科學、超能力這類荒誕不經的偽科學，或是以它們為前提的謬誤的怪異認識，對於民間的口頭傳說和信仰俗信，可是一點都不討厭。」

的確，京極堂極度厭惡心靈科學與超能力。

然而他似乎承認妖怪幽靈迷信咒術之類，也敬愛宗教與科學。每次聽他說明，我都覺得好像懂了，但是到現在卻還是無法透徹理解。我想要在今天徹底弄個明白，所以索性發問：

「就是這裡我不懂。究竟是哪裡可以、哪裡不行？把你的基準告訴我吧。」

「基準？」

京極堂露出嫌惡到了極點的表情。他揉掉菸灰缸中還在冒煙的菸蒂。

「你這人真是麻煩。假設那個身穿長袖和服的迷路孩童是幽靈好了，那麼她那就是心懷怨念而死的女孩的魂魄——到這裡是可以的。所以人類有靈魂，死後也依然能夠持續保有意識——這部分也當作沒問題好了。問題是接下來：所以靈魂能夠以科學加以證明，那個女孩就是**證據**——這就不行了。還有……不，這個世上是有科學無法說明的事物的，那個女孩就是**證據**——這也不行。這兩種說法都一樣，愚蠢透頂。我痛恨的就是這種。」

「那麼怎麼說呢，這種情況……」

「聽好了。這一帶的人看到那個女孩，或是聽到歌聲，理解為『噢噢，好恐怖，這一定是妖怪』，對吧？這樣不就結了？沒有任何人困擾。」

「是不會困擾，可是結果還是一樣。心靈科學與迷妄的風聞也沒有什麼差別。一個女孩好幾年都不會成長，穿著同樣的服裝在山中徘徊，世上不可能有這種荒唐事。這如果是捏造出來的就算了……」

「喏……這才是你的真心話吧？」

真是個討厭的傢伙。我也實在沒用，輕易地就中了他的誘導問話。

「我的想法如何無關緊要吧？我的意思是，如果有那種不合常理、不應該存在於這個世上的東西四處徘徊的話，那一定是騙人的。或者你的意思是，那類幽靈妖怪真的存在？」

「聽好了，關口。這個世上只發生可能發生的事，只存在可能存在的事物。所以那個老爺子說他看到的話，那就是有，以前曾經有其他人目擊的話，就表示那個時候也曾經**有**。這不就得了？因為沒有的東西是不可能看得見的。所以那是**存在**的。」

「存在？這我無法信服。十幾年都不成長，迷失在同一個地方喔？你是說這也是有可能發生的事、應該有的事嗎？不管怎麼想都不可能嘛。」

「你這人領悟力實在有夠差，那種事本來就是不可能的。這個世上不會發生不可能發生的，不存在不應該有的東西，所以也沒有不會成長的生物。而且迷路的孩童也不可能迷失十年之久。」

「所以說……」

「所以怎樣？聽好了，在這個『不會成長的迷路孩童』的例子當中，**完全沒有任何**物理上或生物學上不可能發生的事，不是嗎？」

「咦？」

我愣了一下，發出錯愕的聲音。

「唉，關口，你似乎一天笨過一天吶……」

京極堂說道，嘆了一口氣，捏住眉間。

「女孩沒有成長，以及迷失在同一個地方，這兩點是根據她出沒的期間很長此一事實所導出的推論，並非實際上發生的事啊。」

「哦，說的也是。」

「換句話說，把『不會成長的迷路孩童』定義為不可能發生的事的依據，集中於出沒期間的長度這個問題。只是長時期這個要素，正確來說並非確定要素。女孩並不是長時間不斷出沒，而是分成十幾年前與最近這兩個區段。應該將它視為相隔一段時間的兩個短期目擊案件群才正確。而將第一次與第二次的迷路孩童假定為同一個個體時，才會感覺發生了不可能發生的事。」

「是啊，這不正是不可思議的關鍵嗎？」

「問題就是這個關鍵。作為肯定她們是同一個個體這個假設的證據，列舉出來的有下列四個要素。首先是唱著**疑似**不為一般人所知的相同歌曲。其次，服裝**大致**相同。再來，**外表**的年齡看起來差不多。出沒在**大略**相同的地點。這些要素要拿來當作證據，實在是太不牢靠了。」

這我打從一開始就想到了，甚至也這麼向老爺子指出了。可是我故意保密不說。拐彎抹角地說話，正是這個人的看家本領。

京極堂用一種興致索然的表情繼續說道：

「這四個要素本身並不是特別不可能的現象。迷路的孩童愛穿什麼是她的自由，歌的話誰都會唱。而且這四個要素之間並沒有彼此矛盾。如果她只被目擊過一次，或者即使多次被目擊，也集中在某一段時期——也就是出沒時間是短期的話，只會被當成怪異的迷路孩童。她並沒有飄浮在半空中，所以不管被多少人目擊到多少次，穿著多麼突兀的服裝，唱著多麼奇怪的歌，也都沒什麼好不可思議的。如果她在許多地方同時被人目擊的話還另當別論，但是幾乎都是在相同的場所被看到吧？」

「唔，是啊。」

「可是，因為加上了十幾年間這個時間的要素，使得她的出沒期間長期化，奇怪的迷路孩童遂成了不會成長的迷路孩童──也就是妖怪化了。」

「原來如此。嗯，可能就像你說的吧。」

「換言之──一邊是只能判斷為是同一個體的極度特殊要素，另一邊則是絕不可能是同一個體的時間經過。兩者之間有了矛盾，而為了解決這個矛盾，怪異這個說明體系獲得了採納，就是如此。這種情況，如果無論如何都不願意接納怪異的話，只要消除這個矛盾就行了。解決的方法有好幾種。」

說到這裡，京極堂撩起剛洗好的頭髮，接著說道：

「我再次強調，支持長時期這個部分的證據非常不可靠。孩童不是不成長，只是**看起來**沒有成長吧？同樣地，穿的是**相似**的服裝，而不是相同的服裝。不是迷失了十幾年，而是在**大略**相同的地方被目擊到，如此而已，不是嗎？如果你無法把怪異視為怪異接納，就不能夠擅自去捏造這些曖昧的部分。」

「我沒有擅自捏造……也就是過去被目擊到的女孩，和現在被目擊到的女孩，其實是不一樣的兩個人嗎？」

「當然也可以把她們假設為不同的個體吧。這麼一來，長時期出現這樣的認識就是錯誤的，年齡的問題也得以解決了。歌曲的話，不同的人會唱相同的歌曲也沒有什麼好奇怪的，因此不成問題；至於服裝，是否毫無二致也令人存疑。這是有可能的。相反地，就算那是同一個個體，也並非不可能的事。」

「是嗎？這不可能吧？」

「沒那回事，」

京極堂說得輕鬆。

「如果是同一個個體的話，問題就更簡單了。因為在這種情況下，不管是唱相同的歌還是穿一樣的衣服，都不是問題。問題只剩下年齡。」

「年齡不就是最重要的嗎？說沒有生物不會成長的人可是你啊。」

「哪有生物不會成長的？只要活著，就一定會新陳代謝。生物是會成長衰老的。但是，也有可能只是**看起來**沒有成長。」

「看起來？」

「外表沒變，可不代表就沒有成長。像你，這幾十年來都是同樣的一張臉。就算看到小時候的照片，也可以一眼就認出你來。」

要你多管閒事。

「就算是這樣……十幾年喔？」

「那也有可能是——例如看起來不會成長的障礙疾病之類的。像是荷爾蒙分泌失調的話，肉體有時候會停止生長。不只是先天的，似乎也有後天的病例。直到最近，也有因為缺乏愛情而停止成長的病例發表喔。」

「愛情？」

「是啊。人體的構造還有許多未知的部分。若是牽強附會地解釋，沒有什麼是不可思議的。可能性要多少就有多少。不過完全是可能性而已。總而言之，解釋要多少都有。換句話說，種種現象本身都並非不可能、或是不可能發生的。」

「唔，你說的是沒錯，可是總覺得有點不能接受。」

「當然。」

京極堂垮下嘴角。

「因為並非不可能，所以實際上應該發生過；但是因為難以信服，所以才會變成怪異。要是每個人都能夠接受的話，就不會產生怪異了。」

「就是這裡我不懂。的確，發生的似乎只是可能發生的事，但是你的說明卻是這種牽強附會的解釋，教人難以苟同。我覺得反倒是拿超常現象、靈異現象之類的來說明還比較有整合性。」

「就跟你說這樣不行。千萬不可以從什麼超常現象、靈異現象這類愚蠢的水準來看待事物。原本這要是單純的迷路孩童，最應該質疑的是她為何會穿著與深山格格不入的服裝，以及為何會在那種地方，對吧？這並非不可思議之事，而是令人**不解**的事。」

的確是令人不解。

「因為我們不知道那個女孩為什麼會那樣。這根本無從查證起，所以才不明白。如果你無論如何都想要摒棄怪異地理解這件事的話，到這裡已經是極限了。會留下曖昧之處。即使想要做更進一步的科學邏輯思考，情報也太少，無法得出結論。換句話說，想也是白想。」

「等一下，我可不認為一切事物都能夠以科學來加以闡明喔。」

「這個世上沒有任何事物不能用科學解釋。」

京極堂斷言：

「只是所謂科學的思考，在一切獲得證明、清楚明白之前，是不能夠做出結論的。遲早能夠解釋一切——這麼陳述願望是無妨，但如果對無法證明的部分都擺出了解一切的態度，那就是傲慢了。如果想要以科學的思考理解事物，不狠下心來把現階段不了解的事物就這麼**任其不了解地**擱置不管，那就是虛偽。就算邏輯上正確，推論就是推論，而不是結論。如果你說這樣子感覺就是難以接受，那就只能暫時拋棄科學了。因此像這種無法補足欠缺情報的例子，最穩妥的理解方法就是將它視為妖魔鬼怪。所以說，這裡的人選擇了最賢明的做法，而你則是最愚蠢的。」

朋友說到這裡，頓了一下，像平常一樣揚起單邊眉毛，嘲弄似地看我。

「你無論如何都想把我說成蠢蛋，是吧？靈異超常現象不行，妖魔鬼怪就沒問題嗎？它們哪裡不一樣了？我打從一開始問的就是這個問題。」

「妖魔鬼怪──怪異這玩意兒，一開始就是為了去理解無法理解的事物而產生的說明體系。說起來，它的功能就和科學一樣。而這樣的怪異，卻要拿科學去加以考察，豈不是荒謬絕倫嗎？拿說明機能去說明其他的說明機能，這根本是愚蠢而且不知趣。等於是把醬油澆在鹽巴上吃。」

「原來如此。能夠以科學說明的事物，就不必特地拿怪異去說明；相反地用科學只能夠做出推論的事象，就唯有用怪異才能夠完全解釋，是吧？可是心靈科學這個玩意兒，等於是把科學無法說明而用怪異加以說明的事象，又拿科學再去解釋關於此一事象的說明──亦即怪異──啊，好複雜。」

「你說得沒錯。科學與怪異原本是相輔相成，而不是彼此排斥的東西。儘管如此，卻絕對無法彼此融合，可是現狀卻讓人誤以為兩者是彼此排斥的。心靈科學有一部分就是建立在這種誤會上，不僅如此，它甚至還想要統合無法融合的這兩者。簡直就是在空中樓閣上蓋花園。」

雖然這比喻很妙，卻也不是不能理解。

「他們白以為用模仿科學手法的偽科學解釋了怪異而喜悅，其實卻根本是在貶低怪異，使科學墮落罷了。別說是統合說明體系，他們根本就完全搞錯了──你是這個意思吧？」

「關口，你也終於明白了嘛。最近這一類自以為聰明的蠢蛋增加，科學家和宗教家也深受其害。不過關於這件事，你一開始就說是妖魔鬼怪了呢。因為你比那些開口閉口就叫囂著心靈啊超能力的蠢蛋少了自以為是的小聰明，所以還算稍微有救。」

京極堂的眼神總算變得愉快。

「稍微有救而已嗎？你真是欺人太甚。哎，我懂了。那就當作是妖怪好了。可是就算是妖怪，這類山怪不是也很稀奇嗎？」

「哪裡稀奇了？不老不死的怪異俯拾皆是。在流放處喝了菊露而不老不死的菊慈童（註一），還有吃了人魚肉而獲得千年壽命的八百比丘尼（註二），都以童稚的外表活過了同等於永恆的時光。這些不會成長的孩童，全都是被稱做『大禿』的妖怪。《百鬼夜行》裡也收錄了。」

京極堂說的《百鬼夜行》是一位名叫鳥山石燕的江戶時代畫家所著的妖怪圖錄，是他的愛書。總共出版了四部十二卷，如果「大禿」收錄在正篇或續篇的話，就可說是當時有名的妖怪了。

「關口，說起來妖怪是不會老化的，所以詫異妖怪沒有成長反而奇怪呢。」

「嗯，這麼說來，我的確是沒聽說過一目小僧（註三）會從小朋友變成大人，成為一目爺爺呢。可是歌呢？唱歌的妖怪多嗎？」

「我沒聽到那是什麼樣的歌，所以無法斷言，不過唱歌的妖怪也同樣多不勝數。你不知道嗎？例如說島根那裡有個傳說，敘述一個十九歲時遭到殺害的紡織娘在遇害現場附近一邊舞蹈一邊歌唱『去年十九，今年也十九，哼嗯哼嗯』和那個有點相似呢。」

「哦，有無數個先例啊……？」

京極堂說「是啊」，冷淡地回答。

竟然能夠一個接一個想出那麼剛好的例子來。我覺得知道這種事的人才叫異常，不過既然京極堂這麼說，那就是這樣了吧。可是，這也更說明了「不會成長的迷路孩童」非常接近傳統妖怪。它並不特殊，只不過是流傳在全國各地的怪異形式的其中一種罷了。

——可是，那樣的話……

我想起剛才的事。

「對了，京極堂，換個話題，我聽到一件奇妙的事。**老鼠和尚**怎麼樣呢？沒有這種妖怪吧？」

這肯定不尋常了吧。

我怎麼樣都想挫挫這個愛好妖怪的朋友的銳氣。

「你是說賴豪嗎？」

然而朋友卻當場回答。

「什麼？連老鼠和尚都有嗎！」

「你真的是日本人嗎？說到老鼠的妖術就是和尚，和尚的妖術就是老鼠。遠從平安時代起就是這樣了啊。」

「那就是那個叫做**賴豪**的？」

「啊，真是的，沒完沒了的，你這個人真是麻煩。才不過一兩天沒見，你倒是從哪兒弄來這麼多無聊的話題？而且無知也該有個限度啊。」

京極堂說完，慵懶地起身，從他放在窗邊的皮包裡取出什麼東西，回到原位。

看樣子似乎是線裝書。

「用嘴巴說你也不懂吧，喏……」

京極堂把書遞給我。

古書特有的香味倏地撲鼻而來。

我曾經看過那本線裝書。

註一：中國菊水長生不老的故事與彭祖的故事流傳至日本後相結合所形成的新的故事，謂周穆王之侍童慈童被流放到南陽後，飲菊露而長生不死。

註二：流傳於日本各地的傳說，不慎誤食父親帶回的人魚肉的少女維持著青春美貌活了數百年，卻受到村人排擠，最後出家為尼，救助貧苦之人。

註三：臉上只有一顆大眼睛的兒童型妖怪，不會危害世人，至多出現嚇人。

「怎麼，這不就是你說的《百鬼夜行》嗎？你都把這種東西隨身攜帶嗎？就算再怎麼喜歡，這書也不適合帶來旅行吧？真受不了你。」

「喂，看仔細點。這可不是你平常看的我自己的那本，是要拿來賣的。從今天來幫忙的小田原的高瀨書店那裡買來的。他好像在當地弄到了兩本，打算賣到我這裡來。喏，在書的中間左右。呃……這個，是這裡。」

因為我一直找不到，京極堂似乎不耐煩起來，伸手親自翻頁，指給我看。

「鐵、鼠，這念**TESSO**嗎？你剛才說什麼**賴好**的……哦，上面寫著**賴豪**呢。」

這是……寺院嗎？

背景的柱子上佈滿寺院風格的裝飾。有著看似須彌壇或放置經文的几案之類的東西，上頭也描畫了經典。無論是几案還是柱子……

放眼所及——都充滿了跋扈自恣的肥滋滋老鼠。

老鼠拖出經典，將之咬破……

這幅畫似乎是描繪這樣的情景。

但是妖怪的本體應該是四平八穩地盤踞在這些老鼠正中央的大鼠。

四散在周圍的鼠群，看起來像是這頭大鼠的手下。

大鼠比爪牙鼠大上好幾倍，而且穿著衣服。

牠的四肢從捲起的衣物伸出，上面密密麻麻地長滿了體毛。爪子也尖銳修長，半開的嘴巴露出齧齒動物的尖細門牙。瞳眸沒有知性的光輝，不管怎麼看都是一雙**野獸的眼睛**。

可是——這頭大鼠似乎不是老鼠，而是人類，而且還是個僧人。他的臉和頭頂光禿無毛，乍看之下像是尾巴的東西，其實是鬆掉的衣帶。

應該比任何人都更富知性且禁欲自持的僧侶，正赤裸裸出顯露出愚昧而且鄙俗的獸性。不管是言語還是情緒，都再也無法與人相通了。

一如往例，這畫並不恐怖或駭人。

越看越嫌惡，太膚淺了。

強烈的閉塞感，無以名狀的壓迫感。

這是我自己。

多麼令人厭惡的……

「怎麼了？你在發什麼呆？這是老鼠妖術的開山祖師——天台宗園城寺派的高僧，實相房阿闍梨賴豪。」

「啊，哦……」

我忍不住……看得出神了。

「這是人嗎？還是老鼠？唔，那個叫賴豪的是個什麼樣的和尚？」

「賴豪是平安末期的人，是藤原宇合的末裔長門守藤原有家之子。他年幼出家，拜在長等山園城寺的權僧正（註）心譽門下。在顯教和密教兩方都修習有成，是個被譽為碩學通儒的高僧，不僅如此，據說他還擁有靈驗無比的法力。」

「聽起來是個很了不起的和尚嘛。說到園城寺，我記得那是座很有名的寺院吧？」

「是天台宗寺門派的總本山，俗稱三井寺。」

註：僧正為最高級的僧官，當中又分為大僧正、僧正及權僧正。

「哦，是那個有費諾羅薩（註一）之墓的寺院吧。」

我這麼一說，京極堂便露出厭惡的表情。

「你為什麼老是知道一些不知道也無所謂的事？寺院又不是觀光地，記點別的好嗎？」

「何必這麼說？我還知道其他的喔。我記得園城寺是近江八景之一，有個叫『三井晚鐘』的鐘吧？」

「不要用那種博物學的觀點來看待日本文化，好嗎？你又不是外國人，至少也說它是和比叡山敵對的寺院吧。」

「比叡山？可是那座園城寺也是天台宗的吧？說到比叡山就是延曆寺，延曆寺的宗派也同樣是天台宗……喂，天台宗的話，比叡山才是本山，不是嗎？天台宗是最澄（註二）創立的，所以比叡山才是元祖吧？」

「你這個小說家真夠無知。三井寺原本是天武時代（註三）所建立的古寺，是大伴氏的氏寺（註四）。但是隨著大伴氏勢微而荒廢，經過約兩百年左右，才由天台宗的學僧智證大師圓珍將其當成延曆寺的別院復興。之後它就成為天台宗的根本道場，也以三井修驗道的發祥寺聞名。可是這名圓珍的弟子與比叡山的圓仁的門人……唔，以你能夠了解的說法來說的話，就是不和。比叡山被稱為山門，三井寺稱做寺門，兩者持續抗爭了近五百年。」

「明明是同一個宗派嗎？是因為經典的解釋不同而引發了異端審判之類的？」

「是如同字面所說的抗爭。」

京極堂說：

「你是說，不僅彼此反目，更訴諸武力鬥爭嗎？」

「就跟你說是抗爭了。他們會彼此火攻之類的，當時的和尚是很粗野的。」

「那簡直就是流氓了嘛。他們是和尚吧？而且還是同門，不是嗎？」

「有時候正因為是同一宗派，才會引發紛爭。上下同心，堅若磐石的宗派反倒少見。總之，山門派與寺門派明爭暗鬥，而賴豪是寺門派的高僧。話說回來，你讀過《平家物語》嗎？」

「好像有，又好像沒有。」

我並未精讀到連細節都記得的地步，卻也不是一無所知。

「真是沒出息。平家物語的異本之一《延慶本平家物語》第三之十二當中，有一段關於賴豪的記述。篇名叫〈白河院請三井寺賴豪祈得皇子之事〉，梗概是這樣的：白河院委託賴豪祈禱，讓中宮賢子產下皇子，條件是答應賴豪所求的恩賞。賴豪這個和尚就像之前說的，也擅長咒術，所以祈禱一回，立即見效，敦文親王誕生了。因為已經說好了，所以白河院要賴豪儘管說出他的願望，沒想到賴豪竟然請求皇上允許建立三摩耶戒壇。」

「哦哦，想要成為政府公認的宗教，是吧。」

「你這是哪門子形容？這可是平安時代的事喔。總而言之，戒壇的建立原本就是引發山門、寺門抗爭的關鍵問題。山門大為緊張。這種情況，白河院哪邊都不想幫。他對賴豪說，金錢或地位、名聲的話，儘管要求沒問題，唯有設戒壇這事不成。白河院不想得罪比叡山，這個大騙子……結果賴豪怒上心

註一：費諾羅薩（Ernest Francisco Fenollosa，一八五三—一九〇八），美國哲學家、美術研究家。於一八七八年渡日，在東京大學教授哲學、經濟學，並研究日本美術，致力於復興日本畫。與岡倉天心共同創設東京美術學校。一八九〇年歸國後，任波士頓美術館東洋館長，宣揚日本美術不遺餘力。

註二：最澄（七六七—八二二）為日本天台宗之祖。於七八五年入比叡山修行，八〇四年與空海等人入唐，在天台山修習圓、密、禪、戒諸教後回國，於八〇六年創立天台宗。

註三：指飛鳥時代的天皇——天武天皇的時代，六七三年—六八六年間在位。

註四：由氏族建立，使其子孫皈依並維護的寺院。寺院則為氏族的現世利益及死後安寧所祈禱。起源於飛鳥時代豪族代替古墳而興建的佛教寺院。聖德太子所建的法隆寺、蘇我氏所建的飛鳥寺等都屬於氏寺。

頭，宣誓要墮入魔道，絕食之後，活活氣死了。出生的親王也在四歲突然夭折。人們說因為他是賴豪祈禱得來的皇子，所以被賴豪帶回去另一個世界了。」

「喂，那老鼠呢？」

「這件事還有下文。據說餓死的賴豪轉生為大批老鼠，湧入比叡山的經藏，齧咬經典。根據《本朝語園》記載，其數目高達八萬四千隻——就是這張圖的內容吧。」

「因為太過飢餓而啃食經典？他是墮入餓鬼道了嗎？」

「沒錯，膚淺的欲望凝聚在一起了。於是比叡山的法師心生一計，建立鼠祠——也就是神社，加以祭祀，以鎮壓賴豪的憤怒。」

「我第一次聽說呢，這事有名嗎？」

「我覺得很有名啊。」

京極堂納悶地說：

「相同的事《愚管抄》卷之四也有，當然《源平盛衰記》裡也記載了。《太平記》卷十五〈園城寺戒壇事〉裡也有提到。《異說祕抄口卷傳》當中也有祭祀鼠神的神社記述，所以這事在鎌倉時代應該相當有名才對。《近江名所圖繪》裡不是也有狂怒的賴豪從口中噴出老鼠的圖像嗎？《菟玖波集》的神祇連歌也……」

「夠了夠了，都那麼久以前的事了，我聽了也不懂。可是……鎌倉時代的流行……我想除了你以外，應該沒有半個人知道吧。這種程度就叫有名的話，我根本是致命性地落伍了。」

「關口，就算你想要埋沒於眾多的愚人之中，好使自己的無知不那麼醒目，也是沒用的。」

說得真過分。

「你的意思是，只有我一個人不知道賴豪？」

「當然了。山東京傳的讀本（註）《昔話稻妻表紙》中有一個叫賴豪院的角色，是個使喚老鼠的妖術師。這本作品大受好評。換言之，不僅是平安時代，賴豪到了江戶時代依然有名。它大受歡迎的證據是，山東的弟子瀧澤興邦——也就是曲亭馬琴，緊接著寫下了《賴豪阿闍梨怪鼠傳》這部作品。可能是想要積極地抓住這波流行吧，因為很受歡迎啊。」

「馬琴我知道，可是我沒讀過那篇作品呢。不過我明白了。那個老鼠妖怪——鐵鼠嗎？在以前很有名，是吧，這沒有問題。可是京極堂，那個叫賴豪的是實際上存在的人物吧？他齧咬比叡山經文的案件，是真的發生過的嗎？」

「那當然不是史實了。說起來，敦文親王早在賴豪死亡的七年前，就因為感染天花而病逝了。這故事本來就是編出來的。只是賴豪苦心積慮想要設立戒壇應該是事實，那麼他與比叡山的野和尚之間應該也有過激烈的爭執吧。」

「什麼，原來是編的。史實上根本沒出現過半隻老鼠嘛，而且是發生在三井寺啊，場所也不一樣嘛。」

老鼠和尚這種妖怪似乎的確存在，但是與尾島所說的事好像無關。

京極堂露出訝異的表情說：

「關口，說起來你為什麼會突然說起這件事？我還以為你讀了馬琴的《賴豪阿闍梨怪鼠傳》呢。」

「為什麼？」

「因為裡面提到箱根啊。在《怪鼠傳》當中登場的賴豪，是一個操縱老鼠的妖術師。木曾義仲之子義高請求賴豪傳授他妖鼠的祕法，欲使喚妖鼠除掉殺父仇人石田為久，而埋伏在此地——箱根。不過這

註：讀本是江戶時代的一種小說形式，相對於以插圖為中心的草雙子、繪草紙，是以文章為中心，故稱讀本。內容主要為歷史傳奇小說，有濃厚的因果報應、勸善懲惡等儒家及佛教思想。代表作品有上田秋成的《雨月物語》、曲亭馬琴的《里見八犬傳》等。

是創作。」

「哦，所以箱根也不是毫無關係就是了，可是我要說的是完全不同的事。」

我說出方才聽到的按摩師尾島的體驗。

京極堂不知為何露出更加恐怖的表情。

我開玩笑地這麼作結。

「怎麼樣？這也是妖怪吧？他說他被老鼠給迷騙了，不過這其實是狐狸之類幹的好事吧。因為這比剛才的迷路孩童更加典型呢，是傳說故事裡經常聽到的模式。可是竟然戲弄眼盲之人，這妖怪也真惡劣。怎麼樣？京極堂，你去教訓教訓它吧。」

反正不管我說什麼，都會被他的三寸不爛之舌給矇混過去。我覺得與其胡亂發言，倒不如直接斷定是妖怪幹的比較好。

「你在胡說什麼？這不對勁。這不是什麼妖怪……」

然而京極堂卻這麼說，然後他沉默了半晌。

我聽見了遺忘許久的流水聲。

然後我發現自己的身體冷到骨子裡了。房間裡只有一顆電燈泡，總覺得只有中央地帶是明亮的。日期已經變換了。

「關口，你……」

京極堂突然抬頭，然後他低聲說：

「我撤回前言。這是妖怪，所以絕對不要深入。」

「什麼？這是什麼意思？」

京極堂頂著一張臭臉，嘴角垮得更厲害了。

「沒什麼，不必深思。」

然後他無視於一臉無法釋懷的我，站了起來。

「明天也要早起，我睡了。」

說完便鑽進了被窩。

聲音就此斷絕。

我有一種被半途抛出，懸在半空中的感覺，卻也完全想不到該出聲說些什麼才好，暫時沉默。

京極堂一動也不動。他背對我躺著，所以我連他是睡著了還是醒著都不曉得。

我從學生時代起，就從來沒有聽過這個人的鼾聲。京極堂總是比別人晚睡，也總是比別人早起。他就是這種人。根據夫人所說，他的睡相會讓人搞不清他是睡著了還是死掉了，所以或許他是睡了。

我的嘴裡原本已經銜了一根菸，結果還是放棄點火，決定就寢。

「關口，不許打鼾啊。」

我站起來想要關燈的時候，朋友頭也不回地說。

我做了個極為奇妙的夢。

矮小的僧人在房間裡自由自在地四處奔跑。小和尚踩出「噠噠噠」的腳步聲，在我身旁朝氣十足地跑跳，一碰到牆壁，就反彈似地改變方向。或許他們是想要出去。僧人臉上全都面無表情。

——吵死了，這個夢真不舒服。

明明是在睡夢中，我卻這麼想。

醒來的時候，京極堂已經不在了。

我出聲招呼後拉開紙門，妻子們已經完全準備好要外出了。

她們似乎正要出門。京極堂夫人坐在簡陋的鏡台前，至於雪繪已經站了起來，才剛穿上和服外套。

京極堂夫人一看到我便說：

「早安。」

「啊，好像也不算早了，京極堂那傢伙……」

「哦，他七點前就出去了。連說句話的時間也沒有。」

「這樣啊。哎，我完全沒注意到呢。」

倒映在鏡子裡的我，臉看起來有些骯髒。我才剛起床，鬍子也沒刮，連頭髮都翹得亂七八糟，而且浴衣前面還敞了開來，一副邋遢模樣。妻子們則早已梳妝妥當，打扮整齊，也難怪我看起來更形污穢了。

「早膳幫你留在那裡了，洗過臉之後快用吧。可是也已經超過九點了，再拖拖拉拉下去，一下子就到中午嘍。」

雪繪看見邋裡邋遢的我，傷腦筋地說。

我忍不住伸手按頭，遮住翹起來的頭髮。

「京極堂他……吃過早飯了嗎？」

「他好像事先拜託旅館老闆幫他準備飯糰了。其實書也不會跑掉，吃過飯後再去也不會遭報應呀。真是給旅館老闆添麻煩了。」

「可是中禪寺先生有正事要辦吧。說到不能一起吃飯，這個人也是一樣。真虧他每天都可以賴到那麼晚才起床。」

「哎喲，雪繪，這有什麼關係嘛。話說回來，妳們已經要出門了嗎？」

「嗯。幸好天氣也似乎放晴了，我們想去搭乘登山電車。阿巽，你今天要怎麼安排呢？」

「對了，關口先生也一起去怎麼樣？」

「呃……」

夫人這是在客氣。
我是有點想去，可是在我準備好出門之前，得要她們等我，這讓我有些不好意思。我猶豫了片刻，結果被雪繪給拋棄了。她可能察覺了我在想什麼。
「不行的，他好像還沒睡醒。千鶴子姊，我們走吧。」
這也是情非得已的吧。
妻子們說會在晚飯前回來，出門了。
我有種鬆了一口氣、卻又有點寂寞的心情。
我打開紙窗，目送妻子們的背影。
雪似乎又積了不少。
仔細想想，從前天抵達旅館後，我就一步也沒踏出去過。就算出門，我也不像妻子們做好了觀光計畫和心理準備，連徒步能夠抵達的範圍內有些什麼都不曉得。我對這塊土地也不熟，所以絕對會走失，我只能想像自己在雪中驚惶失措的模樣。而且外面那麼冷。
懶骨頭、邋遢鬼、消極——這似乎就是我所看不見的牢檻。
這樣的話，就算從時間或社會這類綁手綁腳的監獄中解放，也根本毫無意義。
因為不管去到哪裡、身在何種狀態，都無法從**我這個牢檻**中掙脫。
換句話說，我處於作繭自縛的軟禁狀態。
儘管雪繪叮嚀過了，我卻連臉也不洗，就取用冷掉的飯，發了一會兒呆之後，不去洗臉，就跑去泡湯了。刷完牙，因為覺得自己實在邋遢得不成樣子，所以明明沒有要出門，卻整齊地穿上了外出服。
於是我總算清醒了。而當我覺得完全清醒的時候，不出所料，已經中午了。因為才剛吃過飯，實在用不了午膳，我走到櫃檯去，想請老闆把用餐時間挪後。
小熊老爺子在走廊上，一副手足無措的樣子。

「啊，怎麼會這樣？這到底是怎麼回事？啊！客人！」

「發生了什麼事？」

「是老鼠！」

「老鼠……的什麼？」

「還有什麼，老鼠就是老鼠啊。」

理所當然。老鼠和尚的事還殘留在我的腦中一隅。

「老鼠突然冒了出來。客人昨晚沒被吵得睡不著嗎？可是竟然被咬成這樣，得去買石見銀山（註一）來才成嘍。」

「這裡很多老鼠嗎？」

「不不不。這一帶沒什麼家鼠，幾乎都是野鼠，這個季節一般都冬眠去了。特別是人說老鼠早早冬眠的那一年會降大雪，的確今年冬天老鼠冬眠得很早呢。」

此時老闆娘掀起簾子探出臉來。然後她說：

「可是老頭子啊，俗話說老鼠一吵鬧，天就要放晴。現在不就正像此話所說，天氣放晴了嗎？」

「笨蛋，俗話也說老鼠發起飆來，會下雪又下雨啊。甚至還說被咬了拇指會死掉吶。竟然會在這種時期叼走飯廳的食物，這絕不是一般老鼠。」

「俗話也說老鼠是大黑天大人（註二）的使者啊。還說要是沒了老鼠，家運就會衰敗呢。相反地跑出這麼多，就當作是好兆頭吧。」

「什麼好兆頭？我不曉得那是大黑天大人還是惠比壽大人，可是家裡哪有那個閒錢連老鼠的三餐都照顧？」

「啊……」

我發出奇怪的呻吟，打斷夫婦間無謂的爭吵。

「怎麼了？啊，失禮，在客人面前爭這些有的沒的。」

「呃，不……」

我只是想到昨晚的夢境的原因而發出聲音而已。**噠噠噠**的聲音應該是老鼠在天花板裡或某處奔跑的聲音吧。睡夢中的我聽到聲響，才會做那種夢。

總之我交代了午飯的事，回到房間。老爺子說了類似「您每天都辛苦了」的話。看樣子儘管我留在旅館裡，他卻認為我也負責那份工作的一部分。

我特意不去否定，這樣比較好。

老實招出我只是在睡覺，實在有些過意不去。

覺得房間異樣寬敞。不管是躺是坐都一樣無聊。床鋪已經收拾起來了，我也穿著白天的衣服，感覺更是渾身不對勁。即使如此，我還是提不起勁出門。我玩弄著坐墊，打了個大大的哈欠。莫名地想要找人說說話，甚至想到樓下去看看，可是既然老爺子以為我在工作，也不能去找他聊天。

動不動就厭膩與人見面，一點小事就會興起離群索居念頭的我，現在卻渴望起別人的陪伴來了。甚至還覺得小熊般的老爺子這樣的對象就可以妥協。這麼一想，我覺得滑稽極了。

我出聲大笑，頓時覺得輕鬆許多。

接著深深地陷入沮喪。

註一：石見銀山為一種老鼠藥。江戶時代，與石見銀山同領國的笹之谷礦山不僅產銅，也出產砒石，裡頭含有劇毒砒霜。當地人將其製成滅鼠藥，販賣時使用全國知名的石見銀山之名，稱「石見銀山捕鼠劑」或簡稱「石見銀山」。

註二：大黑天為佛教中掌管破壞與豐饒的神明，後來轉化為司掌食物、財福之神。在日本與大國主信仰相揉合，成為七福神之一，也被稱為「惠比壽」，作為廚房之神受到信仰。

我握住憂鬱的門把，放開，就這麼重複了幾次。

這副德性與其說是休養中的文豪，更像是隔離病房裡的精神官能症病患。

當太陽西傾的時候，我總算得以進入我一直期望的狀態——所謂的文豪氣氛——也就是發呆的狀態。

只要什麼都不想，就等同於沒有世界，也沒有時間。

就連流水聲也從我的耳中消失了。

經過了多久呢？

——啊啊，來了。

在相當遠的地方，有什麼東西鬧哄哄的。

從空無一物的無限彼方，有什麼吵鬧的東西衝了過來。

突然間，走廊側的紙門被粗暴地拉開了。

「噢噢！在啊，老師您在啊！」

多麼吵鬧的妄想啊。

「老師，您怎麼一臉猴子被子彈射中的表情？咦？您一個人而已嗎？」

「你說猴子怎麼了？」

從妄想的彼方粗暴地衝過來的，既非感傷也非作品的構想。

而是我再熟悉也不過的人——青年編輯鳥口守彥。

我一瞬間就被拉回了俗世。

「怎麼啦老師？您腦震盪了嗎？」

「腦、腦震盪的人是你。突、突然幹麼啊？你、你怎麼會在這種地方？嚇、嚇了我一大跳。還有你剛才的比喻說錯了，那種情況應該說是鴿子被子彈射中般的表情才對吧？」

「可是老師的臉又不像鴿子。除此之外的問題我慢點再回答，請老師先回答我的問題。京極師傅怎麼了？還有大人們去哪裡了？」

「怎麼淨是你的問題？到底是怎麼啦？京極堂去工作了，老婆們去觀光了。」

「而老師腦震盪了，對吧。這樣啊，那麼師傅什麼時候會回來？」

「他不會回來啦。那傢伙說他想要死在書的環伺之中，而現場似乎有著成千上萬的書，我不曉得他會不會活著回來。話說回來，鳥口，你也回答我的問題吧。你從誰那裡聽說我在這裡的？你又是來幹麼的？邀稿的話我可不幹。」

「唔，老師，您自以為是流行作家嗎？可是您猜錯了。我才不會跑到這種地方來委託您工作。消息當然是從敦子小姐那裡聽來的。」

「小敦？對了，我聽說她因為工作而到箱根來了……」

「是的。不瞞您說，她這次工作的助手就是我喲，而這件事竟然出現了不得了的發展。所以……嗯，我才會上氣不接下氣地趕到這裡來。」

「我聽得一頭霧水呢。照順序說好嗎？越聽越混亂了。」

鳥口可能是趕得相當急，此時緊張一口氣鬆懈下來，一屁股癱坐在榻榻米上。

「啊，喘死我了。我是跑來的，肚子都餓了。」

「你根本是一天到晚肚子餓吧？好啦，快說理由吧。」

「是是是，其實啊……」

和尚死在庭院的案件。

太荒唐了。

這是我的感想。

實際上死了一個人，說荒唐也過分了些，不過我想我是在不知不覺間把它和這幾個月以來發生在周遭陰慘而悲愴的案件相比較了。

慘絕人寰的案件太多了。

我覺得一個人要是習慣**這種事**問題就大了，而且我這一生恐怕都無法習慣這類案件。儘管這麼想，但是就像罹患重病之後的小感冒一樣，還是會情不自禁地小覷起來。雖然即使是感冒，小看它也是有可能死人的。

鳥口的說明方式也有問題。

他不管說什麼都是一副怡然自得的模樣。這是鳥口的特色，不過以愛開玩笑的他而言，這次並沒有太離題，我算是相當快速地理解了事情的來龍去脈。但是這也不好。

我只得到了和前天聽到的「不會成長的迷路孩童」以及昨天聽到的「老鼠和尚」完全相同的印象。就像怪談一樣。

只是，我隱約感到一股不安的情緒。

有什麼東西觸動了我的心弦。

那究竟是什麼……？

「老師，您怎麼一臉厭惡呢？」

鳥口難得地露出一本正經的表情。

「咦？呃，沒有啊。」

「這樣嗎？那就好。那老師有什麼看法呢？」

「什麼看法？」

「您在聽嗎？」

「有啊，就是那個……」

——什麼去了？

——這個青年剛才說了些什麼？

「呃，就那個，有和尚死在庭院裡，對吧？那、那真是糟糕啊。」

我一瞬間遊離於現實，但很快就回來了。明明很冷，卻冒出冷汗。

鳥口皺起眉頭。

「什麼真是糟糕，簡直是糟糕透頂。是現在進行式。而且和尚死在庭院雖然是事實，可是這個情況，問題是……」

「我知道，我在聽，聽得一清二楚。死人的侵入路線不明——也就是沒有腳印……」

——偵探小說當中的密室。

「對，是偵探小說當中的密室吧？」

我回溯前天聽到的倫敦堂店東的話。

「那的確算是一種密室……老師，您怎麼了？臉色這麼蒼白。」

「不，我不要緊。那真的很不可思議呢，一定是妖怪幹的。所以……」

——幫我除掉附身妖怪。

——幫我解除詛咒。

怎麼回事？我體內的什麼東西在反應。

「老師，您在說什麼夢話啊？是不是哪裡不舒服？」

鳥口望著我。我別開視線，覺得還不夠，背過臉去。

鳥口一臉奇怪地看著我的動作說：

「不是身體不適呢。」

「咦？」

「老師，其實……」

「不，我不要緊。這幾天我好像整個人完全恍惚了。可是啊，鳥口……」

「是？」

「你為什麼要這麼急忙趕過來？那是短短數小時前才發生的事吧？你也算是第一發現者之一吧？可以這樣隨便離開現場嗎？警察呢？這部分的狀況你根本沒有說明嘛。」

「我接下來正要說明啊。明明就在發呆，卻那麼急性子。可是老師，您的模樣真的有那麼一點不對勁……真的不要緊嗎？」

「就跟你說不要緊了，怎麼，我一點事都沒有。我看起來有那麼怪嗎？」

鳥口抱起雙臂，掃視我的全身之後說：

「唔，既然老師都說不要緊了……」

他從容不迫地停頓了一下，繼續接著說：

「那，我先按照時間依序說明。呃，我們抵達旅館是一點半，發現屍體大概是三點左右，大平台的警察在四點左右抵達。來的是一個不牢靠的派出所警察，這個老伯從來沒看過離奇死亡的屍體，根本派不上用場。他連現場勘驗的方法都不知道，只是一個勁兒地著慌。所以老伯趕緊聯絡轄區和本部，請求支援。我跟敦子小姐商量後，在支援的刑警和警官抵達前，偷偷溜出旅館，火速趕來這裡。同樣是在箱根，距離也實在夠遠了。從大平台到湯本，搭個登山電車一下子就到了，可是從現場到大平台車站非常遠。我從湯本車站到這裡，也走了三十分鐘有吧。平常的話要花三小時以上的。」

看看時間，才剛過七點左右。換句話說，鳥口似乎是在這舉步維艱的雪徑上硬是強行軍趕來的。

「哦……我非常明白你是多麼匆促地趕到這裡了，然後呢？你想要我做什麼？」

「呃，所以說……」

「有言在先，我再也不想被扯進奇怪的案件裡了。從上次發生在橫濱的案件，你應該也明白了吧？

我可不是一部分街談巷議中所說的那種人啊。我既沒有解決案件的能力，在警界也吃不開。打死我都不幹那種模仿偵探的事了。而且說起來，那類案件……」

——應該當成妖魔鬼怪所為。

「沒錯，把那類案件想成妖魔鬼怪所為才比較穩當。不要胡搞比較好。」

這次我回想起京極堂昨晚的話。

鳥口說了聲「唔」，搔了搔頭。

「從上次的案件，我已經深切了解到老師您沒有偵探的資質，也沒有半點調查能力與推理能力了，請儘管放心。」

「說得真過分。那你是來拜託京極堂的嗎？他可不行啊。基本上那個人不喜歡行動，遇到這種事，不到最後關頭是不會出馬的。之前也是費了九牛二虎之力才勉強把他給請出來。明明早點插手解決就好了，可是他就是覺得別人的案件怎麼樣都無所謂。他就是這樣的人。」

「呃，這我聽說了，是年底發生在逗子的案件吧。不過這件事應該沒有師傅出馬的機會，沒有人涉入案件到需要請師傅除妖的地步。」

「那是怎樣？」

「哎，其實老師或師傅哪邊都可以啦。而且不必涉入案件也沒關係，因為我也不想和案件扯上關係啊。毋寧說，正因為不想再繼續牽扯下去，我才會跑來拜託的。」

「聽不懂你在說什麼，那是為了其他什麼事嗎？」

例如說，要我在鳥口遭警方拘禁時，代替他進行採訪之類的？鳥口露出半哭半笑似的、以他而言相當稀奇的表情。

「差不多是這樣。目前最重大的問題是，案件曝光後到警察抵達之前，有將近一個小時的空檔。」

「這怎麼了嗎？」

「其實啊，好死不死地，在這個空白的一個小時間……有人**叫了偵探**。」

「偵探？難道……」

我有不好的預感。

「沒錯。就是有那麼糊塗的人，**好死不死**竟然請來了那位榎木津禮二郎大師。」

猜中了。

「榎木津！」

我忍不住厲聲叫了出來。

「這、這真的是個大紕漏。什麼人不叫，竟偏偏叫來了那種人……」

雖然榎木津以偵探為業，但仔細想想，他卻是全日本最不適合當偵探的人。不管是調查還是推理，凡是解決案件所必須的一切作業，他全數放棄。是偵探中的**敗類**。他賴以辦案的工具只有一個——隱約能夠看到別人過去的這種靈媒般的可疑體質而已。

儘管如此，榎木津卻深信自己應該是全世界最偉大的偵探。他深信自己不是名探偵，而是**偉大的**偵探，更教人束手無策。

「被那種荒唐的怪人給闖入的話現場絕對會遭到擾亂，與警方的磨擦倍增，調查也會陷入困難，本來解決得了的東西都解決不了了。但是……鳥口，我記得京極堂說榎木津感冒，正臥床休息啊？」

「不幸的是聽說痊癒了。」

「真是禍不單行，所以你是來抱怨的嗎？」

「就算我叫鳥口，老師叫關口，我也不會這麼辛苦地大老遠跑來只為滿口埋怨(註)。其實……唔，如果可以的話，我想請兩位當中的其中一位——其實本來是想請京極師傅——來顧著榎木津大將。」

「顧著？」

「嗯。為了讓警方的調查能夠迅速無礙地進行，限制住榎木津大將的行動是最好的方法吧？如果是師傅的話，榎木津大將多少也會聽吧？」

「別說夢話了。叫京極堂去看顧榎木津，他肯定是死也不願意的。我也一樣。再說要叫我駕馭那個怪人，根本是痴人說夢。」

「怎麼會？如果要拜託老師的話，狀況就不一樣了。我不奢望老師有辦法駕馭那個偵探王。老師的話，只要您來就綽綽有餘了。只要老師在場，榎木津先生就會絞盡腦汁欺負您，沒有閒工夫去管其他事了。」

「喂，你給我差不多一點。你說的欺負是什麼意思？」

說的真是太過分了。

話雖如此，我大部分時間都處在憂鬱狀態，榎木津則相反地身陷狂躁症狀，一般來說和他相處在一起，我看起來就像是遭到他欺負一般。

「可是那不就是欺負嗎？總而言之，我現在是十萬火急。不趕快回去，警察就要到了。那麼我會被懷疑是畏罪逃亡，蒙受不白之冤。就算現在趕回去，抵達現場也超過十點了。另一方面，榎木津大將去到新宿的話，搭乘小田急的急行列車到湯本這裡只要一小時三十一分。搞不好他已經差不多要抵達現場了。沒時間了。」

鳥口說榎木津是在警察抵達前被請來，所以是四點前的事吧。榎木津總是要花很多時間做外出準備，不一定立刻就會離開事務所，不過現在也已經過了三小時以上了。

「可是那可不關我們的事，因為這根本是自作自受嘛。竟然叫那傢伙來，你也是真是笨到家了。是一時鬼迷心竅嗎？」

註：日文中的「口」字發音與埋怨相同。鳥口這是在講同音異意的冷笑話。

「呃，又不是我叫的。」
鳥口一副打從心底頹喪的表情。
「總不可能是小敦叫的吧？那女孩很明辨是非。」
「敦子小姐當然不可能想出那種下下之策。」
「你講話怎麼這麼不乾不脆的，那到底是誰叫的？」
「哦，是久遠寺先生。」
「咦……」
——他剛才說什麼？
「是久遠寺先生叫的，他好像知道電話號碼。真是疏忽了。」
「你說的那個禿頭老人，就是……久遠寺醫院的……」
「是的，沒錯。」
「久遠寺……久遠寺嘉親先生嗎？」
「老師，您早就注意到了吧？久遠寺先生是仙石樓的常客，這件事從以前就是眾所周知的事了，不是嗎？據說老先生從去年起就一直留宿在那裡。」
「仙石樓？你、你說的那家旅館，就是仙、仙石樓嗎？」
——觸動我的心弦的事物。
「我一開始不就說了嗎？是啊。」
「你一開始……就說了？」
「是的。我不是說了嗎？就是仙石樓。唔……我是沒說出久遠寺先生的名字，可是老師就是注意到了，臉色才會變得那麼蒼白吧？」
鳥口微微蹙眉。

然後他過意不去似地繼續說：

「久遠寺先生一開始似乎也還氣勢高昂，可是當他發現屍體是沒有腳印也沒有聲息地**平空出現**，樣子就變得有點不對勁，說警察沒辦法處理，跑去打了電話。聽到他說『我已經請來那位偵探，大家可以放心了』的時候，我真是大吃一驚。根本就不可能放心嘛。所以我和敦子小姐都……」

我感覺到鳥口的話聲逐漸離我遠去。我可以理解他說的意思，卻無法有任何想法。若問為什麼……

若問為什麼，因為那是……

——被切割下來的現實。

「……的啊。所以老師，我說老師啊。」

「啊，哦。」

「老師，您真的完全沒發現嗎？那個……久遠寺先生。」

「咦？」

我應該注意到了吧。

只是我沒注意到自己注意到了。如果鳥口從一開始就提到仙石樓這個名字，我不可能沒有注意到。

因為這對我來說是一個關鍵字。

仙石樓。久遠寺嘉親。密室。那個雨天。

那件事，那件事我……

「老師。」

我不可能……

「老師，半年前的那起案件……」

「鳥、鳥口你……」

鳥口再也無法忍耐地突然站起。

然後他低下頭來。

「對不起，是我思慮不周。我不該對老師說這些的。」

我第一次看到鳥口表現出這種態度。

我大為狼狽。

鳥口低著頭繼續說：

「雖然老師什麼也沒說，但是我從敦子小姐那裡聽說了一些內情。我對此感到擔憂，但是敦子小姐說不要緊，所以我忍不住就……對老師說了。其實我打從一開始就想要找師傅商量，而不是老師，但是因為事情緊急……我去師傅那裡好了，請告訴我他在哪裡。」

我往前探出身體，阻止他的行動。

「等一下，不要緊的，案件早已結束了。我不曉得你聽說了些什麼，不過那件事在我心中已經解決了。而且要是你就這樣把我拋下，豈不太過分了？」

感覺好像變成我在哀求對方。

鳥口抬起頭來，露出一張飢腸轆轆的孩童表情。

然後他這麼說了。

「經歷了之前橫濱的那起案件，我覺得人生大受影響。可是對老師而言，之前……發生在雜司谷的案件，一定是更重大的案件吧。那會不會是……老師不願意想起的事？」

「沒那回事。別說是不願想起了，我一刻都沒有忘記過。因為我已經決心不能忘掉它了。只是啊……」

半年前，我遭遇了一樁極為悲淒的案件。

也就是鳥口所說的雜司谷案件，久遠寺嘉親是當時的關係人之一。而仙石樓這家旅館的名字，也是我在那起案件發生之際知曉的。

以那起案件為開端，我涉入了幾樁悲慘的案件，經歷了難以置信的體驗。每一個案件都是那麼令人難以承受、無以排遣。但是如果先前我沒有經歷過雜司谷案件，我虛弱的神經一定會在其後的案件中遭受到嚴重的打擊，不安定的精神肯定早已崩壞了。我在岌岌可危之處克服了這些——或者說是蜷起身體承受過去——而現在也像這樣滿不在乎地活著。所以現在的我，完全是經歷了最初的案件才有可能存在的我。

那個案件對我來說，真正是涌過儀式。

案件終結時，我殺害了我心中的**某個我**，所以才有現在的我。

對於這件事，我現在既無迷妄的執著，也不感到悲哀。只是已經死去的**某個我**的幽靈，偶爾會來去我的心中罷了。

可是，我不能懼怕這個幽靈。

這是我已經決定的事。

因為已經死過一次，我現在才能夠活著。

那個夏日，我已經這麼決定了。

自己的幽靈有什麼好怕的？所以我開口道：

「不，我不要緊的。」

「可是老師……」

鳥口在猶豫。

「還是不要吧。榎木津先生的事就算了。我會想辦法的。」

「不，如果久遠寺先生在的話，我更非去不可。榎木津那傢伙怎麼樣都無所謂，而且我也不願意涉入案件，可是我非得向久遠寺先生打個招呼才行。自從那天以後，我們就再也沒有見過面了。」

「哦……」

這若是以前的我，一定會摀住耳朵、閉上眼睛，無論如何都不願意去面對。

可是就算摀住耳朵、閉上眼睛，那些東西還是會毫不留情地鑽入我的心。

那麼，沒什麼好怕的。

鳥口的表情變得更加複雜。

「我要去。內子她們應該也快回來了，不過，也沒時間等她們了吧。」

「嗯，可是還是……」

「不，請老爺子幫我傳話好了。已經是晚餐時間了，不過應該無妨吧。喏，帶路吧。」

我站了起來。

就這樣……

我再次陷入深淵。

——所以千萬不要深入。

不知為何，腦袋一隅響起了京極堂的聲音。

我從衣架上取下外套。

外頭已經暗下來了。

我的腦袋有些昏沉。

※

是我殺的。

鈴子哭著逃進山裡了。

然後再也不回來了，一定是死在山裡了。

紅色的火焰，藍色的火焰。熊熊燃燒的火焰。

鈴子盛裝打扮，穿著華麗的和服。

紅色，藍色。好美，好羨慕。

時代這麼艱苦，其實這是不應該的行為。

不應該的行為。每個大人都在背地裡這麼說。

鈴子穿著長袖和服死了。

雪花紛飛。

老鼠啾啾叫著逃進山裡。

宅子隆隆地崩塌，喏，明明是夜晚，卻如此明亮。山和天空都是一片赤紅。

這種東西，燒了吧。

燒了吧……

——**這種東西**是什麼東西？

對，是信。

好寂寞。

所以我好傷心……

所以那天晚上，我……

我完全沒想到竟然會變成**這樣**……

鈴子也喜歡哥哥。

可是……過分、過分、太過分了。

我看到了。

我知道的。

所以這種信……

骯髒，骯髒死了。

才不是我害的。

要好的鈴子不在了，雖然有點傷心，可是我也喜歡他的。

所以……

——信？信……

那種事……

我醒了。

似乎睡不著。會作夢。

被噩夢驚醒，可是也不願意睜開眼皮。

一想起當時的事就心煩意亂，怎麼樣都睡不著。這不是一天兩天的事了，而且昨晚開始我就有些錯亂，這也是無可奈何的吧。可是身體不聽使喚。頭痛和惡寒不止。這不是感冒，是心理作用使然。異樣興奮的情緒竄遍全身各處，止不住地發抖。頭暈目眩。沒辦法好好說話。耳鳴不止。

——信？

丟失的信，是怎麼回事？

——**那種事**是哪種事？

不懂，好急。同時漠然地覺得恐怖。

情景的話，可以歷歷在目地重現出來。這十三年間，我沒有一天淡忘。然而我卻忘掉了什麼。

這詭異的觸感，無以名狀的不安。

不，是焦躁嗎？不對。是罪惡感嗎？

為了看清這不明就理的感情真面目——我才主動來到這裡的，不是嗎？那麼我應該做好覺悟了。然而……然而我現在卻是這副德性。

——是那個僧侶。

那個人、那個僧侶……

好可怕，可怕得讓我迷失了自己。

為什麼？

——那是**他**嗎？

不對，那是幻覺。不可能是**他**。

而且就算那真的是他，我也沒有理由招致他怨恨，所以我根本無須害怕。那麼，這遍布全身的恐懼又是什麼？

——那是幻影，是我累了。

一切都是幻覺，只是十三年間一直懷抱在心中的妄想化成了形體。

這不過是愚蠢的心理作用讓我看見的幻影罷了。

——可是，那具屍體又該如何說明？

那是……

※

3

同樣是聽人轉述的事。

當時，山下德一郎警部補暴躁無比。

在有高手雲集美譽的國家警察神奈川縣本部調查一課的刑警當中，山下警部補也被視為一匹年輕的黑馬，名號格外響亮，然而他卻在微不足道的小事上遭遇挫折，從此以後，所做所為盡皆失利，簡直就像被幸運女神給拋棄了。

成為他的挫折開端的無聊小事，就是去年夏季震驚社會的「武藏野連續分屍殺人案件」。這樁案件最後發展成跨越一都三縣的重大案件，於初始階段擔任調查主任的不是別人，正是山下警部補其人。

原本應該指揮調查的上司石井警部恰好負責別的案件，山下才有機會擔任此一重大任務。

山下對於菁英官僚的石井頗為欣賞，石井也對擁有相同資質的山下特別關照。因此山下經常留心討好石井，而他的努力也有了回報，獲得了這次大提拔。

無懈可擊的現場勘察，有如典範的完美初期調查。

山下對自己的指揮信心十足。

然而，結果卻是一敗塗地。調查觸礁，不但發展成屈辱的共同調查，最後嫌犯還被東京警視廳給鎖定了。換言之，山下沒能立下半點功勞。不僅如此，石井在其他案件中犯錯失勢，身為石井心腹的山下受到牽連，在課內的立場跟著一落千丈。

背到底了。

山下認為警察是一種企業。

他把法律視為做生意所必須知道的條款，倫理和正義則是支撐它的商業道德。這麼認定雖然會留下巨大的疑問，不過的確無論什麼生意都建立在約定之上，而這些約定則是由商業道德這種道德觀念所支撐，就像違反商業道德的商人會被唾棄為奸商一樣，言行舉止違背倫理正義的警察也不會被容許。這麼想的話，倒也不會偏離得太遠。

即使如此，只要心底存有這種想法，就絕對不會萌生真摯的心情，認為無論是誰破的案，只要案件解決就好，或是只要犯罪減少，建立市民能夠安居樂業的社會，就感到心滿意足。

不管是其他人立下功勞，或是其他部署業績提升，更別說被其他公司**搶去生意**，都只會教人懊恨不已，一點都不會讓人開心。

競爭意識這種東西，每個人多少都有，所以也不能一概而論地責備這種想法。話雖如此，山下的競爭意識還是有些異常。

山下自從被派任到一課以後，之所以一直和石井警部密切往來，也是因為他敏感地嗅到了飛黃騰達的氣味。對山下而言，石井是他出人頭地與樹功立業的門路。可是到了這步田地，山下對石井的評價變了。一方面當然是因為他在署內的待遇連鎖惡化而引發的私怨，但是更正確地說，是山下對石井的將來感到絕望。他看到石井愚蠢的作為，明白了自己有能力超越這個蠢蛋。

石井失去了作為門路的資格，淪為一介競爭對手。

可是石井雖然曾經差點失勢，現在卻也重新挽回劣勢，甚至有傳聞說他即將在春季升遷為某處的警察署署長。

另一方面，山下卻沒有任何升官的跡象。

前幾天，國家地方警察本部已在內部訂定警察法的改正要綱，不久後可能就會進行組織重組。得在那之前想想辦法……

雖然局勢不太可能因此改變，山下卻漠然地焦躁不安。

此時，傳來了發生殺人案件的通報。

既然警察機構就像公司，對山下來說，案件就像是生意上的商品。

他火速趕到現場。

然而一看到現場，山下大失所望。

——這是什麼離譜的狀況啊？

戴著牛奶瓶底般的眼鏡、年近退休的警官，驚恐萬狀、連珠炮似地滔滔不絕，而且還帶有奇怪的口音，山下根本聽不懂他在說什麼。轄區的刑警每一個也都卑俗而粗魯，感覺愚笨極了。從外表甚至分辨不出他們是流氓還是刑警。

至於不曉得是目擊者還是關係人的人，也全都一臉魯鈍。女傭們只會像群麻雀般吱吱喳喳地吵個沒完，掌櫃則生得一張正面看過去像鯛魚的臉孔，到底聽不聽得懂人話都令人懷疑。

自稱古董商的人一副馬與老鼠交配生出來的詭異鬆弛容貌，說是外科醫師的老人明明沒喝酒，臉卻紅得有如醉漢。

唯一看起來能溝通的只有據說是東京出版社職員的兩名女子，但是其中一個昏厥過去，另一個則一直在旁看護，連偵訊都無法順利進行。

最令山下失望的，就是**坐在庭院裡的屍體**。

——坐著的屍體。

光是這樣就可笑極了，真是太離譜了。

而且還是個和尚。一副盤腿而坐的難看姿勢——那是叫坐禪吧——而且頭上還積著雪。

——是凍死的吧？

真是爛透了。可是警官和旅館的人似乎都主張並非如此，但山下怎樣都無法理解。

「那個，警部先生……」

「是警部補。」

「那個，能不能給點指示？」

「什麼指示？」

「呃，那個……」

「哦，遺體啊。趕快確認之後收拾掉吧。這有什麼好猶豫的？有什麼不妥嗎？」

「呃，說是要保持現場……」

「什麼保持，不下去那裡確認遺體的話，連是不是殺人都不知道吧？為什麼連這點事都不先辦好就請求支援？你是白痴嗎？」

「呃，這……」

老警官立刻陷入狼狽。

禿頭醫師以異樣高亢的聲音插嘴：

「警部補先生嗎？容我僭越說句話，這是殺人。我是外科醫師。就算從這裡看也看得出來。要不然讓我來驗屍如何？」

「平民給我閉嘴一邊去。說起來，從這麼遠的地方怎麼可能判斷出什麼？光線又暗，屍體還低著頭，連臉都識別不出來。若是不下去近處查看，連是人還是人偶都判斷不出來吧？」

「你們抵達前天還是亮的。從這個大廳是看不出來，但是剛才把暈倒的小姐扶去左側突出的那個別館——也就是現在小姐休息的地方的時候，我看到了。從那條走廊恰好可以看見屍體側面。頸骨的彎曲角度太不自然了，斷了。」

——那又怎樣？

「也有可能是意外折斷的，不一定是殺人。」

「那是被打死的。」

「是嗎？那麼下手的就是你吧？」

「為什麼會是我？」

「一定是吧，你如果不是兇手就是共犯。我說啊，被打死的人會在死後自己坐禪嗎？如果你說的都對，那麼那個和尚不是以那個姿勢被打死的，就是被打死之後擺成那個姿勢的，除此之外別無可能。那麼兇手不就只剩下你們了嗎？如果你們不是兇手的話，不管是殺人現場還是無意義的事後加工，你們都沒有看見就太奇怪了，所以你是共犯。」

禿頭醫生的臉漲得更紅了。

「警察總是只會說些屁話！你們就只有那種蠻橫、草率的思考嗎？」

「什麼！竟敢說這種侮蔑國家警察的話，我饒不了你！什麼草率？給我收回！」

「誰要收回？怎麼，你要逮捕我，判我刑，是嗎？辦得到就試試看啊。我已經習慣了。竟然無法理解狀況有多麼異常，你根本是腦袋有問題。我來幫你打開頭蓋骨，進行腦部摘除手術好了！」

「老先生，說得太過分了。」

古董商阻止醫生的辱罵，那張鬆弛的臉轉向山下，用濕黏的口吻說：

「這位警官先生沒有立刻下去庭院，是因為庭院裡沒有任何腳印之故。這一點我們說明過很多次了。」

「腳印？」

「我們想請前來的刑警確認這個狀況，如此罷了。」

「沒有腳印又怎麼了？」

「這是發生在不可能狀況之下的凶殺案。」

「不可能狀況？」

「如此罷了。」

山下總算理解了。

「哦，我懂了。原來是這麼回事啊，可是怎麼會……」
山下陷入混亂，想用常識來壓制混亂，卻更加混亂了。這些目擊者果然每一個都很可疑。
「山下先生，鑑識人員到了。」
益田——山下從本部帶來的部下——通報鑑識人員抵達的消息。山下有如在猴群中看到了人類，感到一陣安心。
「噢，拍、拍照。聽好了，不要下去庭院，就在上面拍。哦，辛苦了，麻煩你們了。照片拍好的話，把屍體收好。千萬要趁著人還沒下去庭院前拍好。欸……你，箱根轄區的你把關係人集合到別的房間，一個一個叫過來。欸……就借用一下隔壁房間吧。」
抵達之後三十分鐘，山下總算開始行動了。
「轄區總共來了幾個人？光只有人數多也沒用吶。」
「刑警有四個，警官有……五個人呢。這也是沒辦法的啊。」
「哼，只會礙事……」
山下支開轄區的刑警，和益田兩個人開始偵訊。他隨便分派給轄區警官看似像樣的工作，因此並沒有發生什麼糾紛。據說附近有一座寺院，於是派兩個人過去那裡，剩下的就叫他們調查建築物周圍。這樣一來，應該多少能回復到正常的調查步調。
可是在偵訊途中，山下發現了警方的重大過失。聽說關係人之一從現場消失了。山下抱住了頭。
「山下先生，這下糟糕了……」
「我知道，我知道。呃……那個老糊塗的派出所警察叫什麼？」
「阿部巡查。」
「對，把他給我叫來！」
益田連應聲也馬馬虎虎，就離開了房間，山下的煩躁感染了他。山下的思考無法整合，再度陷入焦躁。他覺得要是看到那個畏畏縮縮的瓶底眼鏡傢伙，自己或許會當場咆哮出來。

紙門打開，瓶底探進臉來。

「喂！你這傢伙到底在搞什麼鬼！」

「欸？」

不出所料，山下吼出來了。

「聽說有一個關係人失蹤了！你明明就在現場，怎麼給我捅出這種樓子來！要是那傢伙是兇手怎麼辦！你這個混帳東西！」

「咦？是這樣的嗎？」

「什麼是這樣！那個說是雜誌記者的小姐說他馬上就會回來，不用擔心，可是萬一被他湮滅證據，那該怎麼辦？」

「湮滅證據？為什麼？要怎麼湮滅？」

「少囉嗦！快給我去找！」

山下打翻了菸灰缸。老糊塗的巡查嚇壞了，飛也似地一轉眼就溜得不見蹤影。

——反正他一定什麼都辦不成。

初始調查徹底失敗了。

除了臥床的女性之外，全員在將近二十二點的時候完成了偵訊。此時遺體也總算被搬出庭院，然而這個時候發生了問題。

也就是遺體要怎麼搬運的問題。通往這家仙石樓的道路狹窄，寬度並不足夠讓汽車通行。調查員全都是徒步走來的。

「請求支援，明天再搬吧。現在這種天候也不必擔心會腐爛。總之也只能先借個房間，讓死者躺下了。」

鑑識人員不滿地說：

「沒辦法躺下啊。」

「為什麼？哦，死後僵硬嗎？」

「不是的。屍體以那個形狀凍住了。」

「凍住了？拖拖拉拉的，所以凍結了嗎？」

「不是的，凍結是更早以前的事，只是肯定是死後才凍結的。這沒有進行司法解剖無法確定，不過死因是後腦……或者說頸部比較正確？那裡遭到毆打導致頸椎骨折。」

醫師——久遠寺的見解是正確的，山下覺得有點不甘心。

鑑識人員接著說：

「這也還不是很明瞭，不過警部補，那名死者沒有任何抵抗的跡象。所以是像那樣盤腿打瞌睡還是幹麼的時候，被人從後面用棍棒或鐵棒之類的東西一記打上去，然後就這麼斷氣，被棄置不管，接著凍結了。只能這麼推測了。」

益田說：

「可是山下先生，這和這裡的人說的狀況完全不吻合啊。如果相信這裡的人說的話，那個死者是在下午兩點到三點之間不知從何而來，然後在那裡不為人知地死了。」

「這我知道，死亡推測時間呢？」

「不知道。」

「不知道？完全不知道嗎？」

「所以就說凍結了。完全沒有腐爛，一直是冷凍狀態。只是考慮到今天的氣溫，就算是放置在屋外，我也不認為是死在——兩點到三點嗎？——這段時間。不解剖調查胃裡的食物，是無法判斷出什麼的。話說回來，警部補，我們可以撤離了嗎？」

鑑識人員瞪也似地看著山下，他們極不情願在這種時間走下路況危險的山路吧。而且這裡距離城鎮的路程將近一小時，難怪他會表現出不滿，不過該怪罪的是發生在這種偏僻之處的案件，這並不是山下的責任。

山下允許撤離，深深地嘆了一口氣。

「感覺這裡的每一個傢伙都在撒謊，客人和員工一定都套好口供了。」

「可是說謊的話，又何必製造出不可能的狀況呢？只要說看見兇手的身影就好了。」

「裡頭一定有什麼內情，讓他們不能這麼做。到底是怎麼回事呢？這……」

有如虛構般的狀況——山下想這麼說。自己的常識似乎無法通用，一種秀才遇到兵的急躁感糾纏著他。無法順利溝通，讓他有一種彷彿是自己無能的錯覺。再這麼繼續下去，他甚至可能會對這裡的人感覺到一種面對占領軍般的自卑感。一想到這裡，山下就渾身戰慄。

「不，我絕對要揭發出來。」

所以他逞強地這麼作結。

「可是，那個姓中禪寺的小姐感覺不像在說謊，其他人也不像是那種有膽子欺騙刑警的人。」

「益田，不可以靠感覺或直覺來判斷事物。我們需要的是證據，還有證詞，也就是自白。刑警必須思考的是該如何整合性地重現犯罪狀況，以及可以信服的犯罪動機。」

「哦……」

「那傢伙看起來像犯人，所以有罪。這傢伙看起來像好人，所以是清白的——這樣子是不成調查的。光靠模擬的能調查嗎？這又不是長屋賞花（註一）。」

「什麼？山下先生也會去寄席（註二）聽落語啊？」

「囉嗦。」

只是剛好想到，並沒有什麼特別深的含義。
「那個昏倒的女人怎麼樣了？」
「怎麼樣——要我去看看狀況嗎？」
「去啊，快點。」
山下自暴自棄地說，結果連益田都露出怨懟的表情來了。
益田很快就回來了。他說女人雖然醒了，卻似乎仍然無法起身，山下迫不得已，只好前往女人休息的別館。
走廊有種武家住宅的印象，簡直是時代錯亂的舞台裝置。山下覺得自己好像沒有讀劇本就跑來演時代劇電影的演員。穿過走廊，便是一個像茶室般——雖然山下也不太懂茶室是什麼樣子——的圓形入口。益田拉開紙門。
中央鋪了一床大被子，上面躺著一名嬌小的女子。枕邊坐著剛才那個姓中禪寺的小姐。山下向益田耳語，叫他請那個小姐迴避。就算是比較正常的一個，這個小姐也是這群人的同夥。山下不願意直接與她對話。因為或許又無法順利地與她溝通。這種時候，益田就像是口譯員一樣。
中禪寺說「我明白了」，離開了房間。
山下取代她在枕邊坐下。
「妳可以說話嗎？」

註一：「長屋賞花」是日本著名的古典落語戲碼之一，內容前半大略是長屋的吝嗇房東邀請房客一起去賞花，仔細一看，房東準備的食物竟是以粗茶模擬酒、以白蘿蔔模擬魚板、以醃蘿蔔摸擬煎蛋等等，外表雖然相似，實際上卻完全不是那麼一回事。
註二：表演落語、漫才說書、雜藝、演唱等的大眾演藝場。

女子點頭，這女人蒼白得過了頭。

山下詢問她的名字，她說她姓飯窪。

「聽說妳從今早開始就一直臥床休息，是身體不舒服嗎？」

「嗯。」

聲音很細。

「是感冒了嗎？」

「不，是……」

益田屈起身子問：

「是不方便告訴我們的事嗎？」

「你給我閉嘴，問話的人是我。妳上午一直在睡覺，然後下午醒來一看，外頭似乎在吵些什麼，是吧？」

「啊？」

「有和尚**飄浮在半空中**。」

「死在庭院，對吧？」

「有……有和尚……」

山下懷疑自己聽錯了。

「妳說什麼？」

「和尚，有和尚在二樓的窗戶……」

——這個女的也無法溝通。

山下啞口無言。

「妳說和尚怎麼了？」

益田代替山下問道。

「是昨天半夜發生的事。我想去如廁，結果在二樓的走廊窗戶看到一個和尚……和尚……」

「二樓？我記得妳昨晚是睡在那個……對面建築物二樓那裡吧。是發生在那裡的事嗎？」

「我嚇了一跳……」

「妳說和尚到底怎麼啦！」

山下厲聲逼問，女子「咿」了一聲。

益田伸手制止山下，意思可能是交給他處理。雖然事情的發展不如己意，但是這種情況也迫不得已。山下聽從了。

「妳說二樓的窗戶，是靠哪邊的窗戶呢？」

女子沉默了半晌，不久後以蚊子叫般的聲音開始說了。

「看得見前庭的那邊，我很怕，急忙折回房間，結果一整晚天花板上都有聲音，我睡不著，然後到了早上……」

說到這裡，女子的聲音開始顫抖，音量稍微變大了些。原本一直矇矓地望著天花板電燈或某處的視線突然轉向山下。她的瞳眸一片濕潤，眉毛細緻，臉龐小巧，五官十分標致。山下想起了少女雜誌的插圖。

「結果……」

「等一下，可以請妳多說一點那個和尚的事嗎？那個和尚在窗戶外面嗎？是什麼樣子呢？」

益田用安撫的口氣詢問。

山下只是聽著。

女子點了一下頭。

「那個和尚……在我看來，就像是貼在窗戶上。不對，他就是貼在窗戶上。我一發現，和尚就往上逃走了。」

「往上？屋頂上面嗎？」

女子再次點頭。

「所以妳覺得害怕，回到了房間，對吧？妳的房間……是叫什麼的房間？」

「最角落的，從這座庭院也看得到，我記得是……對，是尋牛之間。」

「尋牛？哦，嗯，我了解了。所以妳再也睡不著了，是吧？」

「有聲音——我覺得和尚就在屋頂上，我覺得不可能，可是還是有喀噠喀噠的聲音。」

「妳沒有告訴旅館的人嗎？」

「我不敢出去走廊。」

「哦。」

此時益田望向山下，山下敏感地察覺，卻無視他。益田的嘴巴微妙扭曲，眉尾也垂下了，然後他繼續發問：

「然後呢？到了早上，怎麼樣了？」

「嗯……」

感覺上女子正逐漸恢復平靜。

果真如此，雖然教人氣結，但這都是益田的功勞。

「早上……」

益田問是幾點左右，女子坦率地回答大約是六點。

「不知不覺間，聲音也停了，所以我……覺得好像做了一場夢。」

「是……夢嗎？」

「不是的，」

女子說：

「不是夢，這一點我比任何人都要清楚。我的確看到、也聽到了，但不可思議的是，事情一結束，我卻也覺得好像是我搞錯了一樣——或者說我希望是我搞錯了——是想要否定它的心情影響了記憶嗎？」

「這是常有的事。」

益田應和著說。

山下以前都沒有發現，這名部下意外地擅於應對。

「總之，我稍微冷靜了些，而且外頭也變亮了，雪好像也停了，所以我打開拉窗窺看。一看見明亮的早晨景象，我真的覺得自己做了一整晚的傻事。」

「原來如此，我能了解。然後呢？」

「我想要呼吸外頭的空氣，打開窗戶出去，外面有一個平台，我走到那裡。我的房間在角落，平台圍繞到建築物的旁邊，走到那裡，就可以看到這裡的……旁邊的那座庭院。我不經意地望向那座庭院，結果……」

「結果？」

益田側著頭問，可是山下不怎麼想聽。反正女人一定會說出山下無法理解的話來。

「我望向這座庭院，結果……」

「看到一個和尚飄浮在空中。」

「啊……」

山下吐出一個大到不能再大的嘆息。

此時紙門突然打開，瓶底臉探了進來。

「那個，不好意思。人回來了。」

「人？哪個人？哦，逃亡者，是吧！」

「不是，他自己乖乖回來了，並沒有逃亡。」

「啊，囉嗦啦！讓開！」

山下推開巡查，來到走廊。

玄關站著兩名男子。

「為什麼有兩個！竟然給我跑了兩個人嗎！」

這個時候，山下完全失去自制力了。

※

我約是在十點四十分抵達仙石樓的吧。

我整理好行裝，正要離開富士見屋的時候，妻子們回來了。我笨口拙舌地說明事情原委，結果出發時已經過了七點半。也因為出發得晚，結果路上還是花了三個小時。我覺得我已經相當勉力地趕路了，卻還是遠不及飛毛腿的地步。

一如往例，我無法對妻子們簡要地說明原由。

可是兩個人都已經習慣了，似乎也了解了我想說的話。

妻子只說了一句。

「不要涉入太深喔。」

路程比想像中艱辛許多。

當然沒有路燈，而且這是個不見月光的暗夜，要是沒有鳥口的話，我一定已經遇難了。根本沒工夫為京極堂擔心。

費盡千辛萬苦，總算穿過漆黑夜晚的隧道之後……

夜晚的黑闇中還有更加黝黑的夜晚團塊。

那就是仙石樓。

夜晚團塊的形狀和大小都不清楚，不僅如此，還喧囂地蠕動著。彷彿它是個活物，一點都不像建築物。建築物不會蠕動。可能是因為鳥口所說的巨木生長在屋頂之上吧。建築物與樹木之間的境界曖昧不明。每當樹木搖晃，看起來就像整幢建築物都在蠕動。

一位巡查戴著度數似乎很深的黑框圓眼鏡，微屈著腰站在門口。巡查發現我們，把手放在眼鏡框上，凝視了我們半晌，然後想起什麼似的，搖搖晃晃地原地踏了幾步，急急忙忙地跑進裡面。

「啊，鳥口，你好像已經是嫌疑犯嘍。」

「嗯，好像已經曝光了耶，老大。」

「誰是老大啊？話說回來，仔細想想，我到底該說些什麼來證明我的身分呢？還有，我今天可以住宿在這裡吧？」

「登山電車已經沒有班次了，要是全程徒步走回那裡，天都已經亮了。會死人的。在這裡過夜就好了，不要緊的。一股傻勁，比大海更深。」

鳥口又在說些莫名其妙的話了。

裡頭一片亂哄哄。玄關有幾名男子。從服裝推測，他們似乎是鑑識人員。他們可能正要撤離。我們等待他們走出門外，待最後一個人離開後，才進入裡面。一走進裡面，數名男子便把走廊踩得震天價響地出現了。

「為什麼有兩個！竟然給我跑了兩個人嗎？」

一名男子披散著七三分的頭髮叫囂著。年約三十，眼神相當神經質，鼻子尖挺，有著一張歌舞伎演員般的秀氣臉孔。

剛才的巡查開口了，他的腔調有口音。

「這邊的這位我沒見過。」

「你這傢伙的記憶能信嗎？喂，你們兩個！」

男子以歇斯底里的動作指著我們。

「混、混帳東西，你、你們要怎麼負責？」

他陷入錯亂了。這種場合，先錯亂的人先贏，其餘的人大多都會冷靜下來。我當然也急速地冷靜了下來，只是男子過於激動，我的心跳也跟著加速了。

「哦，不好意思偷溜出去，讓你們擔心了，我是去接這位先生的。這位先生是個嚴重的路痴，要是扔下他不管，好好的一個大人可能會就這麼走丟了……」

鳥口說著牽強的藉口。所謂**嚴重的路痴**，指的當然是我。這個托詞似乎是他在路上想到的，但是在聽慣京極堂詭辯的我聽來，實在是破綻百出。我提心吊膽，擔心謊言隨時都會被揭發。

「這、這傢伙是誰？」

「我……」

我吞吞吐吐起來。

「這位……這位是今晚要住宿在這裡的作家關口巽老師。我們委託他撰寫這次採訪的報導。老師，深夜裡辛苦您走這一趟了。」

是中禪寺敦子，簡直就是救世主。

「作家？這個人？哈！」

男子送上露骨的侮蔑視線。

「敝、敝姓關口。」

「我是國家警察神奈川縣本部調查一課的山下。你應該已經聽說了，今天這裡發現了離奇死亡的屍體，目前警方正在調查。我負責指揮現場，也就是調查主任。總之，這家旅館目前成了臨時調查本部。我不曉得你是作家還是誰，總之別給我妨礙調查。喂，你這傢伙，我有多到問不完的問題要問你，趕快給我過……咦？」

山下調查主任指著鳥口說了一串之後，盯著我把頭傾斜了十度左右。

「作家關口？」

一旁的年輕刑警對山下耳語了幾句。

「啊！那個關口！」

山下反射性地輕呼，惡狠狠地瞪了我一眼。

「總、總之不許你來礙事。喂，那邊那個男的，趕快給我過來。」

鳥口一臉窩囊地轉向我，然後隨著蠻橫的刑警消失到裡面了。至於我，在這種情況下只能像個白痴般呆杵著。我連鞋也沒脫，站在玄關，於是敦子伸手接過我的行李。

「我還以為是哥哥會來。對不起，關口老師，旅館這邊我已經交代了，費用當然由稀譚舍來負擔……」

「這事不打緊……小敦，剛剛那個刑警……」

「哦，那個人是石井警部的部下，所以應該聽說過老師的事吧。最近在神奈川一帶的警察當中，關口巽可是位大名人呢。」

我從去年秋季到年底被捲入的案件，全都發生在神奈川本部的轄區內。石井就是那個時候認識的警部。

此時女傭過來，先領我到房間去。

聽說榎木津偵探還未現身。

我穿過迷宮般的走廊，爬上特異的樓梯。

因為完全無法掌握外觀，屋內的結構更形同迷宮。構造細長、連續八個並列的門戶中，正面左邊算過來第四間是我的房間。

房間裡很溫暖。用不著我擔心，住宿的準備似乎也已經完全安排好了。我一脫下外套，女傭便立刻接下。待遇和富士見屋果然大不相同，小熊老爺子就沒有細心到這種地步。

「總覺得演變成不得了的大事了，這種事我還是生平第一次遇到呢。殺人案件真是太恐怖了……」

女傭露出泫然欲泣的表情。

「在這種情況下，無法招待周到，實在是對不起。待會兒掌櫃會過來打招呼……」

「啊，招呼就不必了。可以給我茶還是水嗎？」

我這種客人才沒資格勞煩旅館員工來打招呼。女傭說「我立刻送來」，跪坐著向我行禮。然後她半抬起頭，討好似看我說：

「請問，仙石樓會怎麼樣呢？」

「什麼叫怎麼樣？」

「像是受到閉館還是勒令歇業之類的懲處……」

「不會這樣吧。」

一般來說不會有這種事，只是我這番發言也沒有確實的根據。

即使如此，女傭似乎還是放下心來，說完「請稍等」之後離開了。

我伸出雙腿，把手撐在後面，仰起身子。榻榻米冰冰涼涼的。我看見坐墊，把它拖了過來，折成兩半後當成枕頭塞在後腦勺下，躺了下來。

壁龕掛了一幅掛軸。

上面畫了一幅漆黑的牛隻跳躍的圖案。

從黑牛的鼻尖延伸出來的轡繩，握在一個模樣像中國孩童的人物手中。他看起來也像是在跳躍的樣子，臉上面無表情。

因為我躺著看，畫看起來當然也是橫的。

一時間，我專心在那幅畫上。

噠噠、噠噠的聲音響起，是面無表情的中國人在那裡跑來跑去嗎？

或者……是老鼠。

外門「喀啦啦」打開。

接著紙門開了，敦子的臉從縫隙間探進來。

我慌忙跳起來，坐正姿勢。

「老師，我送茶來了，也請旅館做了飯糰。您一定餓了吧。」

托盤上放著堆積如山的飯團，可能也有鳥口的份吧。

「哦，這麼說來我還沒吃飯。謝謝……」

敦子背後露出久遠寺老人的臉。

「久、久遠寺……醫生。」

「啊，好久不見了，真是好久不見了，關口。哎，沒想到連你也來了。謝謝你啊。沒想到我又被捲進這麼奇怪的事情裡頭，看樣子是我平日太作惡多端了吧。」

久遠寺開朗地說，只是陷在頰肉裡的一雙眼睛看起來有些寂寞。

「您、您好，之前真是……」

多麼陳腐的寒暄啊。

去年夏天。

有如高燒不退的一星期。

我遭到了彷彿過去的人生全數遭到否定的巨大——太過巨大的衝擊。關於這一點，這名老人應該也是一樣的。我對於久遠寺老人，以及久遠寺老人對我，應該都懷有一種無法言喻的複雜情感。

然而我卻只想得出彷彿見到闊別一年的親戚般的可笑寒暄。

也沒有特別的感慨。

微微掠過胸中猶如感傷的情緒，是因為毫無感慨而萌生的寂寥感嗎？或者是對於再也無法挽回的過往昔日的失落感？

——或許就是這樣。

就像過年一樣。在來臨之前毫無意義地興奮，但實際到了那一天，卻也無甚特別。因為得不到期待中的**那種感覺**、而且希望**那種感覺**遲早會造訪，都一把歲數的我才會拖拖拉拉地不想結束過年。可是那種感覺或許只會在某種時期、忽然在極短的一段時間造訪。而過了那段時期以後，一切都只是幻想。孩提時代歡樂的過年，年輕時候旅行的興奮，還有那個案件，全都再也不會重回我身上了。

儘管那個案件現實中的確發生過，我也確實體驗過……

忽地，我感到寂寞萬分。

「怎麼啦？關口？」

「不，那個……」

——就是這樣的。

不，非得這樣不可。

我懷著分不清是寂寥還是失落的感覺，徐徐恢復平靜。

「我來介紹，這位是古董商今川先生。」

一個長相不可思議的男子跟著走了進來。

「敝姓今川，幸會。」
「敝姓關口。」
我們圍著矮桌坐下。
今川的眼睛和鼻子都很大，而且眉毛和鬍子很濃，嘴唇也很厚。特別是鼻子大而發達，那張喜感的臉讓我感覺親近。
「事態似乎很嚴重呢。話說回來，鳥口還在接受偵訊嗎？」
「不幸的是，他好像被狠狠地訓了一頓。被當成嫌犯了。」
敦子像個惡作劇的孩童般吐舌說。幫忙鳥口溜出現場的就是敦子。
「那傢伙被教訓教訓也好。」
「可是關口老師弄得不好也會被同樣捉去教訓喔。若是給您添麻煩就不好了，請您配合我們的說詞。就算隱瞞您在湯本住宿的旅館不說，也馬上就會曝光，若是事後查明和供述有所矛盾，會惹來不少麻煩，所以基本上請您實話實說就可以了。只是關於工作，就說您事前已經接到我們的委託。」
敦子諄諄告誡。
然後敦子比鳥口更詳細一些地把案件的狀況說明給我聽。
不管聽多少遍，都教人摸不著頭緒。
「可是那個偵探真的會來嗎？」
我問。
「他說要來的。對不對，久遠寺醫生？」
「是啊，他還是老樣子，不曉得在講些什麼，我都懷疑他是否還記得我。可是他很爽快地答應嘍。」
此時今川發言了。
「從各位的話聽來，那位偵探似乎是個很不得了的人物，但他真的有那麼可怕嗎？」

「真的很恐怖，那個偵探糟糕到了無可言喻的地步。就我所知，他根本是偵探史上最糟糕的一個偵探了。對不對？」

我徵求敦子的同意。久遠寺老人既然都主動把他請來了，肯定是完全誤會了那個偵探。可是敦子說出令人意外的話。

「嗯……可是對於這類案件，他的能力或許可以發揮效果。」

「妳說榎木津嗎？」

我面露難色，不知為何今川有了反應。

「榎木津？那位偵探姓榎木津嗎？榎木再加上津津有味的津？」

「今川先生，你認識他嗎？」

「呃，或許是我認識的人的親戚，不過這個姓很少見，或許就是我認識的那個人。不，如果說他是個怪人的話，很有可能就是同一個人。」

「今川，你說的那個認識的人，跟你是什麼關係？」

「哦，是我軍旅時代的長官。」

「你是陸軍嗎？」

「不，我是海軍。」

「關口老師，那……」

「嗯，那應該是榎木津本人吧。我記得他哥哥是陸軍……」

榎木津這種珍奇的姓不是到處都有的。

仔細詢問之下——或者說越聽越覺得今川的長官、一個怪人青年將校，絕對就是榎木津禮二郎其人。名字姑且不論，那麼奇怪的人不是隨隨便便就有的。

我們面面相覷，然後同聲嘆了一口氣。

既然今川認識榎木津，那也不必說明了。這是失望的嘆息。

「那個人的家世應該相當顯赫，現在卻在當偵探嗎？我完全無法想像。說到偵探，我一直以為是頭上戴著鴨舌帽的那種人呢。」

「不知道榎木津偵探閣下這次又會以什麼樣的打扮登場……」

我想他會這麼晚還沒有到，一定是因為在挑選衣服吧。

反正他一定會以光怪陸離到了極點的裝扮登場。

這麼一想，我更加消沉了。

短暫的沉默。

紙門冷不妨地打開，另一個女傭探進頭來。

「恕我失禮，醫生，還有客人……」

她的表情有些緊迫。

「阿鷺，怎麼啦？」

「那個，去了明慧寺的刑警先生，帶了一個和尚回來了。」

「哦？然後呢？」

「聽說和刑警先生一起回來的和尚叫做和田慈行師父，而過世的那位則是叫……小坂了稔師父。就是……」

「咦？」

今川大聲說：

「那，我已經見到我在等的人了嗎！」

我們在阿鷺的帶領下急忙下樓。

我完全搞不清楚在哪個地方轉彎，哪個房間又是和哪裡相通。我只是沒頭沒腦地跟在後面，在眾人引導下抵達了該房間。

打開紙門一看，方才的刑警們和鳥口在裡面。刑警的人數似乎增加了。山下一看到我們，立刻露出厲鬼般的表情怒吼：

「幹麼！滾出去！」

敦子說：

「我們聽說有明慧寺的師父前來，我剛才也說過，我們是來這裡採訪的，但是看這情形，似乎也無法按計畫進行採訪，所以想向那位師父……」

「啊，受不了。那種事怎麼樣都……啊，喂，你。你叫今川，是吧？你來得正好，過來一下。」

山下面露青筋，一走過來，就抓住了今川的肩膀。

鳥口隨即出聲：

「那我可以走了嗎？」

「不行，你太可疑了！」

山下吼也似地說道，半強迫地拖著今川，消失到隔壁房間去了。隔壁房間只能瞄到一點，似乎是一間佛堂。我聽見高聲說話的聲音，卻聽不清楚是在說些什麼。

我正迷糊究竟發生了什麼事，一個年輕的刑警偷偷摸摸地靠了過來。

「你是關口老師？」

「咦？嗯。」

「敝姓益田。聽說你在逗子的『金色骷髏案件』當中大顯身手。我是從石井警部那裡聽說的。」

「咦？沒……沒那回事……」

「你不記得我了嗎？之前橫濱發生綁架案件的時候，向老師問話的……就是我呀。」

「啊？是這樣的嗎？」

好像記得又好像不記得……不，我不可能記得。即使沒做任何虧心事，我依然經常是個行跡鬼祟的人。在警察盤問或偵訊這種狀況下，我絕對身陷極度緊張的狀態，所以完全不會留下任何客觀的記憶。益田這個刑警雖然有點嘻皮笑臉的，卻不像是個壞人。

「喏，我就說老師很有名吧？」

「世界真小呢，警察滿世間。」

敦子與鳥口一個接一個說。

其他凶悍的刑警瞪了過來，益田略微聳了聳肩，離開我身邊。

「關口，看樣子你也是作惡多端吶。」

久遠寺老人悄聲說。

三分鐘過去，紙門粗暴地打開，伴隨著罵聲，山下與今川在險惡的氣氛中走了出來。

「啊！我什麼事沒見過，我無法信服！你剛才不是說你談生意的對象是小坂了稔嗎？這種事一查就知道了！現在就給我招！」

「我已經說過很多次了，我與那位和尚只有書信往來而已。真的如此罷了。」

「如此罷了？」

「如此罷了。」

「什麼叫如此罷了！扯謊！嗯？你們幹什麼像個白痴似地杵在那裡！喂，把老百姓給我趕出去！聽不懂嗎！」

「嗯，老百姓可以回去了，是嗎？」

「你不行！喂，益田，給我趕出去！」

「可是山下先生……」

「肅靜，這可是在佛祖面前。」

沉著、充滿威嚴的聲音。

音量不大，卻在一瞬間懾住了房間裡一切事物。

山下也突然靜下來了，所有人同時望向聲音傳來的方向。

紙門的另一側，是一幅被切割下來的景色。

完全打開的紙門後，佛壇前，有一團像黑色破布的東西，是屍體。

旁邊站著一名僧侶。

盤據在這一側的喧騷與執念等猥瑣的事物，隔著一道門檻，完全消失得一乾二淨。就連空氣看起來也是清澈的，彷彿連時間都停止了。這當然是錯覺。

僧人朝著破布——屍體行了一禮，以莊嚴的動作進入俗世——這邊的房間。

然後他靜靜地背對我們，再度合掌行禮後，無聲無息地關上紙門。

他端正姿勢，再次轉向我們。

緇衣的衣袖因風吹而鼓脹，隨即萎縮下去。灰色的樸素袈裟稱為緇衣，是僧侶常見的穿著。然而……

——這個人是尼僧嗎？

不，剛才的聲音是男的。

但是……

僧侶的長相甚至令人錯認為是尼僧……

俊美極了。

眼睛細長、睫毛濃密，臉龐小巧而端正。

他的舉手投足與外觀儀容，沒有一絲可挑剔之處。
個子雖小，但姿勢端莊，整個人看起來身形龐大了兩倍左右。
美僧看見我們，上身沒有半點晃動，靜靜地走近過來，在敦子面前停步，然後開口了：
「敢問是稀譚舍的人員？」
「啊，是的。」
「請問是飯窪小姐嗎？」
「飯、飯窪她身體不適，正在休息。我是《稀譚月報》的編緝，敝姓中禪寺。」
「貧僧已經聽說了。貧僧是明慧寺的僧侶，名喚和田慈行。雖然遭逢如斯不測……採訪一事該如何處置？」
敦子難得地窮於回答，面露狼狽地望向我。然後她又看看山下，這麼說道：
「雖、雖然敝社非常希望能夠進行採訪，但是警方……還有貴寺也……」
「本寺可以接受採訪，全無問題。」
「可是、那個……過世的是……」
「您是指……被害人嗎？確實，鄰室那具怪異的屍骸是本寺雲水了稔和尚。不過據聞遺體將送交司法解剖，因此亦無法為他舉行葬儀。聽說貴社想要採訪的是寺院的修行，那麼無論發生任何不測之事，吾等每日之修行亦不會有任何改變。」
山下緊握雙拳，插了進來。
「那個……喂，和田先生。包括這個小姐在內，這裡的人全都是嫌疑犯，而且他們的嫌疑是殺害你們寺院的和尚喔。」
「所以？」
慈行和尚轉向山下。

「什麼所以……」

「貧僧是問，**所以那又如何呢？**」

「所以說嫌疑犯……」

「嫌疑犯將被警方限制行動，無法自由外出——如果您是這個意思，那麼也無可奈何。這幾位在真正的兇手被逮捕之前，都會被監禁在這裡嗎？」

「不、這……」

警方應該沒有權限制一般人的行動到這個地步。

「況且，難道兇手不可能是這幾位以外的人物嗎？了稔師父早在四日之前，便行蹤不明。」

「也、也是有這個可能，可是……」

「例如說，或許我就是兇手。」

慈行和尚笑了——看起來。

「據聞了稔師父與世俗多所牽涉。即使遭逢如斯末路，亦是其身之不德所招致。」

「但是也沒這樣就活該被殺的道理啊！」

「所言甚是。本寺也會不遺餘力，協助調查。盼警方能夠儘速逮捕凶嫌。只是……」

「只是？」

「請警方不要妨礙本寺修行。」

「呃？」

「貧僧的意思是，希望警方切勿做出攪亂寺院寧靜的無禮之舉。如此一來，本寺三十五名雲水，將悉數協助警方辦案。另外，貧僧凡事最重秩序。出版社的各位，請依照當初的預定，在明日午後二時進行採訪。中禪寺小姐，可以嗎？」

山下啞然失聲。接著敦子開口了：

「請問……」
「什麼？」
「貴寺沒有女人結界嗎？」
「那類古老因習早已拋卻。請勿擔心。」
慈行和尚說完之後，瞥了我一眼。
正看得出神的我倒吸了一口氣。
「恕我就此告退。」
慈行穿過我們，來到面對走廊的紙門前，重新轉向這裡，深深行禮。他抬頭的同時，背後的紙門無聲無息地左右開啟。
那裡站著兩名年輕的僧侶。慈行出到走廊，在兩人中央停步，回過頭來，隔著肩膀望向我們。兩名年輕的僧侶深深行禮之後，關上了紙門。

「什、什麼跟什麼啊，喂。」
山下發出錯愕的聲音。
「山下先生，你要懷疑我們也好，可是寺院那些人看起來也很可疑呢。」
鳥口親暱地說。益田跟著說：
「得擴大調查的範圍才行，還得檢討鑑識的分析結果，還有轄區的報告……」
「閉嘴！不許指使我，給我安靜一點。」
山下失去了霸氣。
「請問……」
敦子提心吊膽地開口：

「關於明天的事……」

「我知道，採訪，是吧？唔，也不能把你們全部逮捕……，不過你們得把所在交代清楚。呃……」

山下像要掩飾錯亂似地按住了臉，說他明天再決定。

日期過了一天。鳥口也暫時獲得釋放，我們回到各自的房間。

可能是因為敦子去了女同事身邊，沒了聽他抱怨的對象，鳥口跟著我過來。

「太過分了，這是越權行為，是國家權力的濫用。」

鳥口頻頻嘟噥，抒發不平。

一問之下，他拍攝的底片似乎被當成證物給沒收了。

「這有什麼辦法？就當作國家警察免費幫你沖洗照片，該心存感謝才對。」

「我只拍了三張而已，根本是損失了。而且那是藝術作品，沖洗的技巧很重要的，門外漢才沒辦法勝任。那是我的自信之作，標題就叫……對，老人與梅……」

「你之前不是說那是柏樹嗎？真是隨便。而且沖洗的人又不是門外漢，應該會洗得比你好。對了，有飯糰，你要吃嗎？」

「當然了。餓肚子不能編藺草（註）。」

這次的口誤感覺像是故意的。

鳥口的特色是渾然天成的迷糊，若是故意的就不好笑了。這樣的搞笑會流於技巧。

鳥口一直叨唸個沒完，但是他一看到我房間裡的飯糰，食欲便似乎勝過了憤懣，吃著吃著人就溫順下來了。接著他說：

「那個警部補不行，木場先生比他優秀多了。」

木場指的是東京警視廳調查一課的刑警，是我的老熟人了。

鳥口吃了六個之多的飯糰。

大胃王青年編輯還一副意猶未盡的表情，但是房間裡已經沒有糧食了。

「咦？是連續的嗎？」

鳥口打量我的房間似地四處張望，看到壁龕的掛軸，這麼呢喃。我不懂他在說什麼。

此時女傭過來鋪床了。

以此為契機，鳥口返回房間，而我更換衣服，獨自躺上床去。

——京極堂今天會回來嗎？

我不在的日子，至少也該回來啊。

我想著這種事，不知不覺間睡著了。

連做夢的工夫都沒有。

「老師、老師……」

鳥口「啪噠啪噠」地踩出腳步聲過來，吵醒了我的安眠。不過我與其說是睡著，感覺更像是意識斷絕，昨天的疲勞感依舊殘留著。看樣子已經到了早上，但是昨晚歷經長途跋涉，而且過了一點鐘才睡，我依然睏極了。

「幹麼？為什麼你老是要妨礙我的安眠？」

「那是因為老師老是在睡覺啊。像我，吃得**太脹**，連覺也沒睡呢。」

「誰叫你那麼貪吃，到底是怎麼了？」

現在才六點。

註：這句俗語正確說法應該是「餓肚子不能上戰場」。「編蘭草」日文發音與「上戰場」相似。

「先別管那麼多，快過來吧。」

我一起身，鳥口就說我的浴衣穿得很奇怪，大笑不止。

「帶子綁得太高啦，簡直就像蒙古的民族服裝嘛，啊哈哈。」

「你真是有夠失禮的。這有什麼關係？到底要幹麼啊？」

「現在正在搬出遺體。好像困難重重，值得一看。」

「困難重重？什麼東西困難重重？」

「喏，披件棉袍吧。如果要更衣的話請快點。」

我被鳥口拉著手拖出房間，恰好今川也正走出房間。今川好像住在最右邊的房間。

走廊上的調查員比昨天更多，調查已經開始了，支援人員可能一大早就趕到了。

我們在走廊上走了不一會兒，便遇到了久遠寺老人。

「噢，真早呢。快看，他們竟然搬出那種玩意兒來，這簡直是慶典了。」

幾名男子搬來了一樣奇異的東西。

像是暖桌的木框……不，比較接近擔架。兩根長棒子之間設置了籠子，籠子像椅子般附有靠背。總之是個很不可思議的東西。

「那是什麼？」

「擔椅吧，是明治時代的交通工具。客人坐在轎子的部分，由四個男人擔著棒子，還真是原始。箱根這裡因為道路險惡，人力車不好上來，而且也不像江戶時代有轎夫，所以這玩意兒好像便流行起來了。據說外國人特別喜歡。喏，在印度還是非洲，人不是都會騎在大象上頭嗎？感覺可能就像那樣，讓他們格外中意吧。也就是把日本人貶低為未開化人民，當成大象對待。」

「哦……」

前天京極堂還生氣地說不可以用博物學的角度看待日本文化，不過對於當時的外國觀光客而言，日本人除了博物學的對象以外，真正什麼也不是吧。

擔椅被搬進大廳裡。

「據說這座仙石樓以前的客人有五成都是外國人，所以還保留著自家用的擔椅。」

「有那麼多外國人嗎？」

「很多啊。外國人以前不能夠在日本國內自由遷徙，只有箱根這裡是特別休養地，允許外國人滯留。是不折不扣的外國人休養地。哦，放上去了。這景象真是滑稽。」

久遠寺老人揚揚下巴。

我和鳥口以及今川站在走廊角落，偷看這副景象。

大廳裡，數名不知是警官還是鑑識人員正把昨天那團破布放上擔椅。在早晨的陽光下一看，那只是個坐著的和尚。看起來就像即身佛或蠟像一般，一點都不像屍體。

山下警部補揉著睏倦的紅眼，正尖聲怪叫著。

「已經叫車到山腳下了吧？拜託千萬別給我這麼怪模怪樣地在街上遊行啊。要是被拍照，登上報紙可就慘了。」

眾調查員齊瞪向山下，彷彿在說「我們又不是喜歡才做的」。當然沒有半個人搭理他，山下這個人惹來了所有人的反感。

遺體被蓋上一塊布。

眾人也沒把擔椅扛在肩上，而是像抬桶棺般，渾身無力地、一臉陰沉地出發了。

屍體移開後，敦子和一名有如大病初癒的女子出現了。

女子之所以看起來如此，主要還是因為她的嘴唇完全失去了血色。她就是飯窪女士。

敦子介紹飯窪之後，湊近我身邊，悄聲說了：

「老師，在空中浮遊的僧侶——這是妖魔鬼怪之類的嗎？」

「不曉得呢，我不是京極堂，所以不知道，不過應該也有這種妖怪吧？據說天狗原本也是和尚嘛。我聽令兄說過，天狗是過於自大而墮入魔道的修佛者。若是神氣揚揚地變成了天狗的和尚，應該也能夠飛天吧。」

因為都有變成老鼠的和尚了。

可是敦子說「這不是在開玩笑」，接著她告訴我飯窪女士的體驗。

我來到箱根之後，聽到的淨是些怪談。

今川和久遠寺老人也一臉納悶。

驀地，四周吵鬧起來。掌櫃與女傭三人一臉陰鬱地從櫃檯那裡跑了過來。後面跟著一名像廚師的男子，可能是通勤的廚子吧。

大廳傳來爭論的聲音。

「老師，警察好像起內鬨了呢。」

鳥口不愉快地說。是轄區和本部的意見相左了嗎？

我豎起耳朵。

「啊，那個小夥子遭到圍攻了。那種尖酸刻薄的傢伙就會遭人厭惡，不會出人頭地的。」

就像久遠寺老人說的，因為受不了山下的調查方針——或者說山下本人——轄區的人似乎群起反抗了。

當我回過神時，益田刑警正站在我背後。

「啊，終於爆發了。」

年輕刑警苦笑著。

「雖然山下先生也不是個壞人……真傷腦筋呢。」

鳥口睜圓了眼睛問：

「刑警可以隨便跟我們這些嫌疑犯交談嗎？」

「沒關係吧，反正你們又不是兇手。所以也就是一般老百姓。我的目標是成為一個受到老百姓愛戴的警官。」

「可是，喏，你的上司寡不敵眾，情勢危急。你應該去助他一臂之力才對啊，刑警先生。」

「哈哈哈，我不適合做那種事。」

益田笑道，卻立刻被山下給大聲喚去了。

緊接著不知道為什麼，我們也被叫了過去。

「反正全部都給我過來！」

神經質的警部補有些激動地說，激烈地招了好幾次手。可是與他誇張的手勢呈反比，轄區的刑警格外冷淡。

山下的額頭與脖子冒出青筋，聲嘶力竭地說：

「聽好了，我現在就讓兇手招認！兇手就在這些傢伙裡面。不，這些傢伙全都是兇手。這是整家旅館勾結全部客人所進行的犯罪！」

「警部補，這再怎麼說都太胡來了。我不曉得你算不算大人物，可是如果你以為可以這樣為所欲為，那你就錯了。別小看現場的人，你要是再不適可而止一點，轄區會聯絡本部，請本部換掉你這個負責人！」

「混帳東西！你敢就試試看。像你這種小角色，我兩三下就可以讓你捲鋪蓋走路。聽好了，老早就死掉而且凍結的屍體竟然沒有留下任何腳印、沒有人看見地出現在庭院裡——哪個世界會發生這樣的事！還說那個和尚從前晚開始就在空中飛舞！要是完全相信這些傢伙的證詞，可能嗎！這根本是瘋了！誰能相信啊，混帳！」

受到孤立的菁英警部補的激情到達極限，此時玄關傳來了怪聲。

山下似乎真的瀕臨極限，他「咻」地用力吐出一口氣，又像哮喘病患者似地吸氣，顫抖著聲音說：

「怎、怎麼了？」

一陣格外快活的大笑從玄關那裡徐徐靠近，停在我們所在的大廳入口。

「我來了！」

「你、你是什麼人！」

「是偵探！」

聲音明朗快活。

走廊上，一名身穿古色古香的防寒服，宛如要前往攻略二〇三高地（註一）的士兵裝扮男子——偵探榎木津禮二郎笑容滿面地站著。

五官宛如西洋陶瓷人偶般精緻，肌膚與頭髮顏色素淺淡，眼睛碩大，瞳仁則是褐色的。

如果他就這麼默不作聲，一定是個任誰都會看得著迷的美男子。然而這個人卻沒有一時半刻肯閉上嘴巴。不僅如此，他還極盡瘋癲之能事，幾乎將所有常識都破壞得體無完膚。

「多麼荒涼的邊境！好遠，這裡實在是太遠了！我可是差點就遇難了呢。要不是在途中碰到古怪的神轎，我就要放棄來到這裡，回家去了呢！噢，這種地方竟然有猴子！」

榎木津用力指向我，大步走進大廳，「碰碰」地拍打我的肩膀。

「竟然比主人早一步抵達，真是聰明。好一隻忠猴。你是在為我溫暖草鞋嗎？（註二）咦？這不是小敦嗎？妳還是一樣可愛呢。那位女士是妳的朋友嗎？哦？那是啥啊？算了，無所謂。」

榎木津看到飯窪女士，皺了一下眉頭。

「咦？」

接著榎木津的視線停留在今川身上。

「記得你是……欸，這不是大骨嗎？你在這種地方做什麼？你還是老樣子，頂著一張噁心的面孔呢。哎呀，原來你還活著啊。喂，各位，這傢伙以前曾經泡在汽油桶裡面洗澡，就這麼站著睡著了說。真是噁心呢。話說回來，你是否遵守著跟我的約定？」

「約定？」

矛頭突然指向今川，今川嘴巴半張，啞口無言。這種狀況，就算想寒暄也沒辦法。

「你竟然忘掉了嗎，這個蠢蛋！我不是在南方再三命令過你，因為你嘴巴鬆垮，所以一生都不准在別人面前吃乳製品嗎！你忘掉了嗎？」

「乳製品？」

「從軍時代的命令現在還有效嗎？」

今川因為太過混亂而陷入茫然自失狀態，鳥口勉強接話。

「噢噢！這不是小鳥嗎！你也活著啊。看在你還活著的份上，我回答你的問題好了。我的命令是無限期有效的，因為我不是以長官的身分命令部下，而是以神的身分在命令下僕。因為這傢伙只要喝牛奶之類的東西，嘴角就會留下白沫，噁心詭異到了極點，實在糟糕。所以我這個命令也是為了全人類的福祉著想。咦？」

此時榎木津終於注意到久遠寺老人。

「久候大駕了，榎木津。真是千鈞一髮，我們差點就要被當成兇手了。」

「你是……嗯，我記得你。你是、欸……算了，這無所謂。既然我已經來了，大家可以放心了。話

註一：位於中國遼寧省大連市旅順的一個丘陵，為日俄戰爭時的激戰地。因其標高二〇三公尺，故名。

註二：榎木津這句話的典故出於日本戰國時代，還是織田信長家臣的豐臣秀吉（當時名叫木下秀吉）在冬天將信長的草鞋放入懷中溫暖的軼事。因秀吉長相下等，信長為他取了個「猴子」的綽號。

說回來，小關，這些面相凶惡的傢伙是誰呀？」

榎木津總是稱我小關。

大廳裡的警方人員，包括警官在內，總共超過十人以上，但是眾人都只是張著嘴巴呆立原地，注視著這個沒常識的闖入者。他們好像完全無法理解自己身上即將發生什麼事。「啞然」這個詞完全就是為了他們而存在的。

「榎兄，這幾位是警察……」

「警察？木場那個二愣子的同伴嗎？這樣啊。嗨，我是玫瑰十字偵探社的榎木津禮二郎。」

警方人員沒有反應。

不，我想是無法反應。

山下好像哪裡故障了，右半邊的臉痙攣著，僵硬地掃視周遭，猶豫了好一會兒後，最後選擇詢問敦子：

「這、這人、是誰？他是什麼人？」

「刑警先生，這很難說明。就像你所看到的，這個人……只能說他是個偵探。」

「叫他回去、叫他回去！」

山下用泫然欲泣的聲音指示轄區刑警和警官，卻沒有半個人聽從。現場與本部之間出現了鴻溝，這對榎木津而言似乎是幸運的。

「話說回來，熊本先生。」

「熊本？哦，你是在說我嗎？」

榎木津好像還記得久遠寺老人，卻完全忘了他的名字。

「我叫錯了嗎？可是名字那種東西無關緊要。喏，委託我吧。我可是大老遠特地跑來的，我就來解決些什麼吧。」

不是調查也不是推理，而是**解決**，教人目瞪口呆。山下依然嚷嚷著「把他攆出去」，卻沒有人理他。

「其實啊，榎木津，昨天下午，那裡的庭院裡突然出現了一個死掉的和尚。沒有腳印也沒有聲息，唐突極了。因為這樣，我們被當成了兇手。」

久遠寺老人非常簡短地說明經過。

可是仔細想想，發生的真的就只有這麼一點事。

「然後啊，那位飯窪小姐前晚看見一個和尚貼在二樓的窗戶上，隔天早上還看到一個和尚在天上飛……」

「啊，已經夠了。說明簡潔有力，非常好。呃……久能先生。」

「榎兄，這位是久遠寺先生。」

「不是很像嗎？」

榎木津說著，大步穿過大廳，打開紙門，連落地玻璃窗也拉開，仰望庭院。

鳥口看著他的背影說：

「一點都不像嘛，只說對了『久』一個字。」

榎木津完全無視於他，大聲說道：

「你們這些人聚在一起，究竟是在煩惱些什麼？噢，多麼愚蠢啊！連猴子都明白是為什麼。」

接著他靈敏地回頭，掃視全員。

「小關，如果這裡只有一個愚鈍的你，我還可以理解為什麼不明白，但是這裡有這麼多人……噢，多麼愚笨啊！」

此時我想起了我被找來這裡的理由。換言之，阻止榎木津再繼續失控下去，正是以鳥口為首，每一名害怕榎木津登場的善良老百姓對我的期待——也就是我的使命。

「榎兄，你適可而止一點。不要一直蠢啊笨的說個沒完。我是已經習慣了，但是……」

「可是笨蛋就是笨蛋啊。這樣好像在學京極，我實在很不願意，可是既然笨蛋這麼多，我也沒辦法了。啊，真麻煩，快點過來。過來就是了。」

榎大津大步穿過刑警形成的人牆，一逕來到飯窪女士前，抓起她的手。

「過來。」

「咦？」

「叫妳過來。小關、小鳥，還有其他人也跟上來。」

「榎兄！你該不會要說飯窪小姐是兇手吧？」

榎木津不回答，拉著飯窪的手去到走廊。鳥口跟上去。我窺看敦子和久遠寺老翁的臉色，立刻領悟他們的意思，追上榎木津。兩人馬上跟了上來。背後傳來益田的聲音：

「可是人家都說要解決了，沒有理由不聽一聽啊，山下先生……」

沒有人帶路，但榎木津似乎是要前往我們住宿的二樓屋舍——新館那裡。我在樓梯處回頭一看，原本還在猶豫的今川和掌櫃等人，甚至連刑警都跟在後頭。最後面還看得見山下哭喪的臉孔。

我爬上說陡不陡的樓梯，看到榎木津站在最上面。他打開走廊的窗戶，似乎正在往下看。飯窪女士不安地望著他，要是沒有鳥口在一旁扶著，她應該隨時都會倒下去。這是她的**榎木津初體驗**，這也是沒辦法的吧。

「榎兄，讓開啦，後面塞住了。你擋在那裡沒辦法上去啊。」

「這裡吧。這裡就是那道窗戶！小鳥，快點過來這裡。」

榎木津正吩咐著鳥口。

鳥口發出「唔」的悲鳴，頻頻瞥著我說：

「我嗎？」

「不是猴子就是鳥啦，快。」

榎木津說，「咚」地推了一下鳥口的肩膀。鳥口一臉悲慘，鑽過尾隨在後面的眾人行列，心不甘情不願地前往走廊。

「榎木津，那個窗戶……就是有和尚貼在上頭的窗戶嗎？可是窗戶那麼多個，你怎麼能夠斷定就是這一個？這一整排全都是窗戶啊。飯窪小姐，怎麼樣？真的是這裡嗎？」

即使久遠寺老人詢問，飯窪的表情依然僵硬，沒有回答。

榎木津得意洋洋地說：

「就是這裡，九文字先生。這根本用不著問。」

「名字好像是接近了一點，可是榎木津，你……果然還是看得見什麼嗎？」

榎木津能夠看見常人所看不見的東西——似乎。

當然除了本人以外，無法判斷其真偽。

「看見？既然都來到這裡了，任誰都可以看得一清二楚啊。」

榎木說著，關上窗戶，退到一旁。因為障礙物消失，我們約有一半的人得以爬上二樓走廊。其他人就站在樓梯各處。

一會兒之後，傳來奇怪的聲響。

原本半發呆的全員豎起耳朵，飯窪女士睜圓了眼睛。

隨著她的視線望去……

鳥口正貼在窗戶上。

一臉快要哭出來的表情。

「喏，現在有一名兩眼間隔有些太近的輕薄青年正貼在上頭，不過那個時候貼在這裡的是個和尚。然後他不得不儘快往上爬才行。」

鳥口一臉悲慘，進行引體向上運動似地移動到上方，最後留下掙扎踢打的兩條腿，很快地消失了。

「以這個姿勢，要維持攀在上頭的狀態是非常困難的。因為人又不是壁虎。換句話說，不管這位女士有沒有看到，和尚都不得不往上爬。若非如此，就只能往下掉了。」

「往下掉？」

「因為人不會飛啊。要是真的有人會飛，就算砸大錢我也想跟他交個朋友呢。若是不會飛，就只能往下掉了。」

益田從樓梯較上面的地方說：

「換言之，那個僧侶並非被飯窪小姐發現才慌忙往上逃，對吧？」

「沒錯，你真是聰明。和尚應該……哦，這直接用問的好了。」

榎木津說道，撥開刑警下樓。雖然我們依然有些無法釋然，但除了跟隨精力十足的偵探前進以外，別無選擇。有如遭遇了震撼力十足的先發制人攻擊，全員似乎都腦震盪了。

下一個舞台是前庭。

或許是因為難得地跑起步來，感覺屋外並沒有那麼寒冷，天氣也很好。

而我初次看到了仙石樓的外貌。蠕動的夜晚團塊，一到早上也變成了單純的旅館。

抬起視線一看，二樓的屋頂上站著彎腰曲背的鳥口。

鳥口一看到我們出來，就發出撒嬌般的聲音說：

「好可怕喔……好滑喔……」

榎木津大叫：

「噢！小鳥，我有話要問你，你剛才從窗戶看到我們了嗎？」

「咦？」

「我問你看到我了嗎？」

「才沒那種工夫呢，我只能看著上面啊……」

「喏。所以小姐，那個和尚八成沒有發現妳。看起來像是貼在窗戶上，是因為他伸長了身體抓住排水管，正努力想要爬上屋頂。但是他是人，沒辦法像猴子一樣靈活。」

「那、那又怎麼樣？或許是這樣，可是那又怎麼樣！喂，我在叫你！」

遭受打擊可能最嚴重的山下復活了。

「你這人氣焰真囂張。比起刑警，更像個社長。喂！小鳥，你可以穿過那個奇怪的連接處，去到那邊的大屋頂嗎？」

「可、可以是可以，可是可能會掉下去。不過總比待在同一個地方好。」

鳥口就像走鋼索的小丑似的，沿著屋頂走下新館與本館連接的那個坡度奇異的樓梯屋頂，來到本館的屋頂。

「喏，就是這麼回事。」

「哪回事？」

「和尚是想去那裡。」

「咦？」

「想要爬上這棟平房的大屋頂，喏，既沒有地方可以攀，也沒有地方可以踩。要是用跳的抓住屋瓦，聲音會很大，而且也很難爬。然而把目光轉向這裡的話，就像各位看到的，有個一副就是要叫人踩上去的又大又堅固的垃圾桶，緊接著還有一道宏偉的圍牆。」

兩層樓屋舍的一樓部分好像是大浴場，四周圍繞著圍牆。

也的確有個看似堅固的垃圾桶。

「圍牆上面有屋簷。更巧的是屋簷上是突出的一樓屋頂，只要爬上那裡，伸長身體，就可以像小鳥剛才一樣爬上屋頂了。這些東西全都排列成階梯狀，一副就是叫人來登山的模樣。若說為什麼要爬那裡，因為那裡有垃圾桶啊！」

「你剛才說可以看得一清二楚——指的是垃圾桶嗎？」

「當然了！欸……」

「我叫久遠寺。也就是說從這裡攀登，是前往本館屋頂最簡單而且距離最短的路線嗎？換成是我，可能也會這麼做吧。」

或許是先入為主的觀念使然，我也覺得這麼爬是最確實的做法，關於這一點，其他人似乎也都同意。只有山下一個人像寶貝被搶走的幼兒般，露出氣憤無比的表情。警部補用他擅長的歇斯底里口氣說：

「看你神氣活現地說著那種無聊的事，可是就算不用你說，警方遲早也會查……」

「連這點小事也得用查的才曉得，這種人就叫做**大呆瓜**。而且神氣活現的人不是我，是你吧，社長。」

「社長？」

正當山下思考自己為什麼會被稱做社長的時候，益田走上前來問了：

「那麼，半夜驚擾那位飯窪小姐的天花板噪音，就是那個和尚在屋頂上行走的聲音嘍？」

「那是老鼠吧。因為，喏，屋頂上似乎很難待太久呀。」

榎木津半瞇著眼睛，斜眼望向屋頂。

鳥口一臉拚命地撐著。

「我想和尚很快就移動到平房那裡了，而這位小姐所在的房間不在移動路線上，所以那是老鼠。」

「哦……」

就像榎木津說的，飯窪住宿的房間在最左邊，是樓梯連接處的另一頭。如果目的是去到本館，應該不會特地經過那上面。

鳥口訴起苦來：

「榎木津先生……好冷喔……」

「加油啊小鳥，離地面很近了。喏，抓住那棵**怪樹的粗枝！**」

「啊……」

這個時候，我了解一切了。然而儘管了解了一切，卻依舊有什麼……

「這樣嗎……？」

鳥口抱上去似地攀住延伸到屋頂上的巨大柏樹。

「就這樣移動到樹的本體！應該有個**坐起來穩當**的地方才對。喏，接下來是這邊！」

確認鳥口的身影從我們的視野消失之後，榎木津前往玄關。

接下來的舞台是飯窪一開始住宿的房間。

榎木津打開落地窗，來到平台，伸手指示。

「喏，小鳥浮在那裡。」

「啊，我看出來了。榎木津，我也了解了。我本來就想會不會是這樣……噢，這看起來真的就像是飄浮在半空中。」

山下及刑警共四個人推開久遠寺，來到平台角落。我和今川肩並著肩，隔著刑警的肩膀遙望鳥口。

鳥口臉色蒼白，只露出上半身，微微上下搖晃。

「怎麼樣？小鳥，坐起來舒服嗎？」

「好、好可怕，樹枝好像要折斷了……」

聲音被風吹散，我們只能夠依稀聽見。

「那副蠢樣只能從這裡看見。而且明明是隆冬，那棵樹的樹葉卻還這麼多。不僅如此，上頭還積著雪，所以就如同各位看見的，下半身是看不到的。」

「柏樹不是常綠樹，而是落葉樹，大部分卻都帶著葉子過冬吶。到了春天的時候，舊葉才會被薪芽給擠落。這叫讓葉，被視為好兆頭，所以才會種植在庭院裡。這要是其他種類的樹，這個時期是光禿禿的，可以清楚地看到人是坐在樹枝上，看起來就不像是飄著的了。」

聽著博學多聞的久遠寺老翁那不知是解說還是炫耀知識的話，益田刑警半感佩服地說了：

「嗯，要是看到那種地方有人的上半身冒出來，任誰都會嚇一跳的。特別是從昨天開始就飽受驚嚇的話……」

「就像貉一樣哪。」

山下說。他說的應該是拉夫卡迪歐．漢（註一）所寫的怪談《貉》（註二）吧。被妖怪嚇了一跳，總算放下心來之後，又再被嚇了一跳——飯窪女士當時的經歷就像這樣吧。

「快，在這裡拖拖拉拉下去，小鳥會死掉的。快過去吧。」

榎木津說道，從平台走回來，離開房間的時候，他看著飯窪女士說：

「妳既然知道的話就早說啊。」

我們總算回到原來的大廳了。

榎木津再次打開女傭或其他人特地關上的落地窗，走出簷廊，朝著上面大聲叫喚：

「下來！」

太胡來了。我忍不住來到榎木津旁邊，朝上仰望。縱橫交錯的樹枝與枯葉的另一頭，看得見疑似鳥口的物體。

「下來！」

榎木津在「來」的地方捲舌，再次說道。

催促得毫不留情。
「喂，榎兄，至少準備個梯子……」
鳥口「咚沙」一聲掉了下來。
「鳥、鳥口……！」
敦子當場跑過去。
「鳥口先生！要不要緊？」
「唔、唔……如、如果這還叫不要緊的話，世、世界上就幾乎沒有要緊的事了。」
看樣子他似乎是屁股先著地的。幸好下面積著雪，不幸的青年勉強還活著。
「喏，怎麼樣？這樣就了結了。」
榎木津愉快地說，背對鳥口，望向大廳裡的人們。
「哎，我就想八成是這麼回事。」
久遠寺老翁把嘴巴抿成一直線。每個人都各自沉思，接二連三地發出失望般的聲音。
山下無法接受。
「怎麼？什麼叫做這樣就了結了？」
「山下先生，不懂的只有你一個。」

註一：即小泉八雲（一八五〇—一九〇四），原名Patrick Lafcadio Hearn，為出生於希臘的英國人。一八九〇年以特派記者身分渡日，後與日本女性結婚，歸化為日本人，改名小泉八雲。著有《怪談》等與日本文化相關的作品。

註二：小泉八雲著名的怪談故事，概略為一名商人行經紀伊國坡，看見一名女子蹲在路旁哭泣，於是上前關切，然而回過頭來的女子臉龐卻是光溜一片，沒有五官。商人嚇得魂飛魄散，奔到一家蕎麥麵攤，告訴老闆剛才的經歷，老闆回過頭來說「是長這樣嗎」，同樣是一臉平滑。商人於是嚇昏了。

益田刑警和其他轄區警官面面相覷，看樣子益田加入轄區那一國了。

「所以說，山下先生，你看，這樣一來也就不會留下腳印了。因為是從上面掉下來的。」

「哦，這樣啊，這樣啊，從上面啊。」

圓眼鏡的老巡查大聲叫道，並且驚奇不已。

「所以那個死者是從樹上掉下來的啊，原來是這樣。啊，原來如此，這真是嚇死人啦。」

「阿部巡查，你也沒看懂嗎？」

益田一臉難掩困惑的表情，再次與刑警面面相覷。因為這等於意味著位於最頂端的調查主任與最底端的小巡查水準相同。久遠寺老人高高揚起眉毛，瞇起眼睛，斜眼看著這樣的警官，深深感慨地說：

「那個時候確實『咚沙咚沙』的掉了好幾次積雪呢。聽得我們都不當一回事了。對不對，今川？」

「是的，完全沒想到竟然會有屍體掉下來。可是仔細回想……」

今川環住雙臂，以奇怪的表情思考了一會兒之後說：

「在那之前，好像有一道格外巨大的聲響。」

山下依然偏著頭納悶不解。然後他就這麼歪著頭，走到榎木津那裡盤問：

「然後呢？」

「已經結束了。」

「所以呢？兇手是誰？」

「這我怎麼知道？那個人委託我的是解開屍體突然出現的謎，關於這一點，我已經解決了。結束了。」

「這不叫解決！」

「為什麼？兇手是誰算是不同的謎吧？不要搞混了。你連這點事都弄不清楚嗎？你這樣還算是社長嗎？」

「我不是社長，是警部補！聽好了，你剛才做的事，看起來的確是有那麼一回事，似乎是對的。但是偵探，你仔細聽好。現在是大晴天的上午，但是那名女子目擊到和尚是在深夜，而且還下著大雪，條件相差太多了。若要進行剛才的那種大冒險，昨晚的條件是最糟糕的。太危險了。」

「若不在夜裡，不就會被人瞧見了嗎？那樣更危險。要是被人看見，可就沒辦法爬了。」

「所以你這傢伙也真是冥頑不靈。聽好了，他何必特意掩人耳目，甚至甘冒這樣的危險去做這種事？費那麼大的工夫都要爬到旅館庭院的樹木上坐禪的理由何在？像你這種愚蠢的小丑或許會喜孜孜地去幹那種事，但是小坂了稔可是個和尚。和尚、僧人、僧侶、出家人。他可不是建築工人。他的工作又不是爬屋頂爬樹，和尚做的可是在喪禮上給人誦經的生意。他為什麼要做這種事？」

不愧是本部的警部補，比鄉下派出所巡查難纏多了。

山下說得完全沒錯。就連在稍早的階段就得出結論的我，也只有這一點怎麼樣都想不透。益田開口了：

「山下先生，這會不會是一種修行？」

「沒有那種修行！不可能有！不准有！我不允許！所以這個蠢偵探說的也都是一派胡言。聽到了沒？所以剛才的實驗也沒有意義！換句話說，這傢伙也是串通的！」

山下又咆哮起來。一方面難纏，一方面卻又過分簡略地做出這種結論，或許這就是這名警部補的界限了。

久遠寺老翁大大地嘆了一口氣，望了一眼這樣的山下，悠然走下庭院。掌櫃拿來了急救箱。庭院裡，眾人正在**挖掘**渾身沾滿了枯葉和雪片的鳥口。

敦子把鳥口交給外科醫師後，靜靜地起身，往這裡走來。

感覺英氣逼人。

「這不是毫無意義的事。」

敦子以清亮的聲音說道：

「山下警部補，我認為剛才的實驗未必完全是白費。」

「幹、幹麼？」

敦子的凜然正氣，會讓大部分的男性卻步。

「榎木津先生剛才的實驗，至少讓我們認清兩項以上的新事實，所以我認為它非常有意義。雖然造成了若干犧牲……」

敦子說到這裡，頓了一下，回頭瞄了鳥口一眼。

鳥口在揮手，他這種反應實在很蠢。

「在得到實驗結果之前，我們將一切混為一談。」

「一切……？意思是？」

「所以說，明白的事、不明白的事；做得到的事、做不到的事；可能的事、不可能的事——我們應該將這些明確地區分開來看待才是。換句話說，『在空中飄浮的僧侶』是不可能的事，但『不留下腳印而出現的屍體』卻是有可能的事。我們就像榎木津先生說的，把這些都混淆在一起了。」

「這一點我認同。」

山下難得老實聽從。

「我想——在大前天晚上以及昨天的下午，有人做了或偶然發生了與剛才的實驗相同的事。從目擊證詞以及狀況的吻合來看，這一點應該不會錯。和尚應該是從那道窗戶爬上屋頂，而屍骸從樹上掉落也是事實……」

「前提是如果相信你們的證詞。」

山下從旁打岔，但敦子不為所動，繼續說下去：

「但是，另一方面就像山下先生說的，依常識判斷，完全找不到非得如此做的理由。我想應該是沒有在樹上坐禪的修行，也難以想像必須在雪夜做出這種事。」

「就是吧？」

山下滿足地說。

「是的，這的確是難以想像，只是，我認為這些——榎木津先生提示的事實與山下先生主張的事實——彼此之間並不矛盾。只是我們的常識當中找不到如此做的理由罷了。反過來說，只要有理由，它就是可能的。」

「就是吧？」

榎木津學山下說。

「可是這一點姑且不論，若是將剛才的實驗照單全收，同時也有可能產生一項巨大的矛盾。」

「矛盾？」

「是的。就像各位所看到的，實驗品鳥口先生……人還活著。」

鳥口爬到簷廊上，正讓久遠寺老翁上下觸診，還在對敦子揮手。

「但是掉落下來的小坂了稔和尚——是具遺體，他死了。」

山下在眉間擠出皺紋：

「那又怎樣？妳的意思是這個男的最好也摔死嗎？這我也贊成。」

「不能是摔死呀，警部補，必須是死後掉下來才行……」

聽到敦了這麼說，鳥口「唔」了一聲。

「各位都忘了，小坂了稔和尚是一具他殺屍體。」

雖然沒有回答，但是大多數刑警應該都大感意外。

沒錯，掉落下來的是一具遭人殺害的屍體。

亦即……

「剛才的實驗應該是正確的。但是這麼一來，兇手就必須在剛才的實驗**途中**殺人才行了。明白嗎？和尚——了稔和尚確實是從那個垃圾桶越過窗戶，爬上屋頂。換句話說，前天深夜他人還**活著**。而一夜之後，樹上的他八成已經死了。雪融的同時落下的他，是一具他殺屍體。亦即被害人是**在屋頂上或樹上遭到殺害**的。」

「這樣啊，但那是不可能的。」

「沒錯，不可能的。像天狗般在天空飛翔，打死在樹上坐禪的僧侶——這就像方才說過的，屬於不可能的範疇。那麼如果屋頂上有另一個人，也就是兇手呢？——這也不符合常識。不可能有那麼多人在下雪的深夜裡爬上屋頂。那麼答案只有一個。他——小坂了稔和尚是**以屍體的狀態爬上屋頂**的。」

「怎麼可能！這才是不可能的事！」

山下不屑地說：

「哼！還以為總算聽到一點人話了，沒想到妳也跟這些蠢蛋半斤八兩。死人會爬上窗戶嗎？用飛的還比較像幽靈！」

「死人當然不會活動。我的意思是，爬上屋頂的人與掉落下來的遺體是不同的兩個人——換句話說，飯窪小姐從窗戶目擊到的和尚並**不是小坂了稔和尚**。」

「可是掉下來的就是了稔！」

「原來如此，我了解了……」

鳥口旁邊的今川拍了一下手，發言道：

「亦即了稔和尚是以屍體的狀態被搬上屋頂……不，兇手扛著了稔……不對，用扛的沒辦法爬。對了，是背著屍體爬上屋頂的。妳的意思是這樣吧？中禪寺小姐？」

敦子露出高興的神情。

「今川先生，你說得沒錯。」

「用背的？背得動嗎？」

「我只是稍微瞄到一下，不敢斷定，但了稔和尚個子小，而且清瘦。我想他的體重大約是十二、三貫（註）吧。那麼只要有扛得動一袋米的力氣就成了。而且我想了稔和尚那個時候應該已經凍結了，搬運起來較為容易，這是剛才我看到擺在擔椅上的遺體時想到的……」

確實，若非凍結，想要讓屍體好好地坐上那個奇妙的玩意兒是很困難的吧。但是如果沒有凍結，也沒有擔椅出場的份了。感覺上只要有力氣，比起柔軟的狀態，堅硬的東西會比較好處置。

「如果相信飯窪小姐所目擊到的，那麼從窗戶看到的人雙手都正忙著。因為若不使用雙手，就沒辦法爬上屋頂。亦即如同今川先生說的，我想應該是用背架之類的東西背著遺體爬上去的。考慮到這一點，那個時候了稔和尚已經凍結……已經遭到殺害，才符合道理。」

山下低吟，他好像在思考。

敦子看向我，微笑了一下，又繼續說道：

「而且如果死者是坐著遭到毆打而死，也不太可能是坐在樹枝或積雪的屋頂上的時候。了稔和尚應該是在地面遭到殺害的——我認為這樣的推測比較妥當，這應該也符合山下先生的常識才對。」

符合道理、符合常識這些措詞可能說動了山下。

敦子是有些刻意地使用這些說法的吧。不愧是帶有京極堂血統的女孩。警部補在常識與非常識的夾縫間搖擺，自問自答起來。

「雖然說人死後屍體會變重，可是體重並不會增加。確實，如果是那個小個子的和尚，魁梧的男性也不是搬不動……不，可是、可是，嗯，哎……」

註：一貫於三．七五公斤。

益田開口了：

「那樣的話，也就是那不是在樹上修行的和尚，而是**被遺棄在樹上的屍體**嘍？」

「是的。至於目的是為了藏屍，或是有其他理由，尚不清楚。可是這只是我們不了解而已，並非什麼不可思議之事。若以查明動機或理由的角度來看，的確是毫無進展，但是各位不覺得與『在暴風雪的夜晚爬上屋頂，再爬到樹枝上坐禪的時候，遭人毆打致死』這種看法相比，『在暴風雪的夜裡，悄悄地將凍結的遺體棄屍在樹上』這種推測更具有現實性嗎？而且內容也符合實驗結果與證詞……」

山下嗤之以鼻地說：

「什麼棄屍在樹上，要論現實性的話，根本是五十步笑百步！誰會把屍體扔在那種地方？對吧，益田？」

益田沒有回答。

山下在常識與非常識的夾縫間來回搖擺了好幾次，最後似乎還是停在最保守的地方。而他似乎更進一步失去了部下的信任。

益田好像拋棄了山下，轉向背後的轄區刑警說：

「以棄屍場所來說，樹上確實是個盲點。事實上若是沒有下大雪的話，屍體應該不會掉下來，那樣一來，或許到現在都還不會被發現，是個不錯的藏匿場所。」

另一方面，刑警似乎也決定忽視山下了。

「這麼一來，殺害時間就必須更往前回溯，犯罪現場也有可能是在遠處。要擴大到什麼範圍才好？」

「這個看法也符合鑑識的見解呢。」

「也和我們偵訊到的情報一致，因為小坂在被發現的四天前就失蹤了。」

「那是預定與這位今川先生會面的日子吧。」

結果除了山下以外的警察，全都根據敦子的話來重新檢討調查方針了。山下張著嘴巴，悶悶不樂地看著他們好一陣子，結果為了打入其中，準備開口出聲。然而他的話卻被益田的發言給打斷了，沒有說出口。

益田轉向敦子這麼說：

「妳剛才說明白了兩項新事實，那是指……？」

「是的。在這場實驗當中能夠得知的，首先是我剛才說過的，小坂了稔最遲是在昨天深夜**數小時以前就遭到殺害**。另外一點，則是兇手或共犯是**僧侶**，或者是**做僧侶打扮的人物**。」

「對。這位小姐從窗戶看到的和尚，不是被害人而是兇手，意思是**兇手也是和尚嗎！**」

「兇手……是和尚？」

刑警大受動搖。

敦子對山下溫和地說：

「也有可能不是兇手，而是事後共犯，而且可能不是僧侶，而是喬扮成僧侶的人。因此我們依然是嫌疑犯。不過，至少有一個共犯是和尚，或者我們當中有人喬裝成和尚。再者，就如同方才山下先生所說，全員串通的可能性也並未消失。接下來的判斷就交給警部補了。」

遭到部下拋棄、被嫌疑犯要求下判斷的充滿悲劇性的警部補，對著敦子露出難以名狀的苦澀表情，接著回望背後的刑警。

結果山下被益田帶到房間角落去了。接著，應該鬧翻了的刑警開始交頭接耳，悄聲協議起來。與山下的謬論和榎木津的謬舉相較之下，敦子的話顯然更有說服力。不管怎麼樣，這些刑警還是具備最基本的協調性，只要可以獲得線索，即使是看不順眼的對象也願意合作。

山下回過頭來，他的臉在痙攣。

「呃……妳是中禪寺小姐嗎？妳的意思我大概了解了。不過被害人在數天前遭到殺害這件事，從鑑識的見解加上周邊調查，本來就已經大致確定了……呃，這件事就先算了。欸……接下來要進行調查會議，在得到指示之前，不要外出。那個……採訪是嗎？在你們採訪之前我們會決定方針。你們待在自己的房間裡等待指示吧。」

山下這麼說。

聽起來簡直就是辯解。

敦子沉默半晌，總算走上簷廊。接著她說：

「襪子濕掉了。」

雖然這不是勝敗問題，但是不管怎麼看都是山下落敗。

刑警在各處安排警官監視後，便到鄰室去了。可能是要進行他們說的什麼調查會議吧。話說回來，哪一邊才是合乎常識的判斷，可以說昭然若揭。山下以外的調查員似乎也幾乎確定好方針了，如此一來，若是山下再繼續堅持目擊者全員嫌犯的話，他會遭到撤換也是顯而易見之事。

敦子本人則滿不在乎，只說著「光著腳好冷」，退回自己的房間去了。

「不愧是京極堂的妹妹，辯才無礙，一點都不像個黃毛丫頭喲，小敦！」

榎木津遠遠地稱讚敦子。

經歷了這些，時刻也才到早上九點。

刑警一走掉，大廳便突然變得一片空蕩蕩，感覺冷清。

飯窪站在入口附近，摀著嘴巴站著。她是在沉思嗎？

今川隨手取來坐墊，請我坐下。我們並排坐了下來。

此時，躺在簷廊的鳥口在久遠寺老人的催促下，終於爬起了來，走進大廳。

「怎麼，根本就毫髮無傷嘛，年輕人振作點啊。」

「人家是受了精神上的創傷嘛。啊，好冷。啊，老師，太過分了。」

「鳥口，你還好嗎？虧你特地把我找來，我卻沒能幫上忙。會痛嗎？」

「屁股壞掉了。老師，為什麼您不自告奮勇來代替我呢？要是敦子小姐不肯為我說句話，實驗變成白費的話，我豈不是背到家了嗎？」

「可是，那怎麼看都是適合五萬匹馬力的鳥口你的苦力差事嘛。我是書齋派的，所以……」

敦子開始發言後，榎木津一直在附近晃來晃去，到處打量，此時他耳尖地聽見我的聲音，靠了過來。

「你說那什麼大話啊，小關。你應該感謝小鳥才對啊，要是小鳥不在，那當然就是你的任務嘍！」

「什麼任務？」

「猴子就是要從樹上摔下來的！（註）」

「哪有這種蠢事？」

「蠢的是你，這個沒用的東西。小關，你在這裡是為了什麼？只會東跑西竄，至少也該從樹上摔下來吧，猴子從樹上摔下來！」

榎木津以不可一世的口吻再次說道。

看樣子，搞錯諺語並不是鳥口的專利。

此時兩名女傭過來，詢問膳食該如何處理。

早已過了早膳的時間，現在再返回房間各自用餐也很怪，所以我們請旅館人員在大廳準備膳食。

鳥口維持奇怪的姿勢坐到我旁邊來。

「也要給警察準備早餐嗎？那些人會付錢嗎？還是吃白飯呢？」

「你也是稀譚舍出錢住宿的吧？胡說些什麼。」

註：正確的諺語是「猴子也會從樹上摔下來」，有「馬有失蹄」之意。

「可是讓人很不舒服呀，那個警部補。」

「嗯，不過警察也有警察的立場。而且那個人也被欺負得滿慘的，甚至有點可憐，不是嗎？小敦也真是厲害呢。」

我望向庭院。玻璃落地窗關上了，不過還是看得見那棵巨木。那棵樹的前面，原本坐著今早看到的和尚屍骸吧。我無法想像。同樣看著庭院的久遠寺老人自言自語似地問了：

「那姑娘幾歲了？關口。」

「你說敦子嗎？我記得是二十三左右吧。怎麼了嗎？」

「沒什麼，嗯，那姑娘真能幹呢。」

久遠寺老人看起來還是有些寂寞。

飯窪女士不發一語，默默地坐著。她還在想事情嗎？

我感到一種難以平靜、如坐針氈的心情。

像要驅趕不安似地，鳥口以逗弄的聲音說了：

「話說回來啊，剛才的敦子小姐實在帥極了。真是大快人心。和她相比之下，我就遜斃了。」

聽到鳥口的話，躁動不安地看著門框及雕花橫楣的榎木津不知為何一本正經地說了：

「沒錯。小鳥的**掉法**真是遜斃了。那要是小關的話，一定會更害怕地掙扎個老半天，發出『咿呀呀』的悅耳悲鳴掉下來。小關，等一下你得好好指導小鳥正確的**掉法**和正確的**害怕模樣**啊！」

「為什麼我非得做那種事不可？倒是榎兄，你接下要怎麼辦？」

「我？回去啊。學了一下京極，把我給累死了。」

「那太好了。你要回去了，是吧？那就沒我的事了吧？對吧，鳥口……」

恰好就在這個時候，敦子換好衣服回來了。

「不行的，關口老師。昨天才撒了那樣的謊，今天您若是不和我們一起去採訪，我的立場就難堪了。當然，我們會支付協助採訪費。或者是真的委託您撰稿也可以。」

「這真是傷腦筋呢……」

「工作啊，猴子。」

榎木津說。鳥口接著說：

「而且老師也完全是個嫌疑犯了。」

「這樣嗎……？」

不要涉入太深——我想起雪繪的叮嚀。

而且京極堂也叫我不要深入——那是在說到什麼事的時候被這麼吩咐的？

我已經完全深入了。

三四名女傭送來早膳。也有榎木津的份，偵探欣喜若狂。我們這群嫌疑犯也沒有聊什麼特別的話題，七個人圍坐在餐桌旁。

仔細想想，案件並沒有任何進展。

不僅沒有進展，彷彿現在才正要開始。換句話說，我們現在依然身陷漩渦當中。由於榎木津的登場，我總有種一切都已經結束的錯覺。置身於殺人案件中心，也不該和樂融融地用什麼餐吧。

久遠寺老人說了：

「榎木津，你要回去嗎？」

「當然要回去了，吃完飯後。」

「我啊，想要重新委託你。」

「委託什麼？外遇調查我可是敬謝不敏。」

「不是的，這次是想拜託你找出真兇。」

我和敦子面面相覷。

鳥口大叫：

「久遠寺醫生，這……還是不要比較好，榎木津大師非常忙碌的。」

「我一點都不忙。」

「咦？可是聽說您得了感冒……」

「傳染給和寅了……所以回去的話又會被傳染。」

和寅是住在榎木津的事務所裡的探偵助手。

「可是啊……」

榎木津半瞇著眼睛看著飯窪，一副不甚起勁的樣子。鳥口頻頻用眼神暗示敦子，他是在委婉地請求敦子協助阻止榎木津留下，但敦子似乎已經放棄了努力，沒有反應。

「榎木津，你就答應又何妨呢？我姑且不論，連中禪寺小姐和關口都被懷疑了呢。」

我——果然也被懷疑了嗎？

「找兇手嗎，我沒什麼興趣。小關不管是被判死刑還是上斷頭台，我都只會等著看好戲而已。不過要是小關死了，我就看不到**精采的害怕模樣**了。而且就算回去，也只有和寅一個人。哎，要我答應也是可以，而且這裡的飯也很好吃。」

榎木津就要因為無聊的理由而答應委託了。鳥口察覺這一點，急忙發言。剛才被當成實驗白老鼠的事似乎讓他驚魂未定。

「大將！榎木津大師！和寅一定正哭泣著說他好寂寞呢！」

多此一舉。鳥口的垂死掙扎似乎反而更堅定了榎木津的決心。

「你說寂寞？噢，真噁心！和寅那傢伙不管怎麼教，吉他就是彈不好。而且那傢伙現在還感冒，我一點都不想看到那人的臉。我了解了。熊本先生，我就答應吧。」

熊本——久遠寺老人說「謝謝」。

「雖然答應是答應了……」

榎木津自言自語地說道，依序望向敦子和今川、我以及鳥口，最後盯著飯窪。看得出榎木津從剛才開始就很在意飯窪。她似乎沒什麼食欲，垂著頭用筷子撥弄燉煮的食物，沒有發現偵探在看她。

我到現在都還完全無法掌握敦子這名同事是個什麼樣的人。

榎木津不疾不徐地頓了一下，接著說道：

「看樣子和尚太多了，沒辦法區別。和尚巧妙地幹掉了和尚，這實在不合我的興趣。」

和尚幹掉和尚？

——他說兇手是和尚？

——平生？哦，是貧僧啊。

——僧侶在路上殺人……

此時，我想了起來。

京極堂忠告我不要深入的，就是按摩師尾島所說的「老鼠和尚」的事。那樁有如怪談般的案件，不正是**僧侶殺人**的告白嗎？

我感到胸口一陣悸動。

用完餐後，我被叫去了鄰室，接受約談。儘管清白，我卻語無倫次，為了唯一的一個謊言——事前被委託採訪——緊張到失語症幾乎發作。但是幸好負責的不是山下警部補而是益田刑警，我僅止於面紅耳赤、汗流浹背——雖然這樣就夠可疑了——就克服了這場難關。根據益田所說，山下向本部要求更多的支援人手，決定對包括屋頂和樹上在內的地點進行縝密的大勘查。此外大平台方面的調查也已經著手進行，還派遣了數名刑警到明慧寺去。

我略為躊躇之後，將尾島的體驗——「老鼠和尚」一事——告訴了益田。

益田表現得極為關注地說：

「哎呀，不愧是關口老師，這個情報非常珍貴。」

我覺得表示謙遜也很奇怪，默默低下頭去。益田詢問我尾島的住址，我只回答尾島說是在湯本郊外。

約談結束後，數名支援人員抵達，開始勘查屋頂和那個垃圾桶。

據說是老闆娘的婦人也到了現場，為了招待不周向我們恭敬地謝罪。

老闆娘憔悴無比。

到了中午，午膳準備好了。可能是因為早餐用得很晚，全部吃完的只有鳥口一人。

聽說明慧寺的採訪原本是預定下午兩點開始。因為昨天的美僧——和田慈行說了相當神經質的話，也為了不得罪他，包括我在內的採訪小組必須立刻出發才行。前往寺院得花上一個小時以上的時間。

將近一點的時候，我們獲得了前往採訪的許可。

條件是讓調查員同行。

結果益田與轄區一名叫菅原的壯碩刑警與我們同行。

此外，今川也說要一起去。他的理由是這樣下去會有如身陷五里霧中。我聽完他的經歷之後，也覺得的確相當離奇。

我和鳥口、敦子、飯窪、兩名刑警和今川共計七人，在約一點過十分的時刻從仙石樓出發，前往神祕的明慧寺。

京極堂前幾天說箱根有一座他不知道的寺院，看樣子明慧寺正是那座未知的寺院。說到京極堂不知道的寺院，就像不會被刊登在相撲選手順位表的最下級選手，然而這個無名的下級選手卻似乎擁有直逼橫綱的實力。

路程漫長，而且道路艱險。

對於軟弱的我而言，連大平台到仙石樓的獸徑都覺得艱辛無比了，然而前往明慧寺的道路之嚴苛根本不是前者所能夠比擬的。不，這根本就形同沒有道路。

走在前頭的是菅原刑警。菅原昨天已經拜訪過一次明慧寺，知道路的只有他。這名外貌有如野人般粗獷的刑警與其說是在帶路，更像在披荊斬棘地開路。

絆到了。菅原停步，回過頭來。

「小心，這坡道對女人小孩來說很辛苦。作家老師看起來弱不禁風，不小心可是會跌到山腳下去的。」

菅原把那張嚴肅的臉繃得更緊，這麼說道。

我身後的鳥口「唔」了一聲，益田則在最後面發出「啊啊」的聲音。我猜不出今川在想什麼。他頂著一張可以看做什麼都沒在想、也像是深深煩惱著什麼的奇怪表情默默爬著。相較之下，敦子看起來比較活潑一些。

飯窪女士則是一臉有如殉教者般的悲壯面容。

她還好嗎？

昨晚，慈行和尚是以那身打扮走下這座山的嗎？在我看來，他的裝扮沒有一絲凌亂，而且表情平靜無比。令人難以置信。

「雖說和尚都已經走慣這路了，不過他們還真是健步如飛呢。那個像歌舞伎裡女角的纖弱傢伙，腳力也相當驚人呢。像我都爬得氣喘吁吁，昨晚跌倒了好幾次吶。」

彷彿看出了我的疑問，菅原刑警面朝前方說。

我早已渾身是雪了。僧侶的好腳力，果然是修行的成果嗎？

四周漸漸暗了下來。不是天候變壞，也不是太陽西下，而是走進深山裡了。我記得這一帶的山並沒有多高，卻開始呈現出深山幽谷的氣氛。

鳥口仰望聳立的樹林說：

「啊，樹木越來越大了呢。咦？這是柏樹嗎？好大棵。比那座庭院的還要大嗎？」

敦子停步回答：

「鳥口先生，那是橡樹。同樣是山毛櫸科，所以很像，不過那上面沒有葉子吧？我從剛才就一直在觀察，不過箱根的山裡好像沒什麼柏樹呢。」

「這樣嗎？那真是太好了。我已經受夠柏樹了，一想起它的葉子，我就害怕起端午節要吃的柏餅哪。」

鳥口摸著屁股打趣道。平常的話，他在這之後都還會再說上幾句無聊的冷笑話，但是寂然的肅穆山林似乎讓他自制了。

山鳥啼叫。

我有些感佩，繼續前進。

雪與樹……

對於熟悉黏菌和蕈類，卻毫無一般植物學知識的我而言，樹經常單純地只是樹。每一棵看起來都一樣。我無視於每一棵樹的個性，只將它們視為森林或山林。所以鳥口的問題令我意外，敦子的回答也讓我感到新鮮。而敦子在連步行都困難重重的這趟路程中，甚至連山中的植物分布都加以推理的觀察力，更是令我脫帽致敬。

因為除了雪徑以外，我什麼都看不見。

我超越鳥口以及被敦子牽引的飯窪等三人，和今川並排在一起。

山——寒冷刺骨。

繼續往上爬。

空氣潮濕。

每當吸氣，山中冰涼的空氣便侵入體內。我覺得每呼吸一口氣，黏稠的都市沉澱物就被驅趕到身體下方，逐漸淨化而去，連身體都似乎輕盈了一些。看樣子我的內部病得相當嚴重。

倦怠和疲勞都忘卻了，不安與焦躁也消失了。寂寥感和失落感也雲消霧散，就在這當中，我一瞬間甚至忘了我是為了何事而置身此處。

為了何事……？

刑警是為了調查殺人案件。

敦子和鳥口是為了雜誌採訪。

今川是為了追查死去的僧侶與自己的關係。

雖有公私之別，但同行者都各有其目的。只有我是為了貫徹一個雞毛蒜皮、微不足道的謊言而共同行動。不過無可否認，我的目的意識原本就很薄弱。

或許是因為這樣，煩雜的愚念才會在莊嚴的勞動之前消失無蹤吧。我是為了達成目的而攀登？還是為了攀登而攀登？我已經完全搞不清楚了。

我什麼都沒在想。

只是攀登。

是我在動腳，還是腳在動我？是我在移動，還是世界在移動？——當我進入渾然一體的境地之時，聲音響起。

「是那個，到了。」

是菅原的聲音。

我的額頭滲出薄薄一層汗水。

——是牢檻。

我這麼感覺。

在那裡，世俗終結了。

等間隔地聳立的樹木正如同牢檻一般。

那個牢檻是明確的、眼睛看得見的結界。

另一頭是寺院大門。

是——監獄的入口。

我不明白自己為何非要把清淨的聖地比喻成監獄不可。

對我而言，煩囂喧鬧的都市才應該是監獄，那麼這前方毋寧是完全相反的地方才對，不是嗎？

即使如此，我還是這麼覺得。

「現在幾點？」敦子問。

遺憾的是，時間早已過了兩點，不久後就三點了。

修行者只需要一個多小時的路程，我等俗人卻得花上將近兩倍的時間。這也是沒辦法的。

慈行會說什麼嗎？昨天他說比起殺人案件，他更重視恪守時間。或許我們會因為遲到而遭到拒絕採訪。

我們穿過大門。

印象雖然迴然不同，景觀本身卻沒有什麼變化。

這裡與其說是寺院境地，更像是山地的延續，樹木同樣綿延生長。

說到不同的地方，只有雪徑被清理得很乾淨這一點。

原本濕潮的空氣轉為緊張。

當然這只是心理作用。

走上一陣子之後，我們看見兩名穿著作務衣（註一）的僧侶正在鏟雪。

僧侶注意到我們，默默地行禮。

看見三門（註二）了。

一名僧侶走近過來。

「請問是雜誌社的人嗎？」

「還有警察。」

益田回答。

僧人看到菅原，「啊」了一聲，低頭說「辛苦了」，接著說「慈行師父恭候大駕已久」。

從三門延伸出去的迴廊似乎延續到佛殿。

我們被領到距離那裡有些遠的其他建築物裡。

寺院的建築物似乎散布於山中各處。

「這裡——根據我不周全的常識判斷，這是一座很奇妙的禪寺呢。與其說是沒沒無聞，更接近**未被發現**吧？信竟然寄得到這裡呢，飯窪姊。」

敦子自言自語般地說。

今川點頭。

「嗯，我也這麼覺得。雖然我只是照著信封上的地址投遞的……」

「這種地方有門牌號碼嗎？」

註一：作務衣，僧侶做事時穿著的衣服。主要是木棉材質，上身是前襟交叉的筒袖服，下身則是窄口長褲。

註二：三門為禪寺正門，象徵空、無相、無願（或無作）之意。也稱「山門」。

聽到菅原這麼說，益田回答：

「菅原兄，可別小看郵政省。最近幾乎哪裡都寄得到的。」

「可是益田老弟，送信到這種地方來也太辛苦了。郵資都一樣的話，豈不是太不合算了？郵差也是很拚命呢。」

我也這麼認為。

事實上，這裡簡直就像出現在實錄小說的祕境探險記中的場所。然而這裡既不是無人魔境，也不是世外桃源，而是只要寄信就會確實送達的日本國土的一部分。我再次將這件事銘記在心。

這完全是日常的延續。

這裡是與俗世土地相連的、區區一座山罷了。

不必要的鑽牛角尖是受傷的原因。

這是一座古老的建築物。

領路的僧人以設置在那裡的木槌般的東西敲打垂掛在壁上的木板。

「喀、喀」的乾燥聲響響徹整座山間。

看樣子**那個東西**似乎是用來通知的工具。昨晚的僧侶——慈行的隨從——很快地走了出來。正稀奇地翻轉木板觀察的鳥口慌忙做出立正姿勢。

我們被帶往裡面。

慈行跪坐著等待我們。

敦子正要開口，但飯窪女士伸手制止她，在我面前幾乎是第一次發言。

「初次見面。我是稀譚舍的編輯，敝姓飯窪。這次承蒙貴寺答應我們無理的要求，感激不盡。而且昨晚亦未招呼，真是三番兩次失禮了。接下來還將叨擾貴寺，請多包涵指教。」

說完，飯窪恭敬地低下頭來。
敦子也同時行禮。我和鳥口慌忙照做。
慈行說「我明白了」，同樣恭敬地垂下頭來。
我錯失了抬頭的機會，陷入困惑。
慈行靜靜地抬頭說：
「目前的狀況有些棘手。現在這個時間也無法讓各位慢慢採訪，而且看樣子警方也隨同前來了？」
除了嘴巴之外，全身文風不動。
連眨眼都沒有。
慈行的視線盯住了兩名刑警。
菅原一臉不悅地說：
「我們是來調查的。就像你昨天說的，小坂先生有可能是在遙遠的某處被殺的，他搞不好就是在這座寺院遇害的。」
「所以呢？」
「什麼所以？就說我們是來調查的。昨天你不也說過，會不餘遺力協助警方調查嗎？」
「本寺當然會不餘遺力協助調查。不過就如同昨晚所說，調查切不能夠妨礙到修行。本寺將於午後四時閉門。而且茶禮的時刻就要到了。」
「我說你啊，喝茶跟調查殺人案件，哪邊比較重要？」
「這並非單純的飲茶，是修行。」
「就算是這樣，也不是所有的人都沒空吧？我們可以從那邊打掃的人開始一一訊問。」
「本寺沒有任何一名雲水空閒無事，隨時都在進行作務。無論打掃、用餐、睡眠，生活中一切皆是修行，活著即是修行。因此貧僧的意思是，吾等可以在這些修行間，在能夠協助的範圍之內協助警方，採訪亦是如此。昨晚那般無禮之舉，還請各位節制。」

「什、什麼叫無禮之舉！死了一個人，而且還是你們的人耶！無論是什麼時間，都應該不顧一切立刻趕過來協助才……」

「所以貧僧提供協助了。自昨晚開始，貧僧便如此再三重申……」

慈行維持正襟危坐的姿勢，靜靜地威嚇著。

「各位卻還是無法明白嗎？」

菅原立起單膝，益田慌忙制止他。

「我、我們了解，非常了解。欸，和田先生。或者該稱呼你為和田和尚？呃、那個，這裡的最高負責人——這樣說怪怪的嗎？欸，說住持的話，每一位都算是住持嗎？那個……」

說到這裡，益田不知為何求救似地看了敦子一眼，然後甩開這種念頭似地說：

「請讓我見這裡地位最高的人。」

「地位最高？您的意思是希望與貫首會面嗎……？」

「貫首？是這麼稱呼嗎？總之就是這座寺院的……」

「寺院的行持皆由身為監院的貧僧掌管，雲水的綱紀則由維那司掌。即使會見貫首，貧僧也不認為會對調查有所助益。不過，如果是想向禪師求教的話……」

「是的，我想要求教。」

「乞求貫首回答，委實狂妄。應先潛心修行為是，本寺的門戶隨時開放。」

「我說你啊……」

菅原立起了另一邊的膝蓋，益田又慌忙按住他的肩膀。

「不管怎麼樣，都、都不能夠會見嗎？」

慈行把頭稍稍轉向一旁。看見那若不仔細瞧就不會發現的細微動作，在後方待命的僧侶靈巧地靠上前來。慈行把頭更偏一些，對那名僧侶耳語。

僧人立刻低頭離開座位。

「我已派人詢問禪師，請各位稍待。那麼，警方姑且不論，採訪的各位意下如何？」

敦子有些困擾地皺起眉頭說：

「如果四點就必須撤離的話——時間只剩下一個小時不到呢。」

說完她望向飯窪，後者開口了：

「能不能夠讓我們留宿在這裡？我們不會妨礙修行。不只是採訪各位，我們也想看看各位修行的情況。那樣的話，不管是一天還是兩天……」

「飯窪姊！」

敦子好像嚇了一跳。

「您的意思是要住宿在本寺內？」

飯窪的態度毅然決然。與其形容為毅然，或許更接近豁出性命。那是一種讓人感覺到苦悶——沒錯，是痛下覺悟的表情。

慈行除了嘴巴之外的臉部五官第一次動了。

他皺起了眉頭。一般來說，此時應該會面露吃驚或困惑的表情——事實上包括我在內，每一個人都露出了驚訝的表情——然而慈行的表情看起來卻是露骨地顯現出嫌惡。

「這……」

「我們不會妨礙修行。」

「問題並不在此……」

「下個月起即將展開的腦波測定實驗，前提是住宿在這裡，進行一定期間的調查。關於這一部分，貴寺應該算是允諾了。而這次的採訪是在那場調查之前……」

「且慢。關於實驗的部分，本寺的確是已經答應了。答應是答應了……」

這一定是意料之外的發展，沒有任何人預料得到。比其他人更重視秩序的慈行和尚會面露難色也是當然的吧。

慈行沉默了一瞬間。就在這個時候……

紙門開了。

外頭站著一個趾高氣昂的僧侶。

他的衣物和慈行和尚沒有太大的不同，看起來卻更富裝飾性。像是袈裟的微妙色澤與帶子的顏色，還有綁紮的形式，都與慈行有那麼一點不同。只是這麼一點細微的差異，似乎就能給人截然不同的印象。僧侶的年紀約莫四十五、六歲，比慈行年長許多。

他的背後同樣站著隨從的僧侶。

僧人用粗獷的嗓音開口了：

「我聽到你們交談了。慈行師父，你在那裡嘮嘮叨叨些什麼？」

慈行露出更加不愉快的表情。

「祐賢師父，默不作聲地進房，太無禮了。為何您會到這棟知客寮來？」

「慈行師父，這又有什麼關係？你實在有點太神經質了。其實我剛才在外面和你慌慌張張的行者錯身而過，我抓住他一問，原來是不知道該如何處置客人，要去請教覺丹禪師。然後又聽到剛才的對話，於是我便擔憂起來，照你的個性，可能會把難得迢迢遠路而來的客人給趕了回去。」

「知客是我，請您不要擅加干涉。」

「讓不喜世俗的你擔任知客，原本就是個錯誤。所謂知客，應該是與外界溝通的窗口，不對嗎？」

「如果您認為我不適任知客，請儘管提出申請，要求我轉任。只是，接待賓客是重要的職役。本寺姑且不論，說到臨濟宗的知客，不僅司掌綱紀，甚至是管理全寺的重要職位。不似維那那般，只須揮舞警策（註一）便行的。」

對於慈行這番話——這恐怕是諷刺——被稱為祐賢的僧侶用傲慢的態度回嘴道：

「轉任之事，還不是監院的你在處理？不管怎麼樣，禪師已經嚴正交代過我了。即使是知事之一，了稔師父依然是本寺的修行僧。僧人的不幸，是身為維那的我的責任。更何況這是刑事案件。不僅是寺內，也為俗世帶來極大的困擾。我有義務適切地應對並解明真相，向禪師報告。」

聽到祐賢的話，刑警的臉色稍微平復了一些。

慈行不為所動。

「這兩件事並不相關吧？了稔師父的事，與這幾位採訪之事並無關聯。再加上唐突地要求住宿，狀況更是不同了。本寺並非接受一般民眾住宿的宿坊。或者祐賢師父的意思是，要讓這幾位女士在旦過寮（註二）過夜嗎？」

「不必讓客人住宿在旦過寮，也有好幾間未使用的方丈。寢具至少還能備妥。說起來，若是有女人在身邊就無法修行的話，那種修行打一開始就是假的。」

慈行沉默了。然後他以冰冷得教人膽寒的視線盯住祐賢。

「既然祐賢師父都這麼說了，就委由您全權處置，我也無甚異議，但是……」

「我明白，這點小事我還清楚。」

祐賢和尚說完，問候我們。

「我是本寺維那，中島祐賢。請各位隨我過來。」

註一：禪林中，禪師為了警醒坐禪時瞌睡等不專注的僧侶，用來敲打肩膀的長約四尺餘的扁平狀棒子。

註二：禪寺中讓行腳僧投宿過夜的寮舍稱旦過寮。

祐賢引導我們似的，右手向一旁伸出。

兩名警官立刻站了起來。慈行沉默著。

我猶豫了一會兒，不知該不該聽從祐賢之言。

敦子比起眼前的選擇，似乎更對飯窪的態度驟變——應該可以這麼形容——感到驚惶。她同樣困惑無比。

鳥口好像尚未掌握狀況。

此時，剛才的年輕僧侶回來了。

僧侶瞄了一眼站著的祐賢，別開視線，默默行禮後，穿過我們身後，去到慈行前面，恭敬地低頭稟告著。

慈行再次瞪也似地望向祐賢，靜靜地說：

「祐賢師父，您說得沒錯。禪師說一切都交由您處理。各位，今後就請幾位與這位祐賢師父商量即可。還有諸位警察，禪師吩咐，視情況可以與僧眾晤面無妨，關於這件事，也請祐賢師父代為安排。」

那完全是壓抑、嚴肅的口吻。然而我卻覺得從那雙細長而碩大的眼中窺見了有如憎恨的膚淺感情。發現此事，不知為何我放下心來，總算站了起來。腳全麻了，我踉蹌了兩三步。

我們來到外面。

祐賢與慈行呈強烈對比，長相獷悍。朝上揚起的三角眉與細眼醞釀出一股威嚴，體格也很健壯。但是動作和慈行一樣敏捷，沒有一絲破綻。

「讓各位見笑了。同樣都是入僧籍之人，應該早已斬斷三不善根，然而合不來的怎麼樣就是合不來。眾多煩惱當中，亦只有瞋恚難以斬斷，忍不住就粗聲粗氣起來了。」

「三不善？那是什麼？從剛才開始，聽到的盡是些聽不懂的話呢。」

益田問道。

鳥口小聲地問：

「不是心臟衰竭（註）嗎？」

「所謂三不善根，指的是毒害眾生善心最甚的三種煩惱。其一是貪欲，再來是瞋恚——亦即發怒，以及愚癡——即不明佛祖教誨。這貪瞋癡三者合稱三毒。」

「哦，換句話說，你這個人容易動怒就是了。」

「沒錯，貧僧修行不足。」

祐賢笑了。

「請問……」

敦子發問：

「就快要四點了，那個……」

「閉門——慈行師父是這麼說的吧。雖然是會閉門，但也不是就出不去了。只是夜路危險，若要折返，須趁現在。當然若是各位要留宿的話亦無妨，只是就像慈行師父所說，四點開板之後，到接下來的開板——九點之間，無論是採訪或調查，僧侶都無法配合，這是事實。接下來十點也有所謂的熄燈，各位意下如何呢？」

「那麼，若我們明天再來叨擾的話……」

「起床是三點半。不過能夠接受採訪的時間，大約也只有午齋——午餐之後的三十分鐘左右吧。」

「哦……」

註：日文中三不善（sanhuzen）與心臟衰竭（心不全，sinhuzen）發音相近。

益田發出洩氣般的聲音。

「從那麼早就開始修行了嗎？」

敦子抱住了頭。

「那麼若是要採訪早上的修行，就必須在三點半前來打擾了，是嗎？」

祐賢泰然自若地回答：

「就是這樣吧。」

「嗯，敦子小姐，我們還是像飯窪小姐說的，在這裡過夜吧。要是就這樣回去，我真不知道自己是為了什麼搬著這麼重的機材，拖著痛得要死的屁股過來了。而且如果要在那種三更半夜的時間過來，結果也根本睡不到覺啊。會死人的。」

鳥口訴起苦來。

「喂，鳥口，你或我根本就無所謂，但是小敦和那位飯窪小姐可是婦人呢。像是更換衣物之類的……」

我還沒全部說完之前，飯窪開口了：

「我是準備好過來的。或者請各位先回去也可以，我一個人留在這裡，早晨的修行的採訪就由我……」

「小姐，這可不行啊。妳也算是嫌疑犯之一。妳要在這裡過夜的話，我們也得留下來過夜才行。對吧，益田？」

「而且山下先生會很囉嗦啊。」

益田模仿敦子抱住了頭。敦子說：

「雖然我也是整袋行李都帶來了……可是飯窪姊，妳一個人留下來的話，照片該怎麼辦？而且這次是《稀譚月報》的採訪，我還是……」

「我會留下來的，敦子小姐。」

「鳥口，你不管是留下來還是離開都無所謂啦。小敦，妳打算怎麼辦？」

「呃……」

「好像談不攏呢。喏，要怎麼做呢？」

祐賢露出看好戲的表情，欣賞著俗人周章狼狽的模樣。

飯窪似乎心意已定，所以敦子回頭看警察。

「益田先生，我們留下來過夜可以嗎？」

「什麼？啊，菅原兄，怎麼辦？」

刑警也商量起來了。敦子側眼望著他們，轉向我問：

「老師要怎麼做呢？」

「我都可以，反正我只是隨波逐流跟來這裡的。」

「今川先生呢？」

對了，還有今川。我都忘了。

「我的目的沒有達成，不能回去，而且我自己一個人也沒有自信回得去。如此罷了。」

原本在角落仰望建築物屋頂的今川用大舌頭的聲調說。可能是一直默不作聲，舌頭一時轉不過來吧。這我很了解。

「和尚先生！」

似乎商議完畢，益田用滑稽的稱呼叫道：

「只要等到九點，就可以進行約談，是吧？」

「沒錯。」

「在那之前，能不能先調查小坂先生居住的地方？」

「應該可以。」

「嗯……呃，各位。」

益田轉向我們。

「想過夜的話也沒有問題，我們能夠配合。因為照目前的狀況，調查也毫無進展。」

「那麼我們就在這裡叨擾一晚。各位都同意吧？那麼，祐賢師父……」

結果變成是敦子勉強統合了烏合之眾，飯窪突兀的提議硬是通過了。祐賢再次露出豪爽的笑容，叫來在後方待命的僧侶。

「我立刻安排。英生。」

「在。」

「你帶這幾位到內律殿去，我隨後就到。記得泡茶款待，別怠慢了。」

祐賢對隨從的僧侶說完，轉身離去。

年輕僧侶朝著祐賢背後深深行禮後，重新轉向我們說：

「貧僧名叫英生，請各位隨我過來。」

沒有半個人影，當然也沒有任何聲響。

這裡應該住著三十名以上的僧侶才是，可是簡直形同無人之境。完全不像是在寺院境內。不過我也不清楚從哪裡到哪裡才算是寺院境內。

我們被英生帶領到更偏遠的小殿堂去。我不知道是不是稱做殿堂，總之是一棟相當小巧的建築物。

剛才祐賢說這是方丈。

可是方丈的話，應該是十尺四方，也就是四張半榻榻米左右的大小，但這裡雖然小，卻也不止四張半榻榻米，當然裡面好像也被隔成了幾個房間。

「這裡稱為內律殿。直到去年夏天為止，是由一名知事使用，但是現在由於某些原因，已無人使用。」

大部分的人聽到這樣的說明都能夠接受，益田卻很愛追究。
「不好意思問這麼多，不過你說的知事是……？」
「所謂知事，就是主事職的僧侶，分擔禪寺的庶務。監院、維那、典座、直歲為四知事，有些大寺院更將監院區分為都寺、監寺、副寺三者，為六知事。本寺則是設四知事。方才的慈行師父是監院，祐賢師父是維那，而過世的了稔師父則擔任直歲。」
「哦，那個叫直歲的做些什麼工作？」
「呃，請問……」
「啊，失禮了，我是國警神奈川本部的……」
益田正要從外套內側取出警察手冊，卻被菅原一把抓住胳臂。
「小哥……不，益田老弟，這樣一群人站在玄關前，人家和尚也很困擾吧。進去裡面吧。」
益田「哦」了一聲。
以此為契機，我們進入了內律殿裡。
剛才也是這樣，從純白的雪地裡突然進入昏暗的室內，我遲鈍的虹膜完全機能失調，暫時失去了視覺。
這是一棟古老的建築物。榻榻米幾乎都已經脫色，柱子則泛黑到分不出是木製還是石製的地步。紙門上繪有圖畫，卻暗淡模糊，再加上室內光線不足，完全看不出畫的是什麼。
可能是出於古董商的習性，今川頻頻四處查看。鳥口則吵吵鬧鬧的。
「看呀，關口老師，這比仙石樓還要古老。這種老臭味非比尋常啊。」
「什麼叫老臭味？」
「就是古老的氣味啊。」
鳥口說，但我覺得這根本是線香的味道。

英生送茶過來了。

「讓各位久等了。貧僧入山以來，從未有過客人蒞臨，如有失禮之處，還請多見諒。」

「哦？那麼也沒有人來參拜嘍？」

菅原問。

「本寺並無檀家信徒。」

「沒有檀家？」

「是的，沒有。」

「那麼寺院應該沒辦法經營下去吧？」

益田說道。

今川接著問：

「我聽仙石樓的人說，戰前這裡有許多信徒……」

「呃，貧僧並不清楚戰前的事。」

英生歉疚地說。

的確就像益田說的，若是沒有檀家信徒，寺院是不可能維持得下去的。

我在前些日子偶然有機會得知一座沒有檀家的寺院，但是那裡並不是什麼**正經**地方。盂蘭盆時節不拜訪檀家、不經營墓地、不為人舉行葬禮的和尚，似乎全都被視為**不正常**。

可是關於這一點，回到根本來看，也是件相當奇妙的事。仔細想想，僧侶原本就是求道者，與世俗隔絕是理所當然之事。

若是純粹地潛心修行佛道，會與社會疏遠也是無可奈何吧。然而這樣的人在現代卻往往被視為**不正常**。只有能夠在社會中與世俗共存的求道者，才會被當作**正常**。

換言之，在現代若與世俗完全隔離，就無法求道。將它視為矛盾或當然，因人而異，但將寺院與經營這兩個原本格格不入的詞彙結合成一個單字，而且滿不在乎地加以使用的我們的感性，仔細想想或許才是**不正常**的。

山下今早說和尚做的是在葬禮給人誦經的生意，在某種層面上的確如此，現代就連當和尚也成了一門生意——或許。

儘管如此，若是完全將它視為生意，會被人說世俗味太重，但若是不把它當成生意來經營，又會被視為**不正常**，當和尚還真是吃虧。

明慧寺——依然是一座神祕的寺院。

似乎沒有世俗味，好像也**不正常**。

菅原取出記事本，更進一步詢問：

「和尚，你看起來很年輕，幾歲了？」

「貧僧今年十八。」

「十八？還真年輕。你是什麼時候來到這裡的？」

「貧僧才來四年而已，不久前還是暫到。貧僧在戰爭中失去了家人，這座寺院就是我的家。我是因為過世的了稔師父幫忙說情才得以入山的。在我之後，就沒有人入山了，所以我是本寺資歷最淺的。」

「這樣啊，什麼叫暫到？」

「就是新來的雲水。」

「我聽說入門的時候非常辛苦……？」

敦子問道。我搞不清楚這是採訪還是偵訊了，應該兩者都有，可是總覺得很奇妙。

「是的。必須帶著入山入堂的請願文請求入山，但是一定會遭到拒絕。即使如此還是不能夠死心，要在戶外站上兩天兩夜，不斷請求，才總算被允許入山。這稱為駐庭。得以入山之後，接下來是旦過閉關。要在一個叫做旦過寮的地方坐禪三天。不僅是動，連說話甚至是咳嗽都會遭到斥責。當時我的意識變得朦朧，好幾次差點暈過去。」

「這簡直是拷問嘛，一定很難受吧？」

益田輕浮地問。他似乎就是這種個性。

「是的。有四個人和我同一天入山，但是其中兩名在那個時候就離開了。姑且不論這些……那個，了稔師父他到底……」

「哦……」

除了了稔和尚已死之外，英生似乎什麼都不知道。

菅原只回答說小坂了稔遭人毆打致死。英生倒抽了一口氣，雙手合掌。

「請問……」

飯窪問道：

「坐禪是面對牆壁嗎？還是……」

這唐突的質問似乎把英生嚇了一跳。他的雙手依然合掌，眼睛睜了開來。仔細一看，他還是個少年。

「呃？我是面對牆壁的……」

「那麼也有人不是面對牆壁坐禪，是嗎？例如說老師輩的……」

「不，這……」

「關於這一點，小姐，本寺是形形色色的。」

祐賢再次無聲無息地登場，打斷英生的話。

「英生，辛苦了。已經可以了，你退下待命吧。」

「是。」

英生再次深深行禮，伶俐地退到隔壁房間。祐賢威風凜凜地來到我們面前，掃視眾人之後坐下。

「小姐，方才的問題……」

祐賢一坐下，就盯住飯窪，以洪亮的聲音問道：
「我可以視為是在詢問本寺的宗派嗎？」
飯窪似乎有些被對方的氣勢壓倒，卻以毅然的語氣回答「是」。感覺她上山之後性格整個變了。我越發不了解這名看似軟弱的女子了。
「妳清楚佛事禮儀嗎？」
「不，只是在決定採訪貴寺之前，我曾經與不下數百處的禪寺叢林（註一）接觸過。因此……」
「哦，正謂門前小僧，不學自通，是嗎？」
「什麼意思？飯窪姊？」
敦子詢問。的確，我也聽不懂。飯窪發問的意圖，以及祐賢的反應，令我完全摸不著頭緒。
祐賢回答了敦子的問題。
「在王三昧（註二）之中，臨濟黃檗是背壁而坐。而在曹洞，師家宗家之類雖有不同，但自開祖道元禪師以來，雲水皆面壁而坐。換句話說，這位女士想要以是否面壁而坐，來判斷本寺之派別，是吧？」
飯窪點頭說「對」。敦子問：
「可是那樣的話……這裡的宗派是……？」
「很遺憾，本寺既非曹洞，亦非臨濟。」
「可是……這裡是禪寺吧？日本的禪寺不都是臨濟宗、曹洞宗、日本黃檗宗這三宗之一嗎？」
「這有些不對。曹洞宗與日本黃檗宗的確是一宗一教團，但臨濟宗分為建長寺派、圓覺寺派、南禪

註一：此處的叢林為寺院道場之意。
註二：指三昧之王，三昧為梵文音譯，是佛教謂修行者將心集中在一點的狀況，在這裡三昧之工指的是坐禪。

寺派、東福寺派、相國寺派、建仁寺派、妙心寺派、天龍寺派、大德寺派、永源寺派、國泰寺派、佛通寺派、向嶽寺派、方廣寺派這大本山十四派，以及興聖寺派。若論宗派，正確地說就有這樣的差別。但本寺與其中任何一處皆無關聯。」

「那麼……難道這裡並不是禪宗？」

「禪宗？沒錯，本寺並非禪宗。不僅如此，本山亦**沒有**派別。」

「沒有派別？」

刑警呆住了，我當然也大感意外。飯窪抗議似地說：

「我……不認為這裡不是禪宗。」

「問曰：三學之中有定學，六度之中有禪度，此皆一切菩薩初發心時所習者，不分利鈍，悉皆修行。現今之坐禪，亦應為其一，據何以曰當中集有如來之正法耶……小姐，妳知道《正法眼藏》嗎？」

飯窪回答：

「我記得是……道元禪師所寫的書吧？」

「正是，是永平道元所著的禪籍。方才所說，是其一〈辨道話〉之中的一段質疑。所謂三學，即持戒、禪定、智慧。加上布施、忍辱、精進，即為六度。此六度正是救人之德目。這段質疑的大意約是：禪定只不過是此六度當中的其中之一，怎麼能夠說這一個就是佛法的全部呢？」

「這麼說的話，師父說這裡不是禪宗，意思是因為也會修習那六項裡面的其他五項嗎？」

「完全不對。」

「咦？」

「對於這個疑問，道元自己如此回答：禪宗之號，興於神丹以東，竺乾尚不見聞——達摩大師於嵩山少林寺面壁九年之間，道俗尚不知佛法正道，以『坐禪為宗之婆羅門』名之——愚昧俗家不知其實，概稱其為坐禪宗——簡坐字，僅稱禪宗。」

「聽不懂。」

「這也難怪……」

祐賢說道：

「簡單地說就是這樣：印度並沒有禪。禪勃興於中國。只是即使在中國，初祖達摩大師坐禪的真意也完全不被理解，被誤解為是婆羅門的坐行。因為只是一逕打坐，所以被稱為坐禪宗，後來被簡稱為禪宗。換句話說，道元禪師的意思是，不能夠把達摩的禪與六度中的禪定相提並論。禪宗這個稱呼其實是錯誤的，只會招來誤解。如果一定要說的話——佛法之全道，無一物可並稱之。」

好像懂，又好像不懂——這是我坦率的感想。我只要聽到這類言談，就會想起京極堂。也就是會忍不住帶著一種「這可能是詭辯」的偏見去聽。

祐賢繼續說道：

「如同各位所知道的，道元被視為曹洞宗的開山祖師。的確，若是在道元身上追溯傳遞正法的天童如淨的法脈，可以溯至中國曹洞宗的宗祖洞山良价，但這是不同的。道元生前從未稱呼自己建立的宗派為曹洞宗。道元的禪是只屬於道元的。同樣地，本寺只要追溯法脈，應該也能夠編入某個法系，但是即使冠上流派之名，也毫無意義。此外，為了誇示與其他宗派的不同而另興一宗，自立門戶，也同樣沒有意義。佛家不該議論教義之殊劣，而應不論道法之深淺，只管辨明修行之真偽。宗派不過是一種妨礙罷了。」

「哦……」

越聽越像詭辯。其實或許並非如此，我陷入一片混亂。我以為與京極堂長久交往下來，已經非常習慣難解的用語和說法了，但是祐賢卻欠缺一種京極堂獨特的惡魔般的親切。朋友的論調雖然艱澀，卻會在不知不覺間鑽進心房裡，在不知不覺間懷柔對方；反觀祐賢，他的口氣卻是充滿了一種聽不懂就揍死你的剛毅。兩者的差異或許接近夜襲與正面交鋒的不同。正面交鋒雖然堂堂正正，事實上夜襲的成功率卻比較高。

「呃……」

益田戰戰兢兢地出聲。祐賢看到他的模樣，說道：

「真是失禮了，我的說教癖又發作了。」

鐘響了。

四點了。

紙門另一頭傳來聲音。

「祐賢師父，您在這裡嗎？」

「我在，我在。請進。」

紙門無聲無息地打開，另一名僧侶站在那裡。

來人穿著華麗的袈裟，彷彿強調他與其他樸素的僧侶大不相同。年齡與祐賢大致相同。

後面一樣跟著隨從的僧侶。

「庫院（註）那裡……」

「不必擔心。」

僧人略微拱起右肩，流暢地穿過我們面前，坐到祐賢左側。

「哦，這位是典座的知事——桑田常信師父。」

常信雙手合掌，朝我們行禮。

「那麼，我們來決定今後事宜。首先請各位介紹姓名和身分。」

一開始是刑警，接下來以飯窪為首，我們依序報上名字，最後今川自我介紹，說明來意。

重新從正面望去，常信是個肌膚黝黑、感覺難以捉摸的男子。

祐賢說：

「首先由我們回答各位的問題三十分鐘。接下來會分派僧侶陪同警察與雜誌社的人員，由他們為各位帶路。無論要在哪裡調查或取材都可以，悉聽尊便。我已經吩咐其他僧侶予以配合了。只是對於僧侶的質問，請留待九點過後再進行。」

「可以嗎？」

——被這麼一問，益田像個下人般回答「是」。可能是被氛圍給壓倒了吧。菅原看到他那個樣子，嘆了一口氣，說道：

「怎麼說呢，呃，中島先生，感謝你的配合，不過以殺人案件來說，這實在太欠缺緊迫感了。」

「不，我們非常嚴肅地看待這起案件。在來到這裡之前，我已經和常信師父商量過了。雖然對稀譚舍的各位過意不去，不過在採訪的時候，請以警方的調查為優先。我們也是抱著這種想法來協助各位的。因為現在是非常情況，還請多多見諒。」

「這才是正確的態度。」

菅原不滿地說，打開記事本。

「那麼我先來發問。呃，在這之前，我有言在先，我們毫無信仰，雖然是會拜佛祖啦，不過不懂太難的事。你之前的話有一半以上我們都聽不懂。被你剛才說的……三毒嗎？被那個最後的毒給毒到了。對吧？益田老弟。」

「是啊，我們一點才學也沒有，所以請你們盡量說得淺顯易懂一點。例如說那個……知事，是嗎？呃，方才的和田先生，他是負責總務人事的，而你——中島先生，是負責風紀教育。是這樣的嗎？剩下的，呃……桑田先生，你則是**典座**……嗎？」

註：庫院為禪寺的廚房。

「所謂典座，是負責炊事，也就是管廚房的。煮粥做料理。」

常信回答。他的發音很清晰。

「哦，和尚做料理啊——負責廚房的，記下來。那麼過世的小坂了稔是……呃，**直歲**……嗎？」

「直歲就像是負責建設的，監督建築物的修繕與作務。」

「原來如此。直、歲……記下來了。」

益田寫在記事本上。

「那麼我可以把身為知事的四位——現在是三位——視為這座寺院的幹部嗎？啊，幹部這個稱呼只是個比喻。」

「無妨。可以吧？祐賢師父。」

「當然可以了，常信師父。只是在一般的寺院，知事的任期是一年。每年都會更換職務。而這裡原本也應該**這麼做**的。」

「但是本寺人手不足，所以就這麼一直連任下去。雖然能夠熟習工作，卻也有其弊害。典座直到去年都是由其他人擔任的，但是原本的負責人害了病，所以倉卒由貧僧接任。」

「原來如此。也就是除了各位以外的其他僧侶並非全都是年輕僧侶，也有著相當於幹部的大人物——或者說重要人物？」

「大人物這種說法我並不認同，不過的確是有幾名資歷很深、上了年紀的僧侶。他們擁有各自的草堂。」

「正確來說，包括我們以及慈行師父與過世的了稔師父在內，總共有六名……」

「不對，常信師父，是五名。」

「啊，五名。是五名。」

「地位高於這五人，最大的是……」

「是覺丹禪師。」

「覺、丹、禪、師，記起來。有這樣一位覺丹禪師啊。覺丹禪師不包括在這五人當中吧？」

「不包括，剩下的都是些年輕的雲水。」

「雲水的數目呢？」

「三十名。」

「這麼一來，總計共有三十六名和尚……」

「和昨天說的一樣呢。」

菅原說，他是指慈行說的人數吧。

「好，接下來是正式質問。」

「請問……」

敦子窺看刑警似地說：

「不好意思打斷你們的話，不過這是偵訊吧？我們需不需要離席？」

益田擺出戲謔的表情，當下回答：

「咦？沒什麼關係吧？菅原兄？」

「也不是沒關係吧？他們可是嫌疑犯。」

「何必學我們山下先生說那種話呢？我們談的事被聽到了也沒有什麼不方便，而且我們也得盯著他們才行。那也只能要他們待在這裡了。對了，中禪寺小姐，乾脆連採訪也一起進行好了。我想妳們要問的內容大概也差不多吧？」

「呃、嗯，是啊……」

敦子和飯窪面面相覷。然後敦子從皮包裡拿出記事本，又望向我。我也無話可答。

「益田老弟，那個警部補不在，你倒是變得生龍活虎起來了呢。」

菅原目瞪口呆地說，接著詢問兩名僧侶：

「這樣可以嗎？」

僧侶沒有意見。

「呃，那麼關於過世的小坂先生，我來請教一些問題。昨天和田先生也說過，據說小坂先生資歷非常深，他在這裡已經很久了，是嗎？」

「了稔師父在這裡已經待了三十年左右了吧。常信師父，這你比較清楚吧。」

「了稔師父今年應該六十歲了，我記得他是昭和三年入山的。是和覺丹禪師一起入山的。」

「和覺丹禪師一起？覺丹禪師不是最大的嗎？小坂先生和他是同期嗎？」

「同期？哦，以你們易懂的說法來說就是這樣。是相當老資格的僧侶了。」

「那就是次席了呢。如果覺丹禪師不在的話，小坂先生就有可能成為領導人，是嗎？」

「開、開什麼玩笑！」

常信露出詫異的表情。

「他從一開始就是**那個位置**了。現在反倒是被慈行師父給取代……」

「常信師父。」

祐賢勸諫。常信似乎對了稔觀感不佳，提到了稔的時候，語氣尖酸刻薄。

「真教人不懂。那麼他是個怎麼樣的人呢？」

「那個人……」

「難道他有什麼問題嗎？借用和田先生的話，他與俗世多所牽涉，是嗎？」

「嗯，慈行師父還是老樣子，說話拐彎抹角的。與其說是與俗世多所牽涉，那個人根本就是個俗物。」

「俗物？你是說俗人嗎？」

「沒錯，俗人。充滿欲念，不是個禪師。」
語氣充滿不屑。
「但是常信師父，了稔師父似乎想要徹底改變這座禪寺。不，雖然他可能只是嘴巴說說而已。」
聽到祐賢這麼說，常信翻起三白眼瞪他。
「祐賢師父，你這話是真心的嗎？真教貧僧懷疑自己的耳朵。那個人利用自己的職務之便，投資事業，不僅如此，還侵占公款，在花街包養女人，極盡奢侈之能事，耽溺於遊興──是個淨會破夏(註)的……」
祐賢瞇起眼睛打斷常信的話。
「這事並沒有證據。那個人總是說寺院應向外界敞開大門，再繼續固守現狀，遲早會無法維持。那麼寺院就應該在經濟上獨立，宗派也必須……不、不，我當然也是反對。」
「當然了，那只不過是虛言罷了。那種事不可能做得到！說起來您和我又是為了什麼來到這種……」
「請等一下。」
菅原用手勢制止。
「如果內容再複雜下去，還是改天再慢慢聽你們說吧。我們想要先知道小坂先生這個人的為人。」
菅原一臉厭倦。
祐賢和常信同樣不悅地望著鄉下刑警。
就我所知，警官與宗教家似乎天生就合不來。
「呃……不過關於投資事業這一部分，我們想知道得更詳細些。還有侵占公款的部分，身為警官也

註：僧侶不守清規，出法界遊玩，即稱「破夏」。

不能置若罔聞。即使只是流言，也有這樣的跡象，是嗎？」
「不，我沒有辦法給你任何明確的訊息。關於此事，慈行師父正在監查當中。」
祐賢制止想要開口的常信，中斷這個話題。
「刑警先生，了稔師父這個人的確在許多地方遭人誤解，但是就這麼一口咬定他是壞人，也有失妥當。了稔師父並非一般人所說的花和尚、破戒僧之類。唔……」
祐賢瞥了一眼常信。
「他與這位常信師父有些想法上的歧異。兩人雖然經常起衝突，不過那也是熱心修行佛道的結果。是教義解釋不同、以及修行方法有所差異。切勿以俗世的常識標準來判斷。」
「就算你這麼說……」
菅原用鉛筆搔頭。
此時紙門打開，英生探出頭來。
「祐賢師父，常信師父，差不多……」
「明白。」
已經過了三十分鐘了嗎？
「藥石已經準備妥當了。」
「藥石？那是什麼修行嗎？」
益田露出極端不願意的表情。祐賢笑了。
「藥石就是晚齋。」
「哦，是飯啊。」
鳥口小聲地、但很高興地說。
「要招待客人，總不能和僧人一樣一湯一菜，因此典座也費了一番苦心。不過畢竟是山寺的齋飯，實在稱不上豐盛。」

常信還是一樣機敏地說。接著祐賢像在挑選什麼似地掃視我們，最後視線停留在飯窪身上，開口道：

「稀譚舍的各位，飯後這位英生會帶領各位參觀。山內各處皆可自由行動無妨。攝影也請隨意。只是要拍攝修行中的僧人時，請先告知英生一聲。」

「請多指教。」

英生把頭貼在榻榻米上行禮。

常信朝紙門外出聲：

「托雄。」

「在。」

紙門再次打開，那裡有一名方才跟在常信背後的隨從僧侶。一樣很年輕。

「你照著警察先生的吩咐，帶他們參觀寺內。菅原先生、益田先生，這位是貧僧的行者托雄，有事請儘管吩咐。首先要去了稔師父的草堂，是嗎？」

「是啊。」

「托雄。粥罷之後，帶這幾位到雪窗殿去。」

「是，遵命。」

托雄同樣行禮。

「那麼稍後見。」

兩名僧人靜靜地起身，穿過跪坐在鄰室的兩名年輕僧侶之間，頭也不回地退出了。益田像要挽留似地伸出手去，對方卻毫無回應。菅原看著他們的背影，接著視線落向一直打開的記事本，大大地嘆了一口氣。英生與托雄異口同聲地說「請稍候」，再次垂下頭去，關上紙門。

就在這一瞬間，鳥口躺倒下去。

「啊，完全無法理解。我的屁股也到極限了。前途堪慮。」

「我有同感。結果除了被害人的年齡之外，什麼都不明白。雖然我已經習慣被別人打迷糊仗了，但是被說得那麼斬釘截鐵，到頭來竟然什麼都沒搞清楚！」

菅原同意鳥口的話。

「是因為我們對宗教太無知了嗎？我們是笨蛋嗎？關口老師明白嗎？」

益田把話鋒轉向我，我慌了手腳。

「我、我不行。這種情況，飯、飯窪小姐跟敦子比較……」

飯窪低垂著頭，正在沉思。

同樣正在思考的敦子說了：

「這裡有點……奇怪。」

奇怪。

這是最恰當的形容。

這座寺院……不，這次的案件當中，沒有任何不可思議之事。既沒有發生違反物理的事，也沒有超越人類智識的不可解之謎。

但是就是有些不協調。

有什麼東西不足，有哪裡錯位了。

因為**沒有**任何不可思議的事，**所以才不安定**。

亦即……

不能將之歸咎為**妖魔鬼怪所為**了。

儘管如此，卻又無法用科學的思考加以理解。

若問為什麼，因為我無知。

因為我對宗教一無所知，或是因為我站在目的意識稀薄的局外人這種不負責任的立場，所以無法用科學的思考來處理這起案件。

若要以科學的思考去理解世界，就必須有所覺悟，得將不明白的事就這麼不明白地擱置下來——京極堂這麼說。

這次——我想只是不知道的事太多了。因為不知道，所以連明不明白都不明白了。

就像看到高等數學的算式，就算這個算式錯了，也不明白哪裡不對，當然更別說糾正錯誤。不，別說是指出錯誤了，就連它是錯的都不曉得。就像益田刑警說的，是笨蛋。

只能放棄思考了。

這種情況，即使那道算式是正確的，無知的人也只能夠經常心存疑念，懷疑它可能是錯的。而這是只要無知一天，就永遠擺脫不了的曖昧不明。看樣子，無知的我早已在根本的地方遭到科學思考的捨棄了。

雖然如此，應該是這次唯一的依靠的怪異，也在很早的階段就幾乎被全數否定了。

所以才會覺得不安定。

硬要說的話，就是——奇怪。

「很奇怪，有哪裡不對勁……」

敦子繼續說：

「飯窪姊，妳是怎麼知道這座明慧寺的？」

「是在交涉採訪的時候，從幾家寺院那裡聽到的。」

「聽到的？知道這裡的寺院有好幾家嗎？幾家是有多少家呢？」

「記得是……四家。正確地說，連名稱都知道的只有一家，其他的連名字都記得模糊不清，感覺他們只知道大略的地點而已。只是……」

「只是？」

「其實我從以前就知道這座明慧寺了。雖然我沒有來過這裡，也不知道它的名字。」

「這樣啊，那麼知道這裡的那四家寺院的宗派是……？」

「咦？呃……曹洞宗和臨濟宗，兩邊都有。」

「這樣嗎？」

敦子撫摸下巴，這個動作很像她哥哥。益田望了她的動作一會兒後，開口問：

「中禪寺小姐，請問這座寺院有什麼可疑之處嗎？」

今早的那場推理之後，敦子似乎受到信任了。

「嗯……，要是這時候家兄在就好了……只是我想這與犯罪並沒有關係。」

「是什麼呢？」

「這座寺院沒有檀家，同時又是不受本末制度統制的獨立寺院，卻又相當古老，而且還藉藉無名，位於箱根——這根本是不可能的事。」

「是因為無法經營下去嗎？」

「不是的。」

「還是剛才和尚的講解在教義上有誤？」

「我想應該也沒有。我對教義也不清楚，不過那種說法在曹洞宗的寺院很常聽到。我也曾經從家兄那裡聽過。」

「那麼是哪裡不對呢？」

「是的。首先這個地方——很古老，對吧？今川先生，你認為呢？」

今川睜大了眼睛，嘴巴稍微鬆開，仰望天花板說：

「很古老。例如說那座三解脫門，那是五間三戶二重門，這與五山的樣式相同。五山之外的寺院三門規模較小，都只有三間門左右。還有那道迴廊，以迴廊連接三門與佛殿這樣的樣式，是臨濟宗系的寺院中所沒有的特徵，因此一般都認為禪宗寺院沒有迴廊，不過這好像是個錯誤的看法，原本似乎是有的。現在有些曹洞宗的寺院還保留有迴廊。而且那座佛殿的規模大到令人難以置信。雖然不華麗，卻極為宏偉。簡直就像五山——而且還不是現在的五山，而是古圖上的五山寺院的伽藍。這座寺院位在這種深山僻野，而且也沒有移建的跡象。此外山間似乎也散佈著塔頭（註）——我想至少這不是近世的建築物。是中世的。」

「不愧是古董商，真詳細吶。」

菅原驚訝地說。

「可是我只會讚嘆，並不懂它學術上的意義，也無法切確地估算出年代，所以搞不好我完全看錯了。而且我連隨便一個壺都沒辦法好好地估價，以一個古董商來說是不及格的。」

「可是，這裡很古老是錯不了的吧。我已經說了好幾次了，這裡真的有股老臭味呢。」

鳥口撫摸著榻榻米的邊緣說。

敦子繼續說：

「我也認為這座寺院相當古老，它所在的位置就讓人這麼認為。這裡的交通現在雖然極為不便，但是這是以現在所使用的道路為基準來看，才會這麼覺得吧？」

「可是啊，小姐，這裡離舊東海道也很遠，而且也偏離了巡迴箱根七湯的道路。」

「可是如果是從舊鎌倉街道來的話——雖然稱不上便利，但也還容易過來吧。俗稱箱根八里的東海

註：原本指禪宗中高僧居住之塔，在日本禪宗中則特指大寺院內的小寺、別寺。

道的一部分，是江戶初期所制定的。在那之前，應該都是利用一條名叫湯坂道的道路才對。雖然只是推測，不過我想從那條路前往這裡的話，應該還算方便。」

「那樣的話，妳的意思是這座寺院是江戶時代以前就建立的嗎？」

敦子再次把手擺到下巴上說：

「嗯，我是這麼想。可是若是這樣，而這裡又是不屬於任何法系的獨立寺院，那麼明慧寺就等於是逃過了幕府的宗教統治。因為自元和時期頒佈寺院法度之後，幕府便開始製作末寺帳，積極地管理寺院並掌握宗派……」

「什麼意思？」

「幕府認為只要弄清楚本山與末寺的關係，那麼僅須控制少數的幾座本山，就能夠掌控全國的寺院了。所以一些敷衍的寺院也被迫轉宗或轉派，編入組織當中，同時幕府限制荒廢的寺院重新復興，禁止新寺建立——就這樣不斷地統合廢除到最後，據說到了元祿時代，全國寺院的本末關係幾乎都已經整頓好了。在那個時間點，已經沒有無名寺這種東西了。每一座寺院都可以查出是哪座山系的第幾號寺院。能夠維持獨立寺院身分的，只有官剎、名剎等勢力龐大的寺院而已。」

「這裡會不會也是那樣？」

「但是這裡**藉藉無名**啊。既非官剎也非名剎，沒有留在紀錄上。」

「會不會是虛偽申報，只在表面上宣稱是屬於哪座本山的末寺？」

今川提出尖銳的疑問。

「嗯，事實上好像真有那種寺院。實際上並不改宗，而在契約上與法系上毫無關係的本山締結本末關係——確實曾有這樣的寺院。」

「那就是那個了。」

「可是那樣的話，應該會登記在某個時代的末寺帳上才對。但是這裡並**沒有登記**。」

「妳怎麼知道？」

「家兄調查的，他拿出現存的寬永寺院本末帳之類的來查。」

「妳哥哥是什麼人啊？」

菅原露出詫異的表情。

「那個人到底是什麼人啊？」

鳥口戳戳我。

「是個書痴，有病的書痴。」

竟然有自己不知道的寺院，京極堂想必相當不甘心吧。但是也虧他弄得到那種古書。我一問，敦子說就：

「好像是拜託明石老師的。」

明石老師據傳是中央區最瀟灑的男子，相當於京極堂的師傅。我這麼說明，鳥口便說：

「唔，師傅的師傅啊。」

「總之，江戶時期的紀錄當中，並沒有箱根山明慧寺這樣的寺院。這若是離島或邊境還可以理解。可是這裡與當時的交通要衝——箱根驛站只有咫尺之遙。這是絕對不可能的事。」

敦子說，這是絕對不可能的事。

這次的案件當中，目前尚未發生任何物理上不可能的事。然而卻似乎在不同的意義上有著不可能的事。

——或許有不能夠存在的東西。

京極堂說過這樣的話。我身在不能夠存在的場所。

敦子繼續說道：

「而且到了明治，寺院益加組織化了。首先有廢佛毀釋的影響。經營困難的寺院，除了廢寺或合併之外，別無選擇。而隨著明治五年神祇省（註一）廢止，明治政府頒布了一宗一管長制。禪宗被統一算為一宗，我記得天龍寺的貫首應該是第一代管長。之後曹洞宗獨立，成為臨濟、曹洞兩宗，臨濟宗再分出各派，而黃檗宗獨立，直到現在。在這個階段，哪個宗派有哪些末寺已經非常明確了。但是其中似乎也找不到明慧寺的名字。」

「哦哦，徹頭徹尾的地下寺院呢。」

鳥口開玩笑似地說。

「嗯。不過這是紀錄上，也有可能發生登記遺漏之類的事——可是有一點還是讓我覺得很納悶——」

「哪一點？」

「也就是——這裡是一座無檀家寺院。明治四年，全國的寺院除了墓地和宗教上需要的設施以外的土地——也就是寺領，全都被府藩縣給徵收了。在那之前，版籍奉還（註二）的時候朱印地（註三）也已經遭到沒收，所以當時寺院的經營就已經產生了根本上的變化。寺院失去了生產的手段，若不完全依靠檀家，就只能另覓財源了。」

「所以沒有檀家的寺院不可能存續到現在？」

「不是的。那個時候，明治政府命令無住持、**無檀家的寺院必須廢寺**。」

「消滅沒有檀家的寺院？」

仔細一看，益田正把敦子的話抄在記事本上。

「是的。所以如果這裡是無檀家寺院，能夠存續到現在是很奇怪的。」

「可是……」

今川插嘴：

「會不會是那個時候有檀家，而現在沒有了？我聽仙石樓的女傭說，戰前有像是檀家信徒的團體客拜訪這裡。雖然現在好像已經沒有了。」

相當敏銳的指摘。敦子立刻回答：

「你說的那些團體客，如果他們是住宿在仙石樓的話，就表示他們是來自遠方嘍？」

「應該吧。住在附近的話，就會直接過來吧。」

「既無本山也無末寺的獨立寺院的檀家，為何會住在那麼遙遠的地方？而且還是團體？」

「對喔……」

「至於檀家信徒——我想還是沒有的吧。說起來，明治政府因為難以決定寺社領地、墓地以及該徵收的土地標準，當時還詳細調查了全國寺院的寺領。當時這裡究竟是如何應對的？這座明慧寺的寺領不僅沒有被沒收，而且還無檀家，儘管如此，卻沒有遭受到任何處分。」

我佩服不已。我老早就放棄了思考，敦子卻未如此。她明確抓住我感覺到的曖昧不明，將它具體說了出來。

「真奇怪。」

菅原總算明瞭了。

「的確很奇怪。裡頭有什麼內幕，這是刑警的第六感。」

「可是這與這次的案件無關吧？」

「這可難說，益田老弟。要是有什麼祕密的話，就有可能成為動機。而且兇手很有可能是和尚啊。」

註一：神祇省為明治初年的政府神道教機關。於一八七一年延續神祇官設置，負責推動大教宣布（明治政府的神道國教化政策），但隨著神道國教主義的退潮，於一八七二年遭廢止。

註二：一八六九年，薩摩、長州、土佐、肥前四藩主主動將領土及領民奉還給中央朝廷，其他藩主亦跟進，達成形式上的中央集權，也是其後廢藩置縣的契機。

註三：江戶幕府發給朱印狀，政府認可寺院、神社之領地。可免除年貢、課役，但禁止買賣、租賃。

但是那些和尚看起來口風很緊，而且他們講的話幾乎都莫名其妙，我們說的話他們也聽不懂，就算逼供也沒用吧。好，我下山去查個清楚。說起來，這些傢伙一定也沒繳稅金。用了這麼一大片日本的土地，得要他們付錢才行。」

「菅原兄，你幹麼突然管起逃漏稅？而且要是說山裡的和尚全部都是嫌疑犯，就跟我們那裡的山下沒有兩樣了。」

「別把我跟他混為一談。我可是在現場幹了十年，經驗比他老道太多了。」

菅原盛氣凌人地說。

兩個人都一樣——我心想。

我覺得不管是山下還是菅原，都只是在自我正當化。排除擾亂社會秩序的異物，是他們警官的責任。但是這裡並非我們生活的社會——他們應該保護的社會。在這裡，異物毋寧是我們，是他們。

換句話說……

在這座寺院裡，**該被排除的是我們**。

即使發生了殺人案件，這個事實也不會改變。

在這種狀況下，若是想要貫徹正當性或自我意識，就必須全數否定構成周遭環境的一切才行。所以山下警部補才會懷疑起仙石樓的所有客人，而菅原刑警則懷疑起明慧寺的全部僧侶。

但這樣是不行的。

若因為難以理解，就將無法理解之事囫圇吞棗，自以為理解也沒有用，遑論完全予以否定，更是什麼都無法了解。若無視細節和微小的差異，將事象混為一談，就和無視每一棵樹，把它們粗略地當成一片樹林和山地的我沒有兩樣了。

所以……

破案恐怕很困難吧——我如此狂妄地逕自想像。

剛才的年輕僧侶出聲之後，打開了紙門。

談話就此中斷。

刑警們——特別是菅原，似乎對僧侶產生了明確的疑心。

——這就叫做先入為主。

我心想。

膳食很樸素。不是稱得上懷石料理（註）的精緻餐點，也幾乎沒有味道。一方面可能是因為照明很暗，而且東西吃起來口感很相似，再加上不知道吃進嘴裡的究竟是什麼，才會覺得味道都一樣吧。聽說禪寺很注重用餐的禮儀。雖然沒有特別受到監視，但不知為何我們卻遠比平常守規矩，默默用餐。

即使如此，鳥口依然獨自**大口大口**地吃著。

好像一點都不夠吃。

這場短暫的用餐十五分鐘就結束了。

用膳完畢後，菅原有條件地釋放了我們。

他的條件是全員必須在九點以前回到這座內律殿。他會這樣判斷，應該不是因為我們值得信任。而是比起我們，他現在更懷疑和尚罷了。

兩名刑警在托雄的帶領下，前往小坂了稔以前居住的建築物。敦子、飯窪和鳥口則由英生帶路，參

註：懷石原本指的是禪僧在修行時用來暖腹，忍耐飢餓所使用的「溫石」，和溫石一樣用來稍微解飢的料理就稱為懷石料理，原先是指茶會飲茶前先享用的簡單料理。但隨著時代變遷，懷石料理逐漸演變成豪華的高級宴會料理。

觀寺內。

而我——猶豫再三之後，決定和今川兩個人留在內律殿。

因為既然沒有警方監視，我也不必假意採訪了。

寂靜得教人吃驚。

外頭已經暗下來了。

時刻才剛過五點。

都市的話，這個時刻說是黃昏還太早。

然而這裡卻已經是夜晚了。

今川默默地坐著。

「真不可思議。」

不一會兒，他看著我說：

「這裡……是哪裡呢？」

「咦？這裡是……」

顯然，今川想要的並不是「箱根」這種愚蠢的答案。

我非常了解他這麼問的心情。

儘管這裡是現代日本，非卻我們生活的現代，也非我們居住的日本。這是一座徒步數小時就能夠抵達、土地相連的寺院，也有住址，連信都能夠送達，然而這裡……

「是山中異界啊，今川先生。」

穿過大門時，我下定決心絕不這麼想。

這完全是日常的延長。

這裡只不過是與俗世土地相連的、平凡無奇的一座山。

我應該已經決定這麼想了。

可是，這裡果然還是非日常。

今川說「原來如此」。

「在這種地方靜靜地生活是不是很不錯呢？關口先生。遠離醜陋憂愁的塵世，忘卻時間的流逝……」

「唔……」

的確，彷彿連時間的流速都不同。

不，時間的速度改變這種事，在物理上是不可能的，這是主觀的問題，換句話說，只是我們的肉體和心理受到了不熟悉的環境影響罷了。

無論置身何處，一小時就是一小時，一分鐘就是一分鐘。太陽同樣落下，同樣昇起。並非不去計算，時間就會延長或縮短。

鳥兒呴呴啼叫。

好安靜。

——啊。

——今日碎裂，

——明日也碎裂，

幻聽嗎？

歌？

「今川先生，剛才……」

——成為神子，無須置身此世，

——成為鬼子，無可置身此世，

——成為人子，被裝進煩惱的……

是歌，是不會成長的迷路孩童的歌。

「今川先生！是歌，有人唱歌……」

「是的，我聽見了。」

我衝出外面。

今川嚇一跳似地後仰，跟了上來。

外頭已經暗下來了。

「啊，那是……」

今川伸手指去，我慢慢地回頭。

——在那裡。

樹蔭下站著一名穿著長袖和服的少女。

——燃燒於煩惱的爐灶間，化做飛灰……

少女在唱歌。

彷彿從景物中浮現出來。

四周是一片雪景的白，然而太陽已經西下了。

是一種不可思議的亮度。明明昏暗，卻不陰暗。

只是失去了色彩，世界成了灰色調。

只有少女一個人色彩繽紛。

緋色花紋。紺青花紋。紫色花紋。

此時，少女輕巧地一跳。

齊剪的一整片劉海，

輕柔地，搖晃。

總覺得晃動得很慢。

——啊，主觀的時間……

變得越來越慢了。

再這樣下去，我的時間遲早會停住。

那樣一來、那樣一來，我就出不去了。

——如是佛子該如何。

——爹爹娘娘請原諒。

少女轉向這裡。

沒有表情。

那是人偶嗎？

瞳眸是兩顆漆黑的、無底的洞孔。

有如被澆上一盆冷水似地，我渾身戰慄。

「啊，果然是在這裡。」

背後傳來今川的聲音。

我回過頭去。

一片昏暗，我看不清楚今川的臉。

「就像……久遠寺先生說的。」

今川說道，走到我前面。

「今川先生，不可以過去。」

我抓住今川的袖子。

「那、那……」

——那不可能是這個世上的東西。

——哎呀，真恐怖。

「總之不可以過去。」

「可是……」

或許就像京極堂經常掛在嘴邊的，這個世上沒有不可思議的事。

她如果屬於此世，就絕非不可思議。

可是，這裡並非此世。

所以她也不屬於此世。

如果她不屬於此世，那麼……

少女面朝我們這裡，靜止了片刻。

她的瞳眸沒有光輝，臉上沒有表情……

不對，少女在瞪我們。

用沒有眸子的眼睛瞪著我們。

我的時間停止了短暫的一瞬間。

——不行，**會離不開這裡的**。

我別開視線。

當我再次移回視線的時候，少女已經不見了。

「啊……」

——是妖怪。

——要把它當成妖怪。

原來如此，你說的也不完全沒有道理啊，京極堂。

我這麼想道。

※

修行僧的早晨開始得很早。

凌晨三點半。

四周還是一片陰暗。振鈴的聲音響遍全境（照片1），僧侶的一天開始了。

冬山的早晨冷冽刺骨。

負責振鈴的僧侶必須冒著嚴寒，從法堂到方丈（禪師起居處）、旦過寮（新來僧侶的宿舍）、知客寮（接待賓客的設施）與境內之間奔馳過一巡，通告一天的開始。

山中充滿了緊張感。緊接著各種音色的鐘與太鼓響起，這便是禪寺的時鐘。

禪寺的一天全都由這些「響器」來管理運行。

不僅是起床，報時的鐘聲、集合的信號等等，全都藉由聲音來通知。響器的種類有鐘、太鼓，以及被稱為巡照板和魚板的木板等等，形形色色。關於敲打的次數和順序，皆有極為詳盡的規定，僧侶必須對此完全知悉。一聽便知其意自不必說，若是輪到自己負責敲打時，也絕不允許任何失誤。眾人徹底嚴格遵守時間。

早上四點開門。此時法堂的蠟燭、燒香用的木炭等必須全部點燃，準備妥當。僧侶的動作不容許一絲多餘。

配合貫首抵達的鐘聲，禪師們恭敬地進入本堂，開始早課（早晨的修行）。全山的僧侶齊聚一堂修行的景象（照片2）真正壯觀無比。被稱為殿行的僧侶曳步前進，搬入教典和閱覽台。

步幅、放置的位置、捧教典的角度到低頭（敬禮）的角度，全部整齊劃一。僧侶的呼吸沒有一絲紊亂，動作從頭到腳都有嚴格規定。

這裡——M寺，除了貫首以外，共有三十五名僧侶。全員齊聲誦經。獨特的發聲法使得聲音彷彿不是傳進耳朵，而是直接震動腹部。整座堂內都在震動。

大般若波羅密多經的轉讀開始了。所謂轉讀，是將教典迅速流暢地翻過略讀（照片3），來取代誦讀一整卷經文。若不這麼做，是無法讀完全部六百卷以上的大教典的。轉讀是動態的，但這些全都是根據禮儀來進行，絕不草率魯莽。

此外，修行的時候也充分地利用鑼和木魚、手鑿等響器。它們的音調十分莊嚴，讓人有一種彷彿在聆聽音樂的錯覺，然而絕對不能夠將其當作音樂欣賞。

早課結束後，僧侶便進行各自的公務。

所謂公務，就如同字面所示，是執行公共事務，但它與俗世所說的公務並不同。

僧侶進行的並非等同於經濟活動中所謂的工作，他們並不會在工作中尋求工作以外的意義。因為這並非勞動，而是修行。就連清掃和炊事，在寺院中也被視為修行。僧侶全員皆是構成寺院這個社會的成員，一定都負責某些職務。盡這些本分，也就等於修行。

例如法堂的清掃（照片4）當然也是修行的一環，不能留下一點灰塵。這些作務說起來就像動態的坐禪。

這段期間，典座（炊事負責人）的僧侶會製作膳食，膳食是常聽說的一湯一菜。早上是粥，中午和晚上是麥飯，非常簡素。

配合雲版這種響器的聲音，僧侶集合到食堂。默默無語，不能發出任何聲音。唱頌偈文，開始粥座（早齋）。筷子的拿法、缽的捧法、甚至連蘿蔔乾的咬法都有禮節規定（照片5）。沒有人彎腰駝背，也沒有人發出聲音。用餐結束後，在缽裡倒進一杯茶，以茶洗缽之後收起。以用餐而言，這種情景相當奇異，但這也是修行。

接下來終於開始坐禪。

坐禪在一棟稱為禪堂的建築物裡早晚進行。禪堂與食堂、浴室並稱「三默道場」，也就是不許發出任何聲……

——中斷——

※

4

這也是事後聽聞的事。

仙石樓的大規模現場勘查在十六點結束了。

滙報與意見交流聽說也在二十點結束了。

雖然並未發現指紋等能夠鎖定特定人物的證據，但是從垃圾桶和別館一樓突出的屋瓦等處，找到了些許遺留物。

是稻草屑。這在本館大屋頂以及柏樹上也有發現，據研判皆為相同的東西。

警方推測，這可能是從草鞋上掉下來的。

此外還查出設置在別館二樓牆面上方的排水管有不自然的變形，山下警部補主張那是鳥口爬上去時造成的，但是經過慎重的實驗，發現排水管相當堅固，若非馱負著相當沉重的東西——例如屍體——攀在上面，光一個人的體重是不會造成如此嚴重變形的。換句話說，那不是鳥口攀住時造成的彎曲。

不過這個判斷的前提是鳥口這個人的體重並非異常沉重。

而決定性的證據，是柏樹上殘留有被害人的一部分衣服纖維。

榎木津的主張獲得證明。

小坂了稔的屍骸確實是被某人遺棄到樹上去的。

勘驗之後，從樹木的形狀和殘留在樹幹上的擦痕研判，也發現屍體與其說是掉下來的，不如說是滑落下來的比較正確。以坐禪的姿勢凍結的遺體就像溜滑梯似地一路滑行到樹幹途中，然後以一副坐在那裡的姿勢落地了。這要是倒栽蔥地落下，恐怕無法順利地以坐姿著地，而且若是那樣，遺體也有可能遭到損壞。

可是事到如今，這個問題已經**無所謂**了。無論它發生的機率是多麼地微乎其微，無論它看在目擊者的眼中有多麼異樣，這個問題都已經無所謂了。

只是在犯罪之後偶然地發生了這樣的情形罷了，與犯罪無關。

問題在於兇手為何要做出這等荒謬之事？兇手非得在暴風雪之夜將凍結的屍體遺棄在樹上的原因為何？

山下警部補拚命地思考。

這種情況，最符合常識的結論是隱蔽犯行。

只要屍體不被發現，殺人案件就不會被察覺，因此殺人犯都會費盡心機處理屍體。有時候埋進土中，有時候沉入水裡，有時候加以焚燒，有時候予以肢解，來隱藏屍體。使用刀刃，使用藥品，破壞、抹煞、隱藏。因為只要沒有屍體，殺人案件就不會成立。

遺棄在樹上這個方法有用嗎？

——唔，算是有用吧。

山下這麼覺得。從建築物正面無法看到遺體，因為那個角度被屋頂遮住了。但是從飯窪住宿的尋牛之間可以看見。不，搞不好只是兇手不曉得這件事……

不行，不可能。說起來，只要走出庭院由下往上看，就絕對看得到屍體。而且從庭院另一頭的山坡看下來怎麼樣？從山上應該看得到。

——有必要實際去看看嗎？

不，沒那個必要。高聳的樹頂上有個和尚像伯勞鳥串在樹枝上的蟲餌似地掛在上頭，從遠方的高台肯定是看得見的。

當然，前提是那裡有人的話。

——是了。

沒錯，這種隆冬的深山裡才不會有什麼人。事實上就是因為沒有人，遺體才會直到落下之前都沒有被發現。所以……

——沒錯，這麼想就對了。

這一帶是杳無人跡的深山。無論殺人現場在哪裡，既然都能夠把屍體搬運到這家仙石樓了，那麼其他棄屍地點要多少就有多少。不管遺棄在這一帶的山裡的任何一處，都能夠拖延被發現的時間。可供藏屍的地點，就如同字面所說的滿山遍野……

不對，正好相反。在這一帶，這家仙石樓**是最容易被發現的地點**。換句話說，兇手**希望屍體被發現**。

——就是這樣。

兇手希望屍體早點被發現。換言之，犯罪在幾天之內就被揭露，對兇手是有利的。可是棄屍的時候不能夠被發現，所以他為了製造逃走的時間，把屍體放到樹上。若是放在不安定的樹上，屍體不久就會落下而被發現。而那個時候，兇手已身在遙遠的彼方……

——為了什麼？

山下覺得這個推測不錯。不錯是不錯，但是接下來就不懂了，也覺得好像想錯了。

例如這是為了製造不在場證明……

不，在現階段，連犯罪現場——甚至連犯罪時間都還無法釐清，兇手就算不做這種愚蠢的事，也可以輕易證明自己的不在場，而且無法鎖定犯罪現場與犯罪時刻的話，不在場證明是毫無意義的。

可是如果兇手缺乏法醫學的知識呢？又或者兇手對警察的調查行動毫無概念……

——那種人才不會去偽造什麼不在場證明。

不行，毫無意義。

不管從哪個角度切入，都看不出意義。連線索都抓不著。甚至覺得若不是因為什麼差錯，根本就不會發生這樣的事。

——差錯嗎？

例如說，屍體從樹上掉落，對兇手來說是個意外——這樣想如何？這並非為了隱藏屍體，也非製造不在場證明，兇手原本有著完全不同的意圖，或有其他目的，卻因為意想不到的壞天氣和積雪而失敗了……

這個想法不錯。以精心策畫的犯罪而言，這個結尾太過於粗糙，感覺手法非常**草率**。可是那樣的話，所謂其他意圖又是什麼？所謂其他目的……

——不行。

這根本不是什麼好推測，結果山下的思考繞回比原點更前面的地方了。

「那個……」

阿部巡查探進頭來，山下中斷思考。

「幹麼！有什麼事！」

莫名地火大。

「那個，菅原刑警回來了。」

「菅原？哦，那個轄區的壯漢啊。」

山下看看時鐘，二十三時四十分。

「好慢，太慢了。到底是在幹什麼啊，真是的！」

山下吼道，結果怒斥的對象從背後回答了：

「不滿意的話你自己去。」

「你、你那是什麼口氣！我可是調查本部的……」

「好啦，要是我有失禮的地方，我道歉就是了。談話一點進展也沒有。」

菅原繞到山下前面坐下，倦怠地轉著脖子，興致索然地問道：

「其他人呢？」

「他們暫時撤回了，調查會議明天在轄區警署舉行。我在等你和益田，因為我是負責人啊。」

「那真是多謝了。」

「益田呢？」

「在那裡過夜。」

「過夜？什麼意思？」

「嫌疑犯說要過夜，有什麼辦法？」

「這……把他們帶回來不就得了？」

「允許他們採訪的是警部補你自己吧？光是偵訊就搞到這麼晚了，更別說採訪了。我是不太清楚啦，不過那相當花時間，不是兩三下就能搞定的。」

「可是……」

「哎，虧你特地等我，就聽我說吧。雖然明天在會議上說也一樣……啊，既然會議上也得說，還是明天再說好了。」

「現在就給我說。」

從菅原的口吻，山下馬上就聽出明慧寺是個極度不利調查的環境。和尚嘴上說會協助調查，結果卻似乎完全不肯配合。菅原說他們調查小坂的房間後，只偵訊了短短一個小時，然後就回來了。

藉由菅原的陳述，小坂這個人總算在山下心中獲得了「人格」。對山下而言原本只是個醜陋物體的那具屍體，現在終於被山下當成殺人案件的被害人看待了。

「被害人小坂了稔今年六十歲。根據紀錄，他是在昭和三年進入明慧寺的。入山時是三十五歲。之後二十五年之間，一直住在那座寺院裡。至於入山以前的經歷，目前尚不明朗。沒有留下紀錄。不過現在的明慧寺貫首圓覺丹禪師也是在同一年入山，所以貫首應該知道這部分的情形才對。」

「可是因為無法約談貫首，所以不知道詳細情況。」

菅原心有不甘地說。

「然後呢？」

「小坂的風評很差，但也不完全都是負面評價。」

「真是不清不楚。」

「哎，普通任誰都是這樣的。只是根據我們所聽到的，小坂不管怎麼想都是個腥羶和尚。」

「腥羶？他吃魚嗎？」

「你啊，唔，魚好像也吃啦……」

菅原說，小坂似乎過著雙重生活。

「他是直歲的知事，也就是幹部。我不覺得是因為那個職位的關係，但是他每個月都會下山一次，然後外宿。好像從戰前就這樣了。也因為這樣，有不少流言蜚語，說他在外面包養女人之類的。那個姓什麼？那個古董商……」

「今川嗎？」

「對。和他說的話……唔，也有些吻合。他們有生意往來，不是嗎？我不太清楚。」

「嗯，如果全面相信那個怪臉古董商的話，是有些吻合。今川的身分現在已經向東京警視廳照會了，還有，我也委託他們查證今川的證詞真偽。只是什麼包養女人、生意買賣的，我看這部分有調查的必要。」

「確實有必要。因此小坂和其他和尚不同，經常不在寺院裡。但是他每次外出都會規規矩矩地提出申請，得到許可之後才下山，所以過去從未有過不假外出的事。」

「可是怎麼說，小坂有那麼多錢讓他如此為所欲為嗎？現在要包養女人，花費可是非同小可。他又不是哪裡的大富豪，只是個山和尚吧？」

「問題就在這裡。」

菅原露出心懷鬼胎的表情。

「這部分非常可疑。」

「也是吧，和尚畢竟也是人啊。我老家的菩提寺（註一）的和尚，也是喝酒玩女人，搞到傾家蕩產，結果說要把墓地的一部分賣掉，不久前才被檀家代表給狠狠地教訓了一頓呢。小坂要是素行這麼差，在寺裡也……」

「不，小坂沒有遭到撻伐。」

「為什麼？有什麼理由嗎？」

「這我不知道。當然也有和尚把他罵得一文不值，像桑田常信——這是個地位相當高的和尚，這個常信就把小坂說得一無是處。可是好像也有和尚不覺得小坂不好。中島祐賢——這也是個地位崇高的和尚，中島就說看看一休宗純（註二）。」

「一休？你說的是那個機智的一休和尚嗎？」

說出口後，山下才覺得這個反應好像很幼稚。

可是菅原點頭說「對對對」。

「就是那個一休。據說一休和尚是個會玩女人、吃肉喝酒的破戒和尚，可是他還是被人敬為高僧。中島說，所以不可以只因為這樣就糾彈小坂。」

「一休和尚不是個小和尚嗎？」

「小和尚總有一天也會長大吧？沒有人永遠都是小孩子的。」

「也是。」

山下想像在女人服侍下喝酒的破戒僧模樣，那張臉卻是小孩子長相，山下忍不住對自己貧乏的想像力以及畫面的愚蠢而苦笑。

「所以小坂並未被孤立？」

「沒有。聽說和小坂最合得來的，是一名最老資格的老僧。是一個名叫大西泰全、年近九十的老人。聽說他比貫首更早來到明慧寺，不過我沒能和他談到話。中島沒有把小坂說得太糟，或許也是看在大西的面子上。」

「那個大西掌握大權嗎？」

「他是個老人了，老頭子。不過好像也有其他年輕和尚仰慕小坂。說起來，戰後入山的和尚好像都是經由小坂牽線的。」

「牽線？」

「沒有和尚會來這種沒沒無聞的寺院吧。是小坂向親屬或其他寺院交涉後帶來的。因為戰爭，年輕的和尚有一半都戰死了。除了幹部以外，好像只剩下十四人。」

「和尚也去打仗了嗎？」

「我的部隊就有個淨土宗的新兵，每次揍他都給我念佛號，氣死人了。」

「呃，沒人在講你的事。我的意思是，這種地方也收得到兵單嗎？」

「赤紙（註三）管他是天涯海角都送得到的。」

「是啊……那個玩意兒……」

註一：一個家族所皈依的宗派的特定寺院，家族墓地設於此處，委任寺方進行喪禮或法事等等。

註二：一休宗純（一三九四—一四八一）為臨濟宗僧侶，據傳為小松天皇的私生子。擅長詩、書、畫，遊歷各地，不分貴賤，廣為傳教。性格灑脫反骨，留下許多軼聞。

註三：即軍方的入伍召集令，因為使用紅色的紙張，故俗稱赤紙。

只要是日本國民——也就是只要擁有戶籍，健康的成年男子都一定會收到。應該是吧。縱然是位於深山、遠離村里的寺院的僧侶，也是有戶籍的。

「收得到吧。」

山下告訴自己似地說。

「小坂好像滿會照顧人的，只是也有許多人和他個性合不來。不過我不曉得造成他們對立的焦點是什麼。剛才我也說過了，小坂和典座的知事桑田常信，這兩個人特別水火不容。」

「典座？」

「算是炊事的負責人吧。」

「料理長嗎？」

「差不多吧，他們就像天敵般彼此仇視。」

「那麼小坂在那座寺院裡是什麼樣的立場？不能一概而論說他遭到憎恨或厭惡，是嗎？」

「那當然，警部補。要是可以那麼簡單地斷定一個人是好人還是壞人，警察就不必這麼辛苦了。」

「菅原，我的意思沒有這麼單純。寺院說起來也是一種組織吧？那麼和尚就是組織成員，而小坂應該也有所謂組織中的立場。這麼一來，就會自動產生利害關係。如果小坂不是組織的末端而是中樞成員，那更是如此。」

「啊……噢。」

菅原用力點頭。

「你說得沒錯，寺院也有派閥。這看得出來。依我的觀察，幹部和尚感覺上在建立各自的派閥。可是像昨天來到這裡的和田慈行，從他之前的態度也可以看得出來，他對於小坂似乎頗有微詞，是反小坂派。但是同樣是反小坂派，和田和桑田這兩個人卻彼此交惡。相反地，中島是親小坂派，和桑田卻很要好。錯縱複雜。」

「不是主流反主流這樣單純的區分就是了。那個社……」

山下差點要說「社長」，慌忙訂正。

「貫、貫首又怎麼樣？」

「貫首感覺上和每一個幹部都保持一定的距離。不過我沒有直接見到本人，不清楚。只是依我之見，權力最大的應該是和田。而在和田的勢力興起之前，坐在那個位置的似乎是小坂。」

「哦……？」

可是寺院和公司組織不同，並沒有出人頭地就能夠掌握特權這種顯而易見的好處。因為這些人是和尚，但不管怎麼樣，錯綜複雜是肯定的。

「然後呢……？」

「什麼？」

「什麼什麼？那個小坂的行蹤呢？」

「哦，小坂了稔是在五天前被人發現失蹤，也就是屍體被發現的四天前。」

「這件事昨天的和尚——和田也說過了。」

「是啊。再說得更詳細一點，五天前的早課——也就是和尚每天早上集合念經，當天早課的時候，小坂人還在。南無南無地念完經之後，要進行打掃、洗濯之類的工作，這些事情都規定得清清楚楚，在時間上比一般公務員還要煩瑣，總之就是處理那類雜事。接著是早餐。雲水集合到食堂吃飯，地位比較高的和尚則是在自己的房間吃。小坂住在一個叫雪窗殿的小建築物，那裡我們也調查過了。值班的和尚準時把齋飯送去那裡，結果……」

「他不在嗎？」

「不在。」

「時間呢？」

「五點半。」

「五點半？五點半吃早飯？真是有夠早。最後看到被害人的是誰？」

「所以說，早上念經的時候，所有和尚都看到了。」

「幾點念完經？」

「五點。」

「那他是在五點到五點半之間不見的？」

「也不是這樣。」

「那是怎樣？快說。」

「有人作證說他入夜之後目擊到小坂。而且小坂竟然在他的天敵桑田常信的房間裡。看到的是常信的行者——也就是隨從的小和尚。那個行者，呃……叫牧村托雄，他在夜裡大概八點四十分到九點左右之間，看到小坂從桑田起居的建築物裡走出來。」

「目擊的時間不確定嗎？」

「晚上七點到九點是入浴或收拾整理的時間。因為澡堂不能一次容納所有人，所以得排隊。托雄算是比較新來的，所以排在後面，他從澡堂出來的時候，發現自己忘了東西。」

「什麼東西？」

「他說是經本。隔天早上念經的時候需要，所以他慌了。他在自己的房間裡——也不是稱得上房間的房間——沒找到，所以他心想一定是忘在師父那裡了，便臉色蒼白地跑去看。」

「臉色蒼白？」

「當然會臉色蒼白啊。要是丟了那麼重要的東西，會被臭罵一頓的，還會被拿棒子毆打。就像軍隊裡一樣。我以前也經常揍新兵呢。」

「沒人問你的事。」

「唔，反正似乎會遭到很嚴厲的懲罰，所以托雄偷偷跑過去找。那是一棟叫覺證殿的建築物，結果小坂忽然從裡面走了出來。」

「哦？所以他還在寺院裡？」

「是啊。但是從早上念經以後到那個時候，其間行蹤不明。完全不見蹤影。沒有任何人看到。」

「他會不會一直待在那裡？」

「不，白天的時候，桑田進出那棟覺證殿好幾次。那是他自己的房間，這是當然的。托雄也會進出，因為他是桑田的隨從。而且托雄說他把經本忘在那裡，也是晚上七點前後的事。」

「連忘掉經本的時間都記得嗎？」

「沒錯。黃昏六點開始，會各自進行修行。托雄好像在練習誦經。練習時會用到經本，所以那個時候經本還在。後來托雄被桑田叫去覺證殿，經本好像就忘在那裡了。那麼就是過七點左右，所以小坂是在那之後進入覺證殿的。」

「那麼小坂在早上五點過後就如同煙霧般消失無蹤，一直不知去向，然後二十點四十分左右，突然從那棟建築物裡走出來。然後呢？」

「就這樣。」

「那個小和尚沒有出聲叫小坂嗎？」

「好像沒有。托雄當時是掩人耳目過去的。他是偷偷折回去，才不敢出聲叫人。聽他的口氣，當時反而躲起來了。」

「那個……是叫桑田嗎？建築物的主人。他說那個時候在做什麼？」

「夜坐。」

「什麼？夜漏？」

「夜坐，晚上坐禪。他說他在禪堂裡。」

「有人看見嗎？」

「沒有呢。嗯……？不，有嗎？」

「到底是有還是沒有？」

「夜坐是自發坐禪，時間並不固定。常信算是地位相當高的和尚，所以可以在自己喜歡的時間坐禪吧？這我是沒問。那個時候禪堂裡……」

「沒人？」

「有人，就是那個和田慈行。他說他也在夜坐，還有慈行隨從的小和尚，兩個都在。他們三個人一起去夜坐。」

「那不就看到了嗎？」

「沒看到呢，桑田常信是**面壁而坐**。所以後來進入禪堂的和田等三個人，說他們不知道那是不是真的桑田本人。」

「會認不出來嗎？」

山下納悶地說：

「不，應該認得出來吧？他們至少會打個招呼吧？入室的時候，說句晚安還是打擾了……」

「不會打招呼的，禪堂這種地方是不可以出聲的。」

「像是咳嗽或是從姿勢……」

「咳嗽也禁止。而且和尚每一個姿勢都很端正，再加上幾乎沒有燈光，一片昏暗。所以雖然確實有個和尚坐在那裡，卻不曉得那是不是桑田。而且和尚的髮型每一個都一樣。」

「這我知道啦。沒辦法從袈裟還是體型之類的判別嗎？」

「就算你這麼說，證人都說不知道了，我有什麼辦法？不問清三十幾個和尚每一個人的證詞，確認彼此的所在和時間，是沒辦法知道的。」

「你問了嗎？」

「怎麼可能！偵訊的時間只有短短一個小時。光是問出這些，就不知道費了我多少工夫了。你還吼我說什麼回來得太晚，不是嗎？」

「等一下，等一下，我們兩個對罵也沒用。我了解你那邊的情況了。明白了。」

山下說，菅原不高興地交換盤腿而坐的雙腳。

「話說回來，警部補，新聞發表呢？」

「哦，由本部那裡發布。只說箱根山中發現僧侶的他殺屍體……」

「明智之舉，這起案件的內情看來很不單純。」

「菅原，意思是關於兇手……」

不知不覺間，山下放低了姿態。山下感覺到一股莫名屈辱，硬是嚥了下去。

「你已經有什麼想法了嗎？」

「兇手應該是明慧寺的和尚。」

「這是根據那個女人的證詞推測出來的嗎？」

「當然有一部分是。被目擊到的疑似兇手的人是個和尚，而距離這裡最近的寺院就是那裡。而且那裡的和尚每一個都健步如飛。我得花上一個小時半的路程，他們一個小時就能夠走完。我想到大平台那裡，也只要兩個小時半就可以到達了吧。換句話說，他們的行動範圍比我們想像得還要廣。再加上他們很有體力。區區屍體，可以輕而易舉地搬運。兇手就在明慧寺的和尚當中，這一點錯不了。」

「你、你掌握到什麼證據了嗎？」

「證據接下來才要掌握，其實我已經有眉目了。主犯……不，實行犯是桑田常信，但是整座寺院都想要隱瞞這個事實。換句話說，那座寺院的和尚全部都是共犯。這是**整座明慧寺串通**進行的犯罪！」

「整座寺院的和尚都是共犯？這……」

「太荒誕了，是嗎？可是今早你不是才斷定這是整家旅館串通進行的犯罪嗎？」

「呃，也是啦。但是根據呢？」

菅原不懷好意地一笑，那是一張土裡土氣的表情。

「動機呀。那些傢伙有動機。小坂是直歲，也就是負責建設及修繕的人物。這很花錢，所以他掌控了財務的一部分。那是一座古老的寺院，修繕應該也特別花錢。小坂會動不動找理由下山外宿，表面上好像也是說去籌措物資。」

「這哪裡是動機了？難道你的意思是其他的和尚嫉妒可惡的小坂自己一個人獨享甜頭嗎？」

「不是的。小坂好像侵占了寺院的公款，甚至有流言說他除了包養女人之外，還投資了事業。」

「侵占啊……原來如此。那是怎麼樣？挪用了寺院金錢的壞和尚遭到了天譴嗎？」

菅原再次鄙俗地笑了。

然後他打開記事本，結結巴巴地說明**寺院本身就很可疑**這件事。山下只能夠聽懂一半左右，不過他將之理解為近似於未經登記的公司行號。宗教的事他不懂，但是他曖昧地想，如果違反法律的話，就應該加以取締。

「就像我剛才說明的，明慧寺沒有檀家。沒有檀家的寺院竟然有可以侵占的錢財，這就夠奇怪的了。所以有什麼不能公諸於世的**祕密**的，是**寺院**啊。」

「寺院有祕密？」

「財源呀，財源。沒有檀家的話，就沒有法事可做。明明沒有任何收入來源，那裡卻有多達三十六人的和尚。就算是住在深山裡，和尚也不是仙人，總不能喝西北風過活吧，需要維持的費用。一定有什麼錢財的出處。」

「換句話說，小坂掌握了這個祕密財源？」

「沒錯。所以小坂也趁此之便，中飽私囊。此事敗露後，他遭到抨擊。但是寺院沒辦法將小坂所犯的罪公諸於世。小坂利用這一點，糾纏不休。最後小坂豁出去了，暗示他要揭露祕密，於是……」

「被殺人滅口了嗎……？可是菅原，這實在不怎麼合乎現實。又不是武打電影，會有那種邪惡祕密結社般的寺院嗎？」

「總比祕密結社般的溫泉旅館合乎現實多了。」

這個鄉下刑警真是有夠惹人厭。山下氣憤地思考要怎麼反駁，他很快就想到反證了。

「唔……我撤消今早的見解。可是，菅原，我認為兇手應該就是和尚，但是整座寺院串通這樣的看法我實在不能苟同。」

「為什麼？」

「首先是犯罪現場。你應該還不知道，但現場有可能是奧湯本再過去一帶。當然還未確定。」

「奧湯本？怎麼會突然冒出這個地方？那根本是在河岸另一邊了。」

「嗯，有人提供情報，證人也確認過了。說起來令人吃驚，有人在路邊碰到了屍體。而且那個時候兇手還留在現場，甚至還向那個人自白是**自己殺害**的。」

「什麼？這太厲害了，根本就是一級目擊證詞啊。一口氣解決了。然後呢？」

「遺憾的是，證人並未**目擊**。作證的那名人士──是個雙眼失明的瞎子。」

山下自己說著，失望地嘆了口氣。對山下而言，否定菅原的意見也等於是自斷僅存的一條活路。山下在失望之餘，隱約心想就算這是全寺串通的犯罪也無所謂了。所以他在腦袋一隅期待著菅原的反駁。

「那麼警部補，那個人看到……不，遇到的屍體，也不曉得究竟是不是小坂了嗎？」

「不曉得啊。至於自白的兇手，當然也只聽到他的聲音而已，菅原。人的記憶是不可靠的，非常不可靠。更何況只有聲音，證人肯定已經認不出來了吧。但是，菅原，這要是在寺內被殺害的也就算了，奧湯本的話，場所距離太遠了。要當做是全寺串通實在是……」

「那根本無關吧。而且那種證詞，別說是不是小坂了，連是不是屍體都很難說呢。就算萬一真的是屍體，也有可能是別的案件。」

「不過，據說兇手自稱和尚。聽好了，這可是在這麼狹小的箱根，再一次冒出和尚來，和尚喔。而且……」

「而且？」

「那件事發生的時間，正好是屍體被發現的四天前的夜晚，吻合小坂失蹤當天的日期。這應該不是偶然吧。」

「晚上幾點？」

「二十二點，晚上十點左右。」

「這……這樣的話不對！警部補，小坂了稔八點四十分人在明慧寺的覺證殿。就算是健步如飛的和尚，也不可能在一小時二十分之內去到奧湯本的！就算是修行僧，小坂也已經六十歲了。能夠在那種時間去得了的地方，頂多只有這一帶吧。」

「嗯？」

「就連去到大平台都得花上兩小時以上。即使坐電車，要去到奧湯本那種地方，應該也得花上四個小時以上，將近五小時才對。所以那不是小坂的屍體。絕對不是。」

「等一下，先等一下。可是啊，菅原，你不是說和尚都是共犯嗎？那麼那些證詞真的能夠相信嗎……？對吧？」

「啊，對喔！」

「就是啊。」

山下與菅原共鳴，幾乎同時發出聲音。

山下所提示的否定要素，反而補強了菅原的想法。戲言成真了。而菅原似乎也做出了相同的結論。

「也就是怎麼說，那個……」

「沒錯，菅原，就是……」

也就是這麼回事：寺院內部成員的證詞完全不可信任，只有外部人員——按摩師尾島佑平的證詞足以採信。換句話說，暫時先假定犯罪發生在二十二點的奧湯本。

那麼，首先就與牧村托雄的證詞產生矛盾了。

如果托雄的證詞是假的，他為何要做這種偽證呢？

凶案發生在奧湯本。

在那裡，兇手碰上了尾島。兇手認為無處可逃，情急之下認罪了。但是兇手很快就發現這是一個錯誤的判斷。於是，他進行了事後偽裝。

兇手暫時隱藏遺體，利用尾島雙眼失明這一點，讓**尾島自己**誤以為他遭遇到的是一場惡作劇。這只是權宜之計，不過姑且算是成功了。事實上，據說尾島就四處宣稱自己**被老鼠迷騙**了。這麼一來，便暫時拖延了一點時間。但是屍體遲早會被發現。那樣一來，一定會有人把尾島遭遇的惡作劇和殺人案件連結在一起。

這個時候，托雄的偽證便會發揮效用。

托雄作證說小坂在二十點四十分前後人在明慧寺內。那麼就像菅原說的，小坂不可能在遭到殺害的時間去到奧湯本，所以尾島碰到的疑似屍體的東西不可能是小坂。換言之，尾島所遇到的事依然會被當成一場惡作劇。

事實上，聽到這件事的菅原就這麼判斷了。

托雄的證詞，很有可能是為了讓尾島的體驗與案件切割而捏造的補強材料。

假設小坂被殺害的時刻是二十二點。

從明慧寺到現場必須花上五個小時左右，所以若是十七點以後小坂在明慧寺被人目擊，那麼尾島的證詞就會被視為毫無關係。

但是，若是犯罪時刻與目擊時間太過於接近，也會發生問題。因為會變成小坂是在**寺內被殺害**的。那樣就糟了。那麼一來，內部的人一定會遭到懷疑。所以……

必須讓小坂的遺體在遠離寺院一定距離的地方──例如這家仙石樓──被發現。從明慧寺到仙石樓約需要一個多小時。這麼一來，就可以理解為何要謊稱二十點四十分是最終目擊時刻了。因為這樣的時間恰好可以讓小坂來到這附近。

事實上，屍體就是在這裡被發現的。

早上五點消失的小坂，為何經過將近十六個小時之後又被目擊到？那番不自然的目擊證詞，會不會是為了將小坂的殺害現場轉移到這家仙石樓而捏造出來的？

目擊時間非得是二十點四十分不可。

「以桑田的角度來看，他連聲音都被聽到了，一定覺得尾島的證詞相當礙事吧。」

「如果剛才假設的都是事實的話，就是如此吧。很礙事。平常的話，在被人撞見的時候就會俯首認罪了，但是在場的如果碰巧是個雙眼失明的人，會想做垂死的掙扎，也是人之常情吧。」

「就是啊。那個叫托雄的是桑田的隨從吧？而且他說看見小坂走出來的覺證殿也是桑田居住的建築物吧？這要怎麼說都行，菅原。」

「但是警部補，這個偽證是以警方確定死亡時間為前提而做吧。我孤陋寡聞，不過連凍成那樣的死人都可以確定出死亡時刻嗎？還是已經確定了？」

「還沒有，解剖可能也碰到麻煩了吧，因為都凍結了，這也是我第一次碰到結冰的屍體。但是菅原，現在可不是江戶時代。明天──最遲後天就可以查出死亡推定時間了。科學調查是萬能的，就算犯罪地點可以隱瞞，只要遺體被發現，殺害時間遲早都會被查出。這年頭不曉得這種事的大概只有你一個了，就連山寺的和尚都知道。所以啊……」

就算與尾島的案件分開來看，只要殺害時間確定，被害人身分查明之後，警方遲早都會調查到寺院裡。為了防範未然，桑田最好先準備好自己的不在場證明。那就是彷彿有目擊者又彷彿沒有目擊者的不自然的夜坐。桑田的夜坐一方面證明他和小坂未在覺證殿彼此打照面，同時也成了行凶時刻的不在場證明。

姑且不論是不是整座寺院串通，桑田常信與牧村托雄兩人共謀一事，應該錯不了。

山下無比滿足。

「這樣如何？菅原。」

菅原更加滿足地應和：

「就是**這樣**，**這樣**沒錯。就像我說的，桑田就是兇手。就是那傢伙，一定是的。沒錯……」

不對。

「等一下。」

「怎麼了？」

「為什麼是仙石樓……不對，**為什麼是樹上**？」

「這……」

不行。

沒有意義。

若是想不出棄屍在樹上的意義，不管怎麼樣都還是不對勁。

山下歷經一番波折，結果又繞到菅原回來之前他在想的地方了。

根本是在原地打轉。

他認為梗概大致正確，剩下的……

「屍體非被發現不可的理由嗎？」

菅原雙手抱胸，山下再度嘆息。

可是桑田兇手說棄之可惜。

而且調查小坂生前行動的同時，也必須徹查明慧寺的財源及底細。也需要知道每一個和尚的身分和來歷。

「菅原，關於明慧寺的和尚，你有多少情報？」

「我記了姓名和入山年度回來。年齡是自稱，出生地等也盡可能問了。」

菅原半自暴自棄地遞出一疊和紙。

山下厭倦地看著那些紙張。

貫首　圓覺丹禪師　昭和三年入山　六十八歲
知客　和田慈行　昭和十三年入山　二十八歲
維那　中島祐賢　昭和十年入山　五十六歲
典座　桑田常信　昭和十年入山　四十八歲
老師　大西泰全　大正十五年入山　八十八歲

與其說是在看人名，更像在讀經文。和田在幹部中顯得異常年輕，但入山已經有十五年了。他十三、四歲就出家了嗎？至於大西，都已經八十八歲了。山下的家累中，最年長的是八十五歲。那個老太婆腳和腰都直不起來了，然而一個比她更年長三歲的老人，竟然能夠在這樣的荒山僻野中生活？那真的是人嗎？

「就算這麼記上一大串……和尚的名字特別莫名其妙。」

「沒什麼難的，地位高的人名字是很奇怪，不過其他人只是把名字換成音讀（註一）罷了。很簡單的。例如說，警部補叫什麼名字？」

「我的名字不能換成音讀。」
「哦，這樣啊。我叫剛喜（takeyoshi），換成音讀就叫gouki。如果我出家的話，就是剛喜和尚。」
「比起和尚，你更像入道（註二）。」
「這樣嗎？唔，除了幹部以外，戰前入山的中堅分子有十四人。是戰爭倖存者。戰時沒有人入山，戰後很快地，昭和二十年有五人入山。接著二十一年有四人，二十二年有兩人，二十三年有三人，二十四年有兩人。這是最後了。之後就再也沒有僧侶入山了。」
「那個桑田的隨從小和尚呢？」
「你說托雄嗎？不就寫在這裡嗎？二十四年組，二十二歲。」
名字埋沒在名字堆裡。
所以這份名冊對山下而言，只是寫了一堆漢字的紙屑罷了，完全看不出意義。這麼一看，就像菅原說的，這些和尚不分青紅皂白，每一個看起來都可疑萬分，真不可思議。山下無奈，只算了算人數。
「喂，菅原，這裡頭只有三十五人啊。和尚不是總共有三十六個嗎？」
「還有一張，你這人也真是粗心大意。」
「咦？哦，我知道啦，杉山哲童，二十八歲。喂，這個人的入山年度呢？」
「哦，他沒有入山年度。」
「沒有？」
「聽說他出生的時候就在山裡了。」

註一：日文的漢字發音大多有音讀與訓讀兩種，音讀是依循漢音，訓讀則是以和語的方法發音。
註二：這裡指的是一種日本的禿頭妖怪。

「什麼意思？」

「嗯。啊，我想這傢伙應該無關吧。雖然把他也算進去，不過說是和尚，智商好像也有點那個……不足。」

「咦？智能障礙嗎？」

「那種叫什麼呢？他就是住在附近的老人家的家人，小時候就一直做著類似寺男的工作，不知不覺就成了和尚。」

「門前小僧啊。」

「才不是什麼小僧哩，他是個巨漢。這就叫做體大無腦還是什麼嗎？好像會讀寫，但是智力很低，頂多是小學生的水準吧。」

「等一下，你說住在附近的老人家，有人住在寺院附近嗎？」

「聽說好像有。一個女孩，一個老人，還有那個哲童三個人一起生活。那個女孩也都在寺內遊蕩。我是沒有看見，但是那個小說家好像看到了。聽古董商說，她在這一帶好像很有名，叫什麼山中的長袖和服姑娘。這家旅館的人好像也知道。」

「穿著長袖和服？在這種深山裡？真夠怪的。那個老人怎麼維持生計？是樵夫嗎？」

「箱根又不是木曾（註），才沒什麼樵夫。唔，說可疑是可疑，可是應該沒關係吧。要調查嗎？」

「你……當然沒有調查吧。我想應該也沒那個時間，可是總覺得啊……」

反抗資本主義、近代國家及管理社會的荒唐傢伙一個接一個冒了出來，山下困惑不已。

他覺得不能夠胡亂增加嫌疑犯的數目。雖然這麼覺得，但可疑人物確實增加了。每一個都是他不想扯上關係的人種。

他只能祈求這些人和案件沒有關係。

——這座山裡沒一個正常人。

菅原一開始也不像個正常人。

但是現在已經算是差強人意的一個了。

益田怎麼了呢？

山下非常掛心。

「菅原，咱們的益田？」

「哦，那個小哥啊。他生龍活虎地在調查吶。現在應該跟嫌疑犯一起打鼾睡覺了吧。」

「生龍活虎？益田他嗎？要不要緊啊？」

現在益田正引領著一干嫌疑犯，深入更加疑雲重重的嫌疑犯大本營，隻身留在那裡。應該是四面楚歌才對。

菅原下流地笑了。

「不要緊的，又不會被殺掉。只是最近的年輕人真沒體力，鍛鍊的方法不一樣哪。看他已經累得快垮了。噢，這麼說來你也挺年輕的呢，真是失禮了。啊……對了對了。你說明天要在署裡開會，是吧？幾點？」

「早上十點。」

「那今天能不能到此為止？我的腳也痛了。」

「哦……」

在山下回答之前，菅原已經舉起右手說「告辭」，打開了紙門。

阿部巡查就站在紙門外，他嚇了一跳，敬了個禮，心想菅原接下來還要回到山腳下去嗎？

註：木曾為長野縣西南部木曾川上流的溪谷一帶，以檜木的產地聞名。

取而代之地，女傭走了進來，但山下一句話也沒招呼。

凌晨一點三十分了。

翌日早晨，山下起得比任何人都早。因為他不見想到那個教人憤恨的偵探和那個赤臉醫師。即使如此，他起床的時候也已經六點了。山下看著時鐘，想到明慧寺這時候連早飯都用完了。他交代掌櫃要是益田回來時該怎麼做，總算在第三天離開了仙石樓，隻身下山。

調查會議進行得很順利。

遺棄小坂遺體的凶嫌，似乎穿著類似草鞋的東西。

這與凶嫌做僧侶打扮的目擊證詞有一定程度的吻合，結果菅原的報告受到了重視。

會議上也提出了解剖報告，死因是由於後腦勺遭到毆打而造成的骨折。幾乎是當場死亡，沒有被毒殺的可能性。死亡推定時間大約是失蹤當天黃昏到翌日早晨，但範圍沒辦法再縮小了。這全都是根據胃中食物的消化情形所做的判斷。這個結論感覺相當靠不住，而且這曖昧的範圍是建立在小坂從失蹤前一天的晚餐之後就沒有再進食的前提上。

這樣一來，死亡時間在現階段等於是無法確定。因為明慧寺的齋飯菜色似乎每天都一樣，而且這要是像菅原說的是整座寺院串通好的犯罪，只要篡改情報，要將死亡推定時間偏離個一兩天也不是問題。於是尾島的證詞受到了矚目，因為警方認為尾島與明慧寺間沒有任何利害關係。商議的結果──也就是在沒有確證的情形下──尾島的證詞被採信，達成了小坂是在失蹤當天的二十二點前後遭到殺害的共識，並決定以此為前提進行調查。

此外，考慮到被害人小坂過著雙重生活，一方面必須徹底調查他的異性關係與事業等流言真偽，同時明慧寺的真實情況、僧侶的來歷與身分也成了調查重點。調查完全以明慧寺為焦點展開。

死掉的是和尚，疑似兇手的人也是和尚，這可以說是理所當然的結論。

最後山下決定親自出馬，進入敵方大本營明慧寺。

從會議的發展來看，這是情勢所迫。明慧寺不能不調查，而若要調查，那也是身為本部長的自己的責任——應該。當然，菅原要求同行。

會議在正午結束，用完難吃的午餐後，山下帶著數名警官和菅原，再次踏上山路。心情沉重。

抵達仙石樓是十四點。短短的七、八個小時前還在這裡，但山下卻覺得睽違已久。

益田還沒有回來。

蠢偵探和刻薄醫師正在下棋。真是輕鬆，教人連氣都生不起來。

不過這兩個人根本連山下都沒注意到。

說起來，那個蠢偵探到底是來幹什麼的？——山下想道，看著兩人，結果偵探發出奇怪的大笑。山下覺得他是在嘲笑自己，莫名地升起一把無名火。

自己好不容易才找回步調，再這樣下去又會前功盡棄。就在山下決定不理他們，別開視線的瞬間，他聽見了不想聽見的聲音。

「哇哈哈哈……已經沒救了，久我山先生！你贏不了我的！」

「也還不一定沒救吧。可是你啊，該不會是用那種奇怪的能力贏過我的吧？」

「你也是大笨蛋之一吶。全知全能的我才沒有什麼奇怪能力，我有的只有多到不能再多的才能！」

「哎，或許的確是這樣，不過我覺得你可能只是碰巧贏的。」

「有可能吧，沒什麼才能贏得過碰巧。」

「我不懂你在說什麼，不過無所謂。不管這個，榎木津，可以請你準備著手進行我委託的偵探工作了嗎？關口和中禪寺小姐都沒有回來。」

「猴子回山裡去了吧，沒什麼好擔心的。」

「我在想，乾脆連我也一起去好了。」

「去哪裡？」

「什麼去哪裡，當然是明慧寺嘍。」

「不准！」

無法置若罔聞地就這麼經過，豎起耳朵偷聽的山下終於忍不住插嘴打斷了這場駭人對話的結論。

「不行，禁止外出！」

「噢噢！這不是社長嗎？你還在啊？話說回來，你說禁止什麼東西？」

「禁止你外出！」

「喂，山下警部補，你有那種權力嗎？雖然我是嫌疑犯，但榎木津不是吧？你不能限制他的行動。」

「啊，囉嗦！菅原，把這幾個……」

「警部補啊，不能把這些傢伙綁起來。弄個不好會是濫用職權。而且還有寺院裡那些人的先例，總不能差別待遇吧。倒不如把他們擺到一處或許比較好。」

「混帳，難不成你想帶他們去嗎？」

「我是不會帶他們去啦。我只是說，如果他們要跟來，我們也阻止不了。不過如果他們妨礙調查的話，就可以逮捕他們了。」

「逮捕啊……」

就像菅原說的，乾脆讓這些傢伙捅出什麼婁子，再加以逮捕，還比較樂得輕鬆。山下斟酌著這種想法，醫師收起了下巴說道：

「怎麼，警察要去明慧寺嗎？和尚當中有嫌犯嗎？如果已經知道真兇是誰，我們也不必進行什麼偵探活動了。」

「囉、囉嗦！我沒有義務跟你們報告調查進度！隨你們的便。菅原，走了。」

山下頭也不回地大步出發，這是他不管怎麼樣都事不關己的意志表現。在警察署裡頭事事都很順利，但是只要踏進山裡一步，就變成這個樣子。完全無法一如所願。而且就算他們跟來，山下也絕對不願意和蠢偵探一道遠足。這陣子諸事不順的山下，還是留有一點自尊心的。

好陡的斜坡。

菅原和警官都默默地爬著，身為主任的山下不能夠在他們面前說喪氣話。這是警部補的志氣。菅原咒罵著：

「哼，我今天一定要逮到那些和尚的狐狸尾巴。事無三不成！」

「菅原，太卯足了勁不行啊。人不是說有二就有三嗎？」

「事不過三啊，警部補。所以要是這次不成，我就要變成鐵石心腸了。我要揪住那個桑田，硬逼他給我招出來。」

「比起證詞，證據更重要啊，菅原。物理證據勝過一切自白。要是找到和那些稻草屑相同的稻草鞋，那就很夠了。」

「一點都不夠，調查的醍醐味在於自白。」

菅原豪邁地說。山下完全無法理解。而且他總有一種疏離感。

這座山在拒絕山下。

「話說回來，這條山路也太不人道了吧？你不覺得住在這種沒效率的地方，本身就是一種犯罪嗎？」

這是拐彎抹角的洩氣話。

「寺院姑且不論，像是一般老百姓，而且還是老人跟小孩，真能住在這種地方嗎？小孩子的教育問題該怎麼辦？」

「窸窸窣窣」的，令人生厭的氣息從背後逼近。
山下縮起脖子，但菅原回過頭去。
「噢，警部補，是偵探來了嗎？」
山下一點都不想看到那種東西。
「別管他們，快點前進吧。」
「咦？好像不是。」
「不是？」
山下回頭一看，一個人偶站在樹木之間。
微弱而悅耳的聲音傳了過來。
——如是人子，裝進煩惱的皮囊裡，抛入水流。
「那、那是什麼？」
「噢，那就是你剛才還在質疑存不存在的山中的長袖和服姑娘吧？」
「姑娘？」
——那是人嗎？
骯髒的長袖和服動了。
枯枝沙沙擺動。
雪花紛紛飛舞。
極其怪誕。
卻又無比真實。
人偶笑了。
「妳、妳……」

住在哪裡？——山下想這麼問。

「回去。」

說話了。

山下張口結舌。

「不要再過去了。」

一陣猛烈的惡寒竄過全身。

警官和菅原也失去了冷靜。

女孩用一種恐怖得不屬於這個世界的表情瞪著山下，甩動長長的袖子，像一陣風似地溜過警官身邊，奔上斜坡消失了。

「啊……，警部補，你看見了嗎？」

「當、當然看見啦，那種東西……」

竟有那樣的東西猖獗跋扈，這裡根本就是魔界。

那樣的話，下界的法律是否無效？

山下像要追上女孩似地仰望她的去向。

瞬間樹叢左右搖晃，一個渾身沾滿雪的男子連滾帶爬地跑了下來。男子一看到山下等人，放聲大叫：

「啊……！山下先生！這不是山下先生嗎！」

來人是益田。

「呃、益、益田，怎麼了？」

「又、又被殺了！和、和尚……」
「什麼？你冷靜一點。」
「明、明慧寺再度發生殺人案件了！」
益田這麼說道。

※

「所謂坐禪，」
敦子的聲音響起。
「一言以蔽之，就是……唔，該怎麼形容才好呢？這……」
敦子停下拿著鋼筆的手，自言自語地說道，回過頭來。當然沒有人回答得出來，所以也沒有回應。
不過這個時候，清醒的——處於能夠回答的狀態的人，只有我一個。
然而就連這樣的我都以全身露骨地表現出痴呆狀態，回過頭來的敦子露出愣住的表情。
「天曉得。」
我落井下石地回了個愚蠢到家的答案。敦子目瞪口呆，再次轉回書桌，用鋼筆蓋輕輕頂住鼻尖。
今早……
我們手忙腳亂地追趕著僧侶凌晨三點半開始的生活。採訪大致結束的正午過後，眾人的疲勞到達巔峰，到了午餐後的休息時間，我們緊張的神經全都繃斷了。
我和鳥口完全癱瘓，青年攝影師就這樣遁入了夢鄉。應該負責監視的益田刑警也打起瞌睡來。飯窪一個人不知為何積極無比，似乎自己一個人繼續採訪去了。
沒看見今川。

他去參觀寺院了嗎？還是去找僧侶聊天了？早上的採訪今川並未陪同，所以也許不像我們這麼疲勞，話雖如此，早飯也一樣是在早上五點半用的，沒什麼差別。

敦子好像已經開始撰寫報導的草稿了。

勤勞得教人吃驚——不，持續力令人驚異。

如果效法敦子，我一個月應該可以寫出一篇長篇小說吧——我一邊與逼近而來的睡魔搏鬥，一邊頭腦昏沉地想。

敦子昨晚應該也幾乎沒睡。

昨晚……

明慧寺最年長的老師特別答應接見我們。老師的心情很好，會見一直持續到深夜。我認為不管對稀譚舍還是對警察，以及對今川來說，都是一段非常有意義的時光。

若問為什麼，因為聽完老師的話，我們對於明慧寺的疑問大半都得以冰釋，對僧侶的疑心也幾乎都消除了。我在逐漸退後到名為惰眠的溟濛彼方的意識當中，回味著昨晚與老師會面的始末。

昨晚……

菅原與益田在九點展開偵訊工作，不折不扣地兵荒馬亂。

因為時間只有短短一個小時。然而僧侶人數眾多，若是兩者相除，一個人能分配到的時間不到兩分鐘。以三名幹部為首，年輕僧侶一個接一個被叫入內律殿。不過只有高齡的老師和貫首無法配合警方的偵訊。不對，與其說是無法配合，更應該說是在一個一個叫來年輕僧侶時，時間到了。這才是實際情況。

偵訊結束，菅原刑警返回仙石樓後，一度退下的中島祐賢的行者——我記得是叫英生——再度造訪內律殿。

說是老師希望與我們會面。

根據英生的說法，老師和小坂了稔交情匪淺，主動提出想和我們談談。

我們全員魚貫跟隨英生走去。

我們被帶去的，是一棟叫做「理致殿」的建築物。

老師名叫大西泰全。

那是個身上只穿了一件暗黑色無袖外套的乾枯老人。

我們原本擅自想像那會是一個身穿金碧輝煌袈裟的高僧，所以全都大感意外。

「晚安。」

招呼的方式也完全是個慈祥的老爺爺。

「老衲就如同各位所見，是個老糊塗，只不過做和尚做久了，被人稱做老師，其實只是個普通老頭子罷了。自由自在、隨心所欲。雖然是潛心修行，不過不必負責作務。所以老衲除了坐著打禪和誦經，其他時間都閒得很。話說回來，老衲已經不曉得幾年沒見過年輕的姑娘嘍。」

慈祥的老爺爺用乾涸的聲音大笑說。

此時三名僧侶送來了茶。

「噢噢，噢噢，來，請用茶。」

老師請我們喝茶，然後說了：

「話說回來，了稔師父也真是不幸。那到底是怎麼一回事？」

老師詢問益田。儘管沒有自我介紹，但他好像看穿了我們大略的身分。益田簡要地說明發現遺體的經過。

老師驚訝不已。

「哦？柏樹上頭？仙石樓的？那座庭院的柏樹上？原來如此。」

「您有什麼線索嗎？」

「庭前柏樹。」

「什麼？」

「沒事沒事，沒什麼。不過這真是駭人聽聞。仙石樓也真是無妄之災。」

「老師知道仙石樓嗎？」

飯窪問道。

「小姐，老衲當然知道那裡。老衲來到這裡，已經將近三十個年頭了吧。而且建造那座庭院的，正是老衲的師父。」

「什麼？」

敦子露出詫異的表情。據說禪僧與庭院之間有著很深的關聯。雖然一樣只是粗略的認識，不過我記得以庭院聞名的寺院大多都是禪寺。此時我想起來似地望向今川，但古董商還是老樣子，完全看不出在想些什麼。

接著發問的是敦子。

「那麼，建了仙石樓那座庭院的，就是這座明慧寺的和尚嘍？」

「非也非也。老衲的師父是京都一座臨濟古剎的住持，他是位擅長造園的名手。其實原本預定是師父要來這座明慧寺的，但是師父初到不久就圓寂了，結果變成老衲代為入山。來到這裡的時候，老衲已經年過六十了，在那之前，這裡沒有半個人。是座**廢寺**。」

「廢寺？」

「是啊，不過廢寺這個說法有些不正確。雖然不知道這座寺院從什麼時候開始就有了，不過一直都沒有人。不，它不為人知地建在這裡，而老衲的師父前來仙石樓的時候**發現**了它。」

「發現？」

記得拜訪這裡的時候，敦子說過類似的話。她的印象似乎是正確的。

今川問道：

「這裡的大伽藍如此雄偉，在那之前卻沒有任何人知道嗎？」

「是啊。這裡真的是一座絲毫不遜於五山寺院的大寺院，不過只能說也是有這種事的。發現這裡的時候，似乎引發了一場混亂。不過不管怎麼樣，事實就是如此，也只能接受。所以啊，不瞞各位，第一個以住持身分來到這裡的就是老衲。這座寺院的和尚裡頭，沒有一個比老衲資歷更久。就算有，那也是好幾百年以前的事了。」

「哦……」

廢寺的話——如果是已經廢寺的寺院，沒有登記在末寺帳裡也是可以理解的。

不對……

「那麼這座寺院究竟是什麼時候……」

「哈哈哈哈，你們好像覺得這座寺院很古怪，是吧？我不曉得你們是怎麼想，不過應該就像你們猜想的一樣，這裡沒有留在任何紀錄上。是誰建的、什麼時候建的，完全不清楚。」

「真、真的是這樣嗎？」

「就是這樣啊。聽說發現它的時候調查得相當徹底。當時日本禪寺的首腦齊聚一堂共同調查，卻都查不出個所以然來，所以應該是真的不清楚吧……」

泰全老師以輕妙的口吻述說明慧寺被發現的經過。

這同時也是仙石樓的歷史。

現在的仙石樓老闆是第五代，名叫五代稻葉治平。

據說初代治平出生在箱根西北部的仙石原村。

仙石原雖然一樣位在箱根，卻在蘆之湖及高聳的群山環繞下，與其他各地隔絕開來，是個位於高原的小村子。源賴朝（註一）經過當地時，曾說若是開墾，應該會有千石米（註二）的收成——據說這就是地名的由來。

但是與地名由來的傳說相反，仙石原被富士山的火山灰覆蓋，土壤貧瘠無比，又受到多雨及冬季來得早的氣候影響，幾乎無法栽種作物。

旱田裡的收穫只有少量的小米和玉蜀黍，有人則以挖掘神代杉（註三）或採伐木工藝用的木柴維生。除了把山林坐吃山空以外，仙石原的居民沒有其他的生產手段。

雖然現在已有國道通達，也觀光化了某些程度，但是在當時——江戶時代，仙石原真正是一個貧窮到三餐不繼的村子。

治平就出生在那裡。

因為是這樣的一塊土地，治平年幼時就為了減少扶養人口而被賣到小田原的商家。

仙石原因為有裏關所，小田原藩派遣了定番（註四）的武士駐守，據說就是靠著那名武士的關係。也有人說治平其實是那名武士的孩子。

可是被賣掉這件事對治平可以說是因禍得福。

治平很有生意頭腦，在受雇的商家很快地嶄露頭角。之後他經過許多歷練，輾轉到了江戶，最後在日本橋的郊區開了一家小料亭。

在那裡到底發生了什麼事呢？——老師說得很含蓄。

註一：源賴朝（一一四七—一一九九）創立鎌倉幕府，為初代征夷大將軍，也是武家政治的創始者。
註二：石為日本的計量單位，一石約一八〇公升。
註三：指長年埋沒在水中或泥土中的杉木，顏色亮黑而堅固，用來製作工藝品或高級家具。
註四：江戶幕府的一個職稱，派駐在城裡，不需輪調的警衛。

治平究竟在江戶做了些什麼，似乎沒有人知道詳情。但是無庸置疑地，他獲得了一大筆金錢，然後他想到要衣錦還鄉——老師說。

治平回到了小田原。

此時又發生了一些事。

治平一開始似乎計畫要讓故鄉仙石原村的經濟獨立。為了這個目的，首要之務是開通道路。

但是不管財力再怎麼雄厚，治平也只是一介商人。而且追根究柢，他原本還是個貧農，說穿了只是個身分卑賤的商人。如此狂妄的計畫，不是一朝一夕就能夠實現的。

但是治平不死心，他使盡各種手段，成功地籠絡了藩主。值得慶幸的是，他原本受雇的小田原商家，與當時的小田原藩主大久保家之間似乎有某種關係。

沒有人知道他們進行了什麼交易。治平變更計畫，決定興建旅館，將收益用在援助村子的財政上，並且實現了。

但是這一定也是小田原藩出於某些政治考量做出的裁量。

總之，治平散盡他在江戶積蓄的私財，建設了仙石樓。結果在偏僻得難以置信的地點，完成了豪華得難以置信的旅館。

關於仙石樓的地點條件之差，老師做了以下的說明。

「大平台地方不知為何，並沒有溫泉。直到去年還是前年才從宮之下引泉過來，總算有了溫泉。在那之前，大平台的人都是撿柴燒水的。直到最近，這一帶沒有溫泉都還是常識。而仙石樓那個地方雖然交通不便，卻有溫泉。雖然水量不夠引到下面，不過水質很不錯。以為不會有溫泉的地方湧出了溫泉，所以才把旅館建在那種地方吧。或許那原本是座祕湯也說不定。就算在當時，其他的溫泉地也都已經頗負盛名了。在箱根沒辦法隨便蓋什麼隱密的溫泉療養場，所以才會選在那種地方吧。一方面也因為招待的都是無法公開露面的客人。」

祕密的高級溫泉療養場——這才是仙石樓的真面目。

爾後一直到明治維新，仙石樓一直在小田原藩的祕密庇護下，作為藩的重要人物及賓客——好像也有外國人——的祕密療養所營運著。

「那裡現在雖然叫做仙石樓，可是以前用的好像不是這個樓字。說到樓，就是高殿，指的是兩層以上的高聳建築物。那兩層樓的新館好像是明治中期才落成的，在那之前是平房。平房的建築物怎麼能叫做樓呢？所以雖然不是很清楚，不過它一開始好像是叫做『仙石廓』這個名字。說到廓，就是風月場所，也就是藝妓屋。換句話說，它原本其實是那樣的場所。」

仙石廓的營業內容為何，似乎不為人知。一切都是傳聞、風聞之類。據說仙石樓每年都會捐出一部收益援助村子，但是關於這件事，完全沒有留下任何紀錄或古書，或許是騙人的。

明治維新之後，理所當然地，仙石廓被迫與小田原藩斷絕了關係。因為表面上兩者原本就毫無關係，這也是逼不得已的事，而且藩本身已經被撤廢了，無可奈何。

當然，仙石廓也無法繼續以祕密的風月場所——如果這是事實的話——營運下去了。除了作為一般的高級溫泉旅館繼續營業下去以外，仙石廓沒有其他的存續之路。

然而如此一來，仙石廓就地點而言就變得十分不利。撇開高級與隱密這兩點，仙石廓沒有其他賣點能夠在自由競爭中脫穎而出，吸引眾多一般顧客。但是另一方面，招待祕密來訪的要人這個原本的機能似乎受到各方面重視。換句話說，仙石廓擁有一定數量的援助者。

進入明治中期後，外國客人日益增加。此時為了確保常客，吸引更多新顧客，仙石廓決定增建二層樓的新館，並修建純日本風的庭院。

於是，仙石廓變成了仙石樓。

這個時候——禪僧總算登場了。泰全老師師事的某位臨濟僧侶被邀請到仙石樓來。那是距今五十八年前，明治二十八年的事。

「之前不是沒有庭院，那棵柏樹當然也在。可是外國人怎麼說都比較喜歡日本風，不是嗎？恰好在那兩年前的明治二十六年，美國舉辦了萬國博覽會，在那裡召開了世界宗教會議。本邦也有鎌倉的圓覺寺的釋宗演老師前往參加，介紹臨濟禪。也因為這樣的背景，禪在當時似乎很受歡迎。仙石樓請來師父，拜託他砍掉那棵柏樹，建一座像龍安寺那樣的枯山水庭院。」

聽說泰全的師父看了庭院一眼，就拒絕了這個請求。

「枯山水是不用水，而是以石頭及土沙表天地。但是這裡已經有山，也有河川。不必特意建造，天地皆俱在此。為何要破壞這些，去創造不同的天地呢？——據說師父這麼回答。師父活用那棵巨木，圍上池泉，建築假山，修建了一座池泉迴遊（註一）式的庭院。這雖然和起源於室町時代的禪庭相去甚遠，卻也不同於平安時期的庭院。平安時代流行的池泉庭是模仿自然，是所謂的小淨土。但師父所建造的庭院並非模仿的自然，而是自然本身，同時也是師父本身。師父是一般世俗說的造園名手，但是不須世俗評價，他也是位了不起的禪師。」

此時——他想要一塊石頭。

聽說附近有一座採石場，他便去看了看，卻沒有找到滿意的，氣勢會被柏樹壓過。要天然的石頭才好，於是泰全的師父深入山野。

然後，他發現了明慧寺。

「驚異萬分——師父這麼說了好幾次。說他以為誤闖了佛國。這若是海，明慧寺就是龍宮。不過這裡是山，所以該說是世外桃源嗎？有巨大的三門，伽藍也壯麗極了，還有本尊。但是沒有人。師父急忙回來打聽，卻沒有人知道。說是沒有人住在山裡。於是……」

老師說到這裡，頓了一下。

然後他沉思片刻。

「於是，師父著手調查。這座寺院這麼大，不可能沒有留在紀錄上。然而……」

「紀錄上卻沒有呢。」

敦子說。

「對，妳查過了啊。是白費力氣，完全沒有留在任何紀錄上。這完全違背常理。不管怎麼想，規模如此浩大的寺院絕不可能隨隨便便就蓋起來。老衲的師父對它產生了極大的興趣。不對，是被這座寺院給迷住了。」

「被迷住了？」

「是啊。師父頻繁地探訪這裡，老衲也伴同師父來了兩次左右。」

「為什麼？他是覺得這裡有什麼寶藏嗎？這就叫和尚生意，一本萬利（註二）什麼的嗎？」

鳥口發言，他好像漸漸聽懂老師要說什麼了。

似乎也同樣逐漸明瞭的益田回應：

「那當然是因為想揭開祕密嘍。」

老師不知為何，快活地應答：

「與其說是想揭開祕密，還是只能說是被迷住了。被這座明慧寺。建築物雖然年久失修，但師父每次來都住宿在這裡。這裡也有許多塔頭，不是嗎？只來個一兩次，根本無法摸透。」

「找到了什麼嗎？」

「什麼都沒找到。老衲陪同前來的時候也是……對了，頂多在法堂後面的建築物裡找到了幾幅掛軸。那些畫都捐贈給仙石樓了。」

註一：庭園形式之一。池泉四周鋪設遊園小徑，再輔以亭橋、石燈籠妝點其間。

註二：日本的一句俗諺，因為當和尚不須成本，意指一本萬利的生意。

「送給仙石樓了？」

「因為師父是拜訪仙石樓，才會發現這裡的，可能是想要報恩吧。不過不是自己的東西，說捐贈也滿奇怪的，你們沒看到掛軸嗎？」

鳥口想起來似地抬頭。

「啊，那些奇怪的畫！畫著牛的，連續的……」

記得他看到我房間的掛軸時，也說了類似的話。那些畫是連續的嗎？

「沒錯，那叫做《十牛圖》。本來是十張一組的，卻只找到了八幅。恰好那家仙石樓二樓的房間有八間，想說恰恰好……」

「這樣啊，原來如此……」

今川恍然大悟地點頭。

「原來那是《十牛圖》啊。」

「很有名嗎？」

益田東張西望之後，向鳥口問道。

「可是畫得不怎麼樣呢。」

鳥口吐出不成體統的回答，於是益田將視線轉向我。老實說，我完全沒聽說過什麼《十牛圖》，所以將益田的視線傳送過去似地看向敦子。敦子察覺我的眼神，說：

「《十牛圖》，我記得是寫做十頭牛的圖。我也不是很清楚……」

既然敦子都不清楚了，那麼自己完全不曉得也不是件多丟臉的事——益田似乎這麼判斷。我也完全同意。

老師說明。

「《十牛圖》是禪的經典，是將禪修行的過程比擬成尋牛而畫下的故事。北宋末年，臨濟宗楊岐派的五祖法演三世的法系中的廓庵師遠所畫的《十牛圖》，在我國很有名。不過這位廓庵除了《十牛圖》以外，什麼事跡都沒留下。只是這裡找到的《十牛圖》，不曉得是普明的，還是晧昇的……」

完全聽不懂。

老師修正話題的軌道。

「可是就算再怎麼為明慧寺著迷，當時師父在教團裡的地位也相當高，沒辦法任意行動。說到明治那個時候，寺院為了本末而爭執、因廢佛毀釋而一座座被廢，算是佛教界的受難時期。」

所謂廢佛毀釋，是根據慶應四年的神佛分離令興起的運動，如同字面所示，是提倡廢除佛法、毀棄釋尊教誨的一個風潮。敦子之前也說過，在明治這樣的新體制下，佛教寺院為了延續下去而鞏固體制、建立基礎，費盡了心血。宗派的獨立性與寺院的地位高低等爭議，並不單純地只有教義上的差異或法系的不同，而是連同經濟與組織的整合性等問題，突然浮上檯面。

當然也有相當多的寺院廢寺了。

「有正統來歷的寺院還算順利地被認可為無本寺，但除此之外就難了。大寺院每一座都想成為本山。曹洞宗裡，水平寺和總持寺之間甚至起了糾紛，雖然很快地就以兩寺皆本山、永平寺為開祖開山這樣的形式，決定永平寺地位較高，但臨濟宗就麻煩了。因為臨濟宗相當複雜，為了本末問題起了相當大的爭執。老衲那個時候還是個三十不到的雲水，不了解上頭的情況，不過京都五山系和鎌倉二山加起來就已經七派了。若是隨便加入哪座寺院底下，法系很有可能就此斷絕。當時就是這樣一個時期。即使如此，師父依然前來這裡。而師父若是在調查什麼資料，也都是關於這裡的事。因為太過於熱中，事情終於曝光了。結果引起了軒然大波。」

「軒然大波？」

「沒錯。這裡究竟是哪一宗的寺院？視結果不同，這會是相當重大的發現。不過這裡無庸置疑地是一座禪寺，但若是如此……」

「原來如此。老師的意思是，根據結果，日本的佛教史可能會被整個改寫……？」

敦子說，老師點頭說「沒錯、沒錯」。

「什麼意思？」

益田問道。

老師邊點頭邊「這個啊」地回答：

「禪宗被統合為一派的時候還好，因為法華宗和真言宗也沒有被混進來，但是曹洞脫離了。曹洞宗是道元創始的，所以這也無妨。無可奈何。此時禪宗變成了臨濟宗與曹洞宗兩宗。但是接下來就傷腦筋了，例如說……對，舉個簡單的例子來說，不是有個日本黃檗宗嗎？黃檗宗是隱元隆琦（註一）傳入本邦的，一開始被歸在臨濟底下。隱元就是那個引進四季豆（註二）的名人，但是隱元來到日本的時候，是承應三年，這是江戶時代了。所以以宗派來說，相當年輕。相較之下，將臨濟禪帶到日本的明庵榮西（註三），是鎌倉時代的人了，非常古老。但是如果說因為黃檗在日本的歷史短淺，就稱它為臨濟宗黃檗派，這又不行了。」

「為什麼？」

「臨濟的開祖是臨濟義玄，日本的臨濟宗全部是從臨濟的弟子分出來的。榮西是黃龍慧南的弟子，是黃龍派，其他全都是楊岐方會的法系。而隱元也是楊岐派，但是隱元在中國的時候待的黃檗山萬福寺，是與臨濟無關的寺院。說到黃檗山，它比臨濟更古老。臨濟的師父也叫做黃檗希運。所以冠有黃檗之名的黃檗宗變成臨濟的一派的話，就會變得顛三倒四了。再說黃檗宗的戒律也屬於明朝風格，因此黃檗宗便作為日本黃檗宗獨立了。」

「哦哦，就像本家與元祖？」

聽到鳥口少根筋的發言，老師大笑起來。

「不對不對，雖然或許是有點像，但是不太對。這又不是烤年糕丸子（註四）。說起來，兩者教義不同，戒律也不同。」

「可是一樣都是佛教吧？追根究柢，不都是釋迦嗎？」

鳥口提出膽大包天的問題。

「是啊，因為是禪宗，就算不用追溯到釋迦，到達摩大師也可以。能夠就這麼解決的話是最好的，但……」

老師盯著鳥口問：

「這樣說好了，你叫什麼名字？」

「我、我叫鳥口。」

「這樣啊，那麼刑警先生，你呢？」

「益、益田。」

「這樣，那麼鳥口先生，假設你的祖先只能追溯到祖父好了。在那之前就沒有紀錄了。但是你的伯母的祖父，是這位益田先生的曾祖父。所以你從今天開始就叫做益田山鳥口寺——這樣如何？」

「唔，我才不要呢。」

「就是吧，一定不願意吧。你不期然地被迫配合益田家的家風行事，這怎麼教人受得了？假設這個

註一：隱元（一五九二—一六七三）為江戶初期渡日的明代禪僧，為福建人。俗姓林，名隆琦。死後諡大光普照國師。

註二：四季豆在日文中稱為隱元豆。

註三：榮西（一一四一—一二一五）為備中人。初於比叡山學習天台宗，後二度入宋學習臨濟禪，為日本臨濟宗之祖。此外亦自宋帶回茶葉栽培，為日本之茶祖，著有《喫茶養生記》等。

註四：烤年糕丸子（aburimochi）為京都一種將小團年糕沾黃豆粉串起來烘烤的點心，許多店鋪自稱元祖、本家，生意競爭激烈。

時候，你發現其實你也有一個姓鳥口的、來歷明確的曾祖父。所以你果然還是大本山鳥口寺，可以為所欲為——這樣如何呢？」

「那當然比較好了。」

「是吧？就是這麼回事。所以啊，是在哪裡分開的、哪邊比較古老、哪邊比較正統，這些問題必須慎重考慮才行。黃檗宗來歷明確，所以沒有問題，但是有不少同樣的例子。因此要是這座明慧寺非常古老，而且又找到證據，證明它是某一個法系的開祖，那麼隸屬於那個法系的寺院的地位就會立刻大為提升。」

「哦哦，原來如此，我完全了解了。」

鳥口用一種非常不甘願的表情偷看益田。

「所以這座明慧寺，就像剛才那位小姐說的，有可能是改寫我國佛教史的大發現。位高權重的和尚察覺了這個狀況，聚集一堂，開始調查，但是啊……要是當時立刻就把這件事公諸於世，事情就不會變得這麼複雜了，但是，喏，各人打著各人的如意算盤，所以遲遲沒有公開。就是這步走錯了。」

「走錯了？」

「時期不對。那個時候，也是箱根開始積極開發的時候。感覺這一帶的土地遲早也將開發。事實上，就在拖拖拉拉的時候，這裡被某家企業給收購了。」

「收購？」

「連同寺院一起，是想趁地價高漲前先下手為強吧。因為這裡表面上本來就沒有寺院，所以買主似乎也不曉得有這座寺院存在，只認為自己買了一塊地皮。」

「哦……」

確實，若是在那個時間點將明慧寺公諸於世的話，應該就不會有人收購了。

「所以這裡以前一直都是**屬於企業**的。買主發現自己買的山裡頭有寺院，大為吃驚，想把那種東西給拆了。因為要是查明這裡有文化上的價值，將無法拆除，所以地主拒絕一切調查。於是臨濟、曹洞、黃檗，各宗各派超越了派閥之見，各自的領導者共同商議，決定在查明這座寺院的來歷之前務必加以保存，私底下拜託地主。交涉似乎困難重重。地主完全無法接受，買是買了，卻不能碰。交涉拖了很久。但是就在這當中，不知為何，這一帶的觀光地行情開始走下坡了。」

富士見屋的小熊老爺子也說過，箱根的土地被先行投資的人收購一空，但是買是買了，沒能成為觀光據點的地點也很多。

「所以地主似乎也沒辦法動用這塊土地，但是平白送給和尚也覺得不甘心，結果這件事就這麼一直擱著了。不久之後，大家都把這件事給忘了——除了老衲的師父以外。所以……沒錯，是大地震之後吧。發現之後經過將近三十年，地主總算願意放手了。」

「大地震？關東大地震嗎？」

「對，關東大地震。那個時候，觀光據點也差不多都定下來了，於是地主也明白就算占著這一帶不放，也沒有價值吧，於是地主把這裡廉價拋售掉了。」

「所以就把它……？」

「沒錯，就把它給買了下來。這一帶因為那場大地震，引發了山崩等等，變得滿目瘡痍。沒事的地方似乎沒事，但是後來道路全都崩塌了。箱根山整個全部重整，就是趁著這個機會買下來的。」

「哦……」

就算是廉價拋售，這面積也相當驚人，總金額應該形同天文數字吧。到底是誰買下來的？我感到疑惑，但是沒有任何人詢問，所以我保持沉默。

「總之，老衲的師父——那個時候他已經是老衲現在的年齡了，因為他是發現者，所以被推派到這裡來。然而天命真是諷刺，師父一來到這裡……」

「就過世了？」

「是的。結果就輪到老衲頭上來了，接下來就這麼前前後後過了二十八年。真的是一眨眼的工夫。」

室內昏暗，老僧的表情曖昧模糊，我完全沒辦法看見，但是從他的聲調判斷，老僧的表情一定是在緬懷過去——或是追悼過去。當然我無法斷定，但我有這種感覺。

這裡——明慧寺，真正是一座**神祕寺院**。由於從江戶到明治一直是無人的廢寺，它才得以逃過數次的統制與調查。儘管不知道它成立於何時，但至少長達數百年之久，它都沒有被任何人發現，只是一直存在於這裡。

事實上，這座明慧寺在大正的大地震之後——亦即幾乎是進入昭和之後，才重新復甦。

這樣說的話，在不知幾百年的歲月裡，竟然未被任何人發現，這才是這座寺院最大的謎團吧。還有……

——為什麼紀錄中找不到？

沒有登記在寬永時代的末寺帳的理由可以明白，因為那個時候這裡已經沒有人了。沒有被記載在明治初期的紀錄也是理所當然。但是就連建立時的紀錄都沒有……

——果然不尋常。是被抹消了嗎？

敦子問道：

「那麼現在這座寺院的經營是……？」

「靠援助金和托缽。此外還有旱田，雖然種不出什麼像樣的東西。」

「援助金？來自於哪裡？」

「是來自於各教團、各宗派的援助。嗯，除了老衲以外的僧侶，都是**從各教團派遣過來**的。」

「各教團派遣的？」

「對，你們沒從慈行師父還是覺丹師父那裡聽說嗎？」

「沒聽說。」

益田異樣斬釘截鐵地回答。

「這樣啊。就算隱瞞，遲早也是會知道的，真是拿這些和尚沒辦法。實在對不住。例如說，祐賢師父和常信師父是曹洞的和尚。然後老衲和慈行師父，還有過世的了稔師父是臨濟。沒有黃檗的，不過這裡啊……」

——是形形色色。

祐賢也曾這麼說過，原來是這個意思嗎？

「法脈是亂七八糟。一開始大家都是被派遣過來調查的，來調查這裡是不是自己宗派的寺院。所謂的援助，本來也是調查費用。可是啊……」

老師說到這裡，從腹部深處大大地嘆了一口氣。

燭影晃動，影子扭曲。

「這裡啊，不是**那種場所**。每個人都在不知不覺間忘了當初的目的，現在只是待在這裡。然後，沒有任何人願意離開。**離不開**這裡了。」

——離不開？

「是離不開啊。雖然已經很久了，但剛開始時，老衲還像師父那樣四處調查……」

老師說到這裡，沒了下文。敦子追問：

「即使如此，還是什麼都……？」

「妳說的什麼是指什麼？」

「呃，就是可以當成證據的……」

「哦，沒有沒有，什麼都查不出來。」

老僧擺擺手。

「就算想調查，也無從調查起，因為師父已經調查得夠徹底了。而且這座寺院很大，老衲一開始帶了三名左右的雲水過來，根本不夠。所以過了兩年左右，過世的了稔師父和現在的貫首覺丹師父各自率領了和尚進來。之後年年增加。直到戰前，大家都還非常熱心地調查。也有教團委託大學教授之流的悄悄來訪，即使如此還是查不出個所以然來。喏，那些學者要是沒有文獻紀錄，就什麼都看不出來。就算看出些什麼，也得不出個結論。要是找不到寺傳或緣起就沒法子，總之完全不行。」

今川問道：

「即使是學者，也完全看不出什麼嗎？例如說從這裡的建築樣式之類的……」

「好像看不出來。建築物也可以故意建成過去的風格。而且說是學者，也是偷偷派來的，沒辦法大規模調查。不過這裡在明治時代看起來就很古老了，一定是江戶時代以前興建的沒錯，但到底是鎌倉還是室町，完全不清楚。不過現在學問也進步了，請人來調查的話，或許可以查個水落石出哪。喏，什麼技術革新、科學進步，聽說只要調查建材，就可以測出年代了，不是嗎？」

「呃，某種程度的話……應該可以吧？」

敦子補足今川的話。

「雖然不全然精確，但是可能吧。」

「就是吧？老衲這次會贊成協助大學教授調查那個……腦波嗎？老實說，也是因為這個原因。」

「什麼？」

「現在大家似乎都已經放棄查出這裡的廬山真面目了。不，或許都已經忘了。說起來，就連教團的高層也似乎完全忘了這裡。到了戰後，教團完全無視我們。雖然勉強還會送來援助金，但那已經成了慣例，是惰性。世代好像也交替了，他們可能也不曉得是在援助些什麼吧。包括老衲在內的三十六名雲水，全有如被放逐到孤島一般，是求生不能，求死不得。所以老衲一直在等待這樣的機會。」

「可是老師，那類調查只要委託，不管是哪裡的大學都會立刻趕過來才是，而且也不花錢吧。再說這裡有文化及歷史上的價值，應該隨時都……」

敦子說道。確實如此。如果真的想要調查，只要委託大學就沒問題了。以這種狀況半吊子地存續下去，本身就極為反常，而且這若是足以改變歷史的大事，保持沉默更顯得奇怪。

「也無法那麼辦。最初，整個教團似乎都不願意公開明慧寺的事，現在卻彷彿完全把這裡給忘了，任憑我們自生自滅，但是我們畢竟是接受人家的援助，也不能擅作主張。如果只有一個教團還好，但是這與多數的教團有關。」

老僧用辯解的口氣說。而那似乎真的是藉口，他接著吐露真心話。

「而且老衲們全都——就像剛才說的，已經**無所謂**了。戰爭開始之後，漸漸變得如此。這裡的生活也習慣了。雲水雖然會出去托缽，但老衲並不會下山，完全不曉得世間的現況。什麼委託大學，想都沒有想過。若說就這麼維持現狀，老衲也無所謂，只是另一方面老衲是繼承師父的遺志入山的，也不能就這麼輕言放棄。所以當老衲聽到有人要求調查、採訪，便覺得這是個千載難逢的好機會。」

聽到老師的話，飯窪有氣無力地說了：

「所以……所以您才會答應嗎？」

「不，不僅是如此。當然那個什麼腦波要調查也是無妨，不過我還是希望你們可以順道調查這座寺院。雖然無法公開委託，但是我想有外人進來的話，或許會對這裡產生興趣，所以才答應了採訪。而且……對，常信師父他甚至說根據調查結果，這裡或許會被指定為什麼東西。」

「指定為什麼東西？」

「喏，就國家的……什麼寶物……」

「國寶？」

「對，對。這原本是傳教大師（註）說的話呢。喏，之前是叫古寺社保護法嗎？因為法隆寺被燒了，所以那個法律重新修訂了吧。」

「文化財保護法，是嗎？」

「對，對。」

老師晃著肩膀說。

在議員立法下，文化財保護法於前年——昭和二十五年制定公布。就像老師說的，直接的契機是法令成立的前年，法隆寺的金堂遭到燒毀的案件。將過去的「國寶保存法」與「重要美術品保存相關法律」及「史蹟名勝天然紀念物保存法」三法，再加上無形文化財、埋藏文化財的保護等新觀點，訂立了新的法律。

「確實，如果建立的年代如此久遠的話，能不能到國寶級姑且不論，我想一定會被指定為重要文化財的。」

「哈哈哈，這樣嗎？常信師父一定會很高興的。」

「這樣說的話，桑田先生——常信和尚他對這次的調查表示贊成嘍？」

「贊成？不，可以說是他強行通過的。一開始，反對意見較占優勢。像覺丹師父似乎就反對，慈行師父也反對，祐賢師父他……算是哪邊都無所謂吧。最熱心的就是了稔師父和常信師父。」

「被害人和常信和尚意見相同？」

益田納悶不解，他可能感到懷疑。偵訊時，桑田常信將小坂了稔貶斥得一無是處。根據其他僧侶的證詞，也可以輕易推測出常信與了稔間水火不容。

「哈哈哈哈，沒錯沒錯。他們兩個彼此看不順眼，到了匪夷所思的地步，卻不可思議地只對這件事意見一致。雖然他們兩人的出發點可能各有不同吧。總之常信師父說服了祐賢師父，得到覺丹師父的允許。慈行師父則是逼不得已允諾了。」

「原來是這樣……我們果然不受歡迎呢，尤其是慈行和尚……」
敦子眼神帶著深意望向飯窪。後者注意到她的視線，說道：
「原來如此，我一開始也完全沒想到竟然能夠獲得貴寺應允。其他禪寺全都……」
「拒絕了吧，這是理所當然的。話說回來，小姐，妳究竟是從哪裡打聽到本寺的？」
「呃……我聽說的。」
「從哪裡？」
飯窪拿出記事本翻閱，說出幾間寺院的名字。老師發出恍然大悟的聲音。
「哦？是那裡說的啊，那裡的話的確有可能。或者是……嗯，那裡的話，或許是了稔師父事先安排的。」
「事先安排？怎麼做？」
「他和那邊的和尚應該很熟才是。」
「了稔和尚嗎？了稔和尚為何要做這種事？」
飯窪陷入混亂。
「請、請等一下。呃……老師，這究竟是怎麼一回事？」
益田探出身體問道：
「被害人是推動採訪調查派吧？或者說，根據剛才老師的話，感覺更像是被害人自己主動策畫這次調查採訪的……？」
「老衲認為有這個可能。」

註：傳教大師即天台宗開祖最澄的謚號。最澄曾經說過「何謂國寶，寶謂童心」，認為人心才是國寶。

「這是為了什麼？」

益田緊咬不放，有點刑警模樣了。

「沒什麼，了稔師父想要**毀掉**這座寺院。他和其他人不同，不中意這裡的生活，所以才想要把它公諸於世吧。或者是想挫挫教團的威風。所以他有可能事先疏通，故意向一些寺院和尚透露這件事，讓他們把明慧寺的名字告訴小姐。對了，這麼說來，了稔師父**感覺**好像事前就知道這次的調查實驗了。」

「哦？可是老師說他不中意這裡的生活，意思是被害人厭倦了修行之類的嗎？」

「不是那樣的。雖然他是個瘋癲和尚，但是如果厭倦修行的話，早早辭別下山就成了。」

「哦，呃……」

益田更進一步挪近膝蓋詰問。

「請告訴我更詳細的情形。小坂了稔這個人，究竟是什麼樣的人？」

這位老師大概是這座寺院裡最能夠溝通的人——益田一定是這麼認為。

我也這麼感覺。不管詢問什麼人什麼問題，僧侶的回答都模糊不清，無論再怎麼打聽，活生生的小坂了稔還是有如存在於迷霧當中。從偵訊中完全描繪不出被害人的輪廓。說起來，和僧侶的對話根本無法成立。和尚雖然有問必答，但他們的回答卻讓人無法提出更進一步的問題。因為他們的回答令人無法理解。像我只是在一旁聽，更是茫然不解。

老師稍微變換聲調回答：

「了稔師父是個很有意思的和尚。他不管對任何事都加以反抗，予以否定。所以……他本來好像是鎌倉一座大寺院的僧侶，卻遭到上頭排擠，才會被流放到這兒來。」

「他性情乖僻嗎？」

「不是的。禪這個玩意兒，不否定就無從開始。遇佛殺佛、遇祖殺祖、遇親殺親——捨棄一切，否定一切，才得以開始。若不這麼做，就無法明白自己究竟是什麼人吧？了稔師父完全就是這樣的一個人。他甚至還說『誰要給你悟道』，非常率性。」

「殺親？好危險的教義呢。」

「說是殺，也不是真殺。這算是一種比喻——不，也不能這麼想。應該說無論是父母還是師父、甚至是佛祖所走出來的道路，都不能遵從吧。借花獻佛總是徒然。佛祖這樣說、老師這樣說，但這終歸是別人的意見，那樣根本就沒有自我可言，關鍵就在這裡。所以必須殺掉這些東西。無論再怎麼正確，即使那是佛道，也不能夠受其束縛。若無自在的精神與絕對的主觀，就無法完成禪的修行……」

「好像懂又好像不懂——不，不懂。」

益田說，老師笑了。

「不不不，要是這麼容易就被你聽懂，那還得了？哈哈哈。就是為了理解，才會修行啊。這不是用道理或話語述說就可以理解的東西。更何況刑警先生，今天是你第一次來到禪寺，只聽到那麼一點，不可能懂的。」

「哦……可是還是請你用我也聽得懂的說法說明吧。」

老師的語氣突然變得嚴厲。

「你再繼續問下去，老衲就要打人了！」

「打、打人？」

「不經修行就想問明佛法的的大意，除打之外豈有其他答案！」

老師揮起拳頭。

益田縮起脖子，上半身往回拉。

「開玩笑的，開玩笑的。就算打了不是修行者的人也沒用啊。若是打了就能夠領悟，老衲當然要打，但是打了你也只是平白吃痛罷了。而且要是打了刑警，可是會被逮捕的。哎，你就聽著吧。」

老僧端正坐姿。

「是啊，說到哪兒去了呢？對了，老衲是臨濟僧。就像剛才說過的，臨濟宗也是形形色色，但追本溯源的話，可以追溯到臨濟義玄。這是理所當然的。對了，我來說說臨濟大悟時的事好了。這剛才也說過了，臨濟和尚拜在黃檗和尚門下。他是個認真的和尚，修行了三年。第三年的時候，首座——這等於是修行僧中的最高負責人——這個首座睦州陳尊宿勸臨濟差不多可以去參禪了。」

「什麼叫參禪？」

「就是去到師父面前進行問答。臨濟被吩咐參禪，所以去了黃檗那裡，然後問了——就像剛才的你一樣。臨濟問佛法的根本義是什麼？臨濟話還沒說完，就被黃檗拿捧子給毆打了。他垂頭喪氣地回去，首座又叫他去。臨濟又去，又被打，總共去了三次，被打了三次。臨濟意志消沉，向首座辭別，說自己修行不足，光是被打，什麼都不明白。」

「當然啦，被這麼打怎麼受得了？對吧？」

益田說道，向周圍尋求同意。

「的確是這樣，刑警先生。很痛的。臨濟似乎也這麼覺得。首座告訴他，既然如此，你去見高安大愚，他應該會引導你。大愚是黃檗的師兄。臨濟照首座的吩咐去了大愚那裡。大愚問臨濟黃檗是怎麼教導他的，臨濟便老實地說出他問了三次，被打了三次的事，並恭敬地請求大愚說，我不曉得自己哪裡做錯了，或許自己是個傻瓜，但是只是挨打，還是無法明白，請開導我。聽到臨濟的話，大愚嚴厲地說了，黃檗那樣婆心懇切地教導你，而你竟然還跑來這裡來問自己有沒有過失？這個大混蛋！」

「好過分，臨濟也太可憐了。」

鳥口簡直像在同情朋友似地說。

「呵呵呵，可是臨濟聽到這裡，豁然大悟啊。」

「大悟？為什麼？」

「就算你問為什麼，大悟就是大悟，沒辦法呀。於是臨濟和尚說，啊，黃檗的佛法明明白白。大愚聽到他的話，接著說……」

老師說到這裡，換了個音調繼續說：

「你這個尿床小鬼！剛才還在沒完沒了地說不知道自己有沒有錯，現在又說黃檗是對的！你說你懂什麼？說啊！說啊！」

益田和鳥口被嚇了一大跳。老師恢復原本的音色，比手畫腳地繼續說：

「大愚這麼揪住臨濟盤問。很過分吧？」

「呃，是啊，真過分。」

「你覺得臨濟會怎麼做？」

「跟大愚道歉，叫大愚饒他一次吧。因為這根本就莫名其妙嘛。」

「非也。那個時候臨濟已經大悟了，他才不會道什麼歉。臨濟朝著大愚的肋下捶了三下。」

「他反擊了，是嗎？」

「哈哈哈，不是的。他是在告訴大愚和尚，我這麼大悟了。被捶的大愚推開臨濟說，你的師父是黃檗，不關我的事，回去！」

「怎麼這麼粗魯，這年頭連刑警都不幹這種事了。」

「呵呵呵。然後臨濟回去黃檗身邊，將這件事的始末仔細稟告。黃檗說，大愚這傢伙真是亂來，待我去拿棒子打他一頓。」

「哈哈，弟子被打，師父生氣了。」

「倒也不是。臨濟聽到這話說，沒這個必要，我現在就可以打……」

老師吁了一口氣。

「然後他把黃檗打飛了。」

「太胡來了。與其說是胡來，根本是亂七八糟。為什麼要打師父？莫名其妙。」

「沒有意義。這個啊，叫做臨濟打爺拳。」

「老師，請等一下，臨濟為什麼要打黃檗呢？嗯……這樣啊，是為了報復一開始被打的那三下吧？除此之外沒有別的動機了。」

「報復？為什麼要報復開導自己佛道的師父呢？」

「因為臨濟會大悟是因為那個大愚吧？是托那個人的福啊。黃檗在悟道上一點幫助都沒有，一開始還不聽臨濟說話，只會揍他。臨濟會懷恨在心也是理所當然的。」

「臨濟大悟，靠的不是大愚，也不是黃檗。臨濟是自己大悟的，所以跟他們無關。」

「我不懂。喂，關口老師，要是你明白的話就教教我吧。」

益田這次直接問我了。

我看起來像懂嗎？

我結結巴巴，卻還是勉強回答了：

「我想兩名師父是不是想要糾正像剛才的益田先生那種只會說不懂，叫別人教的態度？不是用語言，而是用身體教導。而臨濟懂了，然後同樣以身體來表示……唔，用語言很難說明清楚呢。」

雖然是回答了，但其實我也不是很懂，所以只是否定了益田的問題罷了。

但是一說出口來，我覺得自己的回答是對的。

然而另一方面，卻也覺得似乎錯得離譜。

「哦，原來如此。那像我這種人——還是會被打吧。」

益田用一種無法釋懷的表情重新轉向老師。

老師泰然自若地回答：

「這位稍微了解了一些吶。只是像這樣說出口來，還是只能說不對，不過或許其實已經了解了。不管怎麼樣，關於臨濟大悟這一段，是不需要任何說明的。不，禪的一切公案都是不需要說明的。附加意義只是多此一舉，不需要語言。耽溺於語言，受知識擺布，將陷入無邊黑暗的境地吶。」

「呃，我不太懂。要是語言說不通的話，那要靠什麼知道才好？」

「所以說語言是什麼都無法傳達的。超越語言、超越意義之處，才是連繫法脈之處。不過就像刑警先生剛才說的，這在旁人眼中只是荒唐的暴力行為，會把它當成是體罰，是反抗。也就是有動機的復仇。但不是的，**不是這樣的**。」

益田露出奇妙的表情。

「這段話──老師，您的意思是，被害人──小坂了稔先生被殺害的理由，並非我們凡人所能夠想像得到的平凡理由嗎？我是不曉得什麼大悟啊太鼓的，可是我知道修行僧之間的溝通方式確實遠超過我們能夠理解的範疇。呃……所以那種一般會被視為暴力的行為，也……該怎麼說呢……」

老師故意避重就輕。

「複雜的事我不懂，老衲只是個不諳世事的老頭子。就算你說什麼溝通不溝通的，也完全不懂。」

「哦……我也是，聽不懂太難的漢字。我們刑警在處理殺人案件的時候，當然很重視物理證據和證詞，但是除此之外，也會思考**能夠信服的動機**。也就是兇手為何會犯下這樣的凶案……」

「是啊，是啊。」

「一般來說，是出於怨恨或感情糾紛，再來就是為了錢財利益，保身、還有意外、一時衝動……」

「近來也有所謂快樂殺人呢，還有精神分裂的殺人狂。還有恐怖主義，以及基於政治或宗教上的信念的狂熱犯罪……」

鳥口做出不曉得是補充還是攪局的發言。益田瞥了一眼鳥口，稍微拉長了人中部位，繼續說道：

「嗯，是啊，也有這種的。可是那種程度的動機，還算是在我們的常識範疇內。但是這次的情形，我懷疑是否可能完全不符合其中的任何一種。」

「噢，警方是希望了稔師父在下界包養女人，不僅如此還花心，結果事情敗露，包養的女人嫉妒之下殺害了稔師父；或者是被了稔師父逮住了把柄的什麼人，把這個礙事的臭和尚給收拾掉……」

「也不是希望啦……」

不，益田應該是如此希望。

我這麼覺得。

因為這對益田刑警來說——不，對警方來說也是最輕鬆、最容易讓世人接受的一類理由。

然而實際上，沒有任何犯罪是在如此明確的動機下嚴肅實行的。特別是殺人案件，幾乎都是突發的、痙攣的。而所謂動機，事後怎麼樣都可以編出個像樣的說詞來。

我透過幾樁案件，學習到了這一點。

兇手若是毫無理由地殺人，被害人那一方的親屬是無法接受的吧。當然，社會……不，兇手自己也會覺得不對勁，所以事後再編造出所有人都能夠接受的動機，向每一方妥協，如此罷了。無論如何都無法妥協的時候，就會被貼上異常的標籤。京極堂總是批評，這是將這些行動和犯罪當作污穢加以淨化驅除的愚昧行為。我一開始對朋友的說法感到有些抗拒，但是現在已經能夠相當乾脆地接受了。

益田有些躊躇地繼續說：

「如果這類平凡的動機是大錯特錯的話，不儘早修正軌道，就無法期待案件能夠早日解決了。就像鳥口先生剛才說的，這要是狂熱分子犯下的罪行，那麼不知道那個狂熱分子所信奉的事物的真面目，就找不到解決的線索，所以我想知道這一點。有沒有什麼**只有禪僧才會有的動機**呢？」

「只有禪僧才會有的動機啊……」

老師仰向天花板，原本就已經昏暗朦朧的臉完全融入黑暗了。

「沒那種玩意兒。」

「沒有嗎？」

「哈哈哈，我不太了解什麼叫做只有禪和尚才會有的動機，很難想像會有這種東西。而且也不曉得下界是否有人對了稔師父懷恨在心。那個人在底下的生活，老衲等人沒有人知道。所以或許會有什麼相關人士擁有你剛才說的動機──像是怨恨了稔師父、或憎恨了稔師父。但是啊……」

「但是？」

「假設兇手是個打翻了醋罈子的女人，那為什麼會把遺體丟到樹上？」

「女人應該沒辦法吧，所以說……」

「非也，非也，問題不在這裡。女人沒辦法，那禪僧就有法子──我不是這個意思。就算是和尚，也不會把屍體往那種地方扔。沒道理說因為是禪僧就會做些怪事，也沒道理說因為是禪僧就可以做怪事，所以不可能有什麼只有禪僧才會有的動機。」

「不可能嗎？我剛才聽了臨濟大悟的故事，總覺得很有可能呢。」

「所以方才老衲說的意思是不管過著再怎麼樣令人意想不到的生活，也**不等於**沒資格當一個和尚，或者花和尚統統該死──是這個意思的。」

「完全相反？」

「沒錯。不管是踢是打，或不遵守戒律，或一般人認為過分的行為，從修行的觀點來看，也並非不好的事──是有這樣的情況的。就算在修行者以外的人看來相當自甘墮落，但是在這座山寺中，有時候也並非多麼稀奇古怪之事。所以老衲的意思是說，這種事**不可能成為**犯罪動機。如果你不弄清楚這一點就傷腦筋了。你們好像已經見過慈行師父和祐賢師父，是不是以為每一個禪僧都像那樣一板一眼？就算是禪僧，也是形形色色的。修行的形式也是千差萬別，百人百種。只因為同樣是禪和尚，就混為一談，那可教人吃不消。了稔師父會被殺，完全是因為了稔師父個人的因素。當然，他或許是因為剛才刑警先生說的理由被殺，也有可能不是。但是絕不可能因為他是禪和尚所以被殺、或因為誰是禪和尚所以殺人。禪並非這樣的東西，所以老衲只是認為不該有不當的偏見。」

「哦，原來如此。」

益田環抱雙臂說：

「原來如此，一切端看怎麼看，是吧。聽老師這麼說，我真的開始這麼覺得了。真想讓菅原刑警也聽聽這番話，那個人懷疑這裡所有的和尚呢。」

「是吧，老衲就是在擔心這一點。」

老師說完，「呵呵呵」笑了。

「嗯，可是這麼一來，我們就必須更進一步了解被害人的個人情報才行了。底下城鎮的事轄區應該會調查，不過關於他在這裡的生活，我們一無所知。希望老師盡可能告訴我。而且，我聽說老師與被害人交情甚篤。」

「若是能夠化解各位對這座寺院……不，對禪和尚的奇怪誤會，老衲就姑且說說好了。」

老師以溫和的口吻說道。

我覺得比起其他僧侶，泰全老師的說話技巧更接近京極堂的巧辯幾分。

說上一長串與正題相距懸殊、毫無脈絡的內容，一旦進入正題，那些閒聊卻成了有效的伏線，使得結論難以推翻——這是朋友經常採用的戰術。

事實上聽完泰全老師的話，原本萬般可疑的這座寺院，現在卻不覺得有多古怪了。當然，它成立的歷史之謎依舊存在，但是對於現在的明慧寺的疑慮——它的收入來源以及僧侶來歷——幾乎都化解了。

不僅如此，禪僧——被害人——奇矯的行為也得到了某種程度的正當化。而且被宣告在禪寺當中，那行為不可能衍生出犯罪，我們再也無法不分青紅皂白地懷疑他們——明慧寺的僧侶了。

益田刑警也是，現在不管他聽到什麼，應該都不會像菅原刑警那樣懷疑整座寺院了。

這樣的環境在不知不覺中整頓好了。

或許我們在不知不覺間，被這個老獪的慈祥老爺爺玩弄在掌中。

「方才……」

敦子慎重地發言。

「祐賢和尚將了稔和尚比喻為一休禪師……」

「一休嗎？哇哈哈，說的真好。了稔師父的出身雖然不高貴，不過這麼一說，臉倒是長得頗像。」

「果然還是那個……犯女色？」

這麼問的是今川。

「女色？哦，了稔師父的確喜歡女人，可是說他包養女人，那是假的。了稔師父是與外界的聯絡人，經常下山，所以嫉妒他的人才這麼說的。」

「聯絡人？那不是知客慈行和尚的工作嗎？」

「慈行師父是監院，知客是接待來賓的。了稔師父負責出去下界，聯絡各宗派教團，帶錢回來。一直是這樣的。而且這裡收不到郵件。」

「咦？可是……」

今川和飯窪同時發出詫異的聲音。

「信……」

「信件的話，了稔師父在底下的大平台租了不曉得是一棟屋子還是一間房間，信全部送到那裡去。這裡這麼深山僻野的，郵差才不會來。」

這裡果然是個沒有住址的地方。

「每個月一次，了稔師父會下山去取信。所以要寄信也是趁那個時候，每個月由他收齊了帶去。因為這樣，若非有什麼緊急大事，回信都要花上一個月以上。」

「原來一直沒得到回音，是有這樣的理由啊……」

飯窪恍然大悟，郵政省支持派的益田木然張口。然而今川卻露出詫異的模樣。

古董商還是老樣子，用**緩慢的**口吻說道：

「可是我很快就收到回信了。我在年底寄出信件，門松才剛取下來就……」

「你就是傳聞中的古董商嗎？」

「啊，是的。我不曉得什麼傳聞，不過我的確是古董商。敝姓今川。」

「這樣啊，那回信當然快了，和你做生意的是了稔師父。私人信件的話，了稔師父當場寫回信就成了。」

「啊……」

若是寄給自己的信，就可以當場回覆。這是常理。老師問道：

「話說回來，今川先生，了稔師父給了你什麼回覆？」

這個時候，今川總算等到了能夠完成入山目的的機會。異相的古董商摸索著褲子的後口袋，拿出一個有點被壓扁的信封，放到榻榻米上，畢恭畢敬地把它遞向老師那裡。老師「呼」地吹氣，吹飽信封之後，抽出裡頭的書簡。

老師把燭台挪到手邊。影子變大了，臉部陰影變得清晰。我第一次確認到泰全老師的容貌。那是一張滿布皺紋，乾枯的臉。

「什麼？異於以往？不世出之神品？這究竟是什麼呢？」

老人的臉變得更皺了。

「其實……」

於是，今川吶吶地主動說明自己與了稔不斷失之交臂的奇妙因緣。

「結果我終究沒能和了稔和尚交談到隻字片語。所以生前的了稔和尚與上一任店東究竟是什麼關係，我完全不了解。總覺得這樣下去，事後餘味不太好，或者說會無法釋懷，所以我前來叨擾貴寺，也是為了想知道這方面的事……」

「這樣啊，所以你才會過來這裡？」

「是的，如此罷了。」

「今川先生，老衲與你的堂兄弟還是遠房兄弟當然不曾見面。不過我知道了稔師父生前有個交情很好的古董商。那是從什麼時候開始的呢？我記得是昭和十年還是那之前……」

「我的堂兄弟是在昭和八年開始買賣古董的，擁有自己的店面是在昭和十一年。」

「哦，那就是那個時候吧。是祐賢師父和常信師父他們來到這座寺院的時候。那兩個人是曹洞宗的寺院分別派遣過來的，那等於是為已經鬆懈下來的這座寺院……怎麼說，為調查行動打了一針強心劑。那個時候，老衲幾乎已經死了心，認為再也不可能有任何發現了，但是並非如此。天花板裡頭和本尊的台座裡面，發現了各式各樣的東西。」

「是文書嗎？」

「是佛具和書畫古董之類的東西，也有佛像。發現是發現了，卻派不上半點用場。雖然東西是相當古老……了稔師父他啊，把那些東西處分掉了。」

「處分？可是那些東西不是價值連城嗎？」

益田發出怪叫聲。敦子好像也很吃驚，接著說道：

「平常的話，不是應該會當成寺寶還是……」

「寺寶？成不了那種東西的。」

「會不會是利欲薰心了？了稔和尚就像字面上說的，什麼和尚生意一本萬利，而且還是天降柏餅（註）……」

鳥口好像非常中意一本萬利這個詞。

註：鳥口說的這句話原本是「天降麻糬」，有「天降之喜」、「平白撿到的便宜」之類的意思。

天降柏餅是昨天的體驗造成的混亂吧。

但是沒有任何人糾正錯誤，老師只是笑道：

「哈哈哈，沒那回事。不過好像是賣到了好價錢。是吧，今川先生？」

「是的，從帳簿上來看，賣了相當高的價錢。」

「就是吧。那個時候，市面上流通著相當多寺院的東西。喏，首先是來自廢寺的東西。明治時代的廢佛毀釋時，大約有五成——比較慘的地方甚至有八成的寺院成了廢寺。感覺上要把能廢的寺院全都給廢了。倒掉的寺院的東西就在市場上流通開來。不過由於老衲的師父等人奔走努力，激進的風潮很快就平息下來，但是就像剛才說的，受難的時代持續了好一陣子。那段期間，很多寺院賣掉了古董。聽說有些寺院甚至連本尊都賣了。不過努力有了回報，風潮平息下來之後，這樣的事不再發生，之後幾乎都是當時流出的東西在流通。只是好東西都很貴，聽說賣價高，買價也很驚人。不過從這兒賣出去的東西，成本全無，說賺也是賺了吧。」

「出售那些東西時，沒有人反對嗎？」

「我記得常信師父是反對吧。可是那個時候了稔師父是監院，所以……」

常信曾說，了稔的位置後來被慈行給取代了。根據我的觀察，慈行現在在寺裡掌握了最大的權力。這麼說來，當時了稔是坐在那個位置上？

「以常信師父的立場他也不能說什麼。可是啊，我不曉得常信師父跟你們說了什麼，但了稔師父並不是為了私利私欲才賣東西的。所以也沒有中飽私囊這回事，不是什麼和尚生意一本萬利。」

「那他為何要賣呢？」

「了稔師父說，禪寺不需要那種美術品和古董，有了只是白有。換句話說，他賣東西是出於強烈信念的宗教行動。」

「請等一下……」

今川插嘴。

「禪與美術、藝術，不是有著深切的關聯嗎？破墨、潑墨、頂相、道釋畫還有禪機畫、書、石庭及漢詩，不管是茶道或是侘、寂的觀念，追本溯源，不都是始於禪嗎？您說禪寺不需要這些，我實在是不明白。」

「是啊，」

老師回答。

「今川先生，你說得沒錯。古來傑出的禪師全都精通傑出的藝術。仙厓義梵如此、被稱為五山文學之祖的夢窗疎石亦如此，臨濟中興之英傑白隱慧鶴如此，方才說的一休亦留下許多詩句，也是書法名家。但是啊，今川先生……」

「是。」

「那些的確被稱為藝術。作為美術品，似乎也獲得了很高的評價。但是我問你，何謂藝術？」

「呃……」

「老衲在請教你，藝術是什麼東西？」

今川露出了相當奇怪的表情。

「美的……流露嗎？」

「何謂美？」

「漂亮的東西……優秀、的……東西？」

「何謂漂亮？優秀是和什麼東西相較之下優秀？」

「這、那是、這……」

被不停追問，今川的回答逐漸變得愚鈍。我也像今川一樣試著思考，想得出來的解答卻也大同小異，可想而知，根本得不到確切的解答。

我們平常理所當然地使用藝術這個詞彙。

但是這麼一看，我對它根本毫無理解、不加思考，只是漠然地使用這個詞彙嗎？

老師又開懷大笑。

「哈哈哈，不必這麼傷腦筋。老衲又不是在欺侮你。是啊，這樣的話，就說是漂亮的東西好了。但是啊，今川先生，藝術不全都是漂亮的東西吧？」

「呃……」

今川露出奇怪的表情，就這麼僵住了。

「是啊，今川先生，你昨天對我說不全是漂亮的才是好照片。」

鳥口從後面說，但今川似乎沒聽見他的話。

「是啊，是啊。古寺沾滿了手垢的欄杆一點兒都不漂亮，但是每個人都說它美。腐朽缺了鼻子的佛像也被說是藝術。」

老師再次換了個聲調說：

「換言之，藝術這種東西什麼都好。只要認為漂亮，垃圾也一樣漂亮，認為美麗，屎尿也一樣美麗。沒有絕對美、絕對藝術這種東西。這只是主觀的問題。但話說回來，一個人做出來的東西若是無人能夠理解，他還是不會被稱為藝術家吧。這是當然的。但是只有一兩個人稱讚，依然不能稱之為藝術。然而若說大多數人都說好的東西就是藝術嗎？雖然這樣也不錯，但是把只會創造迎合大眾口味事物的人稱為藝術家，又有些不太對……」

老師不等今川回答，繼續說道：

「藝術這種東西，有社會、常識這類的背景，是如何與這些彼此妥協的問題。若沒有社會對個人這樣的結構圖，藝術是很難成立的。而不管怎麼樣，這都與老衲們無關。禪師並沒有想要把東西造得美麗，也沒有想到要去創造藝術。禪師所造的東西，既非說明也非象徵，當然也不需要道理。這是絕對的主觀。只是一把抓住世界，再咚地扔出來而已。就算別人在它當中感覺到美，那也和創造的禪師無關。無論世人稱它為藝術還是美術，都不關禪師的事。」

「啊……」

今川邋遢地鬆開嘴巴，睜大了渾圓的眼睛。表情簡直有如體現出自我崩壞，但是他現在應該正在進行激烈思考。

「喝！」

「啊。」

老師一喝，今川有如大夢初醒般**回來了**。

「不需要想，也不可以想要明白。你已經明白了。若是想用語言說出來，它就會溜走了。」

「是的。」

今川緩緩地將上半身前傾，雙手扶在榻榻米上。

老師望著他的模樣，慢慢地說：

「所以啊，了稔師父才會說禪寺是不需要那些美術品的。所以他每次下山，都將之拿去出售。了稔師父可能是認為，不過是那樣的東西，與其拿來誠惶誠恐地膜拜，倒不如換成下賤的金錢更要來得乾脆。我沒有問是怎麼樣的因緣際會，不過他把那些東西賣給了你的堂兄弟。」

「那麼，戰後一直杳無音訊是因為……」

「全都賣光了吧。」

「我明白了，感謝老師。」

今川恭敬地低頭，他可能有什麼想法吧。

停頓了一會兒之後，敦子說道：

「我記得一休禪師也非常嫌惡禪在藝術方面的發展，是嗎？他好像曾經批判流於形式的五山文學……」

「好像是。五山文學是夢窗疎石創始的。夢窗和老衲的師父一樣，是個作庭造園的名手，同時也精通詩文書法。但是就連那個夢窗，也說公案問答會妨礙悟道，更在遺戒裡嚴厲地禁止禪僧耽溺於藝術。」

「這樣啊。」

敦子意外地說。

「就是這樣。然而禁止是禁止了，這種傾向卻越演越烈。就像小姐說的，一休就把藝術貶得一文不值。而且一休好像也很痛恨公案，對於將公案簡單易懂地解說給大眾明白的師兄弟養叟，一休是大加痛罵，甚至說他是法盜人。」

「這種地方也和了稔和尚很像呢。」

「是啊。這麼說來，了稔師父也很討厭公案呢。老衲是被公案訓練過來的，但是了稔師父這個人感覺像是會說，公案去吃屎吧！以這種意義來說，他或許就像一休。不，了稔師父反倒是說過與盤珪的意見相近的話呢。盤珪稱公案是老廢紙，看也不屑一看。」

「恕我失禮……」

被遺忘在座間的益田戰戰兢兢地發問。

「公案到底是什麼？對不起，刑警是很無知的。」

「公案？是啊，方才臨濟大悟的故事，要說它是公案，也算是公案，也就是所謂的禪問答。由師父提出艱澀的質問，讓弟子作答。」

「像猜謎那樣嗎？還是像考試一樣？」

「非也，非也，不是那樣的東西。」

「我不懂呢。」

益田一副受夠了的模樣，敦子向他說明：

「對於不能夠以演繹歸納導出符合邏輯的明快解答的問題，該如何當場應答——這是一種修行，對吧？像臨濟宗的看話禪經常……」

「呵呵呵，小姐似乎相當博學多聞，不過這種時候，多餘的知識反倒是一種妨礙。但若要說明，也只能夠這麼說了。的確，沒有答案。」

「沒有答案？這我又不懂了。」

益田歪著頭說。

「不懂嗎？刑警先生，假設窗外有一頭牛在走。」

老師指著看似有窗戶的牆壁說。一片漆黑，無法確認窗戶的所在。

「牛？哦，牛啊。」

「首先有角經過，接著頭經過，接下來身體經過，但是不知道為什麼，只有尾巴沒有經過。為什麼呢？」

「什麼？呃，為什麼？牛一定是有尾巴的啊。就在背後的這個地方，如果看得到角的話，角度上應該也看得到尾巴吧。是看漏了嗎？不對不對，這樣講應該不行吧。**儘管實際上有，卻看不到**——得要是這種哲學的——不、機智的解答——」

「那樣不行。」

「不行？哪裡不行呢？」

「不可以想。」

「不想就回答不出來啊。」

「所以了稔師父和一休還有盤珪都討厭公案。大半的和尚都會像現在的你一樣，絞盡腦汁。很長的一段時間裡，公案就像是文字遊戲一樣。最近叫什麼來著？給……」

「GAME？」

「對、對。就像動腦的GAME一樣，淨是花工夫在想出機智的著語（註一）和下語（註二）——亦即解答。費盡心血，想的都是該如何漂亮地做出看似深奧的解答。據說有一段時期，到處橫行著寫有模範解答的行卷這種祕笈呢。這不是求道，是文字遊戲，是禪的墮落。」

「只是語言表面上的技術罷了，是吧？」

今川說。

「是啊。今川先生，你說得沒錯。這樣根本不成。原本公案並不是這樣的東西。公案是不能想的，每個人都應該一開始就知道答案的。」

「一開始就知道答案？」

益田露出奇怪的表情。

「應該知道的。」

老師說：

「答案溜也似地脫口而出，才叫做大悟。不過像白隱，他想出新的公案，或重新編纂舊的公案，使得禪在日本落地生根，所以公案應該也不是那麼糟糕的東西，但是了稔師父似乎就是不喜歡。他經常為此生氣。他啊……」

老師閉上眼睛。

「就像不生禪的盤珪永琢——『較之於成佛，做佛更簡單』；也像瘋狂禪的一休宗純——『他日君來如問我，魚行酒肆又淫坊』。了稔師父就是這麼樣的一個人。」

那可能是某種引用，但我當然不知道是什麼，就連意思都只能依稀明白。不過益田似乎稍微恢復自我，開口問道：

「被害人把賣掉那些古董得來的錢怎麼處理？就算包養女人是假的，那個……私吞之類的……」

「私吞？或許有一些吧。我剛才也說過了，他在玩女人，多少也會花些錢吧。像老衲都這把年紀了，跟那種事無關嘍。不過那也是戰前的事了。」

「那所謂的侵占公款指的就是這件事嘍？」

「侵占公款？什麼叫侵占公款？老衲不甚明瞭。東西能夠高價出售，靠的全是了稔師父的聰明才智。不過我想他應該只是用掉了利潤——不過沒有原價，也不曉得哪些才算是利潤——用掉比預料中賣得更高價錢的差額罷了吧。而且他也把錢好好地交回寺裡了。我已經說過好幾次了，他不是那種會中飽私囊的人。因為了稔師父沒有金錢欲這種東西。而且如果說侵占公款的話，那應該是竊取來自於教團的援助金這樣的意思吧？這種話是誰說的？」

「常信和尚嗎……？是那個常信和尚說的呢。祐賢和尚說沒有證據，持否定的態度。不過他也說慈行和尚正在調查。」

「常信師父？真是愚蠢。」

老師小聲而匆促地說。

「但是根據傳聞，我聽說被害人還投資事業……？」

「事業？哦，那是在說了稔師父和箱根的環境保護團體有關係這件事吧。」

「環境保護？」

「沒錯。老衲沒有下山，所以不太清楚，不過聽說汽車還是鐵路把山給切得亂七八糟。雖然交通變得方便，對當地人來說也是件好事，但是難得的美景……噢，了稔師父指的並非外觀如何，而是說破壞

註一：對公案的評語。

註二：對公案的感想及意見。

這天然、自然的景觀，實在太不像話了，所以才和進行這些保護工作的團體有所連繫。」

「這不算事業呢。」

「也算是一種事業吧。」

敦子說。

「唔，中禪寺小姐說是的話，那應該就是吧。但是這麼說的話，小坂了稔和尚這個人，雖然有些流氓——或者說豪放不羈——的地方，卻非常熱心修行，同時還投入自然保護工作，是個十分健全的人呢。在聽到老師的話之前，我一直以為他是個內幕重重、怪誕不經的和尚……噢，失禮了。我一直把他想成一個可疑人物。但是這麼一來，反而難以想像會有什麼人擁有殺害動機了呢。或許真的是感情糾紛也說不定。」

益田環起雙臂，他好像很困惑。

「刑警先生，可是了稔師父事實上就是被殺的，所以還是有兇手吧。」

「話是這樣說沒錯，可是動機不太可能是宗教教義理解的歧異吧。但是飯窪小姐又看到了僧侶打扮的人物，僧侶還是很可疑……」

說到這裡，益田望向飯窪。

飯窪被其他人擋住，我看不清楚。

「而且若是起因於一般動機的殺人，該怎麼說明那異常的棄屍狀況才好？感覺調查像是回到了原點呢。」

益田更加困惑地這麼作結，身體斜傾一邊。老師也以略帶困惑的口吻說道：

「但是了稔師父究竟找到了什麼？從這封信裡無法清楚知道。信上雖說是神品，但是這座寺院已經沒有東西可以賣了。今川先生，你可有任何線索？」

「沒有，我才想要請教老師。」

「了稔師父可能找到了什麼吧。他……這麼說來，那個似乎……嗯……」

老師思索著什麼。敦子問道：

「了稔和尚找到要賣給今川先生的神品，是去年接近年底的事。然後新年過去，在預定與今川先生約定見面的日子，了稔和尚遭人殺害——至少他在那一天失蹤了。該說是最近嗎？或是那段時間前後，了稔和尚有沒有什麼異於平常的地方？」

敦子的口氣很像刑警。她習慣了。

「是啊，這麼說來，他在失蹤的前一天，曾經到老衲這裡聊了一下。」

「他說了什麼？」

「沒什麼。是啊，他說他豁然大悟了。」

「豁然大悟？」

每當出現艱澀難解的詞彙，益田就會卡住。而每當這種時候，他就會追問，這與其說是熱心，更應該是出於刑警的習性吧。像我總是從談話前後的脈絡朦朧地猜測意義，幾乎都只是聽過就算了，因此並不會打斷對話，卻也經常有了錯誤的認識。

這種時候，大多都是敦子在補充說明。

「一切困惑煩惱消失而領悟的意思吧？」

「正是。」

「**大悟**——了稔和尚他這麼說嗎？」

「說了。他是說了，不過或許是玩笑。」

老師沉默了一下。

鳥口低聲說：

「好厲害，悟道了。」

「那、那是那麼厲害的事嗎？只要悟道的話，修行就結束了嗎……？」

在益田說完他的疑問之前，老師回答了：

「不是只悟道一次就夠的。」

「悟道不是就**到達終點**了嗎？」

「這又不是雙陸遊戲（註）。悟後的修行——悟道之後的修行才是問題。而且悟道並不僅止一次。像白隱，據說他生涯大悟十八次，小悟無數次。我不知道了稔師父是怎麼樣地領悟了，但是小悟對他來說，或許根本是稀鬆平常之事……」

老師說得有點含糊其詞。

「關於那個時候的事，請再說得詳細一點。」

「也沒有什麼詳細不詳細的，是啊，他不見的前晚，忽然來到老衲這裡，然後說，泰全師父，貧僧豁然大悟了。」

「然後呢？」

「哦，老衲以為是玩笑。」

「你沒有當真嗎？」

「是啊，而且會那樣說的和尚也不多。那個時候我並沒有當成一回事。我以為他是在胡鬧，所以……是啊，那個時候，老衲不知為何也順勢自比為華叟宗曇，問他，了稔師父，你那是羅漢的境界，還是作家的境界？」

「什麼意思？」

「華叟就是剛才多次提到的一休的師父。剛才的話，是學一休豁然大悟時華叟對他說的話。所謂羅漢，指的是小乘的覺者，而作家則是優秀的禪師。亦即我是在問他，你那是獨善其身的覺悟，還是偉大禪者的覺悟？華叟是一口咬定一休是羅漢的覺悟，不予理會，而老衲則是特意追問——雖然老衲問得並不認真。」

「結果呢？」

「哦，了稔師父不愧是了稔師父，馬上就明白了我的意思，回答說，這若是羅漢的境界，那麼我願做羅漢而棄作家。這也是那個時候一休所說的話。了稔師父你真是機智啊——老衲這麼大笑，但是……」

「但是？」

「或許他……是認真的嗎？」

老師說到這裡，沉默了。

所謂認真——指的是了稔真的大悟了嗎？

益田探出身子。

「然……然後呢？」

「就這樣了。翌日早晨的早課時，我們沒有交談。他看起來和平日沒什麼不同，老衲就這麼再也沒見到他了。」

「哦……只有這樣啊。豁然還是大悟，究竟是怎樣的感覺？我一點都不懂。」

益田頻頻搔著額頭。

與其說是煩躁，他更感到心急吧。

鳥口瞥著這樣的益田，以一如往常的口吻陳述意見。

「益田先生，兇手一定是下界的俗人啦。和女人有關，再不然就是跟什麼環境保護團體有關。若是站在保護自然的團體那一邊，或許就會和推動開發的人有所衝突，或是產生利害關係。」

註：一種室內遊戲，二人對坐，將自己的棋子依擲出的數字前進，先進入敵方陣地者獲勝。於奈良時代自中國傳入日本，稱双六。

很像是新聞記者會說的意見，鳥口似乎漸漸地恢復了自己的步調。

「可是啊……」

益田一臉可憐相，再次望向飯窪。他就是沒辦法撇開飯窪的證詞吧。目前兇手是和尚這種說法的關鍵只有她的目擊證詞。

「我……」

飯窪只說了這個字，便沉默了。

「飯窪小姐見到的人物，或許真的是為了擾亂調查而變裝的吧。」

聽到益田的話，老師說道：

「就是那位小姐見到疑似兇手的僧形男子嗎？可是刑警先生，說是和尚，可疑的也不只有本山的雲水啊。這一帶到處都是寺院。不，和尚自己有腿，所以不僅是附近寺院的僧侶，也有可能是行腳僧吧？」

「嗯，也是。」

「啊。」

敦子輕聲叫道。

她迅速地回望鳥口，說道：

「我完全忘記了。鳥口先生，我們來到仙石樓的途中遇到的……」

「啊，那個和尚！讓敦子小姐看得臉紅心跳的美男子……」

「什麼？這是在說什麼？」

益田回頭，交互看著兩人。

「哦，益田先生，那個俊美無比的和尚啊……」

「鳥口先生！真是的……」

「好啦，敦子小姐，我不說就是了。這麼說來，記得那個人說他不是明慧寺的僧侶呢。」

「什麼？還有什麼事沒有告訴警方嗎？」

「不，就是……我們抵達仙石樓之後，因為一下子發生了太多事，結果完全把這件事給忘了。從大平台前往仙石樓的唯一一條路途中，我們與一名行腳的和尚擦身而過。」

「在那條獸徑嗎？」

「是的。所以我滿心以為那一定是明慧寺的和尚，開口詢問，結果……」

「那個和尚裝腔作勢地說，貧僧是個居無定所的雲水。」

鳥口用一種時代劇似的腔調說，好像是模仿那個僧侶。

「從那裡走下去的話，起點只可能是仙石樓或明慧寺呢。仙石樓裡有這樣一個和尚嗎？」

益田轉向今川。

「沒有。不，至少我在停留期間並沒有看到那樣的和尚。」

「我想也是。為了慎重起見，我們調閱了一星期左右的住宿旅客資料，但沒看見那樣的和尚。是發現屍體那天，對吧？老師，呃……是昨天嗎？有沒有其他寺院的和尚來訪？」

「好像……有吧。」

「真的嗎？」

「問問知客就知道了。慈行師父可能判斷與案件無關，所以沒說，不過我記得是鎌倉……是了，是從了稔師父以前待的寺院來的。我聽說有一個雲水會來，那應該是昨天還是前天的事吧。但隱居的老衲完全不曉得是為了何事而來。」

「就是那個人了！一定不會錯的。那樣的話……」

益田說到一半，飯窪突然發言打斷他。

「那位、那位和尚是來自鎌倉嗎？」

「似乎是。怎麼了嗎？」

「您、您知不知道他的名字？」

「很遺憾，老衲並不知道。名字只有慈行師父才知道吧。」

「這樣嗎……？」

「飯窪小姐知道些什麼嗎？」

發言被打斷的益田詫異地反問，飯窪卻只是用幾乎聽不見的細微聲音說：

「不……」

她的言行舉止可疑到了極點。一開始還以為她因為遭逢怪事，所以情緒不穩定，但似乎並非如此。

「真的嗎？老師，那麼只要詢問慈行和尚，就可以知道那名客人的身分了吧？中禪寺小姐，鳥口先生，你們還記得那名僧侶的長相嗎？」

「應該記得吧。因為那個雪中的黑衣和尚簡直就像畫裡走出來的，是個俊美過頭的美男子呢。對吧？敦子小姐？」

敦子對鳥口置若罔聞。

在雪中行走的黑衣僧侶？

昨天……不，前天早上，**我也看到了那名僧侶**。

我錯認為是京極堂的雪中僧侶，會不會就是敦子等人所遇到的僧侶？

我的直覺這麼告訴我。當然沒有確證。而且只憑那點記憶，也無從確定起。更何況我只是從窗戶看到而已，連是不是同一個人都不知道。

但是……

等一下該告訴益田嗎？

總覺得在意。老鼠和尚也好，現在談論的雪中僧侶也好，我總覺得發生在**這一側**的事，不知為何竟與**另一側**的事相呼應。這當然只是一種幻想。並沒有任何事實確實地彼此對應，只不過是單純的印象罷了。警方應該正在調查，不過尾島說的事或許與這件事毫無關係。

就連現在說的僧侶也非常曖昧模糊。只是……

——那個身穿長袖和服的少女。

那是……

「請問，泰全老師……」

因為對話不知不覺間停頓，原本一直旁觀的我第一次向老師開口。

「是。」

「我是那個，從事筆耕的，說起來算是局外人，沒有任何直接關係……啊，敝姓關口。呃……」

我說話結結巴巴，口齒不清。雖說是口語，但文法亂七八糟，連自己都覺得聽起來很笨。

「那個，我剛才在這裡看到了那個……穿著長袖和服的女孩，呃……那個……」

我無論如何都想詢問山中的長袖和服姑娘——不會成長的迷路孩童的事。我想要更確實一點的證詞，來證明那個女孩是屬於這世上的。

方才偵訊的時候，也提到了一些關於那女孩的事。據說她是住在這附近的老人的家人，但也只知道這樣而已。光憑這一點情報，那個女孩在我心中仍舊是個魔物。

「哦，你說阿鈴嗎？」

「阿鈴？」

飯窪大聲說道：

「阿鈴？穿著長袖和服的女孩？這究竟是……」

飯窪應該不知道長袖和服姑娘的事。偵訊提到她的時候也被菅原草草打斷，所以應該沒留下什麼印象。菅原懷疑和尚，所以判斷長袖和服姑娘和這件事無關。因為當時沒什麼時間，這無可奈何，不過飯窪這狼狽的模樣，怎麼想都反應過度了。

「這到底是在說什麼？敦子還有你、大家……大家都知道這件事嗎？那是……」

飯窪掃視眾人，最後轉向老師，沉默下去。因為很暗，我完全看不見她的表情，只有一股令人戰慄的氣息傳了過來。

「我想那應該是仁秀家的女兒，不過不是很清楚。她是從什麼時候開始就在的呢……？」

「仁秀（jinsyuh）——這位也是和尚嗎？」

「不，其實應該是唸做仁秀（hitohide）吧。不過貧僧們都把名字音讀，自然而然就這麼叫了。」

「那位仁秀先生是個什麼樣的人？聽說他是住在附近的老人，或是寺男……」

「這兒沒有寺男。寺男的工作，老衲們當做修行在做。說他是住在附近的老人算是沒錯吧。他在這座寺院正後方耕田過活，不過那塊田地現在已經跟寺院的田地沒有區別了。老衲來到這座寺院的時候第一次見到他，大為吃驚。至於老衲的師父知不知道他，我就不清楚了，不過他好像在這座寺院被發現以前，就一直住在這裡了。」

「那麼他是在這樣的山地裡從事農業？」

「那稱不上農業，只是勉勉強強栽種供自己吃的作物罷了。他過著像仙人般的生活。」

仙人——那麼那個女孩就是仙女了？那樣的話，不會成長也是可以理解的。

「喏，你們沒見到嗎？那個大個子的，叫哲童的雲水。」

「哦，只瞄到一下而已。聽說他是那個仁秀先生的孫子？」

「孫子？仁秀才不是那種年紀，他還要更老。要是有血緣關係的話，應該是曾孫吧。不，他們不可能有血緣關係。總之，仁秀和哲童還有阿鈴三個人一起生活。所以仁秀雖然年紀一大把了，卻很硬朗，腰桿子也直挺挺的。他的年紀或許比老衲還大，卻遠比老衲更老當益壯吶。哎呀哎呀，老衲修行還不足呢。」

「那麼大把年紀的老人住在這種深山裡？是祖先代代就住在這裡嗎？」

「不清楚哪，那位老人完全不提自己的事。可是他似乎能讀書寫字，也有學識。或許是厭世隱遁的隱士也說不定。」

「那麼，哲童和阿鈴嗎？你說那兩人和仁秀先生沒有血緣關係，這是什麼意思？」

「在老衲入山的時候，還沒有哲童……不，有嗎？就算有，也還在襁褓中吧。哲童在不知不覺間開始幫忙種田，就這樣出入寺裡，注意到的時候，他已經在幫忙僧侶的作務，結果變成了僧侶。再怎麼說都不可能是仁秀生的，所以我認為應該是棄嬰之類的，被仁秀給撿到了。阿鈴也一樣。阿鈴她……是啊，從什麼時候開始在的呢？老衲看到她——是這三四年左右的事吧。」

「三四年？那麼是戰後的事嘍？」

那麼十三年前的目擊證詞——又該做何解釋？

「沒錯，是戰後的事。不，或許從戰前就在了，只是我沒看過她小時候。對了，這麼說來，仁秀說她一直體弱多病。現在雖然像那樣活蹦亂跳的，但是還是有一點……嗯，所以她大概也是棄嬰，要不然就是走失的孩子。」

益田立刻做出符合警官的反應。

「可是如果真是如此，應該要通報警察，請警察代為保護才對吧？也得讓他們接受教育才行。」

「嗯，你說得是沒錯，但是那對兄妹——雖然不是親兄妹，不過兩個人都有一點那個……智能不足，實在沒辦法去下界的學校。雖然這只是從旁觀察，不知道程度究竟有多嚴重，不過老衲這麼認為。但是他們倆在這兒過得很不錯，可以自由自在地生活。像哲童，雖然話說不好，卻非常勤奮地進行作務。而且他不曉得是從誰那兒聽來的，總是努力地思考著公案。」

「公案？就是剛才說的那個牛怎麼樣的、艱澀的玩意兒嗎？」

益田發出退避三舍的聲音。

「是啊，是啊。哲童從別人那裡聽來公案，每天都在想。公案非常多，有數千則以上，不管怎麼解，都永遠解不完。」

「可是老師，你剛才不是說公案不可以想嗎？」

「是這樣沒錯，但是哲童並不是要想出機智的回答或強詞奪理，而是正經、認真地思考。所以他偶爾會到老衲這兒來，結結巴巴地問我，這我怎麼想，老師覺得如何？有時候他也會說出一些相當稀奇古怪的意見來，卻非常地真誠。老衲也從他身上學到了不少東西。」

「哦……」

「那麼……」

飯窪開口了，她好像稍微冷靜了一些。

「那位叫**阿鈴**的女孩——年紀大約多少？」

「是啊，大概十二、三歲吧。」

「這……樣啊。咦？十二、三歲？那……可是……要是……」

語尾聲音逐漸轉小，終至消失。結束得極為含糊不清，讓人感到疑惑。

她——知道些什麼。

我望向飯窪。她依然被陰影籠罩，看不清楚。在白天已經失去色彩的這名女子，現在甚至連光芒都完全消失了。

飯窪對剛才的神祕僧侶和長袖和服女孩兩者都過度反應。我怎麼樣都想不透這兩者之間的關係。我觀察她的模樣。突然間，飯窪的影子、老師的影子、全員的影子一陣劇烈的晃動。

忽地，光線消失了。

漆黑包圍了我們。

老師身處的方向，傳來老師的聲音。

「噢，蠟燭也燒完了。夜已經深了。喂，有人嗎？有人在嗎？」

現在到底幾點了？

來到這裡的時候，是晚上十點半左右。我們應該聊了整整兩個小時以上。那麼日期應該也跳過一天了。距離凌晨三點半的起床時間只剩下三小時不到嗎？

侍者遲遲不來，睡著了嗎？

「怎麼，真沒辦法。真是抱歉啊，我現在就點燈……」

紙門打開的氣息。

那不是氣息。

一名手持燭台的巨漢影子就在那裡。

「噢，是哲童嗎？哲童，為什麼你會在這兒？其他人怎麼了？」

「什麼？」

「屎橛。」

異樣，說不出的異樣。

「何謂屎橛？」

語調毫無抑揚頓挫。軀體黝黑而巨大，只有臉部一帶透著微亮。凝目望去，哲童身穿作務衣，頭上綁著手巾，背上背著背架般的東西。

「你說的**視覺**，是指眼睛看到東西的視覺嗎？這是在說什麼？哎，罷了。把那個燭台拿過來。還有叫人來帶路。連半個侍者也沒有。」

「老師，萬分抱歉……」

三名僧侶驚慌失措地從哲童背後出現。

「一不留神就……」

「啊，無妨，罰策就免了。是聊到這種時刻的老衲不對，這要是給慈行知道，要被罰策的可是老衲。喏，領眾人回去吧。噢，全都是老衲擅作主張，真是抱歉。各位，今天就到此為止，可以嗎？」
老師重新轉向我們。
「啊，好的。老師的一席話助益良多，感謝您的協助。」
益田第一個道謝，我們也跟著一一低頭鞠躬，站了起來。我的腳已經完全麻了，為了不被人看出而慢慢地起身，卻踉蹌了一下。
就這樣，會見突兀地結束了。

哲童不知不覺消失了蹤影，剛才的僧侶魚貫入室，帶領我們。
「那個，老師……」
今川獨自悄悄走近老師。
「若是方便，接下來能否稍微談一下呢？呃，不會花上多久的。」
「噢……」
老師允諾他的請求時，房間裡只剩下我一個人了。今川當然請求我的諒解。
「關口先生，我等一下就跟上去，請各位先回房吧。」
「啊，哦……」
於是我走出房間，離開了理致殿。
內律殿裡準備了非常簡素──或者說簡陋──的被褥。因為冷得要命，我立刻蓋上被子，卻沒有半個人睡著。
時刻比我想像得更晚，早已過了凌晨一點。距離起床時間連兩小時都不到。鳥口只要睡著，不過十幾個小時是不會醒來的，所以他根本不敢就寢。
今川真的不到十分鐘就回來了。

在東摸西摸當中，早晨很快地造訪了。

聽見喧囂但肅穆的鈴聲，逐漸鬆懈的我不得不振作起來。

早上的採訪似乎已經事先決定好攝影地點和順序，敦子和飯窪的行動沒有一絲多餘。鳥口也異於平常，機敏地行動。我和益田只是愚笨地跟在後頭東奔西跑。

然後……

然後，我現在完全癱了。

「啊，怎麼樣都寫不好。」

敦子說道，坐著高舉雙手，「嗯」地伸了個懶腰。

「關於坐禪，我們沒有聽到任何說明呢。昨天也是……」

我想要回答「嗯」，卻混在哈欠裡，成了「呼啊」的聲音。

「要不要再去請教泰全老師呢？」

「呼啊……小敦，這想法不錯啊。那個人感覺最能夠溝通。」

又混進哈欠了。

「老師，您要不要一道去呢？」

「我？去是可以啦……不過妳最好不要太勉強自己。」

「可是照片拍了，要是事後忘記拍的是什麼就不好了，而且我覺得趁著身在這種環境下，先把稿子寫好比較好。」

「拍照的時候我也在場，而且還有鳥口在啊。再說，要是怎麼樣都不懂的話，去問京極堂就好了。他大概都知道的。」

「我不想麻煩哥哥。」

「這樣啊。但是我們還算是嫌疑犯，不把這位益田刑警叫起來，其實是不能任意行動的。」

「可是今川先生和飯窪姊都擅自出去了啊。」

「可是啊……」

「我、我醒著！」

益田硬是睜開充血的眼睛，猛地坐起來。

「中、中禪寺小姐，那個，去老師那裡吧。我也還有些事想請教老師，不問清楚之前，不能下山。」

口齒不清。益田似乎相當勉強自己。或許因為是在敦子面前，他才逞強耍帥。相反地，鳥口已經呼呼大睡，連嘴巴都張開了。我不免擔心起他會不會流下口水來，鳥口也不想被敦子看見他那種樣子吧。

敦子則似乎完全沒看見**那種東西**，精力充沛地說「那我們走吧」，靈活地站了起來。益田睜著一雙滿是血絲的眼睛，搖搖晃晃地跟在她後面。我受情勢所逼，無可奈何，刻意慵懶萬分地站起來。

外頭還是一樣寒冷，卻格外明亮。

敦子刺眼地瞇起眼睛說了：

「這麼說來，今天早課的時候，泰全老師在嗎？我好像沒看見他呢。」

「不清楚呢。和尚每個都是光頭，從背後看也看不出來。被妳這麼一說，我也好像沒看見。」

老實說，我回想不起泰全這個人的長相。

除了浮現在黑暗中的皺紋陰影外，沒有任何印象。

益田說道：

「會不會是因為他年事已高，所以早上的念經可以免除？」

「可是昨晚老師說他潛心在修行啊。」

「那就是睡過頭了吧。」

「有可能嗎……？」
敦子稍微偏頭眨了幾下眼睛，她看起來有一點睏倦。
此時，響起了一道撕裂空氣般的聲音。
幾名僧侶把手交叉在胸前——這似乎叫做叉手——從旁邊的迴廊飛快地奔馳而過。雖然速度很快，卻沒有腳步聲。跑法很獨特。
「怎麼了呢？發生了什麼事嗎？」
「啊，是慈行和尚。」
同樣叉手放在胸前，疾行如風的慈行出現了。後面跟著兩名侍者。法衣的袖子吹飽了風而渾圓地鼓脹起來。
慈行看到我們，登時停步。
隨從也說好似地停了下來。
慈行人偶般的臉轉向這裡。
一片慘白。
「您是……益田先生吧？」
「啊？是啊。」
「請隨我來。」
「嘿？」
慈行狠狠地瞪了我和敦子一眼，以響亮的聲音說：
「請隨我前往東司。」
「冬斯？冬斯是什麼？」
益田就像被蛇盯上的青蛙般，露出沒出息的表情向一旁的敦子求救。

「東司指的是盥洗間，益田先生。」

「廁所嗎？為什麼我要跟他去廁所……」

「請快。」

慈行以刀斬般的嚴厲聲一喝，再次快步離去。益田心頭有些煩亂，結果還是從迴廊外陪跑似地趕上慈行等人。我和敦子面面相覷，也追了上去。

因為不曉得該從哪裡進入建築物，結果益田也遲了許多，我們三個人同時抵達了那裡。今川和飯窪也在。

此外還有祐賢及常信。穿著作務衣及法衣的僧侶杵在各處，一臉茫然。

沒有哪裡不對勁，眼前的情景卻十分異樣。完全不像是戒律森嚴的禪寺景象。這裡沒有今早所見到的舉手投足、全身上下皆自律甚嚴的僧侶。總覺得被掏了個空、空氣紊亂。無形的秩序已然崩壞。

「究竟發生了什麼事？」

益田問祐賢。

「唔……」

祐賢有如岩石般的臉變得更加僵硬，只是緊緊蹙眉。

「怎麼了嗎？」

我跟在今川旁邊悄聲問。

今川只是緩緩搖頭，一雙有如橡果的眼睛睜得更圓。飯窪則像幽魂般佇立原地。我沒辦法，只好轉開視線。

走廊上並排著木門。這裡就是東司——也就是廁所嗎？內律殿裡設有獨立的廁所，所以這是我第一次來到這個地方，畢竟採訪的範圍並不包括廁所。

最裡面的門開著，慈行從裡面走了出來。
「怎麼會……發生這種事……」
慈行在發抖。
益田推開兩名僧侶，跑向慈行。
「慈行師父，究竟怎麼了？」
慈行用冷徹得令人幾乎背脊發涼的眼神**俯視**益田，然後比他的眼神更凌厲地說了：
「不可饒恕。如此無秩序、無節操之事……都、都是因為你們……」
我走上前去，敦子也跟上來。
「都是因為你們擾亂了這裡，才會發生這種事！」
慈行歇斯底里地叫道，粗暴地捶打開了一半的門，將之完全打開。

有如時代劇裡出現的木製茅房。
那裡，長出了兩條腿。
一個人頭下腳上地從頭被倒插進去。
衣服翻捲過來，完全軟趴趴的兩根棒子毫無意志地、邋遢地左右張開。青黑浮腫的皮膚簡直就像假的。

我不懂這究竟是怎麼回事，這不是人體能夠自然擺出的姿勢。
換言之……
這是一具屍體。屍體的頭部被狠狠地插進茅廁裡，身體反折，使其維持平衡。
地板有些破損，是因為被強硬插入至肩膀處的關係吧。
仔細一看，還可以看見不自然地彎折的雙手。

好像是個老人。

「這……」

益田總算擠出這點聲音。

敦子喃喃說：

「泰、泰全……老師？」

「咦？這是泰全老師？」

益田嚇一跳似地一蹬，再踏出一步，做出屈身觀察的姿勢。

「啊？啊，這……」

益田擠出聲音似地說道，站了起來，轉回身子望向全員。

「現、現場維持著發現當時的狀況嗎？」

聲音變調了。

「發、發現者是……呃、這……」

沒有任何人回答。沒有人發出隻字片語，益田孤立無援。

「益田先生，這裡交給我，快、快去請求支援……」

敦子說。

「是、是啊，拜、拜託妳了。要、要確保維持現、現場狀況。我馬上回來。」

「愚蠢！」

慈行大聲說道。

益田連滾帶爬地跑掉了。

而我只是凝視著昨天我還稱呼為老師的兩條腿。

※

消防團生活三十六年間的回憶

大正六年，我加入溫泉村消防組第二部，爾來三十五年餘，皆擔任持筒小隊長，此次退團在即，笹原翁邀請我為文以茲紀念，因而有此疏陋之文。

今年，我們消防團終於配備了運送消防手的小型卡車。如此一來，可大幅縮短趕赴現場的時間，應該能夠更確實地進行滅火與救援行動。

戰前，消防團被稱為消防組，消防手的打扮也是法被（註）加上纏腰布，宛如武打戲劇照上的打火兄弟般英勇帥氣。戰爭期間，消防組改名為警防團，負責後方村落的安全。當時正值國家非常時期，服裝也變得較為樸素，但裝備依舊，令人甚感不安。

與當時相比，現今已有長足進步，實令人欣喜萬分。

雖不願歸咎於裝備之故，但是山裡與山腳下的城鎮不同，難以迅速移動。不僅如此，也有許多地區無法確保水源充足。

因為以往所使用的都是大板車。將唧筒放在大板車上，奔走於崎嶇不平的箱根町村，需要極大的勞力。上坡時須以繩索在前方牽引，人在後方推行，困難重重；然而更棘手的是下坡時，必須反過來用繩子從後面拉住，小心不使其滑落，緩緩地下山。若是慌了手腳，使車子滑下山坡，不僅會弄壞唧筒，更會使拉、推車子的團員受傷。

註：一種日式短外衣。

不僅辛苦萬分，更是危險重重。

抵達現場之後，團員便輪流壓唧筒噴水。到了戰後，消防團配置了TOHATSU唧筒（註一），但當我還執行現場勤務時，使用的仍是手動唧筒。這也是一件苦差事。即使在冬天，也會累得滿身大汗。大家都非常拼命，但是在這種惡劣的條件下，有時候仍然無法順利地進行滅火行動，令人懊惱。

前後橫跨三十六年的消防團生活中，最令人悔恨、一生難以忘懷的一場火災，發生在昭和十五年正月三日。

大家都還沉浸在新年屠蘇酒（註二）的氣氛裡，所以鬆懈了嗎？不，我想絕無此事。無論是喝醉了還是睡著了，只要聽到一聲火災，我們總是會立刻抖擻精神，酒氣和倦意也會馬上全消。這就是消防夫。

只是那一年降雪比往年要來得多，路況也變得更為險惡。

不幸的事故總是接踵而至。

發生火災的地點是在小涌谷再過去的一座小山村。爬上山路的途中，拉大板車的繩索斷了。當時我正在後面推車，突然感覺車子變得沉重無比，隨即和車子一同滑落到山坡底下。一起推車的另兩人中有一人手指被壓斷，受了重傷，另一個則重重地撞傷了腰，無法行走了。

幸好唧筒平安無事。我只受了擦傷，所以和剩下的團員同心協力，抱著必死的決心爬上山坡，抵達時間卻大幅延遲了。

不幸的是，屋子早已付之一炬。

罹難者五人之多。

地震或颱風等巨大天災姑且不論，火災裡燒死這麼多人，在我的經驗裡是絕無僅有的一次。這是我長年的消防生涯當中最屈辱的一件事。我們因為太不甘心，回去之後全都抱頭痛哭。

一想到要是再早個五分鐘……不，再早個一分鐘抵達的話，或許就能夠拯救一條性命，我現在依然感覺到無法排遣的悔意。

在警察趕到前，我們鉅細靡遺地勘查了現場，卻發現諸多疑點。雖然我們的確抵達得晚了，但是火勢實在延燒得太快了。感覺上起火點不止一處。

屋主夫婦陳屍在內宅大廳，起火點應該是那裡，但是從建築物燃燒的情況來看，是玄關、廚房後門先燒起來的。以延燒情形來說，相當奇特。而且傭人房火勢也極為猛烈，那裡死了三個人。所以我們再三告訴警方這是縱火，卻終究沒有聽到縱火犯被逮捕歸案的消息。

這也是令我感到遺憾的原因之一。

想到由於車輛的配備與技術的進步，能夠減少如此心酸痛苦的經歷，我就有無比感慨。各位後輩，今後也請為了箱根的安全，繼續努力不懈。

昭和二十八年元旦

記於最後的出團式之前

箱根消防團底倉分團　堀越牧藏

※

註一：TOHATSU株式會社是生產船外機、各式唧筒等設備的製造公司。在一九四九年首次生產可搬運式消防唧筒，大受好評。

註二：日本習俗裡，過年會喝屠蘇酒，據傳是華佗創始的藥方，在平安時代傳入日本。

5

約莫三十分鐘後，益田伴同山下警部補、菅原刑警及兩名警官回來了。往返仙石樓的路程需要花上三小時，再怎麼說都回來得太快了。看樣子山下等人早已出發前來明慧寺，而前往請求支援的益田在途中碰上了他們。

山下還是一樣混亂。

不過我也絲毫冷靜不下來，只是連混亂都放棄了。這一點其他人也是一樣，當然僧侶也不例外。

山下一抵達，也不自報姓名，就這麼直接前往現場，安排兩名警官監視現場後，強制所有僧侶包括我們全部離開。他似乎已經安排好要鑑識人員與調查員前來支援了。

山下掃視全員大叫：

「總、總之把全部的人集合到一間房間裡！在支援的人到達之前，不許任何人離開一步！」

慈行理所當然地反駁。

「這會造成困擾，礙難從命。」

「困擾？你在胡說八道些什麼？你們全部都是重要關係人……不，是嫌疑犯！不許你們擅自妄為！日本可是個法治國家，你們要是日本國民，就有義務遵守法律！不服從我的命令的人全部視為妨礙調查，當場逮捕！」

山下氣勢洶洶地破口大罵。

面對那樣的山下，慈行不屑地應對：

「多麼蠻橫無理的說詞！即使兇手就在當中，也不會愚蠢到在這種狀況下拔腿逃跑吧！況且本寺的雲水當中不可能有犯下殺生戒的不法之徒。此等惡行必是外人所為。儘管警官就在此監視，卻依然發生了眼前的慘事，您究竟打算怎麼負起這個責任？吾等是被害人。這般無禮的態度根本是侵害人權！」

「等一下，慈行師父，你最好看看狀況，現在還是聽從警方的指示才是上策。」

「這……沒想到身為維那的祐賢師父竟會說出這種話來，我無法允許如此失序。」

「這可不是允許不允許的問題。繼了稔師父之後，不是別人，而是泰全老師遭人殺害。而且還是在山內──不，寺內──不對，堂內。即使如此，你還是堅持要像平常一樣進行行持嗎？」

「當然。因凶事而打亂行持，簡直荒唐。」

「不是只有照平常行事才是修行。無論在什麼狀況下，修行就是修行。我作為維那，必須指導僧侶服從警方！」

「管你們怎麼樣都好，快點照我說的做！益田！把他們集合到隨便一個地方！」

「隨便一個地方……？」

「不可在寺內擅自行動！」

「你還要堅持己見嗎？慈行師父。」

「啊……」

常信打斷了這場錯亂。

「慈、慈行師父，拜託你，請、請照著警察說的，讓警察監視所有的人……」

「什麼？常信師父，你這話是什麼意思？」

「慈行師父，不、不管兇手是不是在這裡面，都不能保證這場禍事**就到此為止**。你姑且不論，接、接下來或許是我……不，或許是貫首。」

「什麼？」

「你的意思是這種禍事還會繼續發生嗎？」

「呃、不，這、這沒有人知道吧……」

「常信師父，此話當真愚昧。你是瘋了嗎？」

「瘋了的人是你，慈行師父！」

「你說什麼……？」

「安靜！成何體統！」

一道充滿威嚴的聲音宛若自地底響起。

僧侶圍成的人牆同時分成兩邊，失去已久的秩序瞬間恢復了。

一名**威風凜凜的僧侶**背對法堂站在那裡。

身旁伴隨著兩名侍者。

那名魁偉的僧侶身穿金銀絲線編織而成的華麗袈裟。那身袈裟高貴的花紋我曾經見過，是早課時坐在法堂中心的僧侶所穿的袈裟。換句話說……

「你……你是？喂，菅原，這人是誰？」

眾人全然肅靜，山下卻似乎更加混亂了，威嚴蕩然無存。那名僧人擁有區區國家地方警官的警部補根本無從對抗的十足壓迫感。

「貧僧是本寺貫首圓覺丹。」

「你、你就是……」

所謂高僧，真正就是此種風貌。分不清是開是闔的眼睛並沒有特別注視著哪裡，卻鎮懾著他所面對的全世界。

但是那壓倒性的無言壓迫似乎首先擊中了慈行。

「猊、猊下（對高僧的尊稱），您為何親臨此處……」

「慈行，這是何等醜態？丟人現眼。對警方太無禮了。」

「可、可是……」

「不許辯駁。山內的行持紊亂，是監院之不周；僧人之綱紀紊亂，是維那之不周。將之歸咎於外來賓客，這是何等欺瞞！」

覺丹緩緩轉頭。

然後開口：

「哲童，對慈行與祐賢各打十下罰策。」

哲童原本站在最後面漠然旁觀，但他對於突然的指名亦不驚慌，也不回話，緩慢地走到正中央。

這是意料之外的發展。我們自然不用說，就連山下等警方也完全插不上話，只能杵在原地看著。

哲童看起來比昨晚更加魁梧。今天他穿的不是作務衣，而是法衣，將袖子捲起，以帶子交叉斜綁起來。那異樣的外貌完全就是個凶猛的野和尚。

他的手裡拿著一根扁平的木棒。

那叫做警策，是用來警醒修行僧的棒子。

慈行和祐賢露出帶有幾分悲壯的表情，默默地坐在雪地上，略微垂首。

怪僧哲童首先站到慈行正後方，將警策放到他的肩口上。

我目不轉睛地盯著哲童。他的臉很長，額頭突出，凹陷的眼框裡的瞳眸沒有光輝，除了鼻翼翕張之外，近乎面無表情。從他的臉難以看出喜怒哀樂。

哲童無言地高舉警策，狠狠地揮了下來。

一道有如打在榻榻米上的鈍重聲音響起。

慈行一禮。

「呃、喂！住手！又、又不是處罰小孩子，何必打人！」

山下似乎完全無法認清狀況，想要阻止，卻被益田拉住了。

「幹什麼阻止我，益田！喂！不可以使用暴力！貫首，不可以使用暴力！立刻叫他住手！」

就在山下嚷嚷的時候，警策又揮下了兩三次。

使盡全力，毫不留情。

「喂，你聽到沒有？民主社會裡不能使用暴力解決問題！不管犯了什麼樣的罪，都不能夠體罰！叫他住手！」

「肅靜，會分心。」

「啥？」

「這不是體罰。」

「這是體罰啊！是體罰吧？」

沒有人回答。哲童移到祐賢背後。

「這並非什麼人在制裁什麼人，也不是對於罪的懲罰。除了打之外別無選擇。」

「什麼？」

祐賢被打到第五下的時候，警策折斷了。

「到此為止。哲童，辛苦你了，可以退下了。」

覺丹嚴峻地說。

哲童默默停手。

祐賢深深行禮。

慈行的肌膚完全失去了血色，閉目垂首的美僧就如同衛生博覽會中出現的詭異等身大人偶，總覺得美艷異常。

「那麼……本寺的貫首就是貧僧，敢問警察的負責人是哪位？」

「哦，是我。」

「本寺給警方帶來諸多麻煩了。雲水的疏失，由貧僧代為賠罪，還請見諒。」
覺丹低頭鞠躬。
「啊、呃，不……」
山下失去穩重，撩起亂掉的劉海。這裡最偉大的人現在正在對山下低頭賠罪。換言之，山下一口氣爬到頂點了。這個狀況對他來說，等於是達成了復權。山下乾咳了兩三下，盡可能神氣地開口：
「呃……這真是一宗凶殘至極的殺人案件。不經過調查無法斷定，但非常有可能是連續殺人案件。事態極為嚴重，今後請務必全面協助調查。你們雖然是和尚，但更是日本國民，有協助警方的義務。對於警方的問話，希望你們一五一十地全盤托出。此外也要全面服從調查員的指示。若非如此，當局也必須依照法律，對你們做出相應的處分。明白了嗎？」
山下一口氣說到這裡，「呼」地吐出一口大氣。他覺得好像突然成了異國的國王。但是山下終究是個膽小鬼，無法完全壓抑他的緊張與困惑。
覺丹不為所動地開口：
「請報上名來。」
「啥？」
「貧僧說，請報上名來。貧僧連你是否真為奉職國家警察之人，皆尚未確認。」
「哦，我是……」
山下拿出警察手冊。
「可以了嗎？看到了吧？我真的是警官。所以今後要服從我的命令。欸，首先把全員……」
「混帳東西！」
一聲恫喝，把山下嚇到幾乎都腿軟了。就在這一瞬間，山下的權威一落千丈。山大王連瞬間的榮華都還沒有享受到就失勢了。

「縱使貧僧再怎麼說要以禮待之，但對於連自己的名字都不願報上的無禮之徒，還是無法聽從！你算何許人！」

山下一臉泫然欲泣。

「我、我是警部補。不、是這個案件的調查主任。所以……」

「你是什麼樣的身分，皆與吾等無關！」

「呃、不，我只是那個……國民有義務協助警察……」

「吾等作為僧侶，應當服從者為佛法；作為人，應當服從者為道德；作為國民，應當服從者為法律。絲毫沒有必須服從你個人之理。你不過是警察機構之一員，偉大的並非你個人，別弄錯了。」

山下似乎連回嘴都辦不到了。

菅原看不下去，說道：

「貫首，我了解你說的意思。可是這也不是我們樂見的情況，這已經是我第三次前來打擾了。初來時，我好好報上名字，也盡了禮數，但是你們卻不合作，這可是真的。到最後還發生了這種事。態度我們會改進，但也請你們……」

「你是菅原先生嗎？」

「我是菅原，這位是神奈川本部的山下警部補，那邊的那位是……」

「益田先生吧，貧僧聽說了。所言甚是……」

覺丹以擁有重力的視線──正確來說是發自體內、像磁場一般的魔力，所以不能夠稱之為視線──依序掃視眾人之後，威嚴十足地說道：

「貧僧明白了，請原諒貧僧的無禮。慈行。」

「在。」

「今後就服從山下先生的指揮，全面協助調查。除了大雄寶殿與法堂，全數開放，讓他們自由出入。重新安排行持，一切以調查為優先。如有需要，貧僧隨時配合。山下先生……」
「啊、是？」
「請盡可能……早日解決。」
覺丹再次行禮後離去。山下等於是被推落了一次，又再度被救了上來。也就是被玩弄於股掌之間，根本毫無威信可言了。山下花了將近五分鐘之久，才總算恢復身為警部補的自覺。
「菅、菅原，那個……」
「我明白，你也真夠慘的。這裡事事都像這樣，今後也都會是這樣，你做好心理準備吧。喂，慈行和尚嗎？那個，你可以借個大房間給我們嗎？要把調查本部……移到那裡吧？山下兄？」
「移過去吧，仙石樓已經沒有什麼可調查的了。」
「是啊。那請把那邊借給我們，把所有和尚集合在那附近的房間，在增援人員到達前，不要讓任何人離開。如果要修行的話，就讓他們坐禪還是跪坐。還有……啊，小哥……不對，益田老弟，把那些人集合到昨天的地方。你可以看著他們嗎？」
那些人——我們採訪小組還有今川，再次被幽禁到內律殿裡了。
回到內律殿一看，鳥口還在呼呼大睡。
我知道就算叫他他也不會醒，所以一開始就沒理他，不過似乎也沒有其他好事之徒想要叫醒他。
益田、敦子和今川全都一臉陰鬱，一逕沉默。不是內心動搖這種明確的狀態，而是一種近似心情難以平復的精神狀態吧。飯窪還是一樣一臉蒼白，我難以忖度她的心情。
「關口先生，」
益田開口道：
「你怎麼想？」
我什麼都沒在想。

「哪有什麼怎麼想？我……這個嘛，益田先生，我感到很困惑。老師確實被殺了，這絕對是凶殺案沒錯。而且我們在短短數小時之前，還在與死者交談。平常的話，這應該會更……對，更悲傷或更震驚，我的確是很震驚，總之一般應該會是那種心情。不過我現在的感覺，作為一個人……或者說參照社會倫理，應該都是很不恰當的，但是老實說，我卻無法萌生出那類普通的感慨。」

「這……我也是一樣，關口先生。我當上刑警已經五年左右了，但是至今為止，就算不是大案件，也還是會感到義憤填膺，有一種身為守護社會正義之人的感慨。不對，我並沒有那麼強烈地意識到自己作為刑警的立場。只是身為一般人的時候，很難碰到殺人案件，不是嗎？所以無論是再怎麼樣平凡無奇——雖然這種說法對被害人很失禮——平凡無奇、意外死亡一般的案件，也會……怎麼說呢？那也是一種**特別的死**。不像在戰爭中，接二連三地被社會所殺害。不管是再怎麼小家子氣的殺人案件，也還是有兇手，有動機。殺人案件雖然是無法原諒的，但是比起戰爭中的大量殺人，至少還保有個人的尊嚴。」

益田放棄了監視嫌疑犯的刑警立場，如此述說。這番話非常情緒化，而且欠缺邏輯，但我覺得有些了解。

「然而我總覺得這次卻不是那樣。該說是太簡單……，對，有一種死亡、殺人並不是什麼大不了的事……不，警察不應該說這種話。」

「不，益田先生，我了解你的心情。雖然很不莊重，但我也覺得這像是一場鬧劇。了稔和尚遇害，我沒有看到現場，當然也沒見過生前的他，所以就算看到屍體，也覺得不關己事。我以為是因為這樣，不過泰全老師就……我和他交談過，也看到了現場，卻……」

有種「那又怎麼樣」的感覺。

有人殺了泰全老師，將他倒著插進茅廁裡。

那又怎麼樣了……？

這真的、真的是非人性的感情。這不可能是好的。

去年我經歷了幾樁悲慘的案件，所以我已經產生了**慣性**嗎？

不對——不是這樣的，沒有那種事。

並不是那樣的。

敦子說道：

「那是……那樣的**演出**代表什麼呢？」

「演出？」

「那不是演出嗎？除此之外，我想不到其他可以說明那種狀況的詞句了。總不可能是要把屍體扔進廁所裡面藏起來吧？那是某種暗示……不，主張？不對，那果然還是演出。」

「是來自兇手的訊息嗎？」

「或者說……感覺也像是惡作劇呢。」

敦子雙手覆住臉頰，陷入沉思。

確實如此。

如果泰全老師是以普通屍體的狀態被發現的話——雖然我不知道普通屍體指的是什麼樣的狀態——或許我會有不同的感慨吧。

從廁所突出的兩隻腳，散發出一種足以驅散感傷或悲憤這種真摯情感的滑稽。泰全的屍體因為受到特別的裝飾，喪失了大西泰全這個個人——人格——的特殊性。屍體連身為一個人的尊嚴都失去，淪為一個滑稽的物體。

所以，那麼……

「小敦，妳說的演出，會不會是為了詛咒往生者而做的？是為了玷污、貶低、污辱生前的泰全老師的人格而……」

「我不這麼想。若說這兩起案件是毫無關係的個別案件，那也太過於巧合了。這應該是連續殺人案件。」

「益田先生，你覺得這兩起殺人案件彼此沒有關聯嗎？」

「什麼怎麼說？」

「那麼了稔和尚又怎麼說？」

敦子抬起頭來。

「可是，」

「那樣的話，樹上的屍體也……與其說是遭到遺棄，更應該是演出才對吧？」

「啊，原來如此。」

益田木然張口。

「妳的意思是，與其說屍體是藏在那裡、扔在那裡，更像是兇手要把它裝飾在那裡、放在那裡。」

「那樣的話……」

敦子用食指頂住額頭。

「放置在樹上，算得上是侮辱死者嗎？關口老師。」

「這……至少根據我的常識，那並非多**有效的侮辱**呢。」

我這麼覺得。

插進茅廁裡，與放置在樹上，在我的感覺中是不可相提並論的。

「換言之，若是採用小敦說的屍體演出的說法，若非找出茅廁與樹上同等的道理，就查不出兇手是誰了嗎？」

「是的，我不認為我們的常識裡頭找得到這種道理。或許只是我沒有知識和文化素養罷了。」

「意思是——這是異常者的犯罪嗎？」

益田露出厭惡的表情。

「我認為這也不對。我不喜歡異常者這種稱呼，不過我覺得這異於一般所說的異常快樂殺人。這些人有外界無法通用的自我法則，那些犯罪是依據那些法則所進行的。但是這次的案件——雖然沒有根據，但我強烈感覺那種法則不是發自於一般所說的異常者的內部——不是侷限於個人世界的事物。」

「是啊。」

我反芻過去涉入的案件。

案件中登場的多具屍體，有的時候被放置，有的時候被切割，有的時候遭斷首。回想起來，沒有任何一具**屍體是普通的**。在某種意義上，正因為不普通，它們身為一個人受到詛咒，作為一具屍骸受到祝福。每一具都不只是單純的屍體。兇手或者犯罪的環境為了實現、維持、或破壞他們所懷抱的妄想——那對他們來說是現實——屍體是必要而不可或缺之物。在他們的故事裡，那些除了是**非死不可的屍體**之外，什麼都不是。所以案件中的屍體全都是純粹的被害人。裡頭雖然也有連姓名、長相都不知道的屍體，但是他們在我心中是同質的，是**特別的屍體**。

而這次……

似乎哪裡不同。

我覺得就像敦子說的，這與個人的意志或妄想似乎無關。無論小坂了稔走過什麼樣的人生、是個什麼樣的人，大西泰全擁有什麼樣的思想、是個擁有何種人格的僧侶，彷彿都毫無瓜葛……

就是這樣的案件。

是因為這個環境嗎？

這裡的確和我們居住的下界不同。

想要解開真相的刑警看起來更接近小丑。比起這座寺院的所有僧侶都是嫌犯的謬論，這座**山本身**就是嫌犯的妄說更具有說服力。僧侶——包括我們在內——都是被這座山擄住的俘虜。而這些俘虜彷彿正被某種超越人類智識的巨大意志給一個個肅清……

或許真是如此。

——離不開這裡了。

泰全這麼說過。

——無法離開這裡。

——無法打開這座牢檻。

是牢檻。

這裡——這座山果然是座牢檻。

那麼為何、為何那兩個人會……

「我剛才想到了……」

敦子的聲音打斷我的思考。

「這會不會是**比擬**？」

「比擬？」

益田與今川有了反應。

「妳說比擬，指的是把水說成酒、把醃蘿蔔想成煎蛋來吃的，像長屋賞花的那個？」

「是和歌和俳句（註）裡，把對象當作其他東西來表現的比擬嗎？」

益田以落語、今川以和歌俳句來理解。

「嗯，沒錯。」

敦子說：

「雖然我不知道這是在比擬些什麼……」

「比擬啊……」

益田說，眼睛轉向天花板。

「對了，我在偵探小說之類的書裡讀過呢。是橫溝正史嗎？對了，那也是吊起屍體，加以裝飾的故事……」

益田好像不僅聽落語，也讀偵探小說。

「對，就像你說的，益田先生。我覺得唯有用這種角度去理解，才能夠找出這次案件的線索。不過這也只是希望呢。」

「哦，向外尋找道理，是嗎？——以我說出來的話而言，這還真是抽象。換句話說，意義不在於殺人，而是演出——這樣的話我稍微可以理解。換言之，殺害的動機是因為需要演出那個場景的屍體。」

亦即——被害人是誰都無所謂嗎？對兇手來說，殺人本身既沒有動機也沒有必然性，毋寧說創造那個奇怪的物體才是重點嗎？那麼我所感覺到的不協調，是起因於此嗎？

我覺得不是。

我覺得比擬這個看法應該是正確的。

但是為了比擬才有殺人這個說法——有待商榷。

今川開口道：

「那麼，泰全老師是被當成了作品嗎？我覺得不是。不，我希望不是。我……」

「怎麼了？」

「我覺得我受到的衝擊比各位更大，所以這並非冷靜的判斷，但……」

「衝擊更大？今川先生，這是什麼意思呢？啊，這麼說來，你昨天好像在泰全老師那裡又待了一下

註：和歌是指相對於漢詩，日本自古即有的三十一音定型詩歌。俳句則是由五、七、五音，共十七音形式的短詩。

子呢。」

益田突然恢復了刑警口吻，質問今川。

今川一如既往，用**遲緩**而濕黏的語氣回答：

「是的。昨天我有件事無論如何都想要請教老師，所以留下來了。然後我和老師談了一下，老師吩咐我隔天再去一次。」

「再去一次？」

聽到這裡，益田倒吸了一口氣。

「那麼今川先生，你今天也見到泰全老師了嗎？」

「是的，我見到了。」

「可是……泰全老師今天被殺了喔？」

「但是我見到老師了。老師吩咐我早課後，在早齋結束時過去，所以我在大約用餐結束的時間前往理致殿。」

「用餐結束後？所以你才會在採訪的時候不見人影嗎？」

一同採訪的人——除了今川以外的五人為了拍攝僧侶的用膳情景，早餐吃得比較晚一些。那個時候今川已經準備好外出了，當大家再次出門採訪，中午回來的時候，他已經不在了。

「今川先生，你在理致殿待到幾點？」

「嗯，從六點半開始，約三十分鐘左右。後來我一個人想了一會兒事情，八點半左右再次拜訪老師，但那時老師已經不在了。」

「那後來怎麼辦？午餐你也是和我們分開吃的吧？」

「是的。我回到這座內律殿之後，一直待在這裡。到了正午，英生為我送來午膳，但是各位沒有回來，所以我一個人先用，然後再去了理致殿一次。但是老師依然沒有回來，我怎麼樣都想見到老師，所以在寺院裡遊蕩，結果就……」

「發生了那場發現屍體的騷動？」

「是的，如此罷了。」

「什麼如此罷了，今川先生。」

益田用力縮起尖細的下巴。

「根據情況，你的證詞非常重要。說起來，你為什麼那麼想見到泰全老師呢？」

「嗯……」

今川露出不可思議的表情。

「說來話長又像話短……」

「你不是想知道小坂了稔和你堂兄弟的關係才來到這裡的嗎？關於這件事，泰全老師那個時候不是已經把他知道的全都告訴你了？我們也都聽到了。除此之外，你還想知道什麼？」

「嗯，是關於悟道——不對，是關於藝術——也不對呢。對了，是關於**化為語言就會溜掉的事物**。」

「什麼？」

這麼說來，昨天泰全也對今川說了。

——你已經明白了。

——若是想用語言說出來，它就會溜走了。

那是在說什麼來著？記得是在討論藝術。這麼說來，今川那個時候似乎深有所感。

今川慢吞吞地說道：

「我出生在藝術家的家系。」

「藝術家？」

「但實際上是工匠的家系。」

「而這兩者是相同的，思考這種事本身……啊，我還是沒辦法清楚地說明。」

「工匠？」

今川說到這裡，那張不可思議的臉糾結在一塊兒，陷入了煩悶之中。

益田露出完全無法信服的模樣。

「我不懂，今川先生。你說的工匠，是做木桶、漆牆壁的人吧？藝術家則是畫些莫名奇妙的畫、做些稀奇古怪雕刻的人吧？根本就不一樣啊。」

「不，是一樣的。不對，說一樣有些奇怪，但是這一點我只要想說明，無論如何都會溜走。」

「哦……這就是無法用語言表達的事？」

「是的。以前我曾經認為只要把畫畫得好，就能夠成為藝術家。而這個想法被家父糾正，我不得其解，陷入挫折，就這麼一路走來。我怎麼樣都不明白，想要畫好有什麼不對？而昨天聽到泰全老師的話，我覺得我明白了。但是我心想只是**覺得**明白，並不等於真正明白，所以留下來請教老師。我詢問老師：明白和**覺得**明白是不一樣的嗎？」

「哦，然後呢？」

「老師說，是一樣的。但是老師也說，儘管明白，卻光只是**覺得**明白，和不明白是一樣的。」

「完全不懂，跟剛才的回答彼此矛盾嘛。」

「我也這麼認為。所以，我追問老師究竟是哪一邊？結果泰全老師告訴我一個公案。」

「公案？哦，那個腦筋急轉彎啊。是什麼樣的內容？」

對於前來求教的今川，老師提出的公案如下：

從前，一名僧侶請教師父。
「狗有佛性嗎？」
師父當場回答：
「**有**。」
僧侶接著詢問：
「那麼為何狗會是畜生的模樣？」
師父回答：
「因為牠明知自己**有**佛性，卻行惡業，此業障所致。」
其他僧侶再問了一次相同的問題。
「狗有佛性嗎？」
結果師父這次當場回答：
「**沒有**。」
於是僧侶追問：
「為什麼**沒有**呢？」
師父回答：
「因為牠不知自己**有**佛性，身處無明之迷惘所致。」

這似乎是一則叫做「狗子佛性」的公案。

在眾多的公案當中，這也是基本中的基本。當然，我完全不知道它的出處和年代，也無法判斷現代語文的詮釋有多正確。首先，今川的記憶不一定值得信任，而且泰全老師也有可能在述說時恣意加以竄改。總而言之，老師對今川說的公案就是這樣的內容。

「不懂呢。」

益田說：

「這兩者都是以那個佛性——所謂佛性就是佛的性質吧？——以**有**那個佛性為前提吧？明明**有**，不知道就是**沒有**，明知道有，做了壞事卻還是**有**嗎？那**有**反倒比較不好……不，沒那回事吧。那種詭辯我不懂。」

「嗯，我也告訴老師我不明白。結果泰全老師說不，你應該明白。」

「哦？就算別人說你應該明白，也只是徒增困惑吧。那麼那個時候，泰全老師有什麼不對勁的地方嗎？」

「嗯，在告訴我狗子佛性的公案時，老師說啊，**原來是這樣啊**，好像發現了什麼，露出明白的樣子。」

「原來是這樣？他這麼說嗎？」

「是的。然後說完之後，老師用一種開朗的表情對我說，原來如此，就是這樣，今川，真是謝謝你了。」

「一臉開朗地說謝謝？是怎麼了？」

「然後老師說，你也已經明白了，隔一個晚上，明天再過來吧。」

「向你道謝，然後叫你再去？那麼今川先生，你一整個晚上——不過也只有幾小時吧——都在想公案嗎？」

「是的。就算老師叫我不可以想，我還是忍不住會去想。只是，我並不是在思考解答，只是在細細回味，結果……」

「結果……今川先生，難道你想出了它的解答？」

「唔，是有那種感覺……不對，不是這樣，該怎麼說呢……」

今川獨自用完早膳，等待採訪小組——我們回來。但是我們回來後形色匆忙，結果今川完全錯失說明這微妙經歷的機會。的確，我們用餐的模樣很忙碌。那段期間，今川猶自埋首思考公案，等他注意到時，我們又離開去採訪了。

今川無可奈何，獨自前往理致殿。

一開始他在入口出聲呼喚，卻無人應答，連人的氣息都感覺不到。

今川心想自己是否錯失了時機，不知該如何是好，於是繞了建築物一周。

「那個時候……對了，哲童在那裡。」

「在哪裡？」

「他從理致殿正後方的山裡走了出來。從相關位置來說的話，相當於大雄寶殿的後面吧。我出聲叫他，他卻無視於我。他一身打扮和剛才一樣，往三門那裡走去了。」

今川再一次回到玄關，再繞過去，走到昨晚會見的房間外面，試著從窗外呼叫泰全的名字。結果這次紙窗另一頭傳來了聲音。

「是誰？」

「我是今川。」

「今川？」

「古董商今川。」

「嗯，噢噢，是古董商今川啊。」

「請問是老師嗎？」

「是啊，是啊。」

「關於昨晚老師告訴我的狗子佛性的公案……」

「唔，我是這麼想的……」

「這樣啊，狗子佛性，**你也解開啦**？」

「是的。那個，我想了很多。」

「狗子佛性？」

「你解開了！今川先生！」

益田發出異樣高亢的聲音。

「我並不覺得自己解開了，只是心想這應該是**有**卻**沒有**，所以我這麼告訴老師。」

「什麼？哦，昨天也說公案**沒有**解答呢。」

益田略略偏頭。敦子說：

「不是的，今川先生是認為狗**沒有**佛性才是正確答案，對吧？」

「咦？可是不是**沒有**，**有**才是基本，**有**卻**沒有**……呃，好難懂。」

今川用奇妙的表情向兩人解釋：

「呃……不是那樣的，我是想說，有跟沒有都是一樣的。」

「什麼？」

「我認為狗有佛性，但是那跟沒有是一樣的。」

「呃，今川先生，我一點都聽不懂。然後老師怎麼說？」

一聽到今川的回答，裡面傳來的老師的聲音立刻變得生氣勃勃。

這麼說來，昨晚老師也變換了好幾種音色。

「了不起，了不起的領悟。」

「哦，是正確答案嗎？」

「公案好像沒有正確答案這種東西。只是老師接著這麼說了。」

「山川草木悉有佛性，天地萬物有象皆無象，出於無，歸於無。」

據說老師自言自語地這麼說道，呵呵大笑。接著又說：

「再繼續深究，將殞身滅命吧。無無無無，這樣就好。《無門關》裡亦曾如此說，『狗子還有佛性也無？』州云：『無，無也。』乾脆。」

「那是什麼經啊？完全聽不懂。」

「我也不是很明白意思，可是明白──**明白**這個詞不好，這似乎是混亂的根源。不好理解。我是不明白，但是……」

「你是領悟了呢，今川先生。」

敦子說。

「我不明白這麼一點小事稱不稱得上領悟──不明白又冒出來了。語言這種東西真是綁手綁腳。這樣太複雜了，我就照中禪寺小姐的意思重說一次。我不明白，但是我領悟了。」

「怎麼樣的領悟？」

「哦。也就是一切都是無，既然都是無，不管有或沒有都是一樣的。所以，昨天晚上我第一個問的問題，就是明白和覺得明白是否一樣的問題，它的解答……」

「你明白了？」

「借用敦子小姐的話，是領悟了。我沒辦法巧妙地說明，不過就是這樣，就算明白，但覺得明白的瞬間，就變得等同於不明白。也就是覺得明白，是對自己說明自己已經明白這件事的狀態。其實已經明白了，卻在說明的階段失去了它的本質。所以覺得明白的時候，雖然明白，卻和不明白沒有兩樣。不需要說明，以活著本身來體現已經明白了的這件事，才算是真正明白了。」

「唔……」

益田抱住了頭。

「換言之，畫圖的時候，還要自己化為紙和筆，把紙當成紙，把筆當成筆的時候，那只不過是表面上的技術……」

我無法理解。邏輯上也不是不明白，卻沒有真實感。那種差別或許就是**明白**和**領悟**的差別。反正我就是沒領悟。

但是儘管這麼感覺，不過**明白**和**領悟**的差別，會不會其實只是詞句的代換罷了？我覺得那只是將它替換為修辭的問題，藉此獲得安心罷了。

而且我也不覺得今川這個我隱約能夠理解的邏輯是從老師的話導出來的。裡面似乎有某種不可估量的跳躍，那麼那種跳躍是否能夠不是跳躍，或許就是領悟與未領悟的差別。

「總覺得好深奧啊，這就叫哲學嗎？」

益田說。敦子間不容髮地開口：

「益田先生，聽說禪並非哲學喲。要是把禪說成哲學，我哥哥可是會大發雷霆的。」

雖然我沒聽說過京極堂對於哲學的看法，但是從敦子現在的說法來看，京極堂似乎把它擺在與禪距離相當遠的地方。目前我無法區別這兩者的差別。

益田不認識京極堂，只是縮起脖子說「是」。

今川繼續說道：

「雖然我獲得了這渺小的領悟——不過聽說領悟不是用獲得的——但是我並不是剛聽完老師的話就立刻到達這樣的境地。是我離開理致殿，前往這棟內律殿之後才想到的。雖然我無法理解老師的話，卻不斷咀嚼，才總算領悟。所以我再一次前往理致殿，因為我無論如何都想告訴泰全老師這樣的境地。那是……對，八點半左右，但是這次不管我怎麼呼喚，都沒有回應了。」

那麼，泰全是在七點到八點半之間被殺害的嗎？

「原來如此啊。那麼今川先生，已經領悟的你，認為這次的**那個**並非比擬，是吧？」

「請別再說什麼領悟了。」

益田佩服地說：

今川說：

「會被真正的覺者給斥責的。說到我為何覺得那並非比擬，是因為我親眼目睹了了稔和尚與泰全老師雙方的現場，卻**沒辦法將它們看成其他任何事物**。」

「沒辦法將它們看成其他任何事物？」

「是的。了稔和尚的屍體，在我看來只個坐著的和尚。哦，它一開始是在樹上，所以是坐在樹上的和尚吧。完全就是這樣。而泰全和尚看起來只像是被倒插在茅廁的屍體。換言之，這若是比擬，了稔和尚便是被比擬為『在樹上坐禪的和尚』，而泰全老師被比擬為『被倒插在茅廁裡的和尚』了。」

「原來如此——那不是比擬，根本就是那個樣子。」

「啊，這樣啊……」

敦子再次按住臉頰。

「所謂比擬，是把對象當作其他別的東西才叫比擬呢。那些遺體除了那樣以外，看起來什麼都不像——什麼都不像呢。真的。換句話說，那果然只是一種下流的演出嗎……？」

敦子似乎回憶起陳屍現場。

被倒插在茅廁裡的難看屍體。

完全不是什麼比擬。

那種東西……

那種東西並未象徵任何事物。

那醜陋的模樣，果然只是在冒瀆死者而已嗎？這若是單純的惡作劇，那就太殘酷了。是出於強烈惡意的行徑嗎？不，這也不對。我覺得不對。

今川開口道：

「是的。那若是比擬，比擬的還真是奇形怪狀的東西。無論泰全老師是被比擬成什麼怪東西，或者是因為這樣而被殺，我都覺得……很難過。我希望有什麼其他不得不如此的理由。雖然只認識了相當短暫的時間，但我覺得自己好像成了老師的弟子。如此罷了。」

今川有著他自己的感慨。

我對今川感到有些歉疚。

我沒有把泰全當作一個人。

益田和敦子也都沉默了。

鳥口的鼾聲傳來。

什麼都不知道，真是太舒服了。

「對了，飯窪小姐。」

益田想起來似地喚道，飯窪靠在紙門後面坐著。

只看得見她的腳尖。

益田出聲之後，遲了一拍，飯窪的臉才從紙門後面露出來。

面容憔悴。益田看到她，開口問：

「我想反正等一下妳會被問到，為了慎重起見，我還是先請教一下。山下先生已經發飆了，要是我一問三不知，到時候會被罵的。採訪結束後，妳似乎也個別行動了，妳去了哪裡？是什麼時候離開的？」

飯窪悄悄看了敦子一眼。

敦子敏感地察覺她的態度，像是捉弄對方似地說道：

「哎呀，益田先生不是一直都醒著嗎？飯窪姊可是好好地向你報備後才出門的呀。對吧？」

益田搔了搔頭。

「中禪寺小姐真是壞心眼呢。其實吃完飯之後，我忍不住小憩了一下。雖然沒有鳥口先生睡得那麼熟啦。」

稍微一瞄，鳥口還在睡。他的睡相非比尋常。遠超過熟睡，根本是不省人事了。話說回來，益田對敦子的態度似乎越來越親暱了。

飯窪以微弱的聲音說：

「我……去了仁秀先生那裡。」

「仁秀先生？是那個以前就住在這裡的老人嗎？為什麼？」

「嗯……，我有些……感興趣。」

「飯窪小姐，唔，我不是在懷疑妳，可是妳是不是知道些什麼，又瞞著沒說？」

「咦？」

「益田先生，你這話太過分了。你在懷疑飯窪姊嗎？就連益田先生都把我們……」

「啊？中禪寺小姐，不是的。基本上我是相信大家的。相信是相信，但那是認為你們應該不是兇手的信任。只是你們也有可能知道一些我們所不知道的事實，卻隱瞞……不，還沒有告訴我們，所以……」

益田的姿勢越來越低，最後結論變得含糊不清。

他的心情也不是不能夠理解。飯窪的舉動——特別是來到這座明慧寺之後的態度，明顯地脫離常軌。仔細回想，一開始提議留宿採訪的也是她。雖然最後除了菅原刑警之外，其他人都留下來過夜，但是她也表現出就算只有自己一個人也要住下來的意氣。不，我有一種她一開始就打算要留宿在此的印象。而且——對於往來於雪中的神祕雲水，還有那個不會成長的迷途孩童——正確地來說是它的原型的女孩阿鈴，她也……

她知道些什麼。

這麼說來，榎木津也很介意飯窪。

——妳既然知道的話就早說啊。

這是榎木津說過的話。當時我照字面的意思理解奇矯偵探的話，認為飯窪是目擊者，會注意到什麼也不奇怪，但是那段發言或許有著更深的含意。

榎木津看見了什麼嗎？

——看樣子和尚太多了。

榎木津還這麼說。他看見和尚了嗎？不管怎麼樣，益田會起疑也是理所當然的。

敦子庇護飯窪似地說道：

「可是益田先生，這次我們會來到這座明慧寺，是近乎偶然的。要是明慧寺拒絕採訪，我們就不會來了。飯窪姊不可能和這個地方有私人的關係。」

「中禪寺小姐，雖然妳這麼說，但是他們答應採訪，應該是相當久以前的事了吧？」

「嗯，是這樣沒錯。」

「而且這次的採訪，也是因為得到調查腦波的許可才企劃的吧？」

「這……是的。」

「換句話說，妳們收到回信，得到調查的允諾，才要求採訪；原本調查腦波的委託，是在更早之前。而這座寺院的信件往返相隔約一個月左右，所以至少從四個月以前開始，飯窪小姐就與這座明慧寺有關係了——不對嗎？」

「唔，是這樣沒錯……」

「而且飯窪小姐昨天自己說過，她雖然不知道這座明慧寺的名稱，卻從以前就知道它的存在。再加上她似乎是在這附近出生的——我也不想懷疑，但是她有十足的理由受到懷疑。而且就算我不懷疑，山下先生也在懷疑了。」

「話是這麼說沒錯……」

「好了，敦子。」

飯窪總算發出像樣的聲音來。

「其實我……沒錯，我有事相瞞。」

「飯窪姊，妳真的……？」

「敦子，對不起。我完全沒想到會發生這樣的事，可是沒辦法。」

「是和犯罪有關的事嗎？」

「我想是……沒有。」

「若是方便，可以請妳一併告訴我妳今天的行動嗎？」

「我在找人。」

飯窪說道：

「我在找一個人。然後，實在是太過於巧合……可是，我覺得應該不可能有這種事……」

「不管是什麼事，都請儘管說吧。刑警益田龍一會視情況摀住耳朵的，我的目標是成為一個可以通融圓滑的警官。」

「這種信念我想還是不要大剌剌地標榜比較好喲，益田先生。」

敦子說，益田便「嘿嘿嘿」笑著，說道：

「哎，也是啦。我只是想說現在既不是訊問也不是偵訊，所以……」

於是，飯窪回應益田要求，總算吞吞吐吐地開始述說自己的事。

「我出生在小涌谷上游，蛇骨川旁的一個小聚落。現在老家已經搬到仙石原了，不過直到戰前，我們都一直住在那裡。是發生在那裡的事。」

飯窪述說時，依舊低垂著頭。

「那是個小聚落。產業幾乎都是鋸木加工，我家也是靠著收入微薄的漁獲——大多是捕捉早飯吃的魚而已——再來就是鋸木加工了。家父一整天轉著轆轤，主要做些響陀螺、擲套圈環等玩具。當時那一帶的一般傳統家庭似乎都是如此，不過我小的時候家境貧苦，家母必須外出採伐原木，貼補家用。家父總是說，以前日子過得更加悠閒。家兄在宮之下的旅館就職，家境變得寬裕一些後，家父過世了，那是昭和十二年的事。那個時候，我就讀宮之下的一般小學。學校很遠，通學非常辛苦，但是還有從更遠的地方來的孩子，我也不敢有所抱怨……不，那個時候過得非常快樂。那是……對了，是家父亡故三年之後的事。」

十三年前，昭和十五年正月的事。

日中戰爭爆發後第三個新年，以紀元二千六百年（註）如此欣欣向榮的宣傳展開的那一年，我記憶猶新。

那一年對我而言，與去年同樣是無法忘懷的一年。這對現在身在仙石樓的久遠寺老人來說也是一樣吧。所以我記得非常清楚。

那一年的正月，我還是個學生。

由於白米禁止令，吃的是碾去七成穀殼的米製成的、黑得像木炭的年糕。被粗野搗蛋的學生強灌的酒，則是混了三成以上清水的摻水酒。

因為軍需需求等等原因，景氣蓬勃，但那只是片面的宣傳之詞，由於物資缺乏，奢侈被視為罪惡。舉國上下徹底執行儉約、自律體制，就像不久後即將造訪的太平洋戰爭的前奏曲，逐漸腐蝕、擾亂人心。

就是那個時候的事。

飯窪述說道。

當時飯窪十三歲。

益田既沒有答腔也沒有打岔，只是聽著。可能是因為他看不出追述會在哪裡與案件發生關聯吧。

飯窪居住的聚落有一戶富裕的人家。

據說是大正末期遷居而來的人家。

姓松宮的那戶人家的家長既非工匠也非農民，而是個企業家。雖然不知道他的本業，但是他出資興建箱根水廠，輸入箱根木工藝用的漆，並進行原木採伐，統籌木工藝的買賣，甚至投資採石場，事業經營得相當廣泛。當然那些原本都是當地人所經營的事業，所以發生了相當大的磨擦，但是本人完全不當做一回事。

他很有錢。或許插手當地的產業，只是他一時興起罷了。因為那些都是賺不了錢的零細事業，就算四處插手，利潤也十分微薄。看在努力經營的當地居民眼裡，他是個令人極度嫌惡的存在，糾紛遂無可避免地產生了。

他與地方間發生主要爭執的，就是汽車。昭和初期，從大平台到底倉村——也就是所謂的溫泉村——的物資搬運幾乎全靠稱為「馬力」的貨運馬車幫忙。貨運汽車全村加起來也只有一台，非常不

註：紀元是以神武天皇即位的那一年為起點的日本紀年法，亦稱皇紀、皇曆、神武曆。紀元早於西元紀年六六〇年。日本自明治到昭和二十年戰敗之間，與元號同時併用紀元。戰爭時期為了強化「神國日本」的觀念，曾盛大慶祝紀元二六〇〇年。

便。在這種環境下，松宮家卻奢侈地擁有自家用貨車。若是有效地加以利用，它將給當地帶來莫大的貢獻。儘管如此，松宮除了自家用以外，絕不使用那輛車子，更遑論為村落出借車子。這個人似乎是只顧自掃門前雪，不管他人瓦上霜的類型。

松宮某人有兩個孩子。

上面的是男孩，名叫仁（hitoshi）。

飯窪說她並不確定是不是「仁」這個字。

仁不像父親，是一個**人品高尚**的年輕人。

當時他似乎才十七、八歲，卻反抗父親的做法，連學校也不讀了，勸諫父親必須作為村民的一員，為全村的發展盡心盡力。

父親對他的話置若罔聞，即使如此，仁依然不放棄，想說只有自己也好，積極地主動與村民交流。儘管他還年輕，卻是個相當有主見的青年。

然而看在村人眼中，他畢竟是個外來者，就算乳臭未乾的小子拚命地奉獻服務，想要促進地區繁榮，看不順眼的還是看不順眼。再加上也有偏見。因為他是松宮家的孩子，一開始就被人用有色眼光看待。雖說是無可奈何之事，但仁的計畫似乎相當不順利。

為何年幼的飯窪會知道這些事？因為她和仁的妹妹同年級。就算是外來者、暴發戶、受村人排擠的人家的孩子，那裡畢竟是個小村落。年幼的兩人也因為年紀相同，感情非常融洽。

飯窪的兒時玩伴——仁的妹妹，名叫**鈴子**。

「鈴……子？」

此時益田總算出聲了。

「咦？我記得那個長袖和服姑娘也是叫這個名字——是叫阿鈴嗎？啊？」

那一年新年──

松宮家在火災中燒毀了。

「門松都還沒拿下來，不過這一帶掛的不是松，而是楊桐。嗯，是一月三日發生的事。」

「火災？全部燒毀了嗎？」

「完全燒毀。那裡難得發生火災，所以當消防團趕到時，已經……」

「原因難不成是縱火？」

「似乎不是意外。最後好像還是查不出是失火還是縱火，但是似乎有盜賊闖入的形跡。依常理來判斷，應該是縱火才對。」

「那是當然的吧。可是有盜賊闖入的根據是什麼？是強盜嗎？」

「遺體不是被燒死的。」

「什麼？」

「鈴子的父親和母親的死因是遭毆打致死，是殺人案件。」

「哦，強盜殺人又縱火嗎？真是凶惡的犯罪。」

「不，所以說，發生火災和殺人案件是事實，但是不是強盜以及是不是縱火都不清楚。也有可能是失火之後，趁亂打死男女主人吧。」

「如果是偶然失火的話啦。」

「因為失火，所以萌生了殺意，這也是有可能的。而且似乎有理由推斷並不是強盜。松宮家有三名外國傭人，但那三名傭人都是**單純被燒死**的。沒有抵抗的跡象，也就是逃生不及，以盜賊入侵而言有些不自然。至少不是強行闖入。強盜不被傭人發現而打死男女主人並且放火──說奇怪也是奇怪。」

「是滿奇怪的呢。平常的話，那應該是行竊失風吧？躲過傭人的耳目偷偷潛進去行竊，卻被主人發現，因此殺人並且放火。」

「嗯。只是那個時候，警方也判斷挾怨殺人比行竊的可能性更大。因為松宮以半帶好玩的心態擾亂當地的產業，招來相當多的怨恨，當地盛傳大多是這個原因。」

「啊，這我了解，應該就是這樣吧。那兇手呢？」

「這件事就像益田先生你們說的，成了懸案。」

「哦，成了懸案啦……」

益田交握雙手，望向天花板。

「這樣啊，嗯……咦？這麼說來，松宮家的兒子——仁嗎？還有女兒——鈴子呢？」

「嗯，年終的時候，仁哥和父親大吵一架，離家出走了，所以保住了一條命。但是鈴子她……」

「鈴子她呢？」

「火災現場找不到她的遺體。」

「逃走了嗎……？」

「不知道，行蹤不明。」

「行蹤不明？消失了嗎？」

「不過，有幾個人看到有一個女孩邊哭邊往山裡走去。」

「山裡？為什麼？」

「不曉得。而那個走進山裡的女孩……據說穿著**長袖的盛裝和服**。」

「長、長袖和服？這……」

「嗯，就是長袖和服。當時崇尚節約才是美德，更何況深山裡的荒村，很少有女孩能夠穿到盛裝和服。不，我們的村子裡只有鈴子一個人有那種和服。我記得當時我也是羨慕萬分，而那天鈴子也穿著長袖和服。所以如果證詞是真的，那九成九是鈴子不會錯。所以……」

「啊……！」

我忍不住發出嗚咽般的聲音。

穿著長袖和服深入山林的少女。

那就是「不會成長的迷路孩童」。

就那樣一直……

不可能……

「**不可能有那種事！**」

阿鈴不可能是鈴子，那麼……

「嗯，當然了。關口老師，**不可能有那種事**。那場火災之後，已經過了十三年之久，我也已經二十六歲了。後來戰爭爆發，戰爭結束，時局也有了重大變化。這一帶大肆開發，我原本住的聚落也已經沒有了。然而只有鈴子還是原來的模樣，這絕對不可能。絕對不可能。明明不可能，這裡卻……」

飯窪開始失去冷靜。

「這裡卻有個穿著長袖和服的十三歲的阿鈴！所以……」

飯窪無力地垂下頭來。

「所以我……」

一定震驚極了吧。

昨晚得知阿鈴的存在時，她會錯亂成那樣，也是情有可原的。

就連旁觀者的我在得知背後的緣由之後，也幾乎要陷入錯亂了。

十三年之間，時間完全停止的女孩。不會成長的迷路孩童。

那是——妖怪。

就像京極堂說的，這種看法真的令人感到十分穩當。但是另一方面，那個名叫阿鈴的女孩實際存在，也是不爭的事實。無論看起來有多麼夢幻，也沒有任何一種怪異會如此堂堂正正地出現在眾人面前。正因為如此……

正因為如此，才讓人覺得不對勁。沒辦法把她當成妖怪處理，但我們卻也沒有足夠的情報來導出科學而且合理的結論。換句話說，只能夠把它當成不了解的事，放棄理解。

「那一天……」

我無謂的思緒徐徐融入飯窪的話裡，煙消雲散。

「其實，火災那一天的中午，我和鈴子見面了。」

「咦？這樣嗎？那妳一定很……唔……」

難過吧——益田是想這麼說吧。飯窪維持著遙望的眼神，十三年前的情景似乎在她的視線前方擴展開來。

「她穿著長袖和服，就像人偶一樣，好漂亮。鈴子平常就非常在意仁哥的事，她說再這樣下去，不是爸爸不見，就是仁哥會不見……不，爸爸不會不見，所以一定是仁哥會離開。十三歲這個年紀，已經是可以出外幫傭的年齡了，所以大部分的事也都懂了。鈴子很喜歡哥哥，而最後仁哥真的離開了。雖然知道他大致的去處，鈴子卻不能夠大過年期間自己跑去找。所以她才會偷偷地把我叫出來吧……」

「為什麼？」

「為了和仁哥取得聯絡，我……收下了鈴子的信。」

昭和十五年的信啊。

「原來如此，所以飯窪小姐妳……」

「咦？」

「妳去送那封信了嗎？」

「是的。鈴子說仁哥應該在底倉村的寺院裡，那裡我也知道，因為和尚是個喜歡小孩的好人。所以我收下鈴子的信，就這樣去了寺院。」

「仁先生呢？」

「咦？」

「妳把信送到了嗎？」

「他……不在。」

飯窪的聲音頓時沉了下去。和一開始見到時一樣，是驚恐般的微弱聲音。

「不在？」

「嗯，不在。所以我先回家一趟。我打算趁著家人不注意時溜出家門，通知鈴子，就在這當中，天色暗了下來……然後……」

飯窪的話在這裡中斷了一下。

「當晚發生了火災……」

「哦，所以飯窪小姐，妳的心裡一直記掛著這件事。不管經過幾年都是。我了解，我非常了解。那麼那封信呢？」

「嗯……」

信似乎在火災的混亂中遺失了。

這是發生在小村子裡的火災。飯窪的哥哥跑到山腳下有電話的人家通報，在消防團趕到之前，全村出動傾力滅火。但是發現火災的時候，火已經延燒開來，光靠水桶潑水，真正是杯水車薪，無濟於事。

消防團趕到的時候，房子大部分都燒毀了。因為滅火的混亂，飯窪收在懷裡的信件也不曉得丟失到哪裡去了。

隔天四日的時候，仁回來了。

看到燒毀的屋子，仁茫然自失。

但是一夕間失去了家人的不幸青年儘管境遇悲慘，卻無法得到周遭的同情。無論發生什麼事，他依然是令人嫌惡的傢伙的兒子。不，如果只是受到冷淡對待還算好。仁與父親不和、爭吵之後離家出走的事曝光後，他竟被懷疑弒親及縱火，最後甚至遭到逮捕了。

「他的不在場證明呢？」

「好像沒有。直到前一天夜晚，仁哥都寄住在那座寺院，但是火災當天下午到翌日早上，他宣稱自己一個人在城鎮還有山裡徘徊。」

「啊，那是會遭到懷疑的行動呢。這要是負責人是山下先生，一定立刻移送檢調單位。如果是我的話，就會釋放。」

益田說出極不負責任的話來。

不過現場沒有發現鈴子的遺體，這是遇劫青年唯一的希望。妹妹還活著，快點保護妹妹，只要問妹妹就明白了——仁這麼主張。

仁當然擔心妹妹的安危，但是他可能也覺得只要妹妹平安歸來，自己的嫌疑就能夠洗清了。的確，鈴子目擊到殺人現場的可能性很高。警方也想要儘快找到她。因為有目擊者作證看到鈴子，於是青年團和消防團進行了好幾天的搜山行動，眾人的努力卻沒有回報，鈴子杳然不知所蹤。一星期後，搜索停止了。在冬季的深山，嬌弱少女能夠存活的希望微乎其微。

最後的結論是，鈴子遭到了神隱。

今川說道：

「仁先生這個人——我總覺得他有點可憐。從飯窪小姐的話聽來，他根本沒有做任何壞事，反倒是一個好青年。刑警先生，你怎麼想？」

「是啊。不對的是父親吧？仁先生為了村子而努力，不是嗎？家庭會不和，追根究柢也是起因於此。父子吵架，也是為了村子著想才發生爭執啊。」

「嗯，當時爭吵的主因似乎是因為仁哥想要讓那輛貨車為村子派上用場。所以的確有一部分村人認為不應該仇視仁哥，而隨著時間過去，這種風潮轉變為溫情，徐徐擴大開來。所以當地的人向警方提出了請願書。」

「請願書？那種東西有效力嗎？」

「我不清楚，不過當時似乎產生了一定的效果。」

提出請願書的契機，是追悼鈴子的同情聲浪。年幼的鈴子是無辜的，這樣下去實在是太可憐了——據說是前往搜索的青年團員最先這麼說的。雖然只有少數，但仁在青年團的年輕人當中擁有一些人望。而這種同情聲浪獲得當地全體居民同意，以請願書這樣的形式開花結果。

找不到任何決定性的證據。

結果仁在證據不足的情況下被釋放了。

無法迅速找到鈴子，警方似乎也頗感自責。況且不管再怎麼不和，也實在很難想像會因此而衝動殺人。再加上父親姑且不論，仁完全沒有殺害母親的理由。這是由於父親的不德而造成的不幸，也就是仁是冤枉的——警方如此判斷。

「之後仁哥在熟識的和尚勸說下……**出家了**。」

「出家？當和尚了？」

「是的，在**禪寺**。」

和尚——實在太多了。確實就像榎木津說的，接二連三登場的全是和尚。

總而言之，仁在孤立無援時遭到逮捕，被釋放之後沒多久就出家了。所以那段期間，年幼的飯窪可說是不可能接觸到仁的。飯窪不僅沒能把信件交給仁，甚至連鈴子有信要轉交給仁的事都無法告知。

其後，時局轉眼間陷入混亂，戰爭開始了。

十三歲的小女孩根本無從得知已經出家的仁的行蹤。

飯窪就像益田說的，一直對這件事耿耿於懷。

「飯窪姊，那妳……」

一直默默傾聽的敦子以平靜的口吻詢問：

「主動說要擔任這次帝大的交涉負責人，也是……？」

「嗯，敦子，我一開始的動機就不單純。」

飯窪總算抬頭看敦子。

「一聽到禪寺兩個字，我立刻想起了仁哥。會攬下與寺院交涉的任務，也是因為懷抱著一絲希望。」

「一絲希望——妳是認為或許可以找到仁先生的行踪嗎？可是啊，飯窪小姐，這實在太沒效率了呢。就算不用這麼拐彎抹角，也應該還有其他找人的方法……」

「當然，戰爭結束後我曾經試著調查，可是松宮家的血緣幾乎斷絕了，戶籍和住民證也在戰爭中佚失，我找不到任何一點確實的情報。勸仁哥出家的和尚也過世了，結果連仁哥出家的寺院名字都不清楚。我所打聽到的，只有那似乎是鎌倉一帶的禪寺這樣的傳聞。」

「鎌倉的禪寺啊……咦？在哪裡提過來著？」

益田轉向我，但我什麼都沒有回答。

「沒錯，可是總不能只靠著這樣一點情報，就寫信給全鎌倉的寺院或進行調查，更別說一間間拜訪，這實在……」

這是理所當然的吧。

不管再怎麼牽掛，但也不到會對日常生活造成妨礙的地步，若非擁有相當財力的閒人，是沒辦法去做那種瘋狂之舉的。

「原來如此，就在這個時候，出現了一個即使不願意也得一間間向禪寺打聽的、真正是求之不得的工作。所以妳便抓緊機會，是嗎？」

「嗯，我從有電話的寺院開始打聽，每次都順便詢問是否有一位名叫松宮仁的僧侶，或者是過去是否曾經有這樣一位僧侶；而以書簡詢問接受調查的意願時，也會附上一句這樣的詢問。」

「哦……」

「但是一直沒有好消息。腦波測定調查之事不用說，仁哥的消息亦然。然而，那是……對，去年九月左右吧。我開始進行腦波調查的交涉之後，過了兩個月左右，收到一封來自鎌倉的臨濟宗寺院的回信。信上……」

「答應了請求？」

「不，調查被拒絕了。但是信裡面寫道，那裡曾經有過一位同名的僧侶。」

「噢！那真是太好了。人就是應該鍥而不捨呢。」

「可是，信裡頭也寫說他現在已經不在那座寺院了。姓松宮的那名僧侶從那座寺院出征，兩年前復員了，但是復員之後……」

「有什麼不對勁的事嗎？」

「不，回信給我的那位知客僧寫道他並不清楚，根據信裡的內容，姓松宮的僧侶似乎在貫首的親自吩咐下，好幾天前外出長途旅行了。」

「貫首吩咐的長途旅行？去哪裡？」

「最後的終點似乎是一座位於箱根淺間山中的無名寺院……」

「難道指的是**這裡**？這座山也算是淺間山吧？原來如此，所以妳聯絡了這裡？」

「嗯，可是那封信裡連地址和寺名都付之闕如，所以我就此放棄了。我心想只要知道仁哥還活著，就已經是萬幸了。然而後來從其他寺院收到的回信裡，有些提及明慧寺這裡。」

「哦，妳昨晚也說會來到這裡，是因為有兩、三家寺院提到呢。」

益田這麼說，但如果我的記憶正確，飯窪應該是說四家。而且連這裡的寺名都知道的只有一家。

「嗯，兩家左右。我收到回信說，本寺雖然不甚贊同那類科學調查，但箱根裡的無名禪寺——也就是明慧寺——或許有可能答應，因為那裡與宗派無關。」

「嗯，事實上跟宗派的確是沒關係呢。所以妳就更想到這裡來了？」

「是的。昨晚我也說過，雖然每一家寺院都這麼說，但提供的情報卻都曖昧不明，老實說我受夠了。但是不久後就有一座寺院明確地寫出明慧寺這個寺名，連住址和聯絡方法都清楚寫下了，所以我決心探問看看。」

「哦，原來如此。昨天泰全老師說和了稔和尚有關聯的就是那座寺院吧。話說回來，能夠得到明慧寺的允諾，對妳來說真正是一石二鳥呢。不管是工作方面還是私事方面。」

「嗯……是這樣嗎？關於仁哥，我並不期待能夠見到他，因為他出發旅行已經是好幾個月以前的事了。從鎌倉到箱根的話，不管繞經哪裡，都花不到幾天。」

「直接過來的話是一天。不，半天嗎？」

益田的話在我聽起來十分新奇，因為那時我正在想用走的要花上幾天。移動就是徒步——我已經完全這麼認定了。

都是因為這座山。

「可是，我也拜託鎌倉的那座寺院，請他們務必在松宮先生回寺時通知我，只是我一直沒有收到回音。於是在詢問明慧寺的意願之前，為了慎重起見，我再次詢問，得到的回音是他還沒有回去。所以我心想或許他一直逗留在這裡。因此得到明慧寺這裡的應允時，我興奮極了。」

「是那個**嬌弱**的和田慈行寫的回信吧。」

益田的臉頰微微痙攣，看樣子益田討厭慈行。

「是的。慈行和尚的回信裡，完全沒有提到松宮這名僧侶的事。只寫了他們答應接受腦波調查，請我們聯絡日期等細節。考慮到也沒有其他寺院肯答應，就……」

敦子說：

「沒有多久，就因為中村總編輯多嘴，決定要進行事先採訪了呢。」

「是的。其實這是《稀譚月報》的採訪，我沒有同行的必要，但是我說我是負責人，硬是拜託總編輯讓我參加。」

「因為這裡是聽都沒聽說過的神祕寺院呢。由於中村總編輯拜託，我請哥哥幫忙調查，卻還是查不出什麼。我把結果報告總編輯，沒想到引起他更大的興趣……」

「嗯，可是我以前就從家母那裡聽說這一帶有座大寺院。」

「從令堂那裡？」

「是的。家母從事木頭加工用的原木採伐工作，以前曾經在山裡迷路，好像就是在那時發現了這座寺院。」

「哦，所以妳才會說妳從以前就知道了啊，這還真是碰巧。可是那是什麼時候的事了？」

「家父還在世的時候，所以是昭和十年或十一年，或更早以前。我想是那個時候。」

「那就是這裡被發現以後的事嘍？泰全老師當然不用說，了稔和尚……不，或許覺丹貫首和祐賢和尚也在。」

「嗯。可是家母說她沒有遇到任何人，只說在山裡有一座巨大的寺院……」

「唔，可是怎麼說，這裡是只要迷個路就可以發現的寺院嗎？那麼幾百年來都沒有被發現，這實在是有點說不過去。說起來，令堂——一個女人家都可以走得到的話，搜山尋找鈴子的時候，強壯的青年團應該也會發現這裡才對吧？」

「嗯。是這樣沒錯，可是我以前居住的村子更接近小涌谷那一帶。搜山的時候，應該也是以小涌谷附近為中心進行。小孩子要越過這座山非常困難，而且當時又是冬天，所以搜山時也沒有搜到這裡來吧。」

「但是令堂越山了吧？就算不是冬天，從那裡過來，路程應該也相當艱辛吧？」

「我記得家母那個時候是……對，她是**從湯本**那裡爬上來的。」

「咦？**從湯本**可以到這裡嗎？」

「我覺得或許會比從大平台上來更花時間，但是**從奧湯本**那裡的話，應該**可以很輕鬆地爬上來**吧。」

益田的視線好一陣子在半空中遊移。接著他「碰」地拍了一下手。

「這樣啊！從這裡去奧湯本，比我們想像中的更簡單。以這裡的和尚的腳力來看，時間上也……」

「幾乎都是下坡，我想也不會花多久時間。」

「就是這個！小坂了稔就是走那條路。關口先生說的老鼠和尚的事這樣一來就有可能了！」

我臨時想到的發言似乎突然派上了用場。

作為情報提供者，我姑且詢問：

「益田先生，警方已經向那位按摩師傅——尾島先生確認過了嗎？」

益田露出睽違許久的高興表情。

「我還沒從山下先生那裡聽到什麼，不過當然是確認過了，因為這是重要證詞。根據關口先生的話，老鼠和尚那件事發生在了稔失蹤當晚，但是根據昨晚查訪的結果，了稔在這座寺院最後被目擊到的時間是晚上八點四十分。我們原本認為從時間上來看有些不可能，但是這麼一來就說得通了。」

飯窪和今川都一臉木然，他們當然不懂這是在說些什麼。

「啊，飯窪小姐，真是謝謝妳了，我總算覺得有了一點安慰。話說回來，那位……仁先生嗎？他到底去了哪裡呢？」

敦子瞄了一眼異樣興奮的益田，又重新轉向飯窪，以奇怪的表情說：

「他……或許還在這附近呢。」

「嘿？什麼意思？」

「所以說，益田先生，我們在獸徑遇到的那位行腳和尚，有可能就是那位松宮先生。飯窪姊昨晚不也是這麼想的嗎？」

「是的。我聽到和敦子你們擦身而過的和尚似乎是來自鎌倉寺院時，我心想那一定就是仁哥。雖然時隔那麼久，但我總覺得一定不會錯……」

飯窪的確也對那個話題敏感地有了反應。

益田再一次擊掌。

「啊，來自鎌倉的和尚就是那傢伙啊！哎呀，剛才聽到鎌倉跟和尚的時候，我就覺得有些在意，原來是這個，我都給忘了。這得立刻向慈行確認才行。飯窪小姐，或許妳為調查提供了非常重大的線索喔。」

「什麼……意思？」

「這次的案件與十三年前那起案件在根本上似乎彼此連繫……呃，感覺很像推理小說，不過我突然靈光一閃，覺得這有可能就是其中的關鍵！」

「我不太懂你的意思。」

「就是……」

益田的表情愈發興高采烈起來。

「例如說，那十三年前的松宮家殺人放火案件的真兇其實是泰全和了稔——這樣想如何？」

「咦？」

「你的意思是復仇嗎？」

今川抗議似地說：

「但是，我實在不認為泰全老師會是那種人。雖然這只是我的感覺，但是這個結論太突兀了。」

「今川先生，有人說過不能夠以印象來判斷一個人喔。而且就算他們不是兇手，也有可能是仁先生認定他們就是真兇啊。比起是不是事實，兇手怎麼想更重要。只要這麼認定，他們就是弒親仇人。」

這就是只有兇手才明瞭其意的、充滿侮辱的遺體演出的理由嗎？

「可是益田先生，」

敦子接著發言：

「那飯窪姊在尋找的人豈不就是殺人犯了嗎？」

敦子的口氣似乎也難以苟同。

飯窪沉默著。

「作為一個可能性，我不否定你的推測，但是在進行確認之前，警官能夠這樣說嗎？靈光一閃也算是一種先入之見。」

益田被敦子斥責，有點洩氣。

「對不起，妳說得沒錯。可是，這番話還是不能置若罔聞呢。再怎麼說那都是和尚啊。」

益田說。

我思忖該不該把我自己也目擊到那名疑似仁的僧侶的事——雖然只是疑似他的人物——現在告訴益田，但是益田突然大叫起來，結果我又錯失了時機。

「啊，那麼飯窪小姐……啊，請妳不要生氣。就像中禪寺小姐說的，剛才的發言只是我突然想到而已，是毫無根據的話。重點是，呃，這也是一開始的問題，關於妳今天下午的行動……」

「哦……」

飯窪驀地露出寂寞的表情。

雖說不是刻意隱瞞，但是下定決心吐露出長久以來深藏在心底的祕密後，她看起來卻一點也不像卸下了重擔——我強烈地這麼感覺。

飯窪將視線往右上方游移了一下之後回答：

「我離開這裡單獨行動，只有短短的三十分鐘左右。我只是想去仁秀先生那裡，見見那個名叫阿鈴的女孩。我總覺得很詭異——那個女孩不可能就是鈴子，然而兩者的共通點實在太多了。」

「與其說是太多，倒不如說根本是有人特意為之的呢。」

「嗯。所以我心想就算不是鈴子本人，也應該有某種關聯。我追尋仁哥的足跡，而且是極為怠惰地，靠著偶然的牽引來到這裡，結果碰見的卻不是仁哥，而是與失蹤時的鈴子年紀、外貌相同的女孩，總覺得……」

我非常了解她的心情。就連我對阿鈴這個女孩都感到無法釋懷的不舒服。但是我無法釋懷的主要理由來自於「不會成長的迷途孩童」這個傳聞。那只是故事中出現的虛假幻想譚。另一方面，飯窪所知道的鈴子是真實存在的人物。想要在鈴子和阿鈴之間找出某種關聯性……

不就等於肯定怪異為現實嗎？在這種情況，怪異不是作為說明體系發揮功能，而是以無限接近否定科學說明的形式發揮功能。

若不盡可能填補欠缺的情報，使其成為能夠以科學的思考理解的狀態，是不可能解決的。

「心情上無法接受。」

「所以妳去見了阿鈴？」

「我沒有見到她，」

飯窪回答：

「不過老先生在那裡，所以我和老先生聊了一會兒。」

「哦，那位老先生除了飯窪小姐以外，還沒有任何人見過呢。其實在來到這裡的途中，山下先生他們好像見到了長袖和服姑娘。那麼，那位老爺爺住的小屋在哪裡？」

「也不能算是小屋，是和這裡一樣的草堂。大雄寶殿後面有旱田，就在再過去一點的地方。周圍樹林和雜草叢生，若是不知道的話，或許很難找到。」

今川問道：

「他住在和這裡一樣的草堂嗎？一樣是叫什麼殿嗎？」

「我沒有問建築物的名稱，不過我覺得和這裡是一樣的。」

「那麼老爺爺是擅自借用寺院的建築物了呢，得要他付房租才行。」

「可是益田先生，其他和尚也是半斤八兩啊。現在地主應該在什麼地方，不過誰也不曉得這座寺院究竟是誰的。」

今川這麼一說，益田喃喃說著「啊，一樣啊，是一樣的嘛」之後，眨了幾下眼睛。

「嗯，是一樣的。是啊，那個老爺爺跟和尚也是一樣的，一樣可疑嘛。得盯住才行。」

敦子問道：

「他會可疑嗎？」

「可疑啊。不曉得他的來歷，養育的孩子也似乎是棄嬰，因為他不是和尚，反而是最可疑的人物。啊，飯窪小姐，妳和老爺爺聊了些什麼？不，他是個什麼樣的人？」

「嗯……」

老人很瘦。

半瞇著一雙大眼，微笑著。

是個很慈祥的老人。

一張飽經日曬的黝黑臉龐，沒有頭髮，無法區別是禿了還是剃髮。膚色被陽光曬得十分均勻，眼尾的皺紋極深……

老人身上穿著灰色的——或者說鼠灰色——像法衣也像作務衣、分不清是什麼的衣物，乍看之下也像是農事服。身上綁著麻繩般的東西取代衣帶，衣襬和衣襟全部綻開，破破爛爛。從飯窪的描述推測，那似乎是年代久遠的奇異裝扮，但是在成長於貧瘠山村的飯窪看起來，那種模樣似乎也不特別奇異。

老人正用耙子般的東西在除雪。

「請問……」

「是、是。」

「我是那個……」

「來，請進，請用茶。」

老人請飯窪喝茶。

咻咻聲作響。

地爐上，茶鍋正滾滾沸騰。

「請問，阿鈴小姐……」

「阿鈴不在，出去玩了。」

「阿鈴小姐幾歲了？」

「不清楚哪，大概十三、四歲吧。」

「她是從什麼時候來到這裡的？」

「不清楚哪大概十三、四年了吧。」

「那麼……，她是在這裡……？」

「雖說歲歲年年人不同，然小的俟百年河清之身，是數十年如一日啊。完全不知過了幾年幾十年。」

「阿鈴小姐是**在這裡出生**的嗎？」

「來，請用茶。」

「十三年前，有個和阿鈴小姐年紀相仿、一樣穿著長袖和服，名叫鈴子的女孩迷路走進了這座山裡，老先生知道這件事嗎……？」

「您是說那就是阿鈴嗎？」

「我不是那個意思，只是因為兩個人太像……」

「如果您說那孩子就是那姑娘，應該就是那樣，不是的話，小的也不知道其他姑娘了。在這裡的只有哲童和阿鈴而已。」

「他那是不知道鈴子小姐、和他無關的意思吧？以年齡來看，那個女孩和松宮鈴子一定是不同的兩個人啊。」

敦子說，用食指摩擦下巴。

「我也覺得除此之外聽不出別的意思了。也就是一切都是偶然，全都是我的一廂情願。」

飯窪說道。

「這樣嗎？聽起來很像在騙人呢……」

益田在懷疑。

「年齡、外貌、還有名字都相同的女孩，相隔十三年的時光，出現在這麼接近的地方？我不認為這樣會毫無關係。會有這種偶然嗎？」

有吧。

就像敦子說的，十三年前的松宮鈴子與明慧寺的阿鈴是不同的兩個人。這兩個都是實際存在的人物，所以也無從懷疑起。因為年齡不同。

而「不會成長的迷路孩童」的一半真面目——亦即最近被目擊到的「迷路孩童」，顯然就是明慧寺的阿鈴。若將十幾年前的「迷路孩童」和現在的阿鈴視為不同的兩個人，「不會成長的孩童」就不再是怪異了。

那麼……

十幾年前的「迷路孩童」與十三年前的松宮鈴子的關係究竟為何？

最說得通的解答是這個：

十幾年前的「迷路孩童」是松宮鈴子。

最近的「迷路孩童」是明慧寺的阿鈴。

如此一來，「不會成長的迷路孩童」就消滅了。

換句話說，把「不會成長的迷路孩童」定義為不可能發生的事的依據，集中於出沒期間的長度這個問題——而證明它的證據極為薄弱……

沒錯，證據薄弱。所以只要能夠備齊將她們區別為不同個體的反證，「不會成長的迷路孩童」就不再是怪異了。不管是偶然還是什麼都可以，松宮鈴子這個實際存在的人物正是反證。

這是鈴子與阿鈴之間過多的類似的偶然產生出來的幻想。松宮鈴子的存在正是妨礙科學性理解的欠缺情報……

不對，我忘了什麼。可以解釋為偶然的薄弱證據，兩人出沒在幾乎相同的地點，兩者服裝大致相同，從外表看年齡也大約相同，以及不尋常的……

「歌……是歌。」

「關口先生？你怎麼了？」

是歌，「迷路孩童」**十幾年前也唱著那首歌**。

換言之，這種情況……

「啊，呃，那個，飯窪小姐……」

得問才行。必須補齊情報，確認才行……

否則怪異……

怪異會固定下來。

「飯窪小姐……」

我有些激動地問。

「什麼？」

飯窪露出困惑更勝於吃驚的表情。

「那個，關於鈴子小姐……」

「鈴……子？」

「嗯，十三年前的松宮鈴子小姐，那個時候她會唱什麼與眾不同的歌嗎？」

「歌？什麼歌？」

飯窪露出更加困窘的表情。

「哦，是在說昨天的那首歌嗎？」

今川大舌頭地說。他和我一起聽到了那個女孩唱的歌。

「沒錯。事實上，現在的阿鈴小姐由於那身與深山格格不入的裝扮，被不知內情的山腳下的居民視為妖怪。不，我在聽到今川先生的話之前，也這麼認為，所以昨晚看到……不，遇到她的時候，我大吃一驚。而促使她妖怪化的一個要素，就是她總是唱著一首不可思議的歌。」

「什麼樣的歌？」

「呃，曲調我記得很模糊，很難重現，但今川先生或許……」

「我是個音痴。」

「哦，總之，旋律像數數歌，也像御詠歌，什麼人子的話就在爐灶裡燒死，猿子的話就去山裡之類的歌。」

「也有唱道如是佛子該如何。」

飯窪深深地傾著頭說：

「我……沒聽過呢。」

「這樣啊。」

那果然是不一樣的人了。

又混亂了。

如果松宮鈴子不知道那首歌的話，鈴子就不是現在的「迷路孩童」——阿鈴，也不是十幾年前出現的「迷路孩童」了。那麼十幾年前——與鈴子失蹤幾乎同一個時期，這座山裡有**多達兩個**穿著長袖和服的同齡女孩嗎？

錯綜複雜。

益田說道：

「你看起來似乎無法釋懷呢，關口先生。」

「嗯，無法釋懷。」

「我也是，那個老爺爺怎麼想都是在裝傻。欸，妳覺得怎麼樣呢？飯窪小姐。」

飯窪垂著視線回答：

「嗯……可是後來我什麼都問不出口了。然後他第三次請我喝茶，我有點害怕起來。」

「**又要妳喝茶**？」

「嗯。他的態度很溫和，又笑容可掬，卻反而更讓我覺得恐怖。我很快就告辭了。然後，我想接著去找哲童打聽，不過又轉念想道應該先確認來自鎌倉的和尚叫什麼名字，就去了慈行和尚那裡。」

「哦，問松宮仁的事呢。然後呢？」

「知客寮裡沒有半個人，我去了三門一看，才發現東司那裡出事了。」

「哦，過去一看，就碰上了那場騷動啊。唔……」

益田雙手交握，按在後腦勺上，按壓似地垂下頭去。

「這不完全是因為睡眠不足呢，總覺得莫名其妙。是我太笨了嗎？」

「不，益田先生，這起案件，沒有任何人明白任何事。嗯，我們……不明白。」

敦子難得說出自暴自棄的話來。我以為敦子無論身陷何種困境，總是勇往直前，尋求微弱的光明而做出建設性的發言。

所以若說意外，是頗令人意外的。

「我想不止我們，這座寺院裡的人也什麼都不明白。毋寧說現在掌握最多情報的或許是我們。可是完全無法整理出輪廓，不管怎麼樣推理，無論做出再有整合性的結論，也只是**覺得明白**了而已。真正明白的或許只有兇手。」

「哎，這下麻煩了。」

益田放開交叉的雙手，撐在身後，伸長了腳仰起身體。

此時突然傳來開門的聲音。

「喂！小哥，沒時間休息啦，你在幹麼？」

粗俗的聲音。

菅原像獅子頭般的臉從打開的紙門縫隙間伸出。

益田彈也似地恢復原來的姿勢。
「我、我沒在休息啊，菅原兄。」
「人手不足。這樣下去，在底下的支援人員趕到之前，你的上司會先瘋掉。過來幫忙。」
「哦，現在是什麼狀況？」
「正在偵訊當中。喏，都是那個調調，一點進展也沒有。這裡呢？」
「是的，我進行了訊問——或者說情報蒐集，也有許多事得報告。」
「這裡也是，還有今早在調查會議決定的事。總之你一起過來吧。」
「可是這些人……」
「跟嫌疑犯客氣什麼？太麻煩了，你們過來跟和尚待在同一個房間吧。」
「這是不要緊，但……」
敦子望向鳥口。
鳥口還在昏睡。

※

又是聽來的事。
在借用明慧寺的知客寮作為箱根僧侶殺害案件臨時調查本部進行的調查會議，真正是呈現蜩螗沸羹之景況。無用的空泛理論只是鬧哄哄地從山下的右耳進左耳出。
支援人員在十八時三十分抵達。
不用說電話，明慧寺裡甚至連電和水都沒有，再也沒有比這裡更不適合進行科學調查的現場了。荒唐的凶案現場已經被夜幕所覆蓋，在反近代的環境下進行的現場勘驗困難重重。遺體雖然已取出，但鑑識人員判斷無法在黑暗中繼續進行作業，將更進一步的勘查作業留待明早，於二十點暫時撤離了。

對僧侶的偵訊也暫時告一段落，之後舉行了會議。

益田刑警在起頭的報告相當耐人尋味。

上午開會時依然不明的事實逐漸被釐清。當然在每一個事實完成確認作業之前，益田的話並不能夠盡信，即使如此，卻也是有利於擬訂調查方針的情報。

此外，命案與據說發生在十三年前的殺人縱火案件之間的奇妙吻合也令人在意。

原本混沌不明的案件輪廓因此而……

——變得更加曖昧了。

山下感到輕微的偏頭痛。

聽著益田的報告，他開始覺得懷疑這座寺院的和尚是沒有道理的了。那個姓松宮的行腳僧侶很可疑——不過還沒有向和田確認，所以不能夠斷言那個僧侶就是松宮；叫飯窪的女人也很可疑；今川的行動更可疑。平常的話，今川就算用別的罪名加以逮捕並逼供也不奇怪，他就是可疑到這種地步。但是山下一方面又對明慧寺共謀的理論——尤其是桑田常信兇手的說法——感覺到毫無根據的強烈魅力。

「總之，我認為若要把握和尚的行動，必須製作一覽表。雖然他們的行動應該是一板一眼，但是要在這種狀況下完全掌握是不可能的。什麼時間誰在哪裡看到了誰，完全無法掌握整體的狀況。這樣就算確定了犯罪時間，也……」

「這種事打一開始就知道了。就算做那種東西，掌握和尚的動向——不，警部補，那又怎麼樣呢？這種情況，和尚之間的證詞是有效的嗎？」

「這……」

「當然有效，菅原兄。就算是同一座寺院的和尚，也不是親兄弟啊。」

「你是第一次來這裡所以不知道，我覺得比起這裡的和尚說的話，親屬之間的證詞還更可信。是啊，和尚之間的關係比起特殊關係人、姘婦更要堅定得多了。這就叫做宗教的一體感嗎？」

「禪宗不是跟什麼念佛宗不一樣，是單獨進行苦修嗎？」

「不是吧？他們是大家一起坐的。共犯嫌疑濃厚。」

「那是對僧侶的偏見。」

益田打斷爭論不休的眾人。

「這種議論一點建設性也沒有。」

「益田老弟，怎麼？你睡了一晚就被洗腦啦？」

「才沒那回事。就算對象是僧侶，進行這種**沒有建設性**的爭論也是沒用的。不能有偏見。警部補不也說過不能夠憑印象調查嗎？靈光一閃也是一種先入之見。」

「你幹麼這麼激動啊？不過說的也沒錯。怎麼樣？警部？」

「是警部補。可是益田，和尚之間很可能彼此包庇，或為了守護寺院的名譽而作偽證吧？」

其實不是**有可能**，而是**希望如此**——山下自己也有這種自覺。他只是在立場上無法這麼說而已。

益田異於往常，幹勁十足地回答。就像菅原說的，他看起來比平常更加精神抖擻。

「我想山下主任的意見是正確的，但是就像我方才報告的，這座明慧寺並非一教團一宗派的寺院，這類連繫反倒很薄弱吧？例如說，了稔和泰全雖然同樣是臨濟宗，派別也不同。」

「可是臨濟宗就是臨濟宗吧？那個，你是……」

「我是本部的益田。臨濟宗，呃……有十四派，每一派都不一樣。」

「要說不一樣的話，那是曹洞宗吧？臨濟宗跟曹洞宗的差別更大，不是嗎？」

「沒錯，曹洞宗與臨濟宗之間，比臨濟內部各派之間的差異更大。但我不是專家，所以沒辦法回答更深入的問題了。」

「根據你的報告，被殺害的小坂了稔和大西泰全都是臨濟宗的僧侶。」

「我是這麼聽說的。」

「那麼益田，剩下的幹部裡面是臨濟宗的有誰？」

「和田慈行吧。」

「哦，慈行啊。例如說，兇手計畫將慈行也加以殺害，把臨濟宗從這座寺院連根拔除——這樣想如何？」

「怎麼可能？阿菅，那種事不可能。」

「可是啊，鐵兄……」

「喂，你們，不許用綽號稱呼彼此，現在可是在開會。都是這個蠟燭不好。」

山下極為厭惡這座知客寮裡宛如山賊謀議般的氣氛。

「益田。」

「是？」

「如果你的報告正確，那麼這座明慧寺裡就有數個宗派。這一點不會錯吧。那麼宗派之間的對立怎麼樣？剛才菅原說的那種事情，不可能發生嗎？」

「我想是不可能。因為例如說，這裡的僧侶全是從別處的教團派遣過來的，所以就算殺了慈行和尚，也馬上會有後繼者補充進來……應該。啊，雖然也不是馬上啦。」

「那你的意思是也會有小坂跟大西的後繼者過來嘍？」

「這我不知道，也可能不替補吧。不過那是教團判斷繼續和明慧寺牽扯下去也沒有益處的時候吧。事實上，根據泰全老師的話，現在各教團似乎是消極地和明慧寺保持關係。」

「那麼不是我舊話重提，一宗派獨裁支配明慧寺不是也有可能嗎？」

「那種事是沒有意義的，菅原兄。」

益田歪起細眉。

「這座寺院是仰賴來自各教團的援助金維持的。自明慧寺排除臨濟宗，讓曹洞宗獨裁，也就是斬斷來自臨濟的援助吧？曹洞宗只有一宗派，會變成要靠一宗支持全寺。這樣太沒有經濟效益了。說起來，這種事不必靠殺人，只要坐下來談談就可以解決。」

「是嗎？唔，或許是我對宗教有偏見。從昨天調查的感覺，我覺得這裡的和尚會做出什麼事來都不奇怪……」

「所以說菅原兄，那應該視為不管做出什麼事，都難以成為殺人動機、不可能成為殺人動機才對。」

「這……完全相反了……」

菅原噘起厚厚的嘴唇。

「可是益田，你的意見根本是大西泰全的意見吧？那個泰全正是第二名被害人啊。」

山下強硬地想要將話題轉往對自己有利的方向。

「怎麼樣？各位？可以視為大西的見解真的如同益田所報告的嗎？老獪的僧侶也有可能為了隱蔽某些紛爭，故意將虛偽的見解灌輸給這個益田。再加上大西本人也遭到殺害，我認為不能夠斷定寺院裡頭是風平浪靜的。所以訪查時，我希望將重點放在這個部分來訊問……」

「主任，意思是要釐清這座寺院裡有沒有因為宗派不同而引發的糾紛或派閥抗爭嗎？」

「要詢問每一個人，看看這樣的看法在這座寺院裡頭究竟通不通用。俯瞰全體的話，看起來全都一樣，但是和尚每個人都長得不同，腦袋裡想的事也不同吧。若是有什麼，就算和宗派無關也無所謂，要是能夠找出兩名被害人之間的共通點就賺到了。這種細膩的工作，正是今後我們必須做的。」

山下自以為是地扭轉了方向，沒想到說出口來還頗頭頭是道。正當山下高興著這或許意外地是不錯的方針時，轄區刑警中最年長的一名姓次田的老刑警——也就是剛才菅原喊他鐵兄的人，面露難色說：

「我家代代都是曹洞宗，而且我還是檀家代表，這種事一時實在是難以……」

「你是……次田嗎？確實就像本部的益田說的，和尚全都很可疑、不能信任這樣的看法是一種偏見，但是因為是教徒就能夠信任、信仰這種宗派的人不可能犯罪——這也算是一種先入之見、是偏見。就算信徒中有人犯罪，也不等於否定信仰本身。你的信仰是你的信仰。無論結果如何，我都不會誹謗你家的寺院的。」

「也是啦……」

次田顰眉蹙額地說：

「可是主任，我倒是認為外頭的人更可疑。」

「外頭的人，指的是採訪的人嗎？」

「例如那個賣舊貨的，是叫今川嗎？今川從以前就跟被害人有關係。了稔在約好和今川見面的日子失蹤死亡了。不管他怎麼說，只要溜出旅館，還是有可能行凶的。而且這次他也和泰全單獨會面了。一問之下，最後目擊到被害人的也是今川，不是嗎？」

「他沒有看見，只是聽到泰全的聲音而已。」

「這個說詞不能信任，今川他……」

年輕刑警發言了。

「真的見到了泰全嗎？我不是不信任益田的報告，只是什麼領悟了明白了，我無法信服。目前還沒有任何一個和尚提出的證詞能夠證明今川的話吧？」

「有幾個和尚看到他在寺院裡頭亂晃。」

「那是八點以後的作務時間吧？沒有人看見他往泰全所在的建築物走去。」

「哲童嗎……？今川有說他碰到那個人吧？」

「哲童什麼都沒說啊。」

「他不是沒說，是不會說。」
「總覺得太湊巧了呢。」
盲眼目擊者、啞巴證人——另一方面，善辯的關係人的話又令人無法理解……
「還有……」
次田接著說：
「飯窪季世惠嗎？也得查證她的話才行。十三年前確實有過那樣的案件呢，雖然我只是聽說而已……」
「鐵兄那個時候就在當刑警了？」
「那個時候我還是警官。阿菅，那時候你才剛進警界吧？不記得嗎？」
「是這樣嗎？我不記得有那種案件。」
「是嗎？我記得那是個不乾不脆的案件，不過當時正值國家重要時期，是否經過綿密的調查也很難說。得重新調查才行。」
「重新調查那種時效已經快過的案件？」
山下認為這只是徒增麻煩，無法期待成果。
但是堅持己見的話，又會失去調查員的信賴。
他認為這個時候應該同意次田的意見。
山下再也不願重蹈仙石樓的覆轍了。
他最痛恨遭到孤立和輕蔑了。
山下迅速動腦。
前來明慧寺的時候，一開始他的腳步十分沉重。
但是……

從益田那裡聽到第二宗殺人案件的消息後，他的想法改變了。

這若是連續殺人案件，情況就不同了。功勞——會加倍。

原本已經萎縮的功名心又不自覺地茁壯起來。

山下懷著這次一定要成功的決心，勇猛地闖進明慧寺——到這裡還好，然而山下才剛抵達，就大大地出了個糗。

但是，山下變得**頑強**了一些。

——我並沒有錯。

他完全不覺得自己失敗了。

而且，幸好除了益田與菅原，其他增援人員並不知道山下在寺內醜態畢露的事。一定要趁此時洗刷在仙石樓的污名，挽回幹練警部補的名譽。而且挽回名譽是非快不可。

石井警部到任調查主任——這種狀況……

山下死也不願意。

「我明白了，次田，你負責調查十三年前的案件。其他人接下來回去鎮裡，繼續調查小坂在市井的生活，查證益田的報告——也就是確認大西所言是否為真。也不能要和尚全部下山，這裡需要相當龐大的人手。所以，你，還有你。」

必須巧妙地分配。目前不論寺裡的人和外來者都同樣可疑。重要的是如何周到地分派人員，使得無論兇手在哪一方，功勞都落在山下身上。

「剩下的五人繼續留在這裡進行寺院的調查，各位覺得這樣如何？」

沒有異議。是堅若磐石的配置嗎？

總之，威嚴保住了。

「關於分派我是沒有意見，但是山下**調查主任**……」

「怎麼了？益田？」
「我們要住在這裡吧？那麼調查員的飲食該怎麼處理？總不能不吃不喝徹夜進行偵訊吧？山下主任。」
「啊？這個嘛……」
完全沒想到。
「還有，僧侶之外的嫌疑犯也一直讓他們待在這裡嗎？也不能這樣吧？雖然我也覺得今川先生確實頗為可疑，可是又毫無證據。因為一開始說他們是嫌疑犯，才一直把他們當成嫌疑犯對待，但其實他們是目擊者，頂多是關係人吧？這種待遇行嗎？既然沒有逮捕，就沒有法律上的拘束力吧？」
「這……」
益田在心底瞧不起自己。
山下看出來了。就像山下輕蔑石井一樣，益田開始輕蔑自己了。
再這樣下去會被扯後腿。不，調查員的步調會不一致。
——礙事。
一開始還以為他是唯一一個可以溝通的人，但現在似乎已經不同了。
儘管如此，益田的意見依然十分中肯。總不能就這樣一直持續到早上。
「是啊，這裡交通不便……啊，就好好活用仙石樓好了。各位，怎麼樣？」
「什麼怎麼樣，要住在那裡嗎？」
「雖然路程得花上一小時左右，但總比下山要近得多了。而且那裡有電話，發生狀況時也比較方便。對了，益田，你就把這些轄區的明慧寺組還有那些……」
山下用下巴一比，全員轉向那裡。但因為不是採訪小組所在的正確方向，有點可笑。
「嫌疑犯……不，採訪小組那些人，把他們帶回仙石樓去。」

「什麼？」

「還有益田，今後你就留在仙石樓。」

「哦，意思是叫我不用回去了？」

「因為還得聯絡轄區和本部，你就待在那裡吧。其他人在明天早上，鑑識人員抵達前回到明慧寺。對了，還有明天以後的糧食，就由仙石樓那裡供應吧。益田，麻煩你安排了。仙石樓就由你指揮，你是負責人。」

益田露出一種肚子痛般的表情。

以山下來看，這是把益田與自己切割開來，給予他重責，滿足他的自尊心，並且在發生問題時能夠推諉塞責，真正是一石三鳥的絕妙處置，但是對益田來說，或許是徒增麻煩。益田以抗議般的口吻說：

「山下主任呢……？」

「我當然留在明慧寺這裡啊，總不能只留下警官吧。是啊，啊，菅原。」

「什麼？」

菅原抬起粗獷的臉。

土氣的長相、鄙俗的反應。

但是現在這名粗野的鄉下刑警卻成了山下唯一的依靠。

「你也跟我留在這裡，你對寺院的情況很熟悉。益田，聽好了，採訪那些人基本上不必限制他們的行動，但是他們的嫌疑尚未洗清。可以讓他們自由行動，但是要好好掌握他們的動向。今川和飯窪非常可疑，可別讓他們跑了。拜託了。」

益田納悶地偏著頭。

但是山下沒工夫聽他反駁。

「那麼就此散會。請各位以早日解決為目標，好好加油。要下山到山腳下的人千萬小心。啊，菅原，過來一下。」

「什麼？」

「我有話跟你說……」

山下故意留下菅原，但他也覺得這樣的分派很奸詐。因為不想受人猜疑，山下留意其他刑警的動向。幸好其他刑警為了完成各自的職務，已經離開了房間，但……

那傢伙在幹麼？

只有益田一個人沒有離開房間，站在原地，一臉嚥下不平的表情，看著山下這裡。山下別開視線，但益田似乎不死心，走了過來。

「請問……」

「幹麼？益田，拜託你快點去，行動要迅速確實。還是你對我的指揮有什麼不滿？」

我有什麼疏忽嗎？

——怎麼可能。

在這種地方、這種環境下，還能做出比這更好的指揮嗎？還是益田掌握了什麼山下不知道的特殊情報？因為益田在一夕間，就在這座寺院裡網羅到相當驚人的情報。那麼……

——有那種可能性。

所以他才在嘲笑不明白狀況的山下的疏漏嗎？

那樣的話……

但是益田一臉呆傻地說道：

「哦，沒那回事，只是有件事我忘了說。」

「什、什麼事？」

他隱瞞了什麼？

「哦，從剛才開始，我每次一提就被忽視，就是關於那個仁秀老人。」

「仁秀……，那誰啊？喂！」

「喏，就是住在這裡的老頭子。」

菅原從旁提示。

「啊？哦，仁秀啊。他怎麼了？」

「我認為若要說可疑，他是最可疑的一個。仁秀老人只因為不是僧侶，也不在仙石樓，現在完全置身嫌疑圈外。可是不能這樣吧？應該把他跟和尚一視同仁。他若是與次田兄調查的十三年前的案件有關的話，那就更可疑了。」

「這、這我明白啦。」

其實，山下根本不明白。

若是辦得到，他真希望不要再有更麻煩的登場人物加入案件了。因為山下覺得若是發展再複雜下去，就要超過自己的容許範圍了。這種願望化為意志，山下才會默默地將仁秀老人排除在話題之外吧。

「這事我很清楚，交給我吧。」

「哦，那樣就好……」

益田無精打采地退場了。

真的是出其不意，山下擔心自己驚訝的心情被益田識破，悸動加速了一些。菅原擔心地開口：

「話說回來，警部補，你找我做什麼？」

紙門和拉窗全部打開，調查員俐落地開始行動。山下用手招來菅原，附耳過去悄聲說：

「菅原，我還是在意桑田。」

「嗯，他今天的模樣也很不對勁。」

「所以，你和我趁著今晚把桑田給……」

「原來如此，所以你才把我留下。」
「是啊，真正的目標得由我們攻陷才行。可以吧？」
「當然了。逼他自白吧，自白。」
如果嚴厲地逼問，桑田就會照期望吐實的話，就不必麻煩了。菅原的興趣似乎就是逼嫌犯自白，作為搭擋是再適合不過的。
在這個階段，山下還沒有發現自己已經放棄了推理和調查。他已經放棄了查明真相的努力，眼前只剩下符合預定的解決方法。
騷然不安的感覺怎麼樣都平復不下來。
門「喀啦喀啦」地開了又關，不久後就整個打開不管了。
「幹麼幹麼，真是不像話。外頭冷成這樣，把門關上。」
菅原嘴裡抱怨著，走向玄關，但他很快就回來了，表情異樣僵硬。
「警部補，不好了。」
「什麼？怎麼了？」
「桑田他……」
「桑田？」
「桑田在吵鬧。」
「吵鬧？」
「哦，他來了。」
山下出去一看，外頭一片鬧哄哄。
菅原用吵鬧來形容，但是其實並沒有聲響，只是四處瀰漫著令人坐立不安的氣氛。
刑警杵在各處看著事情發展。右邊裡側的建築物門戶大開，微微透出的光亮前有數個人影。好像不是和尚，是益田和採訪小組那些人吧。左側的建築物前有個清晰的僧形黑影——山下直覺那是和田慈行——巍然屹立著。後面還有疑似僧人的影子。以這些為背景，在兩三名警官伴隨下，桑田常信以稍微拱起右肩的獨特姿勢走近過來。

桑田來到山下面前，停下腳步。

警官代替侍從和尚似地站在兩邊。被月光、雪光及蠟燭的微光照亮的僧侶沒有陰影。形姿一片平坦。

「您是山下先生吧？」

「有、有什麼事？」

——自首嗎？

「請保護貧僧。」

「保護？」

「沒錯，貧僧不能待在那裡。」

「這是什麼意思？」

「接下來就輪到貧僧了，貧僧……會被殺。」

「怎、怎麼可能！」

山下踟躕不前地窺看菅原。

若是鉅細靡遺地觀察，可以看出桑田常信在害怕。

他要求把他和其他和尚隔離開來，堅稱他被人盯上了。

山下陷入困惑。或者說迎頭受挫，幹勁消失殆盡，陷入極度厭煩的心情。最有可能的兇手候選人竟然自己找上門來要求保護。才正想逼他招供，怎麼就來尋求保護？要是下一個被盯上的真的是桑田，那麼桑田就不是兇手了。

不管是說服或聽從，都十分尷尬。

但是桑田很頑固。
「我明白了。那你就在這棟建築物——知客寮嗎？待在這裡。我跟菅原會和你在一起。」
「如果可能，請讓貧僧下山。」
「下山？這不行啊，桑田先生，這麼突然……」
「泰全老師是在寺院裡被殺的，儘管警察就在寺內，這裡也不安全。」
「可是小坂了稔是在寺外被殺的，在哪裡都一樣吧？」
「所以貧僧才像這樣請求警方保護。就算是派出所……不，就算是拘留所也無妨。」
「那就說說你的根據吧。」
「不能在寺裡說。」
「啊，真是的……」
為什麼老是**雞同鴨講**呢？
「警部補，請過來一下。」
菅原悄聲呼喚。
山下緊盯著桑田後退，離開足夠的距離後，將上半身轉向菅原。菅原用氣音說：
「這不對勁。」
「是不對勁啊，我們想錯了嗎？」
「不，反倒是跟我們想的一樣吧。」
「為什麼？他不是怕成那樣嗎？」
「只有他一個人在害怕，這不是很奇怪嗎？其他的和尚每一個都十足冷靜。喏，他一定是認為在這種情況，只要擺出被害人的面孔就不會被懷疑吧。」
「喂，菅原，那你的意思是這是佯裝……？」

菅原豎起食指說：

「小聲一點。怎麼樣呢？就把桑田一個人移到仙石樓去如何？」

「移到仙石樓？」

「除了益田以外，今晚有三個刑警住在仙石樓。而且那裡還有警官，說安全也是安全吧。桑田也可以接受，當然也不會讓他逃了。」

「然後呢？」

「所以啊，喏，看看其他和尚，就知道桑田的模樣很不對勁了。把桑田移到別處，趁著本人不在的時候，向其他人探聽他的底細。本人不在的話，和尚也比較好開口吧。」

「哦，從外圍進攻啊。」

「沒錯沒錯，只要攻下外圍，主城就會陷落了。在那之前，要益田好好保護桑田……」

菅原瞥了一眼益田那邊，山下也跟著看。益田等人因為突發狀況而延後出發，聚在建築物入口，無所事事地呆等著。

「是啊，就這麼辦吧。」

山下將視線移回桑田。

他像隻蟾蜍般緊踏住地面。

「就這麼辦吧。益田！益田！」

益田小跑步過來。

「桑田先生，我想你也知道，這位是益田刑警。從今晚開始，你就暫且和這位益田一起到仙石樓，你知道那裡吧？移到仙石樓去。不用擔心，今晚有三名刑警跟著，也派駐了許多警官，很安全。只是在我聯絡之前，請不要擅自行動。乖乖待在仙石樓。可以嗎？明白了嗎？益田？」

益田露出比剛才更詫異的表情。

益田與桑田、採訪小組及其他刑警撤離，在二十二點過後，寺院——或者說山下——才總算恢復了平靜。混亂過去後著實寂靜，儘管還有許多和尚與警官留在這裡，卻感覺不到一絲人的氣息。對僧侶的限制暫時解除了，但他們完全沒有要活動的樣子。就算有警官在看守，這種寂靜也太異常了。或者平常也是如此安靜嗎？

山下從未體驗過如此的寂靜。夜闌人靜——指的就是這樣的夜晚嗎？

「山下先生。」

「哇啊！」

因為無聲無息，山下被嚇了一大跳。

入口的門開著，站著一名僧侶。

「你、你幹麼？嚇死人了。」

「雖然晚了許多，請問要用膳嗎？粗茶淡飯無妨的話，貧僧立刻準備。」

「呃、哦，那太好了。」

「警備人員也需要嗎？典座不在，或許會花些時間，但只要約半刻時辰即可備好。」

「麻煩你了。」

「那麼……」

僧人就要離去，菅原叫住他。

「啊，英生，可以請你叫祐賢和尚過來嗎？」

「遵命。」

「菅原，你記得真清楚呢。那個和尚叫英生嗎？我根本都分不清楚。」

「他是中島祐賢的侍從啊，聽說才十八歲，是個很清秀的美少年呢。警部補，中島究竟會怎麼說桑田呢？」

「偵訊的順序——從中島開始好嗎？」

「可以吧，他是維那。要是桑田溜了，被罵的會是中島。又會被拿棒子揍了。剛才的糾紛一開始也是發生在中島跟桑田之間。嚥不下這口氣的中島，一定會說些有的沒的吧。」

「這樣嗎……？」

山下忽地心想，他自以為巧妙地操縱著菅原，但其實或許是被菅原給巧妙地操弄了。

中島祐賢很快地現身了。

為了不被菅原搶先，山下連寒暄也草草略過，開始質問。

他再也受不了繼續被鄉下土包子掌握主導權了。

「中島先生，狀況似乎變得一團混亂，你站在維那的立場上，想必也相當辛苦，不過想借用你一些時間。可以嗎？」

「聽憑尊便，各位也是公務在身。發生不幸的是本寺的雲水，且有貫首之吩咐，貧僧豈敢有任何怨言？」

「聽到你這麼說，我們也放心了。話說回來，桑田先生是怎麼了？」

「令人費解。」

「那種就叫做被害妄想嗎？」

「佛家說罪業本無形，如同妄想顛倒（註一）。雖不知真偽究竟如何，卻是修行僧不應有之妄言愚行。竟做出如斯愚昧之舉，想必常信師父心中有其愧疚之處吧……」

「你覺得他很可疑嗎？」

「可疑？所謂可疑，意何所指？警方認為常信師父是兇手嗎？」

「沒、沒那回事。只是無法理解他為何怕成那樣，而且完全不肯說出理由。他說不能待在寺裡，他到底是在怕寺院裡頭的誰？」
「似乎……是慈行師父。」
「慈行？——他在害怕和田先生？」
「當然，這是無憑無據之事，這才是妄想。慈行不可能做出那樣的事，只是常信師父這等人物竟會如此周章狼狽……」
「有什麼理由嗎？」
「我想各位也已經知道，慈行師父是臨濟僧。常信師父和我同樣是曹洞和尚。常信師父他和臨濟就是處不來。了稔、泰全逝後，現在臨濟僧只剩下慈行師父一位——雖然還有其他弟子——總之以常信師父的角度來看，若要懷疑，也只有慈行師父一個吧。」
「宗派不同，果然還是會引起紛爭嗎？」
「這並非紛爭吧，只是有無法相容之處。」
「無法相容？也就是彼此不能相讓嗎？」
「沒錯。禪僧不會無益地誹謗他宗，然而事關禪定（註二），便會賭上生死一搏。常信師父有常信師父的禪，無法相容，是無可奈何之事。」
「可是為什麼要害怕成那樣？被害人只有小坂先生一人時，桑田先生不是那樣的吧？感覺上他在大西先生遭到殺害後，整個人全變了。小坂、大西這兩名臨濟僧接連遭到殺害，一般來想，接下來有可能受害的應該是和田先生吧？然而他卻害怕下一個是他……」

註一：妄想顛倒為佛家用語，意指由於內心的執著，致使無法真實地認知事物，萌生出謬誤之分別。同於「妄念」、「妄執」。
註二：佛家語，指統一心性，平靜煩惱散亂之心，致力於領悟真理。

——是報復嗎？

「例如說——這只是舉例——例如說桑田先生是殺害小坂與大西的真兇。所以他害怕來自唯一剩下的臨濟僧——和田先生的報復……？」

「這說法令人存疑。」

中島祐賢微微偏首。

「下一個被盯上的是慈行師父這種看法，以及慈行師父試圖復仇這種看法，都不太可能。慈行師父與泰全老師似乎處得不錯，與了稔師父卻是視同陌路。臨濟僧這樣粗略的概括看法，貧僧難以苟同。」

「原來如此。可是連著小坂、大西，接著是桑田——這樣的看法，我們也難以信服。這三個人更沒有共通點了吧？」

「警方這麼說，貧僧也無從答起……是啊或許是因為我對常信師父關於修證（註）的想法不甚理解。對了。」

「想到什麼了嗎？」

「常信師父與了稔師父間冰炭不相容，彼此激烈對立。」

「哦？」

山下就是想聽這種話。

「可以把他們想成是不共戴天吧？」

「唔……是啊。常信師父以前甚至提出請願，要求放逐了稔師父。」

「放逐？」

「是的。剝奪法衣，自寺院放逐，毀壞其席，挖出其下七尺之土拋棄——這是道元對弟子玄明的懲罰，而常信師父主張該這麼做。常信師父對了稔師父就是如此情緒化。」

——就是這個。

菅原也曾經提過。桑田和小坂之間果然是反目成仇，對桑田的疑心的根基便在於此。

「也就是你所謂的無法相容？」

「貧僧也認為這是有些過了頭。但是這座寺院的法脈多樣，即使是貫首，也無法將並非弟子之人破門，當然也無剝奪其僧籍之權限。那樣的請願是太不合理了。只是有人贊成常信師父的請願——那就是慈行。」

「慈行？可是就算視同陌路，和田先生和小坂先生也同樣是臨濟宗吧？」

「方才我也說過了，並非同是臨濟，兩者就相同。慈行師父與了稔師父之間的對立，比常信師父更嚴重。所以或許常信師父認定就是**慈行師父殺害了了稔師父**。」

教義上的對立、禪僧的破戒、奇行……

——這些成不了動機。

益田這麼說，但山下不這麼認為。至少在山下的常識中，激烈對立的兩造中有一方得出抹殺另一方的結論，並沒有什麼不自然。以這種意義來看的話，應該視為桑田、和田皆**有**殺害小坂的動機才對。那麼……

「大西泰全先生的立場——或者說他與桑田先生、小坂先生等人的關係如何？大西先生與和田先生的關係不錯吧？」

「老師他……是啊，他對了稔師父似乎表示理解。老師他自己的風貌亦有如大愚良寬，特別嚮往盤珪、正三、一休那類所謂異流的禪師。」

「我只聽過一休。」

註：即修行與證悟。

山下不認為這是無知，自己始終是基本。他認為自己不知道的事，一般人也不會知道。

「這樣啊。大法正眼盤珪永琢是江戶初期的臨濟宗師，他提倡所謂的不生禪，一切以不生整頓。盤珪痛恨公案，就連心存疑問都加以否定。他以通俗的語言講道，並用**假名**（註一）予以記述。鈴木正三說二王禪，提倡在家佛法，生涯未曾嗣法。」

「請……請等一下。我問個基本的問題，首先臨濟宗跟曹洞宗是怎麼個不一樣？無法相容的部分是什麼？我完全不懂。」

——這種事與殺人案件的調查無關。

所以完全沒有必要知道。山下這麼想，也絲毫沒有興趣。但是他覺得如果這與動機有關係的話，知道一下也無妨。

祐賢似乎對於這個太過於基本的問題感到困惑，有些欲言又止。仔細想想，這就像對刑警詢問何謂警察一樣吧。

「禪以菩提達摩為祖，自中國傳來，其後由二祖慧可、三祖僧璨、四祖道信、五祖弘忍代代嗣承，於六祖慧能集大成。禪的法系於六祖分歧，自青原分出曹洞、雲門、法眼三宗，自南嶽分出臨濟、溈仰二宗，是為五葉。傳至我國的便是其中的臨濟與曹洞兩派。臨濟宗始於臨濟義玄，這是對參禪者提出公案，使其參透修行，即所謂看話禪。相對於此，始於洞山良价的曹洞宗被稱為默照禪，只須打坐。」

「哦？只要坐就行了嗎？」

「只要坐就行了。」

「那麼，那個叫盤珪還有正三的呢？」

「盤珪儘管是臨濟宗，卻厭惡公案。他認為就算絞盡腦汁想出石破天驚的解答也毫無益處。就算什麼都不做，佛還是佛。修習道元的我對這種想法感到親近，但對當時的臨濟和尚來說，應該是一種陌生的見解吧。不過盤珪偉大的地方，在於他連疑團——懷疑這件事都加以否定。」

「意思是不可以懷疑嗎？」

「不只是禪，在佛教當中，懷疑是基本。懷疑自己是什麼人？懷疑何謂人類？打破這些疑問的時候，便能夠悟道。」

「悟道啊……」

不太懂。不過至少在警察這門行業裡，不懷疑就幹不下去。

「但是盤珪認為在無疑團之物上加諸疑團，將佛心代換為疑團是一種錯誤，加以否定。鈴木正三是曹洞的僧侶，卻責難開祖道元未達佛境界，斥責柔和敬虔無欲的僧侶毫無霸氣，認為萎靡而死氣沉沉的悟道境地根本是瘋狂，是個勇猛果敢的禪師。」

「哦？小坂先生也是那樣嗎？」

「是啊。不過無論是盤珪、正三或是一休，他們若是活在現代，也會被眾人視為毒蛇猛獸，所以了稔師父會受到排斥，也是無可奈何之事吧。像常信師父就不認同正三，慈行師父也不認同盤珪。所以他們會和了稔師父合不來，也是沒有辦法的。」

「不過大西先生和每一位都處得不錯吧？」

「嗯，泰全老師基本上是五山系的禪風。若要說的話——雖然措詞或許不太恰當——無可無不可，即使受到批判，也逆來順受，就如同老師之名，泰然自若地持續自己的禪（註二）。再加上可能是出於為人，老師不會做出樹敵的行動。不過不知為何，老師與常信師父似乎不太有親交。」

「他和桑田先生感情不好？」

註一：此指日文中表音的假名文字。

註二：「泰全」之名在日文中發音與「泰然」相同。

「但也不到對立的地步。」

「這樣啊……」

山下思考。這表示就算桑田、和田都有殺害小坂的動機，也沒有殺害大西的強烈動機。但是小坂命案與大西命案極有可能是連續殺人。亦即應是同一人所為。那麼這兩個人有可能是共犯嗎？硬要說的話，桑田和大西比較處不來，所以兇手果然還是桑田吧。

例如說，大西掌握了某些能夠鎖定兇手的證據，所以才被殺人滅口。這種情形很有可能發生。

——那麼桑田為何要害怕？

如果那是裝出來的，兇手果然還是桑田。

他是不是佯裝自己是被害人，企圖將罪行推到和田頭上？和田也有殺害小坂的充足動機，所以若要嫁禍，和田是絕佳的人選。

——但是大西命案又如何？

和田與大西並無宿怨。

要把大西命案的罪嫌也誣陷到沒有動機的和田身上，相當困難。

總覺得有什麼地方不對。而且就算如此，桑田的模樣也太不對勁了。

——他是真的害怕。

不管怎麼看，都是在害怕報復。

例如說，小坂命案是桑田與大西共謀的如何？大西先遭到報復，被殺害了。所以桑田害怕下一個將輪到自己。

——不對，大西與小坂頗要好。

那麼大西也不可能是共犯了。

顧此失彼，怎麼樣都沒辦法得出十全十美的解答。

「真是曖昧不清。中島先生，那個……小坂先生、大西先生、桑田先生這三者的共同點，果然還是很難找到嗎？」

祐賢閉目片刻，突然抬起岩石般的臉，想起來似地說了：

「共同點……是有的。」

「有！是什麼？」

山下用力湊了過去。

「不用湊這麼過來。在聽到你提起之前，貧僧完全沒有注意到，不過了稔師父、泰全老師、常信師父，這三個人都贊成這次帝大的**腦波測定檢查**。」

「腦波檢查贊成派……！」

——原來還有這種區分法啊。

這個結論不在山下的思考內。

採訪者與被採訪者同是一丘之貉，更別說採訪背後的科學調查對明慧寺有什麼樣的意義，山下連想都沒有想過。他從益田的報告中，大約知道一開始寺內似乎有反對科學調查的意見，卻完全沒有想過寺院會因此一分為二。

「關於這部分的事——接到腦波調查委託時的情形，可以詳細告訴我嗎？」

「一開始每個人都覺得愚蠢。事實上這的確是一件蠢事，貧僧現在依然這麼認為。貧僧並非瞧不起科學，科學很偉大，它可以讓鐵塊在空中飛，讓木箱表演淨瑠璃，治癒治不好的病，這是很好的事。但這是兩碼子事，與貧僧們無關。即使以科學解開坐禪的原理，發展出不打坐便能夠悟道的技術，也與禪無關。悉有佛性，萬物原本生來俱已領悟。所以坐禪並非為了悟道而坐，修行不是**為了悟道而修行**的。只管打坐——吾等只須打坐，只要這樣就夠了。將坐禪視為悟道的手段，是外道之行徑。修行與悟道為修證一等，須為同等才行。那麼縱使不經修行即知悟道之理，或不知悟道僅知修行之理，皆是徒然。」

「哦，是這樣的啊？」

隨口應應，山下根本不了解。

祐賢眉頭不動一下地說：

「簡單明瞭地說，例如——你吃飯嗎？」

「當然吃，等一下還要承蒙貴寺招待。」

「若問為何要吃飯，你如何回答？」

「當然是因為肚子餓……不，是為了攝取營養吧。」

「沒錯，是為了攝取營養。那麼若是有了不吃飯即能夠攝取營養的機制，從明天開始就不必吃飯了，如何？」

「這不太好吧，會失去吃飯的樂趣。」

「那麼相反地，若是為了滿足吃的樂趣，發明了不管怎麼吃都不會吸收營養的機制的話呢？」

「這也不好吧？不管怎麼吃都不能吸收營養的話，遲早會死的。」

「是吧，這些是不能夠個別而論的。但是科學這東西，卻使得它們能夠分離。」

「哦，是啊。原來是這樣啊……」

山下雖然姑且信服了，腦中卻忽地掠過一個疑問，這算是警方的偵訊嗎？

「唔，中島先生，你的想法我了解了。可是桑田先生的想法和你不同，是吧？」

「非也，基本上應該相同。我想了稔師父和泰全老師也都一樣，只是各有各的意圖。不管怎麼樣，第一個主動提出要接受調查的是常信師父。」

「為什麼？同樣認為科學沒有用的話，應該不會說出那種話來吧？」

「貧僧不甚明瞭，只是常信師父非常熱心。常信師父的說法是，不是以科學來解釋禪，而是將科學納入禪當中，但貧僧不知他的真意為何。關於這一點，直接詢問本人就行了吧。可是慈行師父對此大加反對，暴跳如雷地反對。貧僧老實說，哪邊都無所謂，因此保持靜觀的態度，然而泰全老師卻突然贊同常信師父，接著了稔師父也贊成了。老師的真心貧僧無法忖度，但了稔師父的心情我稍微能夠了解。」

「了解？你嗎？」

「了稔師父說，禪雖然不需要科學，但也同樣地**不需要傳統和神祕性**。他說宗派、大義名分、藝術作品都與禪無關。禪師無一物即可。然而這座建築物卻給無法拭去的歷史黑暗這種怪物盤踞了。僧侶背後則有著教團這樣的礙事者監視著，既然法脈分歧，這豈不是一個索性捨棄一切的大好機會嗎？了稔師父似乎是這麼想的。」

「那麼實施科學調查又能怎麼樣？」

「感覺上，他企圖讓科學與傳統相互抵消。他似乎想要拭除覆蓋這座明慧寺的幻想，使其暴露在光天化日之下。不過接下來怎麼打算，貧僧便不知道了。」

「原來如此。可是根據我聽說的，你們原本是由各教團派遣到這座明慧寺進行調查的。可以擅自做這樣的事嗎？」

「你說得沒錯，只是……」

「只是？」

「那種事已經……」

「咦？」

「不，了稔師父恐怕是想離開這裡吧。」

「聽說他經常外出，不是嗎？」

「外出並非等同**出得去**。」

祐賢說完，沉默了。

「哦，失禮了。」

接著他閉上眼睛，再一次睜開，岩石般的臉龐恢復了表情。

「對，剛才正說到腦波調查。如此這般，贊成的知事有三人，反對的除了貧僧以外有三人——不，剩下兩人，最後覺丹禪師答應了——所以，首先是最後贊成的了稔師父被殺，接著泰全老師被殺了。所以常信師父才會害怕接下來將輪到自己吧。」

「但是最後贊成的是貫首覺丹吧？而且你也……」

「我並未表達立場。而且決定權在於貫首，責任重大。或許常信師父認為，貫首的責任和一開始積極贊成的自己相同，甚或更重。」

——下一個就是我，不，或許是貫首。

桑田確實這麼說過。

「原來如此。我覺得好像了解他害怕的理由了，可是，這種事會成為殺人的動機嗎？因為要是那麼反對——我是指甚至奪去贊成派的性命——那麼反對腦波檢查的話，現在也還來得及阻止吧？」

「可能吧。即使不可能，那種事也不可能成為殺人動機。所以，這完全僅僅是了稔、泰全、常信三個人的共同點。只是常信師父或許這麼認定，而感到害怕罷了。」

「哦，也就是一開始說的被害妄想。唔唔……那樣的話，也可以說明桑田先生為何懷疑和田先生了。如果遭到殺害的兩人的共同點只有腦波測定贊成派的話，就有可能是反對派下的手。若是桑田先生這麼想的話——那麼反對派的急先鋒和田先生——不對，等等，反對到最後一刻的，只有和田先生**一個**人嗎？」

「呃、不……這……哦，年輕僧侶當中也有人提出異論，絕非只有慈行師父一個人。慈行師父並非單獨一個人提出異論的。只是，常信師父因為陷入錯亂，就像剛才說的，才會懷疑平日便想法相左的臨濟僧慈行師父吧。總之作為一個典座知事，他的修行還不夠。不管怎麼說，那狼狽的模樣簡直就是瘋狂。更別說懷疑同寺的雲水，這簡直不尋常……」

「你……祐賢師父。」

盤坐的菅原突然出聲。他把蠟燭擺在一旁，簡直就像個木曾的樵夫。

「你又怎麼想？對那個慈行和尚。」

這麼說來——菅原說過，中島祐賢與和田慈行感情不甚融洽。

「這……」

「這？」

「愚……愚蠢，慈行師父不可能是什麼兇手，他是個高潔的禪師。不，今早慈行師父自己也說過了，本寺沒有僧侶會犯下殺生戒。所以，常信師父現在一定是身陷魔境吧。等到他擺脫魔境之後，就會糾正自己愚昧的行止吧。」

「哦？可是看昨天的樣子，感覺你跟慈行師父處得並不是那麼好，這也是那個嗎？無法相容的關係？」

「我？和慈行師父？不，絕無此事。」

「可是你說過了吧，什麼合不來就是合不來，難以斬斷瞋恚什麼的。」

「那、那段話的意思是，我還不夠成熟，無法棄絕自己易怒的個性。」

「是嗎？」

「有什麼不對嗎？」

「你會生氣，也是因為那個什麼無法相容的宗教上的什麼嗎？」

「貧僧不懂你的意思。」

「就沒有其他的理由了嗎？修行僧也是活生生的人，也是有感情的吧。像是喜歡啊討厭……聽好了，在下界，這些都可能是動機。怎麼樣？中島先生，你沒有線索嗎？像是發生在寺院裡的**感情糾紛**……」

「菅原，寺院裡怎麼會有感情糾紛！」

「沒有這類的事嗎？」

「全然──沒有。」

──這正經八百的回答是怎麼回事？

「沒有啊？」

「真是囉嗦。不管你們是警官還是別的，對僧侶做這樣的揣摩臆測，實在是失禮至極。無論在什麼情況下，本寺的雲水當中都不可能有殺人兇手！警方應該朝向外頭調查才是。」

「外部啊。這樣嗎？哎，好吧。話說回來，容我再問一次，今早大西先生沒有參加早課吧？」

「沒錯。」

「這是常有的事嗎？」

「這是第一次。」

「那麼身為維那的你怎麼處理？」

「我想或許老師年事已高，身體不適，派人去探視情況了。」

「派英生去嗎？」

「不。我吩咐英生和常信師父的侍者托雄兩人，在早課後與採訪小組同行，所以我派了其他僧侶……」

「哦，好像是這樣。換句話說，中島先生，你和桑田先生直到採訪結束之前，都沒有隨從的小和尚跟著，是單獨一個人，對吧？」

「是……這樣吧。我吩咐去探視老師情況的，是一名叫做正春的僧侶。」

「那個和尚不是任何人的隨從吧？可是大西先生的隨從小和尚作證說，早上起來的時候，老師已經不見了。也就是儘管大西先生在前晚和採訪那些人聊到凌晨一點多，卻在四點半的大清早就出門去了。」

「似乎如此。但是在早課前，沒有任何人向我報告這件事。早課後，因為我也有事，所以沒有時間聽泰全老師的侍者報告。正春是因為他恰好就在附近，我才吩咐他。我一直以為老師在理致殿。」

「沒有時間啊……你在早課後有事？」

「貧僧必須去拜見貫首，因為必須報告前日之事，並商量今後的對應。」

「和田先生和桑田先生也一起？」

「不，不是一起。我離開的時候，常信師父正好來見貫首，慈行師父則不在。」

「桑田先生好像也這麼說，和田先生說他有什麼事要調查。你在貫首那裡待了多久？」

「僅十五分鐘。」

「之後呢？」

「之後——進行粥座。」

「在你自己的草堂——是叫什麼來著？」

「正見殿。」

「你在那裡用了早飯。」

「是的。」

「負責伙食的小和尚也是這麼說。」

「喂，菅原你在幹麼？這些事在剛才的偵訊已經問過了吧？」

山下不明白菅原發問的意圖。但是菅原的訊問非常有刑警架勢，和山下剛才分不清是在訊問還是在討教的發問大相逕庭。

「警部補，這些問題的確是問過了，可是我還想再問清楚一點。中島先生，早飯是五點半開始吧，念經結束是在五點。就算你跟貫首聊了十五分鐘，時間上還是有空檔呢。」

「嗯？貧僧倒是沒有那樣的感覺。離開貫首那裡，回到正見殿之後，很快就是粥座時間了。」

「大家都是在同樣的時間用餐吧？那麼跟你錯身而過的桑田先生，就是在快要吃飯的時間去拜訪貫首嘍？」

「常信是典座，這是沒辦法的事。他應該是等齋飯都準備妥當了才去見貫首的。」

「原來如此。做好早飯，完成料理長的職務之後再去拜訪。」

「典座並非廚師，是只有受人景仰的修行僧才能夠勝任的重要職務。說起來……」

「這無關緊要。中島先生，所以你是什麼時候才聽到大西先生一早就不見的報告的？」

「粥罷時。」

「用完飯之後，那個正春過來正見殿向你緊急報告，是吧。」

「是的。正春與泰全老師的三名侍者過來，報告老師失蹤的消息。」

「時間呢？」

「六點過後吧。」

「然後呢？」

「因為才發生過了稔師父的事，貧僧有不好的預感。貧僧要四人先不要張聲，吩咐他們在附近找找。接著我先去通知慈行師父。」

「你親自去？」

「採訪的人還在寺內，貧僧認為這種事應當慎重為上。我將此事告訴慈行師父，他似乎也很困擾。他說總之先別慌。我接著去通知常信師父，但是常信師父不在。」

「你去了桑田先生的草堂嗎？」

「貧僧先去了庫院，接著去了覺證殿，但常信師父不在。」

「你自己一個人？」

「是的。然後我去了理致殿。」
「抵達理致殿是幾點的事？」
「方才偵訊的時候我也說過了，是七點過後。」
「你沒碰到任何人？」
「沒有。」
「理致殿裡沒有人在？」
「沒有。」
「裡面呢？」
「貧僧沒有進去。」
「為什麼？為什麼你不確認？」
「聽說老師從一早就不在，叫了也沒有反應，所以……」
「但是啊，大西先生就在裡面呢。」
「老師在裡面？」
祐賢皺起了鼻子。
「沒那回事吧？老師若在，應該會回話，而且也沒有人在的聲息。」
「不，那個叫今川的舊貨商作證說，六點半到七點左右，他在理致殿和大西泰全說過話。」
——哦，原來如此。
山下總算趕上菅原了。山下完全沒想到要把和尚的行動與今川的行動重疊在一起審視。
「不過這裡沒有時鐘，也不曉得正確的時間。說是七點，也有可能是六點五十分或七點十分，有約二十分鐘的差距。而且想要避人耳目地進出建築物，也是輕而易舉的事，所以也不能全盤否定你的證詞，但你不覺得有哪裡不太對嗎？」

「哪裡呢……？」

「一般來說，失蹤後再被發現時已是一具屍體，是常有的事。可是啊，小坂了稔聽說是在早上念經之後失蹤的，但是他失蹤半天以上，又被托雄目擊，然後緊接著遭到殺害。這次大西泰全也一樣，他失蹤的時間與其說是清晨，更接近深夜。雖然如此，卻也被今川目擊過一次。從發現屍體的時間來看，被殺害的時間也是今川離去後不久吧。兩者都是曾經失蹤過一次，間隔相當久的時間後，被一個人目擊，接著很快被殺害了。這很不自然吧？很奇怪吧？」

「只是偶然吧。」

「應該是偶然沒錯，但這樣想就太單純了。這裡可有三十幾個人。想要避開所有人的眼光，四處藏匿，也不是件易事吧？不過如果溜出寺院，跑到別的地方，也可以理解為何不會被發現。不管怎麼樣，他們不是躲在這座寺院裡，就是曾經外出再回來吧？」

「這麼說的話，或許就是這樣。但是貧僧只能說，這與貧僧無關。」

「這樣嗎？常信和尚見了貫首之後，去了哪裡呢？不，你覺得他在哪裡？」

「這個問題應該去問本人吧。」

「我想聽聽你的意見，中島先生。對不對，警部補？」

「啊？嗯。」

山下對鄉下刑警與山和尚各懷鬼胎的針鋒相對聽得入迷，根本沒有主導權可言。完全只是個旁觀者。

「是、是啊，中島先生，我們想聽聽你的看法。」

山下慌忙粉飾太平。

祐賢用利箭般的眼神瞪視山下，山下心想絕不能退縮。

「不知道的事，貧僧無從答起。貧僧不知道兩位期待什麼回答，但貧僧是不可能滿足兩位的。貧僧並未任意猜疑，亦沒有辯護的必要。」

「是這樣沒錯，但……」

「我明白了，謝謝你的配合。」

菅原擅自斬斷了緊繃的絲線。

「喂，菅原，不要擅自結束。」

「警部補，難道你還有什麼想問的嗎？」

「呃，這……」

好像有……又好像沒有，或許山下只是不甘心主導權完全被菅原奪走而已。

「對了，中島先生，關於大西先生屍體被發現的時間，我記得是……」

隨便掰個問題。

「是下午兩點過後。前往東司的僧侶發現後，首先向貧僧報告。貧僧認為要是引發混亂就不好了，但是抵達現場一看，場面已經不可收拾。貧僧暫時安撫眾人，要僧侶維持東司的現狀。因為貧僧聽說，保持現場很重要。確認之後，貧僧立刻火速稟報貫首，然後再一次折返，派僧人召來慈行師父。對……，大概經過了三十分鐘吧，慈行師父十分鐘左右就抵達了。緊接著，警察的益田先生嗎……？他也趕到了。所以益田先生離開寺院，是兩點五十分鐘過後吧。還是三點之後？」

山下在仙石樓待了不到十分鐘，所以離開仙石樓是十四點十分左右。在山中碰到益田，是在剛過十五點十分左右。抵達寺院，應該是十五點三十分。

時間符合。

「那個……東司嗎？就是廁所吧？被發現的廁所從早上到那個時候，都沒有人用過嗎？」

「早課之後會進行打掃，聽說當時沒有任何異狀。之後的事貧僧不清楚，或許也有人使用過，但是一直到那時才有人來通報，所以在那之前都沒有人發現吧。」

「是這樣啊。」

「可以了嗎？」

「啊、哦，謝謝。」

山下似乎變得散漫。

菅原意味深長地看著山下。

──這傢伙……

也瞧不起我嗎？

「失禮。」

紙門打開，英生送膳食過來了。

「哦，齋飯似乎準備好了。若是無妨，請恕我就此告退。」

「哦，可以了。可以吧？菅原？」

「嗯，我無所謂。」

祐賢聞言，無聲無息地站起來。

英生捧著膳食進來。後面跟了兩名年輕的僧人，將膳食擺到山下和菅原前面。

此時……

鐘響了。

「這種時間，是怎麼了？」

山下取出懷表。二十二時四十二分，非常半吊子的時間。

鐘鳴不休。

力道也強得不像話，根本是亂敲一通。

「怎麼了！怎麼回事！」

祐賢難得踩出腳步聲走向前面入口。
英生等人不安地回頭。
一陣急促的腳步聲接近，只有聲音響起通告。
「祐賢師父，博行師父他……」
「混帳！**不許在這裡提那個名字！**」
祐賢以機敏的動作回頭。
「英生，過來！」
說完他便衝出外面。兩名僧人行禮完畢，起身跟上祐賢。英生頻頻交互望著山下與菅原，悄聲說道：
「對、對不起。」
然後他起身就要走，菅原抓住就要離開的英生袖子。
「喂！英生，**博行**是誰！」
「這……」
「名簿裡沒有和尚叫這個名字！」
「對、對不起……」
英生再一次鞠躬，甩開似地轉身，但菅原糾纏不休。
「等一下。喂，山下兄，現在不是吃飯的時候。喂，英生！給我站住！」
菅原被牽引似地站起來，跟在英生後面追了出去。山下也跟上去。
——討厭，討厭死了。
山下心想。自己的推理沒一個說中；自己的經驗沒一個派得上用場；自己的頭銜沒半點用處；自己是這裡不需要的人。

僧侶聚集在鐘樓旁，裡頭也摻雜了幾名警官，但比例懸殊。就算發生騷動，他們也不能夠立刻離開自己的崗位，人少是沒辦法的事。怪叫聲響起。

鐘樓上有個奇形怪狀的人物，嚷嚷著莫名其妙的話語，正與數名僧人演出全武行。

他的手中拿著像木槌般的東西。

衣衫襤褸，頭髮和鬍鬚也雜亂不堪，裸露的手腳乾瘦得幾乎要折斷。

「那是誰？」

——叫仁秀的老頭子嗎？

山下反射性地這麼想，但剛才的僧侶……

——叫他博行，是嗎？

慈行在場。縱使身處混亂當中，美僧的姿勢依舊絲毫未變，抬頭挺胸的模樣格外引人注目。慈行一看到山下等人，立刻橫眉豎眼，狠狠瞪了過來。那是一種「都是你們害的」的攻擊性視線。這當然是冤枉的，然而山下已經幾乎喪失駁回那種誣賴的自信。不，或許他的內心某處已經快要承認**或許就是如此**。

樓上的怪人大吼大叫，不懂他在狂叫些什麼。

——什麼都不懂。

有一種彷彿置身夢境的心情。

一名僧侶被木槌敲中腦袋，昏了過去。

一個警官衝了上去。

山下看見驚慌失措的祐賢。

「中……中島先生！」

山下大聲叫喚。

「這是怎麼回事！喂！中島先生！給我說明清楚！」
「這、這與案件無關……」
警官被擊中臉頰，鼻血直流，撞上銅鐘。
「咚」一聲，悶重的聲音響起。
「大有關係！喂，要不要緊！」
菅原推開兩、三名僧人，跳到鐘樓上，直接衝撞怪人。男子一個踉蹌，幾名僧侶趁機壓了上去。
山下分開僧侶形成的人牆，衝了過去。
男子揮舞著手腳掙扎著。
菅原手持捕繩，更加用力壓制。
男子的臉轉了過來。
一雙死魚般混濁的眼睛，看著山下……
——笑了？
令人毛骨悚然。
慈行不知不覺來到山下身邊，用一種死了心的表情開口：
「這位是明慧寺第**三十七**位僧侶，前任典座菅野博行。」
「第三十七個？」
「還……還有其他僧侶？」
山下發出走了調的聲音。
「博行師父目前罹患心病，不僅做出蠻橫無理之舉，亦會像那樣狂暴不已，因此將他隔離在土牢。向警方稟告得晚了，貧僧為此致歉。」
「土牢？什麼土牢，這……」

「給各位造成麻煩了。」

「問題不是造成麻煩……」

山下越過慈行的肩膀看見了……

長袖和服的少女從三門背後悄悄地窺探這裡。

阿鈴也又……

在笑。

京極夏彥作品集06——鐵鼠之檻（上）

原著書名：鉄鼠の檻
原出版者：講談社
作者：京極夏彥
譯者：王華懋
責任編輯：張麗嫺
編輯總監：劉麗真
總經理：陳逸瑛
榮譽社長：詹宏志
發行人：凃玉雲

出版社：獨步文化
城邦文化事業股份有限公司
104 台北市中山區民生東路二段 141 號 5 樓
電話：(02) 2500-7696　傳真：(02) 2500-1967

發行：英屬蓋曼群島商家庭傳媒股份有限公司城邦分公司
104 台北市中山區民生東路二段 141 號 2 樓

網址：www.cite.com.tw
讀者服務專線：(02) 2500-7718；2500-7719
服務時間：週一至週五：09:30～12:00　13:30～17:00
24 小時傳真服務：(02) 2500-1900；2500-1991
讀者服務信箱 E-mail：service@readingclub.com.tw
劃撥帳號：19863813
戶名：書虫股份有限公司
香港發行所：城邦（香港）出版集團有限公司
香港灣仔駱克灣道 193 號東超商業中心一樓
電話：(852) 2508-6231　傳真：(852) 2578-9337

城邦（馬新）出版集團 Cite (M) Sdn Bhd
41, Jalan Radin Anum, Bandar Baru Sri Petaling,
57000 Kuala Lumpur, Malaysia.
Tel: (603) 90578822　Fax:(603) 90576622　email:cite@cite.com.my

封面設計：高偉哲
印刷：前進彩藝有限公司
排版：陳瑜安
初版 2008 年（民 97）7 月
二版 2022 年（民 111）4 月
售價 480 元

ISBN 978-626-7073-34-6
978-626-7073-39-1（EPUB）

國家圖書館出版品預行編目資料

鐵鼠之檻／京極夏彥著；王華懋譯. -- 二版. -
臺北市：獨步文化, 城邦文化事業股份有限公司出版：英屬蓋曼群島商家庭傳媒股份有限公司城邦分公司發行，2022, 04
冊；　公分. --（京極夏彥作品集；06）
譯自：鉄鼠の檻
ISBN 978-626-7073-34-6（上冊：平裝）

861.57　　111000628